Nadine Erdmann

Die Totenbaendiger

STAFFEL 1: ÄQUINOKTIUM
UNHEILIGE NACHT

(BAND 5-6)

Erdmann, Nadine: Die Totenbändiger. Staffel 1: Äquinoktium.
Unheilige Nacht. Band 5-6. Hamburg, Lindwurm Verlag 2020

1. Auflage
ISBN: 978-3-948695-22-4

Lektorat: Jenny Winterscheid
Satz: Laura Siegismund, Lindwurm Verlag
Covergestaltung: © Liza Nazarova

Bibliografische Information der Deutschen Nationalbibliothek:
Die Deutsche Nationalbibliothek verzeichnet diese Publikation in der
Deutschen Nationalbibliografie; detaillierte bibliografische Daten sind
im Internet über http://dnb.d-nb.de abrufbar.

Der Lindwurm Verlag ist ein Imprint der Bedey Media GmbH,
Hermannstal 119k, 22119 Hamburg und Mitglied der Verlags-WG:
https://www.verlags-wg.de

© Lindwurm Verlag, Hamburg 2020
Alle Rechte vorbehalten.
http://www.lindwurm-verlag.de
Gedruckt in Europa

Äquinoktium

Substantiv, Neutrum. (Plural: *Äquinoktien*, vom lateinischen *aequus* ‚gleich' und *nox* ‚Nacht') *Äquinoktium* oder *Tagundnachtgleiche* werden die beiden Tage im Jahr genannt, an denen der lichte Tag und die dunkle Nacht gleich lang andauern. Die Äquinoktien fallen auf den 19., 20. oder 21. März und den 22., 23. oder 24. September. Frühlings- und Herbstäquinoktium gehören zu den vier *Unheiligen Nächten*, in denen Geister und Wiedergänger besonders gefährlich sind.

Band 5

hinterhalt

Was bisher geschah

Die Wahl der Repräsentanten, die sich bei den Gilden Londons für einen Platz der Totenbändiger einsetzen sollen, hat stattgefunden. Sue wurde zwar nicht zur Repräsentantin für die Medizinergilde gewählt, aber man bittet sie, die Gilde für Forschung, Bildung und Erziehung zu übernehmen.

Cornelius Carlton wurde zum Repräsentanten für die Gilde der Industriellen gewählt. Ungeachtet seines Wahlsiegs sinnt er auf Rache, da Gabriel, Sky und die Ghost Reapers ihm auf der Gildenversammlung in die Parade gefahren sind und eine Kontrolle der Vorgänge in der Akademie durchgesetzt haben. Er stellt Nachforschungen über Sues Familie sowie die Ghost Reapers an.

Währenddessen wird Cam weiter von Topher und Emmett schikaniert. Aus Rache für die Anzeige bei der Polizei versucht Topher, Cam einen Ladendiebstahl in die Schuhe zu schieben. Außerdem spannt er zwei Mitschülerinnen ein, die in der Schule das Mobbing für ihn übernehmen. Cam wird im Materialkeller eingeschlossen. Enge und Dunkelheit lösen bei ihm eine Panikattacke aus, die zu einem Flashback führt: Zum ersten Mal erinnert er sich an seine Gefangenschaft in der Holzkiste.

Jules und Ella müssen ebenfalls erkennen, dass ihre Mitschüler ihnen bisher nicht ihre wahren Gesichter gezeigt haben.

Jules bekommt Stephens Einfluss in der Schule zu spüren, als der ihm einen Denkzettel dafür verpasst, dass die Hunts Topher angezeigt haben. Jules hält zu Cam und wendet sich von Stephen und dem Basketballteam ab.

Teagan verlangt von Ella zu Äquinoktium ein Video, in dem sie mit Jaz einen Geist bändigt. Da Ella und Jaz es ablehnen, weil es zu gefährlich wäre, droht Teagan ihnen, sie in der Schule schlechtzumachen.

Gabriel, Sky und Connor werden zu einem Einsatz in einer Seniorenwohnanlage gerufen, wo sie mehrere Leichen vorfinden, die anscheinend von einem Wiedergänger getötet wurden. Vieles am Tatort ist allerdings seltsam, nicht zuletzt das Verhalten des Wiedergängers selbst. Als die drei gemeinsam mit Thad die Bestie aufspüren und vernichten, wird Gabriel verletzt. Noch in derselben Nacht erfahren sie, dass die Wohnanlage in Flammen steht.

Kapitel 1

Freitag, 20. September

Brandgeruch hing in der Luft, als Sky und Connor zur zerstörten Wohnanlage der Elderly Flowers liefen. Sie hatten hinter dem Ring aus Reportern aber außerhalb des Zauns der Anlage geparkt, weil sich im Inneren bereits etliche Autos von Feuerwehr und Polizei, Leichenwagen, Vans der Forensiker, ein Baustellenfahrzeug und etliche zivile Wagen von Kollegen, Statikern und Brandursachenermittlern quetschen. Ein Constable hielt am Tor Wache, ließ Sky und Connor aber mit einem knappen Nicken passieren, als sie ihre Dienstausweise zeigten.

»Himmel«, murmelte Sky betroffen, als sie zum ersten Mal das ganze Ausmaß der Katastrophe sah.

Die schmucken Bungalows, die um eine Grünanlage mit Seerosenteich und liebevoll gepflegten Büschen und Beeten angesiedelt waren, waren kaum wiederzuerkennen. In der letzten Nacht hatten die zehn Häuser im Schein von nostalgischen Laternen gelegen und hätte es nicht die übel zugerichteten Leichen der Bewohner gegeben, wäre die Elderly-Flowers-Wohnanlage das perfekte Idyll gewesen. Jetzt sah es so aus, als wären Brandbomben in die Häuser eingeschlagen. Fenster und Türen waren herausgeflogen, Dächer halb eingestürzt und von zwei der Bungalows stand kaum noch mehr als die Außenmauern. Alle Häuser wiesen massive Brandspuren auf. Vereinzelt stieg sogar noch immer Rauch aus den Ruinen und verkohlte Deckenbalken ragten in den trüben Morgenhimmel. Die Vorgärten waren ebenfalls ein Opfer der Flammen geworden oder mit Asche und Trümmern verwüstet. Schmutzige Löschwasserpfützen zogen sich über die Straße. Feuerwehrleute untersuchten in Teams die Häuser, um letzte Glutnester zu finden und die Toten zu bergen. Gerade wurden zwei Leichensäcke in einen Van geladen, die in die Gerichtsmedizin gebracht werden sollten.

Sky schluckte. »Stell dir vor, wir wären noch hier gewesen, als das alles in die Luft geflogen ist.«

»Nein, das stelle ich mir lieber nicht vor«, gab Connor zurück. Auch ihm ging der Anblick nahe.

»Hey ihr zwei!« Chief Inspector Darrow stand mit Theo und einem stämmigen Mann, der die Uniform der Brandermittler trug, vor der Ruine von Haus Nummer 8 und winkte sie zu sich. »Da seid ihr ja schon. Geht es euch gut?« Er musterte die beiden, als sie zu ihnen herüberkamen.

Sky mochte Darrow. Er stand kurz vor der Pensionierung und seine Jahre als leitender Ermittler bei der Mordkommission hatten ihn zu einem aufmerksamen Beobachter gemacht, dem nicht viel entging. Außerdem war er trotz all der Gräueltaten, die er im Laufe seiner Dienstjahre hatte aufklären müssen, nicht abgestumpft oder verbittert, sondern immer noch voller Mitgefühl und bei jedem neuen Fall festentschlossen, ihn zu lösen und den Opfern und ihren Angehörigen Antworten und Gerechtigkeit zu bringen.

»Ja, wir sind okay«, antwortete Connor. »Danke der Nachfrage.«

»Und Gabriel?«

»Er wird wieder«, versicherte Sky. »Aber er darf erst nächste Woche zurück in den Dienst.«

Theo schnaubte, sagte aber nichts, als er sich einen herausfordernden Blick von Sky einfing.

»Sie gehören zu der Spuk Squad, die letzte Nacht hier den Tatort sichern sollte?« Der Blick des Brandermittlers, glitt kurz über die Totenbändigerlinien an Skys Schläfe.

Sky nickte.

»Das sind die Sergeants Hunt und Fry«, stellte Darrow sie vor. »Das ist Chief Etheridge von der Abteilung für Brandursachenermittlung.«

Sky schätzte ihn auf Anfang fünfzig.

»Es tut mir leid, dass einer aus Ihrem Team verletzt wurde. Gut zu hören, dass es nichts Ernsteres ist.«

»Danke, Sir. Können Sie schon sagen, wie es zu dem Feuer gekommen ist?«, fragte Connor.

»Es war Brandstiftung. Den bisherigen Ermittlungen nach wurden die Leichen in den Häusern mit einem Brandbeschleuniger übergossen und angesteckt. Zusätzlich wurden in den Küchen die Gasherde aufgedreht, was zu den Explosionen geführt hat.«

»Durch das Anzünden der Leichen sieht es für uns so aus, als wäre den Tätern wichtig gewesen, Beweise an den Toten zu vernichten«, sagte Darrow. »Denkbar wäre zwar auch, dass jemand die Identitäten der Toten verschleiern wollte, doch bisher sehen wir keinen Grund zu der Annahme. Trotzdem lassen wir die Identitäten natürlich von der Gerichtsmedizin überprüfen. Die Leichen sind zwar stark verbrannt, aber DNA-Tests sollten hoffentlich noch möglich sein. Für uns wäre jetzt aber vor allem wichtig zu wissen, wie ihr die Anlage hier gestern Abend vorgefunden habt. Eure Tatortfotos haben wir bereits gesehen, aber es scheint nur welche aus den ersten drei Häusern zu geben.«

Sky nickte und deutete zu den gegenüberliegenden Bungalows. »Wir waren im Haus Nummer 1 und fanden dort drei Leichen, von denen wir denken, dass es Humphrey und Patricia

Townsend waren sowie Stanley Cooper, einer der beiden Pförtner. Cooper war äußerlich unverletzt, daher liegt die Vermutung nahe, dass er von den Geistern der Townsends getötet worden ist. Die Leichen der Townsends wiesen dagegen Anzeichen eines Angriffs durch einen Wiedergänger auf. Gleiches galt für die Leichen, die wir in den beiden Nachbarhäusern Nummer 2 und Nummer 3 gefunden haben.«

»Bevor wir die Anlage weiter systematisch untersuchen und die Geister der Toten bändigen konnten, hörten wir jemanden in Haus Nummer 8 randalieren«, übernahm Connor und wies auf die Ruine des Bungalows, vor dem sie gerade standen. »Wir haben nachgesehen und sind dabei auf einen Wiedergänger gestoßen, der wie von Sinnen war. Wir konnten ihn zwar vernichten und seinen Geist bändigen, aber da Gabriel dabei verletzt wurde, mussten wir die Wohnanlage danach verlassen, um ihn medizinisch versorgen zu lassen.«

Darrow nickte verständnisvoll.

»Ist Ihnen während der Untersuchung des Tatortes irgendetwas Ungewöhnliches aufgefallen, das uns zusätzliche Hinweise geben könnte?«, fragte Etheridge.

»Was den Brand angeht, leider nicht«, antwortete Sky bedauernd. »In den Häusern, in denen wir uns aufgehalten haben, gab es keinerlei Gasgeruch, und die Leichen waren auch nicht mit Brandbeschleunigern übergossen worden. Das hätten wir gemerkt und entsprechend Meldung gemacht. Wer immer hier alles in Brand gesteckt hat, ist erst nach uns hier gewesen.«

»Dann muss er es aber ziemlich knapp abgepasst haben«, klinkte Theo sich ins Gespräch ein und scrollte durch die Informationen auf seinem Smartphone. »Thads Meldung über Gabriels Verletzung kam um kurz nach halb elf und der erste Notruf wegen des Feuers ging um kurz vor Mitternacht bei der Notrufzentrale ein.« Er deutete mit einem Kopfnicken auf das Chaos in der Wohnanlage. »Wer immer das hier vorbereitet hat, muss also kurz nach euch gekommen sein und verdammt schnell gearbeitet haben, um die Gasleitung zu manipulieren und in allen zehn Häusern die Leichen zu übergießen und anzuzünden.«

Sky war nicht oft mit Theo einer Meinung, aber hier musste sie ihm ausnahmsweise mal zustimmen. »Das klingt wirklich verdammt knapp. Könnte das ein Täter alleine überhaupt bewerkstelligen?«, fragte sie an Etheridge gewandt. »Wenn er das Feuer im ersten Haus entzündet, hätte er dann genug Zeit, um in allen anderen Häusern ebenfalls noch Feuer zu legen, bevor im ersten alles durch das Gas in die Luft fliegt?«

Etheridge nickte. »Wenn ein Zünder mit Zeitverzögerung oder Fernsteuerung eingesetzt wurde, könnte es durchaus nur eine Person bewerkstelligt haben. Allerdings müsste sie dann trotzdem sehr schnell gearbeitet und genau gewusst haben, was sie tut, denn zehn Häuser in dieser kurzen Zeit zu präparieren, ist tatsächlich eine Leistung.«

»Haben Sie denn in den Trümmern entsprechende Vorrichtungen gefunden, die auf zeitverzögerte oder ferngesteuerte Zünder hindeuten?«, erkundigte sich Connor.

»Bis jetzt noch nicht. Aber meine Leute werden alles genau untersuchen. Sollten wir etwas Aufschlussreiches finden, melden wir uns bei Ihnen, und natürlich bekommen Ihre Abteilungen unseren Bericht.«

Da Sky und Connor keine hilfreichen Informationen zum Brand beisteuern konnten, verabschiedete Etheridge sich und kehrte zu seinem Team zurück, um sich auf den neuesten Stand der Dinge bringen zu lassen.

Als er ging, tauchte Thad am Tor auf und kam zu den vieren herüber. Aufgrund der Vorfälle der letzten Nacht hatte er bei ihrem Commander Bericht erstatten müssen.

»Wie war es bei Pratt?«, fragte Sky.

»Er nimmt unsere Squad als Team außer Dienst, bis Gabriel wieder einsatzbereit ist. Uns so kurz vor Äquinoktium nur zu dritt gegen Seelenlose vorgehen zu lassen, ist ein Risiko, das er nicht bereit ist, einzugehen.«

»Vernünftig«, meinte Darrow.

Thad nickte. »Er will das jetzt auf Stadtratsebene eskalieren lassen, damit wir endlich Verstärkung bekommen.«

Theo schnaubte. »Ich hoffe, das gilt auch für andere Abteilungen und nicht nur für die Spuk Squad. Ich muss jetzt schon seit über einer Woche in der Mordkommission einspringen.«

Darrows eigentlicher Partner war bei der Renovierung seines Hauses von einer Leiter gestürzt und fiel wegen eines gebrochenen Beins noch mindestens zwei Monate für den Außendienst aus.

»Vor Beginn der dunklen Jahreszeit will ich zurück in den Innendienst. Dafür habe ich mich schließlich beworben, nicht fürs Aufklären von Mordfällen.«

Thad bedachte Theo mit einem genervten Blick. »Ich lasse mir vielleicht später ein paar Tränen für dich kommen, okay? Vorher werden wir zwei uns mit Darrow diese Wohnanlage hier vornehmen und sie mit Hilfe der Statiker auf versteckte Kellerräume untersuchen.«

»Was?!«

Sky konnte sich nur mit Mühe ein schadenfrohes Grinsen verkneifen, als sie die Panik in Theos Augen aufflackern sah.

»Ich soll nach einem Keller suchen, in dem die alten Knacker hier vielleicht Geister und Wiedergänger gehalten haben?!«

»Exakt«, gab Thad zurück. »Pratt legt unsere beiden Teams zusammen, bis Gabriel zurück in den Einsatz darf. Solange ermitteln wir gemeinsam, was hier bei den Elderly Flowers passiert ist. Und eine Theorie, die überprüft werden muss, ist die, ob die Bewohner Geistersammler waren und ihnen ein paar der Biester gestern ausgebüxt sind.«

»Ein paar?«, hakte Theo nach und machte keinen Hehl daraus, was er davon hielt. »Das klingt so, als müssten wir damit rechnen, dass da noch mehr sein könnten.«

»Das liegt durchaus im Bereich des Möglichen. Aber keine Sorge.« Thad zog einen Rucksack von seiner Schulter, holte zwei Auraglue-Waffen, Nachfüllkartuschen sowie zwei Magazine mit Silberkugeln heraus und reichte sie Theo und Darrow. »Ihr bekommt dafür die richtige Ausrüstung.«

Theo starrte ihn ungläubig an.

»Ja was?«, fragte Thad ungeduldig. »Im Notfall musst du nur zielen und schießen, genau wie bei menschlichen Angreifern. Das wirst du ja wohl auch als Innendienstler hinkriegen. Wenn du deine Schießprüfung nicht bestanden hättest, hätte Pratt dich kaum der Mordkommission zugeteilt. Also jammere jetzt hier nicht rum, sondern mach deinen Job.«

Wütend nahm Theo die neue Ausrüstung entgegen und warf einen finsteren Blick zu Sky und Connor. »Und das alles nur, weil Gabriel so blöd war, sich von einem Wiedergänger erwischen zu lassen. Ich wette, er musste nur mal wieder den Helden spielen und –«

»Gabriel hat den Helden nicht *gespielt*«, fiel Sky ihm schneidend ins Wort und musste sich zusammenreißen, um ihm keine reinzuhauen. »Er hat mir das Leben gerettet. Er ist also wirklich ein Held. Und du solltest jetzt besser deine armselige Klappe halten und nicht über Dinge reden, von denen du nicht den Hauch einer Ahnung hast, klar?«

Theo funkelte sie wütend an, doch bevor er etwas erwidern konnte, sagte Darrow: »Kinder, vertragt euch bitte. Wenn unsere Teams in diesem Fall zusammenarbeiten, könnt ihr euch nicht ständig gegenseitig an die Gurgeln gehen.«

»Das zu verhindern, dürfte schwer werden«, meinte Thad trocken. »Aber zum Glück haben wir ja verschiedene Spuren, denen wir nachgehen müssen.« Er wandte sich Connor und Sky zu. »Ihr zwei fahrt rüber zum Tower und seht zu, dass ihr dort mit einem der Wissenschaftler reden könnt. Vielleicht haben die eine Erklärung für das seltsame Verhalten des Wiedergängers – und für seine roten Augen.«

»Was?!«, schimpfte Theo sofort empört. »Warum soll ich hier nach einem geisterverseuchten Keller suchen, während die beiden irgendwelche harmlosen Wissenschaftler befragen dürfen? Es ist deren Job, in Keller zu kriechen und Geister zu killen, nicht meiner!«

»Du warst aber gestern Nacht nicht hier und hast den Wiedergänger nicht gesehen«, gab Sky genervt zurück. »Es macht mehr Sinn, dass Leute zum Tower fahren, die auch Ahnung von dem haben, wonach sie fragen, oder nicht?«

»Außerdem können wir dann gleich neue Ausrüstung für die nächsten Tage besorgen«, ergänzte Connor.

»Wofür braucht ihr denn Ausrüstung, wenn eure Squad außer Dienst ist?«, ätzte Theo.

»Nur weil wir nicht als Team in den Einsatz gehen können, heißt das nicht, dass wir nicht einzeln in Bereitschaft sind, falls eine andere Squad Unterstützung braucht«, knurrte Sky. »Spuk Squads helfen einander. Nennt man Teamwork und das kann Leben retten. Das ist aber vermutlich etwas, das ein Innendienst-Sesselfurzer wie du nicht nachvollziehen kann.«

Bevor das Wortgefecht noch weiter ausufern konnte, stieß Connor Sky gegen den Arm und wandte sich Richtung Tor. »Komm, wir gehen.« Zu Thad und Darrow gewandt fügte er hinzu: »Wir melden uns, sobald wir neue Infos haben.«

Während sie zum Auto zurückliefen, zog Sky ihr Handy aus ihrer Jackentasche. Gabriel hatte eine Nachricht in ihre

Chatgruppe gepostet und wollte wissen, was sie am Tatort erfahren hatten.

Connor stöhnte, als er die Nachricht ebenfalls las. »Wenn wir ihm erzählen, dass wir mit Theo zusammenarbeiten müssen, sollten wir den Fall besser gelöst haben, bis dein Dad Gabe zurück in den Dienst lässt. Sonst haben wir sofort einen neuen Mordfall an der Backe.«

Sky schnaubte. »Wir lassen Theo einfach unauffällig verschwinden. Der ist so ätzend, den vermisst kein Mensch. Im Gegenteil. Vermutlich verleiht das Revier uns noch einen Orden.« Sie kickte mit Wucht einen kleinen Kiesel vom Gehweg in die Hecke. »Willst du Gabe anrufen oder soll ich?«

Connor schlang seinen Arm um sie und zog dabei mit einem vielsagenden Grinsen den Autoschlüssel aus ihrer Hosentasche. »Ruf du ihn an. Ich glaube, es ist besser, wenn ich fahre.«

Kapitel 2

Der quadratische Gebäudekomplex des Towers thronte am südöstlichen Ende der City of London nahe der berühmten Tower Bridge am Themseufer. Gebaut als Ringburg mit zwei Reihen aus dicken Festungsmauern hatte der Tower in früheren Zeiten als Hochsicherheitsgefängnis für besonders grausame Straftäter gedient, bis die Burg vor einem guten Jahrhundert schließlich zu einer Forschungseinrichtung umgewandelt worden war, um Geister und Wiedergänger in ihren unterschiedlichen Stadien zu studieren. Wissenschaftler erhofften sich, die Seelenlosen durch Beobachtungen und verschiedene Versuchsreihen besser zu verstehen, um so Schutzmaßnahmen für die Bevölkerung sowie wirksame Waffen zur Vernichtung zu entwickeln. Gerade in Ballungsgebieten wie London mussten Lösungen für den Umgang mit Geistern gefunden werden, da die geballte Lebensenergie in Großstädten die Wesen magisch anzog. Hier im Tower waren Auraglue und Silberboxen entwickelt worden und die Wissenschaftler experimentierten unentwegt an neuen, noch besseren Möglichkeiten, Geister zu bekämpfen.

Die Burganlage war riesig und Sky und Connor kannten nur einen Bruchteil des Areals. Sie zeigten ihre Dienstausweise am Tor und wurden wie üblich, wenn sie Geister ablieferten, zum Ostflügel geschickt. Dort befand sich im Keller der

Verbrennungsofen, in dem die Geister eingeschmolzen wurden, die man zur Vernichtung freigab. Jeder Geist, der in eine Silberbox gebannt wurde, musste von den Spuks in seiner Stärke klassifiziert werden. Die Wissenschaftler entschieden dann, ob sie diese Klasse für ihre Versuchsreihen gebrauchen konnten. War der Geist für ein Vorhaben passend, wurde er in eins der Verliese im Westflügel gebracht und dort kontrolliert in einer speziell gesicherten Zelle aus der Silberbox gelassen. Hatten die Forscher jedoch keine Verwendung für ihn, wurde der Geist entweder als Trainingsobjekt eingelagert oder er landete samt Silberbox im Verbrennungsofen. Die extrem heißen Temperaturen, die dort herrschten, sowie die chemische Reaktion des schmelzenden Silbers, das sie umschloss, vernichteten die Geister endgültig. Da Silber sehr kostbar war, wurde es anschließend recycelt und zu neuen Silberboxen oder Silberkugeln verarbeitet. Leider ließ sich dieser Vorgang allerdings nur drei bis vier Mal wiederholen, da das Silber durch die chemische Reaktion bei jedem Einschmelzen von Geistern Qualität einbüßte.

Geister, die zu Trainingszwecken gelagert wurden, dienten vor allem den Spuk-Ausbildern der Polizeischule als Übungsmaterial und wurden regelmäßig zur Ausstattung des Trainingsgeländes abgeholt. Doch auch Privatpersonen mit speziellen Genehmigungen konnten Geister bekommen, um in den Trainingsräumen des Towers gegen sie anzutreten. Viele Totenbändiger nahmen diese Möglichkeit wahr, wenn sie damit begannen, ihren Kindern das Geisterbändigen beizubringen. Da die Trainingsgeister nach Stärken klassifiziert wurden, waren sie berechenbarer als ihre Artgenossen in der freien Natur und konnten den Fähigkeiten der Kinder entsprechend ausgewählt werden.

Nachdem Connor den Wagen geparkt hatte, betraten er und Sky den Tower durch den Seiteneingang, der zur Geisterabgabe führte. Ein älterer, ziemlich umfangreicher Wärter saß am Tresen und lächelte ihnen freundlich entgegen, als sie die beiden Silberboxen mit den gefangenen Geistern der letzten Nacht zu ihm schoben.

»Na, was haben Sie da für uns?« Sein Namensschild wies ihn als Ron Bellard aus.

»Einen Schatten im oberen Kräftespektrum«, gab Sky Auskunft, »und den Geist eines Wiedergängers.« Sie reichte Bellard die entsprechenden Papiere.

»Ein Wiedergänger?« Der Wärter seufzte. »Normalerweise sind die bei unseren Forschern immer heiß begehrt, aber mittlerweile hatten wir dieses Jahr schon so viele von den Biestern hier in London, dass ich tatsächlich nachfragen muss, ob der hier ins Verlies geht oder vernichtet werden soll. Schrecklich, oder? Wer weiß, was an Äquinoktium hier los sein wird. Und die dunklen Monate kommen dann ja erst noch.« Wieder seufzte er und strich sich über seine Glatze. »Ich habe das Gefühl, es wird in jedem Unheiligen Jahr schlimmer.«

Connor deutete auf eine der Boxen. »Den Geist dieses Wiedergängers sollten sich die Forscher auf jeden Fall ansehen. Der Wiedergänger, aus dem er stammt, wies einige ungewöhnliche Merkmale auf. Ich weiß zwar nicht, ob man an seinem Geist noch welche davon wiederfinden kann, aber er sollte definitiv von Experten untersucht werden.«

»Hier gibt es doch sicher ein Forschungsteam, das sich besonders auf Wiedergänger spezialisiert hat, oder?«, erkundigte sich Sky. »Wäre es möglich, dort jemanden zu sprechen? Wir hätten da ein paar dringende Fragen.«

Bellard nickte. »Doktor Michaels.« Er griff nach dem Hörer eines Telefons. »Ich rufe sie an und frage nach, wer aus ihrem Team für Sie Zeit hat.«

»Das wäre klasse, vielen Dank.«

Eine Viertelstunde später saßen sie im Westflügel in Doktor Michaels Büro. Die Silberbox mit dem Geist des besonderen Wiedergängers lag zwischen ihnen auf Michaels' Schreibtisch.

»Das ist wirklich außergewöhnlich«, sagte die Wissenschaftlerin nachdenklich, als Connor und Sky mit ihrem Bericht geendet hatten.

Sky schätzte sie auf Anfang vierzig und sie entsprach in keinster Weise dem typischen Bild einer Wissenschaftlerin mit weißem Kittel, Brille, streng zurückgesteckten Haaren und leicht weltfremdem Auftreten. Fiona Michaels trug Jeans mit einer hellen Bluse, hatte einen unkomplizierten Kurzhaarschnitt und wirkte auch sonst eher praktisch veranlagt. Sky und Connor hatten anhand der Nachfragen der Wissenschaftlerin schnell gemerkt, dass sie Wiedergänger nicht nur theoretisch studierte, sondern selbst schon dem ein oder anderen gegenübergestanden hatte. Michaels hatte außerdem zwei ihrer Mitarbeiter zu ihrem Gespräch mitgebracht. Lee Joplin und April White waren beide Anfang dreißig, ähnlich lässig gekleidet wie Michaels und sie waren beide Totenbändiger.

»Haben Sie eine Erklärung für die roten Augen?«, fragte Sky. »Oder für die Raserei? Dass Wiedergänger brutal und aggressiv sind, ist zwar nicht ungewöhnlich, aber eigentlich lassen sie das unserer Erfahrung nach nur an ihren Opfern aus und zerlegen nicht ihre Umgebung.«

Michaels schüttelte den Kopf. »Rote Augen bei einem Wiedergänger – dieses Phänomen ist mir in der Tat noch nie untergekommen. Es gäbe aber einiges, was an Ursachen dafür denkbar wäre.«

»Was zum Beispiel?«

»Eine Möglichkeit wäre eine Mutation des Wiedergängers, in etwa so wie ein Gendefekt oder auch schlicht eine Laune der Natur. Eine andere Ursache könnten Krankheiten gewesen sein. Dabei gäbe es zwei verschiedene Möglichkeiten. Zum einen eine Krankheit, die die komplette Kreatur befallen und sich auf irgendeine Art und Weise auch auf ihre Augen ausgewirkt hatte. Zum anderen könnte es natürlich auch etwas gewesen sein, das nur ihre Augen betraf. Eine Infektion durch Bakterien oder Viren zum Beispiel. So etwas könnte durch Umwelteinflüsse ausgelöst worden sein oder auch durch eine Verletzung.« Sie zögerte einen Moment und schien kurz über etwas nachzudenken, dann fuhr sie fort. »Uns ist bisher noch nie ein kranker Wiedergänger begegnet. Die Exemplare, die wir hier im Tower haben, wurden von uns aus Geistern herangezüchtet. Sie haben keinen Kontakt zur Außenwelt, daher ist die Infektionsgefahr durch Krankheiten oder Verletzungen äußerst gering. Aber ich werde gleich veranlassen, dass man uns verschiedene Krankheitserreger schickt, um entsprechende Testreihen zu starten. Das gewalttätige Verhalten, das Sie gestern beobachten konnten, könnte auf eine Art Tollwut hindeuten. Sollte eine solche Seuche unter den Wiedergängern umgehen, oder wenn sie sich an tollwütigen Tieren anstecken können, müssen wir das wissen.«

»Gäbe es denn auch noch andere Ursachen, die zu Gewaltausbrüchen bei einem Wiedergängern führen könnten?«, erkundigte sich Connor.

»Na ja, diese Geschöpfe in Raserei zu treiben, ist eigentlich nicht weiter schwierig«, antwortete Michaels. »Wiedergänger verhalten sich in dem Punkt ähnlich wie wilde Tiere. Wenn sie sich bedroht fühlen oder wenn sich jemand ihrer erlegten Beute nähert, reagieren sie aggressiv. Das werden Sie bei Ihren Einsätzen ja sicher selbst schon zur Genüge beobachtet haben.«

Connor nickte.

»Je nachdem wie sehr man sie reizt, steigert sich die Wut des Wiedergängers und damit auch sein Aggressionsverhalten«, fuhr die Wissenschaftlerin fort. »Gleiches gilt, wenn Wiedergänger gequält werden oder man ihnen Schmerzen zufügt. Auch darauf reagieren sie mit Wut und Aggressivität. Meistens richten die sich als Erstes gegen ihren Peiniger, es kann sich aber auch auf die Umgebung ausweiten. Vor allem, wenn eine Person nicht mehr greifbar ist.«

»Schmerz zufügen? Wie meinen Sie das?«, hakte Connor nach.

»Es gab eine Versuchsreihe, in der wir Wiedergänger verschiedenen Arten und Intensitäten von Licht ausgesetzt haben, um herauszufinden, welche Lichtquellen effektiven Schutz bieten und wie stark diese Quellen sein müssen«, antwortete diesmal Michaels Mitarbeiterin April White. »Je unwohler die Biester sich im Licht gefühlt haben und je mehr Schmerzen die Helligkeit ihnen zugefügt hat, desto aggressiver wurden sie. Und weil kein Mensch bei ihnen im Versuchsraum war, haben sie ihre Wut am Raum selbst ausgelassen und ihn ähnlich zerlegt, wie Sie es beschrieben haben. Die Versuchsreihe wurde videodokumentiert. Wenn Sie wollen, suche ich Ihnen die entsprechenden Dateien heraus und schicke sie Ihnen zu.«

»Gerne. Danke. Als Vergleich zu dem, was wir gestern bei unserem Wiedergänger beobachtet haben, könnte das interessant sein.«

»Das heißt, es könnte durchaus sein, dass man unseren Wiedergänger irgendwo gefangen gehalten und gequält hat und er seine Wut dann an seiner Umgebung ausließ, sobald er draußen war«, rekapitulierte Sky.

»Im Prinzip schon«, schaltete sich nun auch Lee Joplin in das Gespräch ein. »Dagegen spricht jedoch Ihre Beschreibung des Tathergangs. Sie haben die Leichen der Bewohner in unversehrten Häusern der Anlage gefunden und sind erst später auf den randalierenden Wiedergänger aufmerksam geworden. Korrekt?«

»Ja«, bestätigte Sky. »Das bedeutet, dass ihn erst nach dem Morden und Fressen etwas wütend gemacht haben müsste.«

Joplin nickte. »Dann sieht es nicht nach einem Ausbruch aus Gefangenschaft mit entsprechender Raserei aus.«

»Sie sagten, der Wiedergänger hatte Narben oder Striemen am Körper?«, fragte Michaels nach.

»Zumindest glaube ich das«, antwortete Connor. »Ich habe ihn allerdings nur kurz gesehen. Wir waren in einem engen Raum mit dem Biest und unser Partner war bereits verletzt worden. Sobald das Deckenlicht den Wiedergänger geblendet hat, haben wir geschossen und er verwandelte sich zurück in einen Geist. Ich habe ihn nur für eine, vielleicht zwei Sekunden gesehen und mich dabei auf den Kopf konzentriert. Ich bin mir aber relativ sicher, dass sein Oberkörper dunkle Flecken und Striemen aufwies. Und ich glaube auch, dass die Haut an seinem Hals dunkler war als der Rest seines Körpers. Eventuell durch Striemen oder Narben, die eine Kette oder ein Halsband hinterlassen haben könnten. Es wäre allerdings auch möglich, dass das Deckenlicht einfach nur einen täuschenden Schatten geworfen hat.«

Michaels tippte nachdenklich mit ihrem Zeigefinger gegen ihr Kinn. »Körperliche Qualen wie Schläge, Peitschenhiebe oder Elektroschocks würden einen Wiedergänger natürlich auch in Raserei verfallen lassen. Wenn man sie ihm gerade erst zugefügt hatte, könnte das erklären, warum er sich zuerst normal verhalten und die Bewohner getötet hat, um zu fressen, und später dann ausgerastet ist.«

Sky runzelte die Stirn. »Aber das würde bedeuten –«

»– dass jemand mit Ihnen in der Wohnanlage war, der den Wiedergänger vorsätzlich aggressiv gemacht hat«, vollendete White den Satz. »Vielleicht wollte Sie jemand aus dem Weg räumen. Sie sagten, die Wohnanlage sei angezündet worden. Das spricht ja sehr dafür, dass jemand Beweise verschwinden lassen wollte. Vielleicht haben die Täter einen Wiedergänger zum Töten der Bewohner benutzt, um sich selbst nicht die Hände schmutzig zu machen. Aber bevor sie ihre Tat unauffällig zu Ende bringen und wieder verschwinden konnten, sind Sie aufgetaucht. Deshalb haben die Täter den Wiedergänger in Raserei getrieben, um Ihre Aufmerksamkeit zu erregen, und als Sie mit dem Biest abgelenkt waren, sind die Täter geflohen.«

Joplin nickte. »Das klingt für mich ziemlich plausibel. Es würde sowohl die Striemen und Flecken als auch die dunklen Stellen am Hals des Wiedergängers erklären. Er hat eine Kette oder ein Halsband mit Strom getragen, mit dem die Täter ihn kontrolliert haben.«

Sky und Connor tauschten einen kurzen Blick.

»Ist es denn möglich, einen Wiedergänger so abzurichten, dass man ihn kontrolliert töten lassen kann?«, fragte Connor. »Würde er nicht einfach auf jeden Menschen losgehen, auch – oder gerade besonders – auf diejenigen, die versuchen, ihn zu kontrollieren? Wie schafft man es, ihn gezielt auf die Menschen zu hetzen, die man umbringen will, ohne selbst von dem Biest getötet zu werden?«

Joplin hob die Schultern. »Ich schätze, Sie tragen bei Ihren Einsätzen eine Silberweste?«

Connor nickte. »Aber die schützt mich nur, solange andere Opfer attraktiver sind. Sobald die tot und ausgeweidet sind, würde ein Wiedergänger auch auf mich losgehen und mir die Weste vom Leib reißen. Bei den Biestern ist es mit Silber ähnlich wie mit Licht und Eisen. Sie mögen es nicht und es schreckt sie im ersten Moment ab, aber je stärker sie sind, desto weniger lassen sie sich davon aufhalten.«

»Das stimmt«, gab Joplin ihm recht. »Aber es kommt ganz auf die Dosierung an. Mit genügend Licht, Eisen oder Silber zwingt man jeden Wiedergänger in die Knie. Und es gibt schließlich nicht nur Silberwesten. Es gibt auch Schutzanzüge, die komplett mit Silberfäden durchwoben sind. Wir tragen sie hier in den Laboren während unserer Experimente und bisher war noch kein Wiedergänger so stark, dass wir sie uns nicht mit diesen Anzügen vom Leib halten konnten.«

»Gut«, räumte Sky ein. »Aber diese Anzüge kosten ein Vermögen. Wer sich so einen leisten kann, sollte es eigentlich nicht nötig haben, Raubzüge in Seniorenwohnanlagen zu begehen.«

Joplin musterte sie mit einem Grinsen, das ziemlich unverhohlen deutlich machte, dass Sky ihm gefiel. »Das stimmt sicher. Aber die Ermittlerin sind Sie. Alle Fakten sinnvoll miteinander zu verknüpfen, überlasse ich Ihnen. Wir hier können nur sagen, was laut unseren Versuchen und Beobachtungen theoretisch möglich wäre.«

Sky lächelte zurück. »Na, dann fangen wir hier gleich mal mit unseren Ermittlungen an. Wie viele Wiedergänger müssten sich zum jetzigen Zeitpunkt zu experimentellen Zwecken in den Verliesen des Towers befinden und sind die auch wirklich alle hier? Und die gleiche Frage gilt für die Schutzanzüge. Wie viele gibt es davon und sind auch die alle, wo sie sein sollten?«

Joplin lachte auf. »Wow, so werden wir von hilfsbereiten Experten zu Hauptverdächtigen in weniger als zwei Sekunden.« Seine Augen blitzten vergnügt, als er Sky erneut musterte. »Sie wissen, wie Sie sich Freunde machen.«

»Reine Routine«, versicherte Sky mit einem Schmunzeln.

Doktor Michaels erhob sich. »Das verstehe ich. Selbstverständlich werden wir Ihnen unsere Wiedergänger zeigen. Aber ich versichere Ihnen, es gibt hier so viele Sicherheitsvorkehrungen, dass es niemandem möglich wäre, eins der Versuchsobjekte unbemerkt zu entwenden.«

Sie nahm die Silberbox mit dem Geist des besonderen Wiedergängers von ihrem Schreibtisch und reichte sie ihrer

Assistentin. »Hol ihn raus und füttere ihn, damit er wieder zu einem Wiedergänger wird. Er wird dann zwar einen neuen Körper bilden, was uns bei der Aufklärung der Ereignisse in der Wohnanlage vermutlich nicht weiterbringen wird. Aber für den Fall, dass es am Geist gelegen hat, sollten wir uns die Kreatur auf jeden Fall genauer ansehen.«

Sky und Connor erhoben sich ebenfalls und als sie gemeinsam das Büro der Wissenschaftlerin verließen, fragte Connor: »Wäre es möglich, dass dieser Wiedergänger aus einer neuen Art von Geist entstanden sein könnte?«

Michaels blieb vor den Aufzügen stehen und drückte den Knopf, um die Kabine zu rufen. »Sicher. Auszuschließen ist so etwas nie. Der Hocus hat sich vor gut hundert Jahren aus den Schattengeistern heraus entwickelt. Es ist daher nicht undenkbar, dass die Seelenlosen weitere Entwicklungen durchlaufen.«

»Füttert Sie Ihre Versuchsobjekte mit Ihrer eigenen Lebensenergie?«, erkundigte Sky sich an White gewandt.

Die nickte. »Meistens machen Lee und ich es. Oder die anderen. Es gibt noch fünf weitere Totenbändiger, die hier im Tower arbeiten.« Sie deutete zu ihrer Chefin. »Aber es gibt auch Normalos, die Lebensenergie spenden. Manche trainieren damit, die Berührungen von Geistern auszuhalten und zu blocken.«

»Um sie zu erforschen und besser zu verstehen, finde ich es sehr hilfreich, die Kräfte dieser Wesen selbst zu spüren, da ich sie so präziser einschätzen kann«, fügte Michaels hinzu und ließ Sky und Connor den Vortritt, als der Aufzug kam und die Türen sich öffneten. »Als Spuk ohne Totenbändigerfähigkeiten geht es Ihnen doch vermutlich ähnlich, nicht wahr?« Sie trat ebenfalls in den Aufzug und drückte einen Knopf für den Kellerbereich.

»Ja, definitiv«, stimmte Connor ihr zu. »Aber wie füttern Sie Wiedergänger? Die brauchen ja nicht nur Lebensenergie, sondern auch Organe, um ihre Körper zu festigen.«

»Wir geben ihnen die Innereien von Schweinen und Rindern. Es ist nicht ihr bevorzugtes Futter und manche verschmähen es zunächst, doch letztendlich siegt immer ihr Hunger und das Verlangen, ihren Körper dauerhaft zu behalten.«

Sie kamen im Keller an und mussten durch eine Sicherheitsschleuse mit Wachpersonal plus Ausweisscanner und Sky und Connor durften nur eintreten, weil Doktor Michaels und ihre beiden Assistenten sie begleiteten und ihre Anwesenheit erklärten.

»Das größte Problem an der Fütterung mit tierischen Organen ist, dass die Gehirne von Rindern oder Schweinen Wiedergänger nicht so intelligent machen wie menschliche Gehirne«, nahm Joplin das Gespräch wieder auf, als sie den Sicherheitsbereich passiert hatten. »Das merken wir jedes Mal, wenn wir menschliche Organe von Spendern bekommen, die ihre Körper nach dem Tod der Wissenschaft zur Verfügung stellen. Wenn ihre Organe nicht für Transplantationen infrage kommen, erhalten wir sie. Und gerade menschliche Gehirne bewirken Wunder, was die Intelligenz von Wiedergängern angeht.«

»Sie sagten, alle Wiedergänger hier in den Verliesen sind von Ihnen gezüchtet?«, fragte Sky nach, als sie am Ende des Gangs an einer Stahltür ankamen, die durch einen Fingerabdruckscanner gesichert war.

»Ja«, antwortete White. »Meistens aus Geistern, in die sich Wiedergänger zurückverwandelt haben, nachdem sie von Spuks mit Silberkugeln getötet wurden.« Sie hielt die Silberbox hoch. »So wie der hier. Wir haben aber auch schon welche aus normalen Geistern herangezüchtet, doch das dauert je nach Stadium des Geistes Wochen bis Monate.«

»Wir arbeiten aber an einem Sedativ«, erklärte Michaels, nachdem sie die Tür geöffnet hatte. »Damit bekämen wir die Möglichkeit, einen Wiedergänger aus freier Wildbahn einzufangen.

Eine natürlich entstandene Kreatur zu untersuchen, würde uns sicher noch mal ganz neue Erkenntnisse bringen.«

»Wie weit sind Sie mit der Entwicklung dieses Sedativs?«, erkundigte sich Connor.

Michaels seufzte. »Wir experimentieren mit verschiedenen Betäubungsmitteln, die in Zoos und Safariparks von Tierärzten zur Behandlung von Großwild eingesetzt werden, doch bisher haben wir noch keine Zusammensetzung gefunden, die so zuverlässig wirkt, dass wir sie für einen Feldtest freigeben könnten.«

Sie liefen durch einen weiteren Gang, dessen linke Seite aus einer großen Fensterfront bestand, die den Blick auf ein Labor freigab. Sechs Personen in Kitteln arbeiteten in der Mitte des Raums an verschiedenen Versuchstischen, auf denen Apparaturen mit Kolben und Reagenzgläsern aufgebaut waren. An den Wänden standen weitere Tische mit Zentrifugen, Inkubatoren, Laptops und Glaskästen, in denen man nur mit Handschuhen hantieren durfte.

Michaels deutete in den Raum. »Aber die Kollegen geben natürlich nicht auf.«

Sky runzelte die Stirn. »Wenn es noch kein wirksames Betäubungsmittel für Wiedergänger gibt, wie sollte es dann jemand schaffen, so einem Biest eine Kette oder ein Halsband umzulegen? Sobald man es versuchen würde, würde der Wiedergänger ausrasten und um sich schlagen. Bei der Kraft der Biester wären solche Schläge tödlich, völlig egal, ob man einen Schutzanzug trägt. Und selbst wenn man es schaffen sollte, einem Wiedergänger eine Art Leine anzulegen, würde er sich sicher mit aller Kraft dagegen wehren. Ohne die Möglichkeit ihn ruhiger oder zahmer zu machen, hätte man kaum eine Chance, ihn zu halten, geschweige denn, ihn irgendwie zu führen, um ihn bestimmte Personen töten zu lassen.«

Micheals schüttelte den Kopf. »Nicht unbedingt. Nur weil wir noch kein Mittel für Feldversuche freigegeben haben, heißt das nicht, dass es noch keine gibt, die funktionieren. Sie funktionieren nur nicht zuverlässig genug oder haben unerwünschte Nebenwirkungen.«

»Was heißt das?«, hakte Connor nach.

»Bislang ist die Wirkungsdauer der Mittel unberechenbar, was den Einsatz zu gefährlich macht, weil keiner sicher gewährleisten kann, wie lange der Wiedergänger sediert bleibt«, erklärte White. »Außerdem rufen die bisherigen Mittel eine erhöhte Aggressivität hervor, sobald die betäubende Wirkung nachlässt.«

»Okay«, meinte Sky. »Das würde zum Tatort in der Wohnanlage passen.«

Joplin bedachte sie mit einem verschmitzten Seitenblick. »Lassen Sie mich raten, jetzt möchten Sie auf jeden Fall auch noch den Vorrat unserer Betäubungsmittel überprüfen.«

Sky hob den Daumen. »Aber so was von.«

Knapp zwei Stunden später packten Sky und Connor einen neuen Vorrat an Silberboxen, Silberkugeln und Auraglue-Kartuschen in den Kofferraum ihres Dienstwagens. Die Überprüfung der Verliese hatte nichts Auffälliges ergeben. Die Wiedergänger waren vollzählig, ebenso die Schutzanzüge. Auch der Vorrat an Betäubungsmitteln stimmte mit den Angaben in den Bestandslisten überein, obwohl man diese Listen im Computer sicher leicht manipulieren konnte. Doch solange gegen keinen der Mitarbeiter des Towers ein begründeter Verdacht bestand, würde es schwer sein, eine Genehmigung zu bekommen, um die Computereinträge von der IT-Crowd der Polizei überprüfen zu lassen.

Sie stiegen in den Wagen und Connor steuerte das Tor an.

»Lass uns noch irgendwo anhalten und einen Kaffee trinken, bevor wir aufs Revier fahren, um einen fröhlichen Informationsaustausch mit Theo abzuhalten.« Sky unterdrückte ein Gähnen. Nach all der Aufregung am Abend zuvor war sie zwar todmüde ins Bett gefallen, doch wirklich erholsamen Schlaf hatte sie nicht gefunden. Zweimal war sie aus wirren Träumen aufgeschreckt und hatte danach ewig gebraucht, um wieder einzuschlafen.

»Nope.« Connor fädelte sich gekonnt in den Verkehr entlang der Themse ein. »Um des lieben Friedens willen bekommst du vor dem Gespräch besser kein Koffein.« Er grinste fies.

Sky schnaubte und knuffte ihm empört gegen den Oberschenkel. »Mieser Verräter. Wenn ich das gewusst hätte, hätte ich doch den Kaffee angenommen, den Joplin mir angeboten hat.«

Jetzt war es Connor, der schnaubte. »Ich bin mir ziemlich sicher, der Typ wollte dir nicht nur einen Kaffee anbieten.«

Sky schmunzelte. »Eifersüchtig?«

Er warf ihr einen Seitenblick zu. »Ich denke nicht, dass ich dafür einen Grund habe, oder?«

Da sie gerade an einer roten Ampel warten mussten, beugte Sky sich zu ihm herüber und gab ihm einen Kuss. »Nein, natürlich nicht.« Dann trat jedoch ein spitzbübisches Funkeln in ihre Augen. »Jedenfalls nicht, solange du beim nächsten Coffee Shop anhältst und ich meinen Kaffee bekomme.«

Kapitel 3

Das Gebrabbel von *London News Network* drang in seinen Schlaf und das warme Gewicht von Watson lag auf seiner Hüfte. Der kleine Katzenjunge genoss es, dass Gabriel den Vormittag auf der Couch verbrachte. Er hatte sich schon vor Stunden zu ihm gekuschelt, als hätte er sich mit der Erzieherfraktion des Hauses verbündet, um aufzupassen, dass Gabriel Ruhe hielt und sich schonte.

Als ob er dafür einen Aufpasser gebraucht hätte. Alleine den Weg aus seinem Zimmer im zweiten Obergeschoss hinunter ins Wohnzimmer hatte sein Kreislauf schon als Zumutung empfunden – und die Wunden an Schulter und Brust sahen das ganz ähnlich. Auch jetzt puckerten sie wieder leicht. Das Schmerzmittel ließ nach. Für die Nacht hatte sein Vater ihm etwas gespritzt, ebenso heute Morgen, als er sich die Wunden noch einmal angesehen hatte, bevor er in seine Praxis gefahren war. Laut ihm sah alles den Umständen entsprechend gut aus und Gabriel sollte jetzt auf Tabletten umschwenken, wenn die Schmerzen zu schlimm wurden. Alle vier Stunden eine. Nicht mehr und nicht öfter.

Gabriel seufzte tief und blinzelte, um die bleierne Müdigkeit zu vertreiben, die ihm seit der Nacht in den Knochen steckte.

»Hey, Sleepyhead. Rise and shine.«

Die unerwartete Stimme ließ ihn zusammenzucken, was seine Schulter mit einer heftigen Schmerzwelle quittierte.

»Hey«, stöhnte er durch zusammengebissene Zähne. »Was machst du denn hier?«

»Ich würde jetzt gerne sagen: einem heißen Kerl beim Schlafen zusehen. Aber das wäre gelogen.« Matt musterte ihn kritisch, als Gabriel sich in Zeitlupentempo aufsetzte. Er war kreidebleich und kämpfte sichtlich mit Kreislaufproblemen, als er sich erschöpft gegen die Sofalehne sinken ließ. »Du siehst echt beschissen aus.«

Gabriel schloss die Augen und lehnte den Kopf gegen die Rückenlehne. »Danke. An deinen Komplimenten solltest du dringend arbeiten.«

»Das sollte gar keins sein. Du siehst wirklich beschissen aus.«

»Lass du dich von einem Wiedergänger aufschlitzen, dann schauen wir mal, wie heiß du am nächsten Morgen aussiehst.«

Matt lächelte erleichtert, weil es seinem Freund zumindest so gut ging, dass er schon wieder kontern konnte.

Watson kuschelte sich erneut an Gabriel und legte demonstrativ eine Pfote auf dessen Oberschenkel, als wollte er ihm damit zu verstehen geben, dass sich aufzusetzen genehmigt war, aufstehen aber noch nicht zur Debatte stand. Gabriel streichelte dem kleinen Kater übers Fell, dann zwang er seine Augen wieder auf und sah zu Matt hinüber, der anscheinend gut versorgt mit Kaffee und Keksen auf der zweiten Couch herumgelungert und Nachrichten geschaut hatte.

»Hat Sky dir erzählt, was passiert ist?«

»Yep. Auch, dass du dein Leben riskiert hast, um ihres zu retten.«

Müde rieb Gabriel sich über die Augen. »Ich wünschte, sie würde da keine so große Sache draus machen. Ich hab sie bloß zur Seite gestoßen. Es war einfach ein Reflex.«

Matt musterte ihn durchdringen. »Ja, klar.«

Die Ironie in seiner Stimme war nicht zu überhören, doch Gabriel fühlte sich zu k. o., um die Sache auszudiskutieren. Außerdem klopfte der Wundschmerz in seiner Schulter mittlerweile deutlich heftiger und er warf einen Blick auf die Uhr, die auf dem Kaminsims stand. Kurz nach halb zwei. Also konnte er einen der Schmerzkiller schlucken, bevor es noch schlimmer wurde. Das Höllenfeuer, das direkt nach der Attacke in Schulter und Brust gebrannt hatte, brauchte er nämlich definitiv kein zweites Mal. Er beugte sich vor, merkte aber sofort, wie sein Kreislauf wieder verrücktspielte.

Verdammt.

Sein Blutdruck war zu niedrig, seit ihm gestern einiges der lebenswichtigen Flüssigkeit verloren gegangen war. Ächzend sank er zurück.

»Was brauchst du?« Matt schwang sich von der zweiten Couch und kam zu ihm herüber.

»Wasser«, murmelte Gabriel genervt, weil sein Körper ihm gerade Grenzen setzte, die ihm nicht passten. »Und eine von den Pillen.« Er deutete zum Sofatisch, wo sein Dad alles für ihn bereitgestellt hatte.

Matt reichte ihm Wasserglas und Tablette und drückte dabei kurz Gabriels Hand. Dann wandte er sich einer bunten Teekanne zu, die auf einem Stövchen ebenfalls auf dem Sofatisch stand.

»Deine Granny hat mir eingeschärft, dir den hier zu geben, sobald du aufwachst.« Er goss eine Tasse ein und tauschte sie gegen das Wasserglas, nachdem Gabriel die Schmerztablette geschluckt hatte. »Ist irgendein Wundermittel, das dich schnell wieder auf die Beine bringen soll.« Er verzog mitfühlend das Gesicht. »Ich hoffe, es schmeckt besser als es riecht.«

Übles ahnend stöhnte Gabriel. »Vermutlich nicht. Wo ist Granny überhaupt?« Er sah zum Durchgang, der auf den Flur hinausführte. »Wundert mich, dass sie noch nicht hier aufgetaucht ist, um nach mir zu sehen.«

»Sie ist vor einer Viertelstunde mit deiner Mum zum Einkaufen gefahren, weil ich versprochen hab, bei dir zu bleiben und aufzupassen, dass du dich nicht von der Couch wegbewegst.«

Matt warf sich wieder auf das zweite Sofa und strich seine bunten Haare zurück, die wie immer in Stirn und Nacken ein bisschen zu lang waren. Kein Mensch wusste, was Mutter Natur sich bei seinen Haaren gedacht hatte. Nicht nur, dass sie in einem wilden Mix aus rosa und hellblauen Strähnen kreuz und quer durcheinander wucherten, sie wuchsen auch sofort nach, sobald er sie kurz schneiden ließ. Färben funktionierte auch nicht. Das Einzige, das funktioniert hatte, waren Strähnchen in Schwarz und Dunkelgrün. Die schienen seinem Schopf sogar so gut zu gefallen, dass die Haare jetzt in dieser Farbe nachwuchsen.

Gabriel runzelte die Stirn. »Sorry, dass sie dich so eingespannt haben. Wenn du zu einem Job musst, dann geh ruhig. Ich bin okay.«

Matt bedachte ihn mit einer hochgezogenen Augenbraue. »Also okay sieht definitiv anders aus. Und keine Sorge. Ich hab den Krankendienst freiwillig angeboten. Den Job kriegen die anderen heute auch alleine hin. Im Moment haben wir keine wirklich gefährlichen Einsätze. Nur jede Menge reiche Schnösel, die vor Äquinoktium noch mal die Sicherungen an ihren Häusern überprüfen lassen wollen, obwohl die meisten von ihnen sich halbe Eisenfestungen haben bauen lassen. Da brauchst du nur von außen einen kurzen Blick drauf zu werfen, um zu sehen, dass da kein Seelenloser reinkommt. Mal ganz davon abgesehen, dass zig Magnesiumlampen, die in deren Straßen und auf deren Grundstücken stehen, sowieso alles Untote auf einen Kilometer Abstand halten.« Er rollte die Augen, grinste dann jedoch geschäftstüchtig. »Aber natürlich nehmen sich die Ghost Reapers trotzdem die Zeit und überprüfen gewissenhaft alle Zugänge zu Grundstücken und Häusern auf mögliche Schwachstellen.«

»Natürlich«, gab Gabriel todernst zurück. »Immerhin werdet ihr nach Stunden bezahlt.«

Matts Grinsen wurde noch ein bisschen breiter. »Exakt. Und die reichen Schnösel schätzen es sogar, wenn wir uns viel Zeit nehmen. Bei denen scheint nur das einen Wert zu haben, wofür sie ordentlich zahlen müssen. Dann empfehlen sie uns sogar gerne weiter. Es gewinnen also beide Parteien.«

Gabriel lächelte. »Es freut mich, dass es für dich so gut läuft. Wirklich. Das hast du echt verdient.«

Nachdem Gabriel trotz rebellischer Teenagerphase und jeder Menge gemeinsamen Mistbauens mit Matt sein Abitur geschafft hatte, verhalf Thad ihm und Sky als zwei der ersten Totenbändiger zu Ausbildungsplätzen an der Polizeiakademie. Für Matt hatte Thad sich ebenfalls eingesetzt, doch da er kein Abitur vorweisen konnte, war er abgelehnt worden. Edna hatte ihm damals zwar angeboten, ihm dabei zu helfen, sein Abitur nachzuholen, doch Matt hatte abgelehnt. Er war ein Praktiker und wollte mit knapp zwanzig nicht noch mal die Schulbank drücken. Und wenn die Polizei ihn nicht wollte, dann eben nicht. Ein paar Jahre lang hatte er sich mit Gelegenheitsjobs über Wasser gehalten und seinen Eltern im Mean & Evil ausgeholfen, bis er vor gut zwei Jahren die Ghost Reapers gegründet hatte, eine Agentur, an die sich Menschen mit Geisterproblemen wenden konnten.

Matt erwiderte das Lächeln und wies dann auf die Tasse in Gabriels Hand. »Ich sehe dich nicht trinken, also los. Ich will keinen Ärger mit deiner Grandma. Sie hat diesen Blick drauf. Genau wie Lorna. Echt furchteinflößend.«

Gabriel schnitt eine Grimasse. »Ich glaube, diesen Blick perfektionieren Eltern und Großmütter im Laufe der Zeit.« Er nahm einen Schluck vom Tee und hatte das Gefühl, all seine Geschmacksnerven würden gepeinigt aufschreien.

Mitfühlend zog Matt die Nase kraus. Alleine der Geruch schreckte ihn schon ab. Er deutete zum Sofatisch, auf dem neben Teekanne, Wasser und Tabletten ein hellblauer Pappkarton stand. *Daisey's Pasties* schnörkelte sich in einem Schriftzug, der aussah wie weißer Zuckerguss, über den Deckel.

»Ich hab dir Donuts mitgebracht. Vielleicht helfen die dabei, das fiese Gebräu hinunterzuwürgen.«

»Donuts?«

Mit einem verschmitzten Blick hob Matt die Schultern. »Na, die essen Polizisten doch so gerne, oder nicht? Und nach deinem heldenhaften Einsatz gestern hast du dir definitiv welche verdient.«

»Ich glaube, du verwechselst da was. Donuts sind was für amerikanische Streifencops. Ich bin ein britischer Spuk.«

Matt lachte auf. »Ach so! Was hätte der werte Herr denn stattdessen lieber gehabt? Ein paar Gurkensandwiches? Oder Plum Pudding?«

Gabriel verzog das Gesicht. »Okay, ich glaube, so britisch bin ich dann doch nicht.«

»Dann also doch einen Donut.« Matt wollte sich wieder von der Couch schwingen, um Gabriel die Schachtel zu geben, doch der winkte ab.

»Im Moment nicht. Aber danke. Nicht nur fürs Mitbringen.«

»Kein Ding.«

Sie schwiegen eine Weile, als auf dem Nachrichtensender die Werbepause endete und ein Sprecher die aktuellen Schlagzeilen aus London verkündete. Dazu gehörte natürlich der Brand in der Elderly-Flowers-Seniorensiedlung.

»Euer Fall ist schon den ganzen Vormittag über in den Top News.« Matt nahm sich einen der Kekse, die Ella und

Jaz gebacken hatten. »Sky hat mir heute früh alles von letzter Nacht erzählt, aber in den Nachrichten halten sie einiges davon zurück. Da berichten sie nur vom Feuer und spekulieren, was die Ursache gewesen sein könnte.«

»Vermutlich, um die Bevölkerung vor der Unheiligen Nacht nicht zu beunruhigen. Wenn rauskäme, dass ein Wiedergänger den Eisenzaun der Wohnanlage überwunden und die Bewohner abgemetzelt hat …« Gabriel seufzte und sparte sich weitere Ausführungen.

»War es denn wirklich der Wiedergänger? Sky meinte, der Tatort wäre seltsam gewesen. Wisst ihr dazu mittlerweile mehr?«

Gabriel erzählte ihm das, was Sky ihm im Telefonat nach ihrem Treffen mit Thad, Darrow und Theo am Tatort erzählt hatte, und er spielte ihm eine Sprachnachricht vor, die Sky nach ihren Ermittlungen im Tower geschickt hatte. Auch da hatte sie zuerst versucht, ihn anzurufen, doch das Schmerzmittel, das sein Vater ihm am Morgen gespritzt hatte, hatte ihn müde gemacht und er war noch mal eingeschlafen. Die Sprachnachricht war gerade zu Ende, als sie hörten, wie die Haustür geöffnet wurde. Kurz darauf erschienen Sky und Connor im Wohnzimmer.

»Hey. Du bist wach. Und du hast Besuch, sehr schön«, stellte Sky erfreut fest, als sie Matt sah. Nicht, dass sie etwas anderes erwartet hatte, nachdem sie ihn am Morgen mit dem geschockt hatte, was am Abend zuvor geschehen war. »Wie fühlst du dich?« Sie musterte ihren Bruder. »Du siehst immer noch ziemlich bescheiden aus.«

Gabriel verdrehte die Augen. »Ihr seid alle wirklich wahnsinnig aufbauend, wisst ihr das? Wie wäre es denn mal mit einem netter formulierten Satz wie: Dafür, dass du dich mit einem tollwütigen Wiedergänger angelegt hast, siehst du echt schon wieder bombig aus!«

Sky grinste und wühlte ihm liebevoll durch die zerzausten Haare. »Okay, hast recht. Wir arbeiten daran, versprochen.« Sie zog ihre Jacke aus und warf sie über die Sofalehne. »Aber zuerst brauche ich ein Sandwich und einen heißen Tee. Es ist echt kühl geworden. Und nach dem Dienstgespräch, bei dem ich eine Stunde lang Theo aushalten musste, brauche ich jetzt definitiv Schokolade.«

»So viel Frust?«, fragte Gabriel mitfühlend.

»Nee. Eher eine Belohnung dafür, dass ich Theo nicht an die Gurgel gegangen bin.«

Matt lachte. »Ich hab Donuts von Daisey's mitgebracht. Da sind auch welche mit Schokolade dabei.«

»Echt? Oh Mann, ich liebe dich!«

Connor ließ sich neben Matt auf die Couch fallen und begrüßte ihn mit einem Fistbump. »Sie meint das nur platonisch.«

Wieder lachte Matt und sah neckend zwischen Sky und Connor hin und her. »Bist du dir da ganz sicher?«

»Yep, Heiratspläne schmiedet sie nur mit Lee Joplin vom Tower, weil ich sie nicht mit einer Überdosis Koffein im Blut in das Dienstgespräch mit Theo hab ziehen lassen.«

Sky warf ein Sofakissen nach ihm. »Will sonst noch jemand ein Sandwich?«, fragte sie dann und als alle bejahten, dolchte sie ihre Zeigefinger Richtung Connor und Matt. »Na, dann schwingt eure hübschen Hintern mal mit mir in die Küche und helft.«

Kapitel 4

Zehn Minuten später saßen die vier mit Tee, Kaffee und Sandwiches wieder zusammen im Wohnzimmer und Connor und Sky berichteten, welche neuen Ergebnisse das Dienstgespräch gebracht hatte.

»Bei der Obduktion fanden sich Spuren eines Betäubungsmittels in den Körpern«, sagte Sky zwischen zwei Sandwichbissen. »Die Gerichtsmedizin kann es aber noch nicht für alle Toten bestätigen. Einige sind so stark verbrannt, dass die Tests an diesen Leichen vermutlich keine Erkenntnisse bringen werden. Aber bei den bisher Untersuchten konnten sie es jedes Mal nachweisen. Fragt mich jetzt nicht nach der genauen chemischen Bezeichnung, aber es ist irgendein verdammt starkes Zeug, das einen Menschen sofort ausknockt, sobald man es ihm verabreicht.«

»Okay«, meinte Gabriel nachdenklich. »Das heißt, wir gehen dann jetzt davon aus, dass sich gestern Nachmittag zur Teezeit irgendjemand Zugang zur Wohnanlage und in die einzelnen Häuser verschafft hat. Dort hat er den Bewohnern ein Betäubungsmittel verpasst und als alle ausgeschaltet waren, hat er den Wiedergänger auf sie losgelassen, um es wie einen Angriff der Bestie aussehen zu lassen.«

Connor nickte. »Yep. Wir haben uns gewundert, wieso keiner der Bewohner geschrien hat, als plötzlich der Wiedergänger in ihren Häusern stand. Die Antwort haben wir jetzt: Sie haben ihn gar nicht gesehen. Der oder die Täter haben sie vorher betäubt.«

»Klingt ja fast schon human.« Matt nahm einen Schluck Kaffee. »Aber warum das Ganze? Ich verstehe, dass man einen Mord verschleiern und als Wiedergängerattacke tarnen will. Aber warum wollte irgendjemand die alten Leute überhaupt umbringen?«

»Das wissen wir noch nicht«, seufzte Sky. »Raubmord wäre naheliegend, aber laut der Gerichtsmediziner war das Betäubungsmittel so stark, dass es die Bewohner für mehrere Stunden ausgeschaltet hätte. Damit hätten die Täter mehr als genug Zeit gehabt, Geld und Wertsachen in den Häusern zu suchen und wieder zu verschwinden. Sie hätten niemanden umbringen müssen. Schon gar nicht so kompliziert mit einem Wiedergänger, denn den zu händeln, ohne selbst dabei draufzugehen, ist ja nun mal ziemlich riskant.«

»Yep.« Gabriel verzog das Gesicht und rieb sich vorsichtig über seine verletzte Schulter. »Außerdem haben wir in den Häusern keinerlei Hinweise darauf gefunden, dass da irgendwas nach Wertsachen durchwühlt worden ist.«

»In wie vielen Häusern wart ihr denn?«, fragte Matt und nahm sich ein zweites Sandwich.

»In dreien. Von zehn«, antwortete Connor. »Das vierte hatte der Wiedergänger zerlegt, falls da also irgendwas durchwühlt worden ist, war das nicht mehr zu erkennen. In den anderen Häusern waren wir nicht und durch das Feuer und die Explosionen dürfte es schwer festzustellen sein, ob dort nach Wertsachen gesucht wurde und irgendwas fehlt.«

Matt nickte. »Raubmord klingt irgendwie trotzdem eher unwahrscheinlich, wenn ihr mich fragt«, nuschelte er an einem Sandwichbissen vorbei. »Wie Sky schon sagte, um die alten Leute auszurauben, hätte man sie nicht töten müssen, und die

Sache mit dem Wiedergänger wäre viel zu kompliziert. Und warum dann on top noch alles anzünden? Wenn jemand die Morde einem Wiedergänger in die Schuhe schieben wollte, wäre er vielleicht damit durchgekommen. Aber mit Brandstiftung wird es dann doch wieder ziemlich verdächtig.«

Connor nickte ebenfalls. »Ja, so richtig passt da nichts zusammen.«

Gabriel stellte den Teller mit seinem Sandwich weg. Der richtige Appetit fehlte ihm – oder er war ihm von Grannys widerlichem Kräutertrank genommen worden. »Vielleicht ist das der Schlüssel zur Antwort. Es war ein Irrer, der irgendwelche kranken Fantasien ausleben wollte. Er hat die Bewohner betäubt, hatte dann Spaß daran, den Wiedergänger auf sie zu hetzen und zuzusehen, wie er sie ausweidet. Und ganz zum Schluss steckt er alles in Brand. Entweder um Spuren zu verwischen oder weil ihm so ein riesiges Feuer, das es garantiert in die Nachrichten schafft, den ultimativen letzten Kick gibt.«

»Das wäre aber wirklich megagestört«, meinte Connor stirnrunzelnd.

Gabriel schnaubte zynisch. »Nicht mehr, als irgendein Irrer, der Totenbändigerkinder in Kisten einsperrt und zig Leuten die Kehlen aufschlitzt.«

Sky seufzte. »Stimmt. Aber gleich zwei so Irre hier in London? Wie wahrscheinlich ist das?«

»Im Großraum London leben knapp fünfzehn Millionen Menschen«, warf Matt ein. »Ich denke nicht, dass zwei solche Irren da wirklich so unwahrscheinlich sind.«

Sky stöhnte wenig erbaut, stellte ihren leeren Teller weg und nahm ihren Tee. »Okay, mag sein, dass es prozentual gesehen wirklich nicht unwahrscheinlich ist. Aber dass sie sich beide Camden als Stadtteil aussuchen, wäre schon ein ziemlich seltsamer Zufall, oder?«

»Vor dreizehn Jahren war der Tatort nicht in Camden«, gab Gabriel zu bedenken. »Das Herrenhaus lag in Wimbledon. Und die Leichen, die wir unter Golders Hill gefunden haben, waren dort nur abgelegt worden. Der Tatort muss also nicht in Camden gewesen sein.«

»Könnte es sein, dass es ein und derselbe Irre ist?«, warf Matt in den Raum. »Vielleicht hat er irgendwie mitbekommen, dass ihr die neuen Leichen gefunden habt und jetzt will er euch mit diesem seltsamen Tatort und dem Brand in der Wohnanlage ablenken. Wenn ihr in einem neuen Fall ermitteln müsst, habt ihr keine Zeit, den Leichenfunden nachzugehen und einen dreizehn Jahre alten Fall wieder aufzurollen.«

Die drei ließen sich das für einen Moment durch den Kopf gehen.

»Das wäre ziemlich krass«, murmelte Sky.

»Macht aber von allen bisherigen Theorien am meisten Sinn«, meinte Connor. »Und dass dieser Dreckskerl mit *krass* keine Probleme hat, ist ja offensichtlich. Wer zweimal achtundsiebzig Menschen die Kehlen durchschneidet, Zeugen tötet und mit kleinen Kindern tödliche Experimente durchführt, hat mit Sicherheit auch keine Skrupel, einundzwanzig Rentner plus zwei Pförtner umzubringen.«

Gabriel nickte finster. »Und wenn er Experimente mit Totenbändigerkindern und Geistern macht, besitzt er auch sicher Schutzkleidung wie diesen Silberanzug, den der Täter von gestern getragen haben muss, damit der Wiedergänger nicht auch ihn zerfleischt.«

»Die Vorstellung, dass es jemanden gibt, der so krank ist, ist trotzdem heftig.« Seufzend rieb Sky sich übers Gesicht und massierte kurz ihre Schläfen. »Denn ganz ehrlich, bei dem muss doch jedes bisschen Menschlichkeit fehlen. Das ist ein Monster – und er läuft frei herum.«

»Aber wenn es wirklich ein und derselbe Täter sein sollte, haben wir mit seiner neuen Tat eine echte Chance, ihn zu erwischen.« Voller Genugtuung ballte Gabriel die Hand zur Faust.

»Freu dich nicht zu früh. So wahnsinnig viele neue Hinweise, denen wir nachgehen könnten, haben wir gar nicht«, gab Connor zu bedenken. »Die Aufzeichnungen der Überwachungskameras an der Wohnanlage wurden durch das Feuer zerstört und außerhalb der Anlage liegt die nächste Kamera der Verkehrsüberwachung zu weit entfernt, als dass deren Aufnahmen uns helfen würden.«

»Gibt es keine Überwachungskameras an den Häusern in der Nachbarschaft?«, fragte Matt. »Wohlhabende Leute installieren die ja gerne auf ihren Grundstücken. Vielleicht gibt es da eine Kamera, die was eingefangen hat.«

»Das überprüft Theo, aber ich mache mir keine großen Hoffnungen«, antwortete Sky. »Die Elderly-Flowers-Anlage liegt zwar in einer ganz guten Gegend, aber es ist trotzdem Camden und kein Viertel der Superreichen. Die Leute dort haben eher in Eisensicherungen und Magnesiumlampen investiert, nicht in lückenlose Videoüberwachung.«

»Ich schätze, unsere besten Chancen, eine Spur zu dem Kerl zu finden, sind der Schutzanzug, der Wiedergänger und das Betäubungsmittel, das er brauchte, um das Biest kontrollieren zu können«, meinte Connor. »Eventuell könnte uns auch noch das Mittel weiterhelfen, mit dem die Senioren betäubt wurden, falls das etwas Besonderes ist und nicht bei Dealern an jeder zweiten Straßenecke oder im Darknet gekauft werden kann. Da sollten wir in der Gerichtsmedizin noch mal nachhören, sobald sie ihre Untersuchungen abgeschlossen haben.«

Sky goss sich Tee nach und wärmte ihre Finger an der Tasse. »Okay, obwohl ich nicht glaube, dass wir damit weiterkommen werden. Und beim Schutzanzug sieht es ganz ähnlich aus, fürchte ich. Ja, das Ding ist schweineteuer und es gibt nur zwei Firmen, die sie herstellen. Aber wir haben keine Ahnung, wann unser Täter sich das Ding gekauft hat. Es gab diese Anzüge schon vor dreizehn Jahren. Und selbst wenn er sich zwischendurch eine neue Version gekauft hat, weil die Dinger weiterentwickelt wurden und heute deutlich besser sind als damals, sind das sicher hunderte von Kundenbestellungen, die wir durchgehen müssen.«

»Nicht zu vergessen, der Schwarzmarkt«, warf Matt ein. »Wenn alte Anzüge in Betrieben ausgemustert und gegen neue ersetzt werden, ergeben sich immer Möglichkeiten, inoffiziell so was zu erwerben. Diese Spur zu verfolgen, dürfte daher wirklich schwierig sein. Und vermutlich führt sie zu nichts.«

»Damit bleiben dann nur der Wiedergänger und das Betäubungsmittel«, seufzte Sky.

»Und die beiden Schattengeister«, fügte Connor hinzu. »Die können nicht von den Bewohnern stammen, dafür waren sie zu zeitnah verstorben. Also muss dieser Kerl nicht nur den Wiedergänger, sondern auch die beiden Schatten mit in die Wohnanlage gebracht haben.«

»Das hinzubekommen, ist aber nicht weiter schwer«, sagte Matt. »Für die Geister reichen einfache Silberboxen. Man fängt die Biester ein und lässt sie wieder frei. Das kann jeder, der mit Silberboxen und Auraglue-Waffen umgehen kann. Also zum Beispiel alle unabhängigen Geisterjäger – und auch alle Spuk Squads.«

»Super«, ächzte Connor. »Ermittlungen in den eigenen Reihen. Was für ein Spaß.«

Gabriel schüttelte den Kopf. »Das glaube ich nicht. Spuks und Geisterjäger sind ja nicht die Einzigen, die an Silberboxen und Auraglues herankommen. Laut neuem Waffengesetz kann die jetzt jeder kaufen. Das gilt zwar erst seit diesem Jahr, aber im Darknet oder auf dem Schwarzmarkt war es auch schon vorher kein Problem, an die Sachen heranzukommen – wenn man bereit ist, genug Cash dafür hinzublättern. Und Jamal wird sicher auch nicht der einzige Tüftler unter der Sonne sein, der eigene Silberboxen zusammenbasteln kann.«

Jamal war der Technik-Nerd der Ghost Reapers. Um in der Dunkelheit mit seinen Kollegen Geisterjagen zu gehen, fehlte ihm die nervliche Konstitution, doch er betrieb gemeinsam mit seinen Eltern ein Elektronikgeschäft, in dem sie Alarmanlagen sowie Schutz- und Abwehrsysteme gegen Geister und Wiedergänger entwickelten. Zusätzlich bastelte Jamal ständig an Dingen herum, um den Ghost Reapers ihre Arbeit zu erleichtern.

Sky nahm einen Schluck Tee und spielte dann am Henkel ihrer Tasse herum. »Okay, also sind die Schattengeister auch keine große Hilfe. Die Spur dürfte ähnlich im Sande verlaufen wie die des Schutzanzugs. Bleiben noch der Wiedergänger und das Betäubungsmittel. So ein Biest einzufangen, gefangen zu halten und mit irgendwelchen Drogen zu kontrollieren, ist schwierig und das bekommen sicher nicht viele Menschen hin. Zumal Doktor Michaels meinte, dass die Forschung noch kein zuverlässiges Betäubungsmittel gefunden hat. Sicher mag es auch da private Tüftler geben, die an so was herumexperimentieren, vor allem, wenn es solche Spinner sind, die sich Geister oder Wiedergänger als eine Art Haustier halten. Aber in den Forscherteams des Towers arbeiten die besten Wissenschaftler des Landes und wenn die noch kein zuverlässiges Mittel gefunden haben, wer dann?«

»Echt jetzt?« Matt bedachte sie mit einem schiefen Blick.

Sky erwiderte ihn stirnrunzelnd. »Hm? Was meinst du?«

Ungläubig sah Matt von ihr zu Gabriel, doch der blickte ihn genauso verwirrt an. »Nicht euer Ernst!« Matt schüttelte den Kopf und fuhr sich durch seinen Haarschopf. »Ich weiß ja, dass eure Mum euch von den dunkleren Seiten unserer Community ferngehalten hat, aber habt ihr wirklich keine Ahnung?«

»Wovon denn?«, knurrte Gabriel ungeduldig.

»Vom Fight Club.«

»Welcher Fight Club?«, fragte Connor sofort. Für ihn als Normalo, der fernab von jeglichen Totenbändigern in einem kleinen Dorf in Sussex aufgewachsen war, war noch immer vieles aus der Welt seiner Freunde neu, obwohl er Sky und Gabriel jetzt schon seit fünf Jahren kannte.

»Es gibt in Brixton einen Fight Club. Höchst illegal und dementsprechend natürlich auch ziemlich geheim.« Matt sah wieder von Sky zu Gabriel. »In unserer Community ist er allerdings ein eher offenes Geheimnis.«

»Warum?«, wollte Sky wissen. »Weil er von Totenbändigern betrieben wird?«

»Exakt. Dort werden verschiedene Arten von Kämpfen gezeigt. Totenbändiger gegen Geister. Totenbändiger gegen Wiedergänger. Totenbändiger gegen Totenbändiger. Es gibt relativ harmlose Veranstaltungen, in denen nur Showkämpfe laufen, aber es finden auch Wettkämpfe statt, in denen es ziemlich heftig zugeht. Die Leute können dann Wetten darauf abschließen, wie die Kämpfe ausgehen.«

»Sag mir bitte nicht, man wettet da auf Leben und Tod«, hakte Sky nach.

Matt hob die Schultern. »Klar. Bei den Kämpfen gegen Geister und Wiedergänger ist das eigentlich immer der Fall. Treten zwei Totenbändiger gegeneinander an, ist es seltener, dass die Kontrahenten wirklich bis zum Äußersten gehen.«

»Aber es kommt vor, dass sich zwei von uns duellieren, bis einer stirbt? Ernsthaft?!« Fassungslos schüttelte Sky den Kopf. »Das ist barbarisch!«

Wieder hob Matt bloß die Schultern. »Der Tod eines Totenbändigers interessiert weder die Behörden noch die Gesellschaft sonderlich, deswegen interessiert es auch keinen, ob wir uns untereinander irgendwas antun. Im Gegenteil. Wenn sie davon wüssten, fänden sie es vermutlich sogar noch cool, dass wir uns gegenseitig abmurksen.«

»Ja, aber deshalb müssen wir es doch nicht tatsächlich tun!«, ereiferte Sky sich aufgebracht.

»Für viele Totenbändiger ist es immer noch schwierig, Jobs zu bekommen. Und wenn sie einen bekommen, werden sie oft ausgebeutet und schlecht bezahlt. Die Kämpfer im Fight Club verdienen ziemlich gut und manche sind in der Szene echte Stars. Niemand wird gezwungen, zu kämpfen. Sie machen alles freiwillig und jeder bestimmt selbst, welches Risiko er oder sie eingehen will.«

Connor schnaubte sarkastisch. »Aber ich wette für die spektakulären Kämpfe auf Leben und Tod kassieren sie deutlich mehr. Also wird es mit Sicherheit immer wieder Kämpfer geben, die zu viel riskieren, weil ein Batzen Kohle ziemlich verführerisch ist.«

»Sicher. Aber das ist deren Entscheidung«, gab Matt zurück. »Und sind wir ehrlich: Ihr Spuks macht ja auch nichts anderes. Ihr werdet dafür bezahlt, dass ihr jeden Abend da rausgeht und euer Leben beim Geisterbändigen riskiert. Es mag nicht so eigennützig sein wie im Fight Club, weil ihr für die Sicherheit der Stadt sorgt. Aber das Prinzip ist eigentlich das gleiche: Ihr riskiert für Geld euer Leben. Der große Unterschied besteht nur darin, dass ihr für die Risiken und Gefahren, die ihr dabei auf euch nehmt, lachhaft schlecht bezahlt werdet und nicht annähernd die Anerkennung und Wertschätzung bekommt, die ihr dafür verdienen würdet. Schon gar nicht Gabe und Sky. Ich finde es daher kein bisschen verwerflich, wenn Totenbändiger im Fight Club kämpfen und so versuchen, sich ein besseres Leben aufzubauen.«

Connor schwieg.

»Woher weißt du so viel über den Club?«, wollte Gabriel wissen.

Matt grinste schief. »Hallo? Informationen und Connections gehören zu meinem Geschäft. Das weißt du.«

»Nein, komm mir nicht mit diesem Blabla.« Gabriel spießte seinen Blick in seinen Ex. »Du hast dort selbst gekämpft, stimmt's?«

Matt zuckte leichthin mit den Schultern. »Vielleicht.«

»Ernsthaft?«, fuhr Gabriel ihn an. »Bist du bescheuert? Wann?«

»Hey, reg dich nicht auf. Das ist für deinen Blutdruck heute bestimmt nicht so genial.«

»Scheiß auf meinen Blutdruck! *Wann?*«

Matt schnaubte und verdrehte die Augen. »Sagen wir einfach, meine rebellische Phase dauerte länger als deine. Aber es ist schon ewig her, okay?«

Gabriel ließ ihn weiterhin nicht aus den Augen. »Fünf Jahre?«

Matt und er hatten sich getrennt, als Gabriel mit Sky auf die Polizeiakademie gegangen waren. Zum einen, weil die Ausbildung anspruchsvoll war und ihm kaum Freizeit gelassen hatte, zum anderen, weil sie einfach nicht mehr gut füreinander gewesen waren. Sie waren wie Feuer und Dynamit und hatten gemeinsam immer schlimmeren Mist gebaut, der ihnen immer häufiger und immer gefährlicher um die Ohren geflogen war. Sie waren wütend auf die Gesellschaft gewesen, die sie dafür ablehnte und diskriminierte, dass sie Totenbändiger waren – etwas, das sich keiner von ihnen ausgesucht hatte. Doch sie waren es gerne und wollten sich für ihre Fähigkeiten nicht schämen müssen oder ständig unter Generalverdacht gestellt werden. Sie hatten gegen die Ungleichbehandlung rebelliert und Wut und Frust zu oft in Alkohol ertränkt, der sie leichtsinnige und selbstzerstörerische Dinge hatte tun lassen.

Als Gabriel an der Polizeiakademie aufgenommen worden war, hatten die strengen Strukturen der Ausbildung und das harte körperliche Training ihm dabei geholfen, sich wieder in den Griff zu bekommen. Die Polizei war bereit, ihm eine Chance zu geben, und er hatte allen beweisen wollen, dass Totenbändiger genau die verdienten. Sein Kontakt zu Matt war damals für fast ein Jahr abgebrochen, doch schließlich hatten sie sich wieder zusammengerauft und heute war Matt einer seiner besten Freunde. Hin und wieder auch mit gewissen Vorzügen.

»Könnte hinkommen. Aber ich denke nicht, dass mein Lebenslauf jetzt hier das Thema ist, oder?«, gab Matt zurück.

»Das heißt, du denkst, jemand aus dem Fight Club könnte hinter der Sache stecken?«, hakte Connor nach.

Abwehrend hob Matt die Hände. »Das habe ich nicht gesagt. Ich war schon ewig nicht mehr in dem Club und hab keine Ahnung, wer da gerade rumhängt und wie die alle drauf sind. Der Boss ist aber immer noch derselbe.«

»Aber wenn sie in diesem Club gegen Geister und Wiedergänger kämpfen, sollten wir uns dort auf jeden Fall mal umsehen«, befand Connor. »Es wird da ja nicht nur die Kämpfer geben, sondern auch Personal, also etliche Leute, die sich an Geistern und Wiedergängern bedienen könnten. Und vermutlich haben sie auch Möglichkeiten, Wiedergänger auf gewisse Weise zu kontrollieren, oder nicht?«

Matt nickte zögernd. »Vermutlich. Wenn ein Wiedergänger einen Kampf gewinnt, müssen sie ihn ja irgendwie ruhigstellen, um den Ring räumen zu können.«

»Stimmt«, sagte Connor zynisch. »Wenn sie die Biester einfach töten, wäre das eine Verschwendung von Ressourcen und Kapital.«

»Exakt.«

Sky verzog das Gesicht. »Hab ich schon deutlich genug gemacht, dass ich diesen Club abartig und barbarisch finde?«

Matt klopfte ihr auf die Schulter und lächelte schief. »Das solltest du dir aber lieber nicht anmerken lassen, wenn wir in den Club gehen.«

Sie wandte sich zu ihm um. »Tun wir das?«

»Wenn ihr in dieser Richtung ermitteln wollt – ja. Wie gesagt, ich kenne den Boss und er ist ganz in Ordnung. Ich kann dich sicher reinbringen und ich schätze, er wird auch mit dir reden, obwohl du von der Polizei bist, solange wir klarmachen, dass es dir nur um die Ermittlungen in der Wohnanlage geht und du nicht vorhast, seinen Club dichtzumachen.«

»Na ja, falls er und seine Leute dahinterstecken, wird uns aber nichts anderes übrigbleiben.« Connor stand auf und zog sein Handy aus seiner Hosentasche. »Ich rufe mal Thad an und kläre ab, wie wir da weiter vorgehen sollen.«

Matt hielt ihn zurück. »Warte. Bevor du irgendwas mit euren Bossen abklärst, sollten wir zuerst klarstellen, dass ich niemanden außer Sky mit in den Club nehmen kann. Du und Thad seid keine Totenbändiger, also werden sie mit keinem von euch reden, erst recht nicht, wenn sie merken, dass ihr von der Polizei seid. Klar? Wenn ihr eine Chance auf ein paar Antworten haben wollt, funktioniert das nur mit Sky.«

Connor sah nicht glücklich aus, doch Sky nickte.

»Matt hat recht. Ich muss das alleine mit ihm machen.«

»Ich kann mitkommen«, sagte Gabriel.

Sky schüttelte den Kopf. »Vergiss es. Dad lässt dich erst nächste Woche zurück in den Dienst und so lange können wir nicht warten.«

Gabriel schnaubte unwirsch, Connor nickte jedoch.

»Okay. Ich rede mit Thad.«

Er ging nach nebenan ins ehemalige Unterrichtszimmer, als von der Haustür die Stimmen von Jules, Cam, Ella und Jaz zu hören waren. Sofort sprang Watson von der Couch auf, um die junge Meute zu begrüßen, und auch Sherlock und Holmes tauchten aus den Tiefen der alten Villa auf, wo sie mit Sicherheit irgendwo gemeinsam Chaos angerichtet hatten.

Cam kam ins Wohnzimmer. »Hi«, grüßte er Matt und musterte dann Gabriel. »Wie geht's dir?«

»Immer besser.« Versichernd legte Gabriel seinen Arm um Cams Schulter, als der sich neben ihn auf die Couch setzte und ihn weiter prüfend musterte.

»Hi Matt!«

Auch Jules, Ella und Jaz kamen ins Wohnzimmer, um nach Gabriel zu sehen.

»Hi ihr drei.« Matt blickte von einem zum anderen. »Wow, ihr seht in euren Schuluniformen echt cool aus.«

Stöhnend ließ Jules sich neben Cam und Gabriel aufs Sofa fallen. »Trotzdem bin ich froh, dass jetzt erst mal Wochenende ist und ich das Ding zwei Tage lang nicht tragen muss.«

»Klingt nach einem ätzenden Tag?«, fragte Matt mitfühlend.

»Eher eine ätzende Woche«, gab Cam zurück und rieb sich müde über die Augen.

»Gibt es etwa immer noch Ärger mit diesem Mistkerl, der dich mit einem Messer angegriffen hat?« Ungehalten sah Matt zu Cams Hand.

Der Schnitt heilte gut und der Verband war einem Pflaster gewichen, doch bis nichts mehr von der Wunde zu spüren war, würde es noch etwas dauern.

»Nicht nur mit ihm«, antwortete Jules mit einem Seufzen. »Die Anzahl derer, die uns in der Schule gerade die Pest an den Hals wünschen, ist in dieser Woche exponentiell gestiegen.«

»Echt jetzt?« Noch deutlich ungehaltener als zuvor, zog Matt die Stirn kraus. »Also wenn ich mir da mal jemanden vorknöpfen soll, sagt Bescheid.«

Ella lächelte und hockte sich neben ihn. »Das ist lieb, aber wir kriegen das schon alleine hin.«

Er strubbelte ihr durchs Haar. »Daran hab ich nicht den geringsten Zweifel. Trotzdem, nur ein Wort, wenn ihr Hilfe braucht.« Er blickte zu Jaz. »Und du musst dann wohl der Neuzugang hier sein, von dem ich schon so viel gehört hab.«

»Yep. Hi, ich bin Jaz.«

»Leslie sagt, sie kennt dich. Sie ist vor ungefähr sieben Jahren mit einer Freundin aus der Akademie abgehauen. Aber als sie noch dort waren, haben sie eine Gruppe von jüngeren Kids betreut und eine davon hieß Jazlin. Das warst du, oder?«

Jaz starrte ihn verdattert an. »J-ja, ich denke schon. Les und Stella. Oh Mann, wie cool ist das denn?! Ich hab die beiden total geliebt! Leslie gehört jetzt zu den Ghost Reapers?«

Matt nickte. »Und sie freut sich schon riesig darauf, dich am Sonntag zu treffen.« Er sah zu den anderen. »Es bleibt doch dabei, dass ihr mit uns trainieren wollt, oder?«

Jules schnaubte. »Definitiv.«

»Ist es okay, wenn wir noch jemanden mitbringen?«, fragte Cam. »Evan will lernen, wie er uns – und Geister – blocken kann.«

»Ist das der, für den ich die Silberweste besorgen soll?«

»Genau.«

»Klar, sag ihm, er kann gerne kommen. The more, the merrier. Mit etwas Glück bekomme ich heute Abend auch die Weste für ihn.«

»Cool.«

Kapitel 5

Samstag, 21. September

Der Vormittag war grau und der Wind blies leichten Nieselregen durch die Straßen, als Matt seinen Wagen über die Themse Richtung Londoner Süden lenkte. Pratt, der Commander des Camdener Polizeireviers, hatte einer Untersuchung des Fight Clubs zugestimmt, aber zuvor auf eine kurze Dienstbesprechung bestanden, weil Sky die Befragung vor Ort mit einem Zivilisten statt einem ihrer Polizeipartner durchführen würde. Da sich Matt mit den Ghost Reapers als Geisterjäger aber einen guten Ruf erarbeitet hattet und er eine Waffe zu benutzen wusste, hatte weder Pratt noch Thaddeus Bedenken, dem Ablauf der Befragung zuzustimmen. Darrow war ebenfalls sofort einverstanden gewesen, diese Spur von Sky verfolgen zu lassen. Einzig Theo hatte deutlich machen müssen, wie wenig begeistert er über Matts Einsatz war, doch gegen die Entscheidung seiner Vorgesetzten war er machtlos. Er sollte mit Connor in einem zweiten Wagen Matt und Sky folgen und sich als Verstärkung bereithalten, falls es im Club Probleme geben sollte.

Sky saß auf dem Beifahrersitz und scrollte durch die Internetseite des *Beat it!*. Der Fitnessclub diente als Tarnung für den eigentlichen Fight Club und lag am Rand von Brixton in einem kleinen Industriegebiet voller Lagerhallen.

»Der Fitnessclub sieht eigentlich ganz harmlos aus.«

»Das ist er auch.« Matt bog auf eine der vielen schmaleren Durchgangsstraßen, an denen verschiedene, leicht heruntergekommene Shops lagen. Wie für einen Samstagvormittag typisch waren eine Menge Leute unterwegs darunter auffallend viele Totenbändiger. Brixton war der Stadtteil Londons, in dem sich anteilsmäßig die meisten Totenbändiger angesiedelt hatten. »Eigentlich ist er sogar ein ziemlich guter Ort. Er holt viele Kids von der Straße und gerade für junge Totenbändiger ist er eine Anlaufstelle, um sich auszutoben und Frust rauszulassen.«

Sky steckte ihr Handy weg. »Bist du so dort gelandet, nachdem Gabe zur Polizeiakademie gegangen ist? Weil du einen Ersatz brauchtest?«

Matt hielt an einer Kreuzung, weil die Ampel auf Rot sprang. »So ungefähr.«

»Und dann haben sie dich im Club angesprochen, ob du nicht nur trainieren, sondern auch beim Fight Club mitmachen willst?«

»Nein. Ich hab mitbekommen, dass da noch irgendwas anderes lief außer dem offiziellen Training. Ich hab nachgebohrt und daraufhin hat Clint mich eingeweiht und mir die Chance gegeben, mich im Fight Club zu beweisen.«

Sky schwieg einen Moment. »In welcher Art Kämpfe bist du angetreten?«

»In denen gegen Geister und Wiedergänger.«

»Alleine?«

»Yep.«

Wieder schwieg Sky. »Damit waren das Kämpfe auf Leben und Tod«, stellte sie schließlich leise fest. »Mit einer ziemlich hohen Wahrscheinlichkeit für den Tod.«

Matt seufzte und ließ den Wagen wieder anrollen, als die Ampel umsprang.

»Ich bin nicht stolz darauf, okay? Aber ich war damals wütend und frustriert.«

»Wegen Gabe?«

Wieder seufzte er. »Ja, natürlich. Wie gesagt, ich war wütend und frustriert und alles andere als glücklich über unsere Trennung. Auch wenn sie für uns beide mit Sicherheit das Beste gewesen ist. Ich hab keine Ahnung, wie es sonst womöglich für uns ausgegangen wäre.«

»Und wie ist es für dich im Club ausgegangen?«

»Ich hatte Streit mit einem der anderen Fighter und hab ihn zu einem Duell herausgefordert. Er war älter und deutlich erfahrener als ich und hat mich nach Strich und Faden fertiggemacht. Ich sah ziemlich übel aus, als ich heimkam. So haben Eddie, Lorna und Hank die ganze Sache herausgefunden.« Er verzog das Gesicht. »Und Eltern sehen es nicht ganz so gerne, wenn einer ihrer Söhne in illegalen Fight-Club-Kämpfen Kopf und Kragen riskiert.«

Sky runzelte die Stirn. »Und bloß weil du von ihnen einen Anschiss kassiert hast, hast du es dann seinlassen?«

Das klang so gar nicht nach dem Matt von damals. Sie waren Freunde, seit er als Straßenkind bei Eddie, Hank und Lorna gelandet war. Sie mochte ihn. Hatte ihn auch damals gemocht, als er und Gabriel als Duo Infernale immer wieder Unruhe und Sorgen in ihre Familie gebracht hatten. Irgendwie hatte sie die beiden immer verstehen können und trotz allem Mist, den sie zusammen gebaut hatten, war Matt jemand, auf den man zählen konnte, weil er für die, die ihm am Herzen lagen, durchs Feuer ging. Genauso wie Gabriel.

»Es war nicht bloß ein Anschiss. Sie haben mir klargemacht, dass ich mein Leben in den Griff kriegen muss. So wie Gabe es getan hat. Nur dann hätte ich eine Chance, ihn zurückzugewinnen.« Er setzte den Blinker, wartete, bis eine ältere Frau mit zwei schweren Einkaufstaschen die Straße überquert hatte, und bog dann ab.

Sky musterte ihn von der Seite. »Du hast dein Leben nur umgekrempelt, weil du Gabriel zurückgewinnen wolltest?«

»Nicht nur. Es war auch Lorna, Eddie und Hank gegenüber nicht fair, dass ich ihnen so viel Stress gemacht hab, nach allem, was die drei für mich getan hatten. Aber ja, ich wollte mein Leben auch in den Griff bekommen, damit Gabe und ich eine neue Chance haben. Aber dann war er mit Janey zusammen und glücklich mit ihr.« Ein trauriger Schatten flog über Matts Gesicht. »Ihr Tod hat ihn völlig fertiggemacht und seitdem lässt er außer für lockeren Spaß niemanden mehr an sich heran.«

Sky mochte nicht, wie sehr Gabriel sich verändert hatte, was Herzensmenschen anging. Und auch wenn sie sich nicht sicher war, ob Matt eine Lösung sein konnte, wäre er definitiv einen Versuch wert. »Hast du denn versucht, noch mal an ihn heranzukommen?«

Er schüttelte den Kopf. »Nein. Ich weiß nicht, ob das gut wäre. Außer Sex blockt er alles ab und selbst den hat er meistens lieber mit anderen als mit mir.«

Sky seufzte. »Falls dich das tröstet, ich glaube nicht, dass es daran liegt, dass er dich nicht heiß findet.«

»Danke.« Matt verzog das Gesicht zu einem gequälten Lächeln. »Aber nein, ein Trost ist das nicht.«

Er bog erneut ab, diesmal in die Straße, die sie an den Rand des Industriegebietes bringen würde, wo der Fight Club lag. Irgendwo hier sollten Connor und Theo einen Parkplatz suchen und sich als Verstärkung bereithalten. Die Vorsichtmaßnahme war Dienstvorschrift, doch Matt hatte Connor eingeschärft, wirklich nur dann einzugreifen, wenn der Club plötzlich in Flammen stehen oder das Dach einstürzen sollte. Bei allen anderen Situationen würden zwei Normalo-Cops, die in den Club einfielen, bloß mehr Ärger machen, als etwas zu entschärfen. Besonders, wenn einer dieser Cops Theo war.

Das *Beat it!* lag am Ende der Straße gegenüber einem Waschsalon, einem Take-Away und einem kleinen Corner Shop. Matt parkte auf einem der Parkplätze vor dem Fitnessstudio, während Sky Connor eine Nachricht schickte, dass sie jetzt reingehen würden.

Okay. Melde dich, wenn irgendwas ist, kam Connors Antwort prompt zurück.

Sky schickte einen Daumen hoch und steckte ihr Handy dann weg.

»Ich hoffe, Connor hat diesen Theo im Griff«, brummte Matt, als sie aus dem Wagen stiegen. »Der Typ hat nämlich schon auf mich die Kill-on-sight-Wirkung, aber ich weiß mich zu beherrschen. Bei einigen der Leute im Club würde ich dafür aber nicht die Hand ins Feuer legen. Zumindest nicht, wenn sie noch genauso drauf sind wie früher.«

»Keine Sorge. Connor kriegt das hin.«

Sie betraten den Club, der sich auf den ersten Blick kein bisschen von jedem anderen x-beliebigen Fitnessstudio unterschied. Es gab einen großen Hauptraum mit verschiedenen Trainingsgeräten, von denen fast alle besetzt waren. Im hinteren Teil lag ein Boxring, vor dem eine kleine Gruppe Jugendlicher stand und einem der Trainer zuhörte. Zwei Gänge führten rechts und links in andere Gebäudeteile. Hinweisschilder verrieten, dass man dort Umkleiden, Duschen und weitere Trainingsräume fand. Direkt neben dem Eingang lag die Rezeption, die gleichzeitig als eine Art Saftbar diente. Zwei junge Totenbändigerinnen nahmen sich dort der Gäste an. Eine hatte einen neongrünen Igelschnitt, die andere lilafarbene Braids mit eingeflochtenen Silberfäden.

»Willkommen im *Beat it!*«, begrüßte sie der Igelschnitt und musterte sowohl Matt als auch Sky mit äußerst wohlwollendem Blick. »Ihr seid neu hier, stimmt's? Was kann ich für euch tun?«

»Ist Clint da?«, fragte Matt mit einem charmanten Lächeln. »Wir kennen uns von früher und ich würde gerne Hallo sagen.«

Sie hatten sich darauf geeinigt, dass es cleverer war, nicht gleich mit der Tür ins Haus zu fallen und den gesamten Club auf sich aufmerksam zu machen, indem Sky ihre Dienstmarke zog und die berühmten »*Wir hätten da ein paar Fragen*«-Worte fielen, die schlagartig für eine unentspannte Stimmung gesorgt hätten.

»Ja, der Boss ist da.« Sie griff nach einem Telefon. »Ich frage kurz nach, ob es passt. Wen darf ich melden?«

»Matt Rifkin. Oder Lollipop.«

Falls das Mädchen den Namen seltsam fand, ließ es sich nichts anmerken, sondern wandte sich bloß ab und wählte die Nummer ihres Chefs.

Sky dagegen bedachte Matt mit einem schiefen Blick. »*Lollipop?*«

Er rollte die Augen. »Ich bin groß und hab rosablaue Haare. Außerdem war ich vor fünf Jahren einer der jüngsten Kämpfer hier.«

»Trotzdem: *Lollipop*?!« Sky biss sich auf die Lippen, um nicht zu lachen. »Also bei dem Kampfnamen hätte ich dich auch vermöbelt.«

Matt strafte sie mit einem mordlustigen Blick. »Ein Wort davon zu den anderen und ich vermöble dich, klar?«

Sie boxte ihm gegen die Schulter und grinste unverschämt.

»Glasklar.«

Der Igelschnitt wandte sich ihnen wieder zu. »Clint hat Zeit für euch. Bitte folgt mir.«

Sie führte die beiden durch einen der Gänge in den hinteren Gebäudeteil und hielt vor einer Tür mit der Aufschrift *The Boss*. Auf Igelschopfs Klopfen ertönte von drinnen ein »Schick sie rein!« und sie öffnete Matt und Sky die Tür.

Das Büro war erstaunlich groß und eine eigentümliche Mischung aus alt und neu. An der rechten Wand reihten sich klobige, schulterhohe Aktenschränke aus Metall aneinander, die so aussahen, als hätten sie sich tapfer durch den letzten Weltkrieg geschlagen. Gegenüber an der linken Wand stand dagegen ein modernes Sideboard aus schwarzem Acryl, in dessen Fächern Aktenordner einsortiert waren. An der Frontseite des Raums blickten zwei große, mit Eisenstangen vergitterte Fenster auf einen Innenhof, der als Mitarbeiterparkplatz genutzt wurde. Ein protziger Schreibtisch aus Massivholz stand mit dem Rücken zu den Fenstern. Zwei Besuchersessel waren davor platziert worden, ein Chefsessel dahinter. In eben diesem saß ein Mann mit der Statur eines Preisboxers, der sie interessiert musterte, als Sky mit Matt eintrat. Sky schätzte ihn auf Ende fünfzig. Schwarze Linien schlängelten sich über seine linke Schläfe und wie so vielen Totenbändigern hatte Mutter Natur ihm einen ziemlich kuriosen Haarschopf verpasst. Er trug einen streichholzkurzen Bürstenschnitt, dessen linke Kopfseite tiefschwarz, die rechte feuerrot war. Der Blick in seinen Augen verriet Scharfsinn und dass ihnen nicht viel entging. Schon in den ersten paar Sekunden ihres Treffens war Sky klar, dass man Clinton Raynor nicht unterschätzen durfte.

»Wow, Lollipop.« Er betrachtete Matt mit sichtlichem Gefallen. »Aus dir ist ja ein richtiger Kerl geworden. Hübsch anzusehen warst du ja damals schon, aber mit diesen Muskeln …« Er nickte anerkennend. »Nicht schlecht. Wirklich nicht schlecht.«

Matt ging auf das Spielchen ein und lächelte. »Danke.«

Raynor wandte sich Sky zu und musterte auch sie kurz von oben bis unten. »Auch nicht verkehrt. Mit euch zwei könnte ich definitiv was anfangen.« Er deutete einladend auf die beiden Sessel vor seinem Schreibtisch und Matt und Sky setzten sich. »Allerdings fürchte ich, ihr seid nicht hier, weil ihr auf Jobsuche seid. Was man so hört, läuft es mit deinen Ghost Reapers ja recht gut.«

Matt nickte. »Das tut es. Und nein, wir suchen keine Jobs.«

Raynors Blick glitt zwischen ihnen hin und her. »Was führt euch dann hierher?«

»Die Suche nach Informationen.«

Raynors Blick blieb abwartend. »Okay. Für einen Geisterjägerauftrag?«

Matt schüttelte den Kopf. »Nein.«

»Sondern?«

»Hör zu, Clint, ich weiß, du stehst auf Offenheit, deswegen legen wir die Karten auf den Tisch. Ehrliche Informationen gegen ehrliche Informationen, okay?«

Es war die Strategie, die sie heute Morgen auf dem Revier festgelegt hatten. Skys Bosse waren nicht hundertprozentig begeistert davon gewesen, doch Matt hatte ihnen deutlich gemacht, dass sie anders als mit offenem Informationsaustausch bei Clinton Raynor keinen Erfolg haben würden.

Raynor musterte sie noch immer, beugte sich in seinem Sessel jetzt aber vor, stützte die Ellbogen auf die Tischplatte und tippte sich mit den Zeigefingern gegen sein Kinn. »Mein Interesse hast du auf jeden Fall geweckt. Dann lasst mal eure Karten sehen.«

Sky griff in ihre Jackentasche und holte ihre Dienstmarke heraus, die sie normalerweise an ihrem Gürtel trug.

»Ich gehöre nicht zu Matts Ghost Reapers.« Sie legte die Marke vor Raynor auf den Schreibtisch. »Ich bin Sergeant Sky Hunt von der Spuk Squad des Polizeireviers in Camden.«

Äußerlich blieb Raynor völlig ruhig, doch sein Blick wurde deutlich härter.

»Ich habe keinerlei Interesse daran, Ihnen oder Ihrem Fight Club Probleme zu machen.« Sie nahm ihre Marke wieder an sich und steckte sie zurück in ihre Jackentasche. »Da in Ihrem

Club nur Totenbändiger gegen Geister, Wiedergänger oder gegen andere Totenbändiger antreten, interessieren sich meine Kollegen bei der Polizei nicht weiter dafür. Das ist Totenbändiger-Business und solange bei den Kämpfen keine Normalos sterben, sind ihnen die Kämpfe hier egal. Gleiches gilt für die illegalen Wetten, die hier laufen. Meine Bosse sind bereit, darüber hinwegzusehen, wenn Sie uns dafür Informationen liefern, die uns bei einem unserer Fälle weiterhelfen.«

»Um welchen Fall soll es denn da gehen?« Raynors Stimme klang unverkennbar kühler und schneidender als zuvor. »Und um welche Art von Informationen?«

»Den Brand in der Seniorenresidenz«, antwortete Sky. »Vermutlich haben Sie davon gehört. Es war gestern in allen Nachrichten.«

Raynors Augenbrauen wanderten in die Höhe. »Allerdings.«

»Meine Kollegen aus der Spuk Squad und ich waren schon vor dem Brand am Tatort und der wies einige Sonderlichkeiten auf, die nicht durch die Medien gegangen sind. Ich hoffe, Sie können mir bei meinen Fragen dazu helfen.«

Raynor blickte von ihr zu Matt und wieder zurück. Sein Misstrauen war nicht zu übersehen. »Stehen ich, mein Club oder Personen aus diesem Club in irgendeiner Form unter Verdacht? Dann ist das Gespräch hier nämlich beendet. Ich lasse mir oder meinen Leuten nichts anhängen, nur weil wir Totenbändiger sind, klar?«

»Niemand hier steht unter Verdacht«, versicherte Sky. »Es geht eher um eine Art Expertise, die die Polizei sich von Ihnen erhofft, weil Matt mir erzählt hat, dass Sie für Ihren Fight Club Geister und Wiedergänger halten und Möglichkeiten haben, sie zu kontrollieren.«

Sie erzählte das, was mit Pratt, Thad und Darrow abgesprochen war und konzentrierte sich dabei besonders auf die

Vermutung, dass von dem oder den Tätern zwei Schattengeister und ein wildgewordener Wiedergänger mit roten Augen in der Wohnanlage freigelassen worden waren.

»Verwenden Sie hier in Ihrem Club Mittel, die solch eine Mutation bei einem Wiedergänger hervorrufen können? Vielleicht eine Art Aufputschmittel, das die Biester für Ihre Kämpfe noch angriffslustiger macht?«, fragte Sky, als sie zum Ende ihres Berichts kam.

Raynor schwieg für einen Moment, dann atmete er tief durch, bevor er ruhig antwortete.»»Eines vorneweg: Verdächtigungen in meine Richtung oder in Richtung meiner Mitarbeiter können Sie sich sparen. Alle Geister und Wiedergänger, die wir in den Kämpfen einsetzen, sind unser Kapital, denn gerade das Heranzüchten von Wiedergängern ist sehr zeitintensiv und ihre Haltung kostspielig.«

Was Bände darüber sprach, wie viel der Fight Club mit Eintrittsgeldern und Wetten einnehmen musste.

»Deshalb sind alle unsere Kreaturen bestens gesichert und werden lückenlos überwacht. Kein Wiedergänger und kein Geist kann hier entwendet werden, ohne dass ich es mitbekommen würde. Was immer die Täter mit den Biestern in dieser Seniorenanlage angestellt haben, ich habe nichts damit zu tun. Jeder Kampf, in dem ich eine meiner Kreaturen einsetze, spült mehr in meine Kasse, als ein Raub bei diesen Senioren es getan hätte. Klar?«

Sky nickte. »Wie gesagt. Weder Sie noch Ihre Mitarbeiter stehen unter Verdacht. Mir geht es nur um Informationen.«

»Gut. Dann habe ich folgende für Sie – es soll ja schließlich nicht heißen, ich würde der Polizei nicht hilfreich zur Seite stehen.« Raynor lächelte wölfisch.

Sky erwiderte das Lächeln professionell. »Natürlich. Ich weiß Ihre Hilfe sehr zu schätzen und meine Bosse sicher auch.«

»Gut.« Raynor lehnte sich wieder in seinem Sessel zurück. »Selbstverständlich gibt es Mittel, mit denen man die Aggressionsbereitschaft von Wiedergängern anstacheln kann. Wir verwenden dafür eine Mischung aus verschiedenen Aufputschmitteln in unterschiedlich starken Dosierungen, je nachdem wie sehr wir einen Wiedergänger für einen Kampf anheizen wollen. Außerdem erhalten die Kreaturen unabhängig von den Kämpfen täglich Steroide, da ihnen das – neben dem Fressen von Organen – dabei hilft, ihren Körper zu behalten und sich nicht in einen Geist zurückzuverwandeln. Keins dieser Mittel hat bisher allerdings zu roten Augen bei den Biestern geführt.«

»Hätten Sie denn eine Erklärung, wie es sonst dazu kommen könnte?«

»Andere Sorten von Aufputschmitteln als die, die wir hier verwenden, vielleicht. Der Markt ist riesig. Eventuell auch andere Kombinationen von Mitteln oder höhere Dosierungen. Ich werde meine Hersteller auf jeden Fall mal darauf ansprechen. Rote Augen hinzubekommen, wäre definitiv ein lohnenswerter Effekt, für den die Zuschauer sicher einiges extra zahlen würden. Danke für den Tipp.«

»Gern geschehen«, gab Sky sarkastisch zurück. »Lassen Sie uns im Gegenzug wissen, wenn Ihre Hersteller erfolgreich waren und wie die Zusammensetzung dieses Mittels aussieht.«

Raynor lächelte. »Ersteres ja, beim zweiten sind mir die Hände gebunden. Zu den Rezepten kann ich Ihnen nichts sagen.«

»Dann bräuchte ich die Namen dieser Hersteller.«

Raynor schüttelte den Kopf. »Nein, ich denke nicht.«

»Ich schon.« Sky blieb unerbittlich. »In dieser Wohnanlage wurden dreiundzwanzig wehrlose Menschen von jemandem getötet, der offensichtlich weder Skrupel noch ein Gewissen hat. Wir müssen ihn finden, bevor er damit weitermacht, deshalb müssen wir Ihre Hersteller befragen, wen sie womöglich sonst noch beliefern. Es geht uns nicht darum, sie hochzunehmen. Wir wollen nur einen gemeingefährlichen Massenmörder finden, bevor er womöglich Gefallen daran findet und zu einem Serienkiller wird.«

Raynor musterte sie einen Moment lang, blickte dann kurz zu Matt und schrieb schließlich seufzend zwei Namen und eine Adresse auf einen Zettel, den er Sky hinschob.

»Danke.« Sie steckte den Zettel zu ihrer Dienstmarke in die Jackentasche.

Raynor lehnte sich wieder zurück. »War es das dann?«

»Nein. Wie beruhigen Sie Ihre Wiedergänger wieder, wenn Sie sie für einen Kampf aufgeputscht haben? Ich gehe nicht davon aus, dass jeder Kampf von den Totenbändigern gewonnen und das Biest getötet wird, oder? Nicht, wenn sie einen Totenbändiger alleine gegen einen Wiedergänger antreten lassen.«

»Nein«, sagte Raynor gedehnt. »Natürlich brauchen wir auch Beruhigungsmittel. Schon alleine für die Kämpfe, in denen wir zwei Wiedergänger um Futter kämpfen lassen. Und bevor Sie jetzt auf falsche Gedanken kommen – nein, sie kämpfen natürlich nicht um menschliches Futter. Wir haben unsere Wiedergänger auf Schweine abgerichtet.«

Auch dies rief keine schönen Bilder in Skys Kopf hervor, deshalb konzentriert sie sich lieber wieder auf ihre Fragen. »Welche Art von Beruhigungsmittel benutzen Sie?«

»Das, was Zoos für die Betäubung von Großtieren verwenden.« Er deutete auf ihre Jackentasche. »Die genaue Mischung können Ihnen sicher die zwei nennen, die ich Ihnen aufgeschrieben habe.«

Es war also vermutlich ein ähnliches Mittel wie das, was auch die Forscher im Tower verwendeten.

»Wirkt dieser Stoff zuverlässig?«

»Zuverlässig genug für unsere Zwecke. Wir schicken den Wiedergänger damit Schlafen und bringen ihn zurück in seinen Käfig. Dafür reicht es aus.«

»Aber man kann sie damit nicht einfach nur beruhigen und empfänglich für Befehle machen?«

Er runzelte die Stirn. »Nein. Sicher nicht. Denken Sie, dass es so ein Mittel gibt?«

»Das wissen wir nicht«, antwortete Sky.

»Falls ja, wäre ich sehr daran interessiert.«

»Darauf wette ich.«

Raynor lächelte. »Sie gefallen mir. Wirklich. Und als Spuk müssen Sie einiges draufhaben. Falls Sie also mal Interesse haben, Ihr mageres Gehalt aufzubessern … Sie wären nicht die erste Spuk, die sich hier in unseren Kämpfen was dazuverdient.«

Sie erwiderte das Lächeln. »Danke für das Angebot, aber ich passe.«

»Schade.«

»Was ist mit Totenbändigern, die sich mit Xylanin dopen?«, schaltete Matt sich jetzt ins Gespräch mit ein. »Wären die stark genug, einen Wiedergänger halten zu können? An einer Kette zum Beispiel, um ihn dann mit einer Eisenstange zu lenken oder vielleicht mit diesen Elektroschockstäben, die manchmal zum Viehtrieb benutzt werden?«

Sky sah zu ihm herüber und versuchte sich ihre Überraschung nicht anmerken zu lassen. Xylanin war der Stoff in ihrem Blut, der ihren Silbernebel erzeugte. Jeder Totenbändiger trug ihn in sich – manche in einer höheren Konzentration, andere in einer niedrigeren. Nahm man Lebensenergie in sich auf, erhöhte der Spiegel sich. Gab man Energie ab oder benutzte man sie, um Todesenergie zu eliminieren, sank er, regenerierte sich aber wieder.

Forscher untersuchten Xylanin schon seit langem. In den sechziger Jahren des vergangenen Jahrhunderts hatte es unzählige menschenunwürdige Experimente mit Totenbändigern gegeben, um das Xylanin aus ihren Körpern zu entfernen, in der Hoffnung, ihnen so ihre Kräfte zu nehmen und sie zu normalen Menschen zu machen. Diese Versuche waren allesamt grausam gescheitert und hatte den Totenbändigern qualvolle Tode beschert.

Danach hatte man versucht, ein Gegenmittel zu finden, doch diese Experimente verliefen ebenso grausam. Zuletzt testete man, was passierte, wenn man Totenbändigern mehr Xylanin verabreichte als ihrem gesunden Körperlevel entsprach. Die Idee dahinter war, sie eventuell mit ihren eigenen Waffen zu schlagen und ihre Kräfte so aufzuheben. Diese Versuchsreihe endete tödlich für die Wissenschaftler, da zu viel Xylanin wie ein ultrastarkes Dopingmittel auf Totenbändiger wirkte. Sie brachen aus den Laboren aus, töteten ihre Peiniger und flohen. Weit kamen sie allerdings nicht. Die Überdosis an Xylanin zersetzte ihre Herzen und Gehirne und sie starben ähnlich qualvoll wie alle anderen Versuchsprobanden.

Raynor maß Matt mit einem Blick, den Sky nicht so recht deuten konnte.

»Komm schon, Clint. Ich weiß, dass damals hier im Club gedopt wurde, also passiert es heute sicher auch noch. Und vermutlich haben deine Hersteller mittlerweile auch eine Möglichkeit gefunden, das Zeug weniger gefährlich zu machen.«

»Nur bedingt«, antwortete Raynor, ohne Matt aus den Augen zu lassen. »Wenn man es nicht übertreibt, kann man sich damit vor einem Kampf sehr wirkungsvoll pushen, aber die Nebenwirkungen sind nach wie vor nicht zu unterschätzen.«

»Was dich aber trotzdem nicht dazu bringt, Xylanin in deinem Club zu verbieten.«

Unbeeindruckt vom kaum versteckten Vorwurf schüttelte

Raynor den Kopf. »Nein, natürlich nicht. Warum auch? Alle meine Kämpfer sind volljährig, da muss jeder selbst wissen, was er oder sie tut. Die Risiken und Nebenwirkungen sind schließlich allgemein bekannt.«

Matt schnaubte, sagte aber nichts.

»Wäre es denn tatsächlich möglich, sich mit Xylanin so zu dopen, dass man einen Wiedergänger kräftemäßig beherrschen kann?«, fragte Sky, bevor das Gespräch womöglich in eine Richtung abdriftete, in der sie es nicht gebrauchen konnte.

Raynor überlegte kurz, dann nickte er zögernd. »Xylanin alleine reicht vermutlich nicht. Aber gepaart mit genug Muskelkraft sollte es schon möglich sein.«

»Und Ihre Kämpfer beziehen dieses Mittel ebenfalls über Ihre Hersteller?«

Wieder nickte er. »Aber wie ich schon sagte, mit den Morden in der Wohnanlage hat mein Club nichts zu tun. Unsere Kreaturen sind bestens gesichert. Die kann niemand einfach mal eben für ein Verbrechen entwenden.«

»Aber wenn sich jemand ein paar eigene Biester herangezüchtet hat, müsste er nicht deine nehmen«, gab Matt zurück.

»Natürlich. Doch was meine Kämpfer oder meine Angestellten außerhalb meines Clubs machen, geht mich nichts an.«

Sky seufzte innerlich, weil damit klar war, dass sie hier nicht weiterkommen würden. Ihre beste Spur waren jetzt diese zwei Drogenproduzenten.

Sie stand auf. »Danke für die Informationen.«

Raynor schenkte ihr ein schmales Lächeln. »Gerne. Es ist gut, jemanden bei der Polizei zu kennen, mit dem man reden kann – falls ich mal einen Gefallen brauchen sollte, Sergeant Hunt.«

Sky erwiderte das Lächeln souverän. »Sicher.« Auch für sie konnte der Aufbau eines Netzwerks schließlich nützlich sein.

Matt erhob sich.

»War nett, dich wiederzusehen, Lollipop. Auch wenn ich dir raten würde, den Namen zu ändern, solltest du doch noch mal zurückkommen. Etwas Düstereres wäre jetzt passender.«

»Danke für den Tipp, aber ich denke nicht, dass ein neuer Name nötig sein wird.« Matt verabschiedete sich mit einem Nicken und ging zur Tür.

Sky folgte ihm, doch als sie auf den Gang hinaustreten wollte, rief Raynor sie noch einmal zurück.

»Sergeant Hunt.«

Sie drehte sich zu ihm um.

»Ich kann Ihnen nicht sagen, wie viele Fanatiker es hier bei uns in London gibt, die sich illegal Geister oder Wiedergänger als Hobby halten. Aber ich schlage vor, Sie nehmen außer meinem Club auch mal die Institution unter die Lupe, die ganz legal Geister und Wiedergänger halten darf. Vielleicht sind dort ja welche abhandengekommen.«

»Danke für den Hinweis, aber das Trainingsgelände der Polizeischule wurde bereits von Kollegen überprüft.«

»Oh.« Raynor wirkte ehrlich überrascht. »Stimmt. Die zukünftigen Spuks, die nicht mit unseren Fähigkeiten gesegnet sind, müssen ihren Job ja irgendwo lernen. An die habe ich aber gar nicht gedacht.«

»An wen denn dann?«

»An die Akademie natürlich. Unser Nachwuchs muss den Umgang mit Geistern und Wiedergängern ja schließlich auch irgendwo trainieren, nicht wahr?«

Kapitel 6

Sie kehrten zum Auto zurück und berichteten per Konferenzschaltung sowohl Connor und Theo als auch ihren Bossen, was sie von Clinton Raynor erfahren hatten, und erbaten eine Überprüfung der beiden Namen und der Adresse, die sie von ihm bekommen hatten.

»Buster Floyd und Geena Turner betreiben einen alternativen Drugstore außerhalb der Grenze des West Ends«, teilte Pratt ihnen kurz darauf mit.

»Ich schätze mal, dass *Drugstore* wörtlich gemeint ist und *alternativ* semilegal bedeutete?«, kam Connors Stimme aus Skys Handy.

»Vermutlich«, antwortete Pratt. »Sie haben eine Genehmigung für den Verkauf von medizinischem Cannabis und verschiedenen alternativen Medikamenten, die sich noch in Test- oder Zulassungsphasen befinden. Fahrt hin und redet mit ihnen. Mr Rifkin, vielen Dank für Ihre Unterstützung.«

»Keine Ursache.«

»Wenn sich unser Revier mal revanchieren kann, melden Sie sich bei mir.«

»Danke, Sir.«

»An den Rest: Meldet euch, wenn ihr mit Floyd und Turner gesprochen habt.«

»Wird gemacht.« Sky beendete die Verbindung, während Matt den Wagen startete.

»Soll ich dich hinbringen oder fährst du bei Connor und Theo mit und ich bin ab jetzt raus aus der Nummer?«

»Ganz wie du willst. Du kannst gerne mitkommen, aber wenn du heute noch andere Pläne oder einen Job hast, bring mich einfach nur zu den anderen.«

»Dann komme ich mit.« Matt grinste. »Dieses Ermitteln ist eigentlich ganz spannend. Und Arbeit steht erst heute Abend an.«

Skys Handy meldete eine eingegangene Nachricht.

Sehen wir uns am Laden oder fährst du mit uns?

Wir kommen zum Laden, textete Sky zurück. *Bis gleich!*

Dann steckte sie ihr Handy ein und sah zu Matt. »Also, schieß los.«

Er runzelte die Stirn und fädelte sich in den Verkehr ein. »Womit?«

»Hallo? Jetzt tu nicht so. Xylanin natürlich. Hast du es selbst genommen?«

Er presste die Lippen aufeinander und schwieg.

Sky musterte ihn weiter von der Seite. »Weißt du, Schweigen ist auch eine Antwort.«

Er schnaubte. »Ja, verdammt. Ich hab es genommen. Aber nicht oft. Die Nebenwirkungen waren ätzend und das Zeug war teuer. Außerdem hatte ich Schiss, abhängig zu werden und mein Herz und Hirn zu schädigen.«

Jetzt war es Sky, die schnaubte. »Na, gut zu wissen, dass dir dein Leben damals nicht völlig scheißegal war. Mann, du hättest mit uns reden können, wenn es dir so mies ging!«

Er schüttelte den Kopf. »Gabe und ich brauchten Abstand.«

»Ja, das verstehe ich. Aber ich bin nicht Gabe! Du hättest mit mir reden können. Wir sind schließlich Freunde, oder nicht?«

Matt rang sich ein schiefes Lächeln ab. »Natürlich. Sogar verdammt gute. Aber durch manche Dinge muss man einfach alleine durch.«

Sky rollte die Augen. »Mann, du bist wie Cam! Der will auch ständig mit allem alleine klarkommen.«

»Ich kann ihn verstehen.«

Sky seufzte und eine Weile herrschte Stille. »Wie wirkt dieses Zeug?«, fragte sie dann.

»Im Prinzip wie ein Aufputschmittel. Du fühlst dich stärker und hast mehr Energie, so kannst du länger kämpfen und gegen stärkere Gegner antreten. Es nimmt dir Ängste und Sorgen, macht dich damit aber auch leichtsinniger, weil du dich für unbesiegbar hältst. Und wenn die Wirkung nachlässt, fällst du in ein Loch. Ängste und Sorgen werden doppelt so schlimm, du fühlst dich rastlos und unruhig, kannst nicht richtig schlafen und hast wirre Träume. Und wenn man gerade eh schon mies drauf ist, ist das keine gute Kombination.«

Sky nickte ernst und schwieg erneut eine Weile lang. »Ich bin froh, dass dir nichts passiert ist«, sagte sie schließlich leise. »Und du kannst stolz darauf sein, wie du dein Leben in den Griff bekommen hast. Aber wenn du noch mal mit irgendwas so kämpfen musst, dann mach den Mund auf und sag was. Ich bin da – und Gabriel auch. Und ich will mir gar nicht vorstellen, was es mit ihm machen würde, wenn dir etwas passiert, klar?«

Matt verzog das Gesicht zu einem Lächeln, das irgendwo zwischen gerührt, betrübt und hilflos lag. »Sicher«, gab er leicht sarkastisch zurück. »Aber genau da liegt ein ziemlich großer Teil des Problems, oder nicht?«

Zwanzig Minuten später hielten sie in der Nähe des Drugstores, der in einer Durchgangstraße der zwielichtigeren Ecke des West Ends lag. Der Laden wirkte unscheinbar und war aufgemacht wie eine Apotheke, obwohl jedem Passanten, der zufällig daran vorbeilief, klar sein musste, dass es hier keine handelsübliche Medizin gab.

Wieder übernahmen Sky und Matt den Einsatz. Doch obwohl Sky ihre Dienstmarke diesmal nicht zeigte und die beiden vorgaben, Freunde von Clinton Raynor zu sein und sie zwecks neuer Geschäftsverbindungen mit Buster Floyd und Geena Turner sprechen wollten, konnte ihnen der junge Typ, der im Laden Dienst schob, nicht weiterhelfen.

»Die zwei sind momentan nicht in der Stadt.«

»Und wo sind sie dann?«, fragte Sky.

»Geschäftlich unterwegs. Neue Lieferanten abchecken oder so.«

»Wann kommen sie zurück?«

»Nächste Woche. Nach Äquinoktium. Wollt ihr eine Karte dalassen? Dann sag ich ihnen Bescheid, dass ihr hier wart.«

»Nein, danke.« Sky lächelte knapp. »Wir schauen einfach nächste Woche noch mal vorbei. Schönen Tag noch!«

Sie verließen den Laden und liefen zurück in die Seitenstraße, wo Connor und Theo bei den Wagen auf sie warteten.

»War ja nicht sehr ergiebig«, kommentierte Theo gehässig, grinste dann jedoch herablassend in Skys Richtung. »Aber keine Sorge, ich nehme dir das nicht übel. Immerhin dürfte ich damit dann jetzt endlich Wochenende haben und muss mich nicht weiter mit euch abgeben.« Er bedachte Matt mit einem vielsagenden Blick.

»Wow«, meinte der trocken. »So viel Engagement und Teamgeist sieht man wirklich selten. Aber tu dir keinen Zwang an und geh ruhig. Bei allem, was du heute für dein Gehalt geleistet hast, hast du dir dein Wochenende echt verdient.«

Theos Blick nahm mordlustige Züge an, dann wandte er sich jedoch bloß betont lässig ab und lief zu seinem Dienstwagen. »Leck mich, Freak!«

»Träum weiter. Ich steh nicht auf arrogante kleine Sackmilben.«

Theo wandte sich nicht um, hob aber den Arm und zeigte ihm den Mittelfinger. Dann stieg er in den Wagen und fuhr ohne ein weiteres Wort davon.

Connor seufzte. »Na toll. Kannst du uns zum Revier fahren? Unser Wagen steht noch da.«

»Sicher. Steigt ein.«

Während Matt sie zurück nach Camden brachte, lieferte Sky ihren Bericht bei Pratt ab und bot an, ihre Mutter und Jaz nach den Geistern und Wiedergängern zu fragen, die zum Training in der Akademie eingesetzt wurden. Pratt war einverstanden und erwartete sie zur Besprechung des weiteren Vorgehens am Montagmorgen in seinem Büro.

Matt ließ sie auf dem Parkplatz des Reviers raus.

»Danke fürs Herfahren.« Connor stieg aus.

»Kein Ding.«

»Wir sehen uns dann morgen zum Training mit den Kids.« Auch Sky wollte aussteigen, doch Matt hielt sie zurück.

»Sag Gabriel nichts von allem, was ich dir heute erzählt hab, okay?«

Sie schenkte ihm ein kleines Lächeln. »Sicher. Aber nur, weil ich denke, dass er das alles irgendwann von dir selbst hören sollte.« Sie umarmte ihn kurz und stieg aus.

»Alles okay mit ihm?« Connor blickte Matt hinterher, als der vom Parkplatz rollte. »Oder gibt es irgendwas, das ich wissen sollte?«

Sky zog ihn zu sich und gab ihm einen Kuss. »Eine ganze Menge. Ich erzähl es dir auf dem Weg nach Hause.«

Kapitel 7

»Hey Bruderherz! Also für jemanden, der sich mit einem Wiedergänger angelegt hat, siehst du echt schon wieder bombig aus«, neckte Sky keine zwanzig Minuten später, als sie mit Connor ins Wohnzimmer trat.

Grinsend stoppte Gabriel das Autorennen und legte den Kontroller der Spielekonsole beiseite. »Danke! So gehen Komplimente – auch wenn ich sie euch in den Mund legen muss, damit es funktioniert. Vielleicht kannst du ja beim nächsten Mal noch ein bisschen Varianz in deine Wortwahl bringen, damit es nicht ganz so auffällig ist.«

»Ich arbeite daran. Versprochen.« Sky ließ sich neben ihn auf die Couch fallen und pikste ihm in die Seite. »Aber im Ernst. Du siehst wirklich besser aus. Wie fühlst du dich?«

Gabriel hatte noch geschlafen, als sie und Connor das Haus am Morgen verlassen hatten. Ihn jetzt wieder mit deutlich mehr Farbe im Gesicht zu sehen als am Tag zuvor, tat gut.

»Viel besser. Was auch immer in Grannys widerlichem Kräutergebräu drin ist, es wirkt super.«

»Mit dem Bäumeausreißen solltest du vielleicht trotzdem lieber noch etwas warten.« Connor zog seine Jacke aus und warf sie in einen der Sessel am Kamin.

»Jaaaa, Dad«, gab Gabriel augenrollend zurück. »Gibt's noch was Neues?«

Sky hatte ihm bereits am Telefon denselben Bericht geliefert, den auch Pratt bekommen hatte. Sie schüttelte den Kopf. »Nein. Und hier? Wo sind alle?«

»Dad ist in der Notfallambulanz und Mum und Granny sind mit Cam und Jules draußen. Die zwei haben heute Gartendienst. Ella und Jaz sind irgendwo im Haus, putzen die Badezimmer und übernehmen für mich das Staubsaugen.«

»Dann helfe ich ihnen gleich.« Sky zog ihr Handy aus ihrer Hosentasche. »Vorher müssen wir aber erst mit Mum und Jaz sprechen.« Sie schickte eine Nachricht in die Familiengruppe, weil das in der Regel am schnellsten und zuverlässigsten funktionierte.

Mum, Jaz – Connor und ich bräuchten ein paar Infos über die Akademie von euch. Wie wäre es mit Tee und Keksen in der Küche? In einer Viertelstunde?

Es dauerte nur Sekunden, bis die Daumen-Hoch-Bestätigungen als Antwort kamen.

Sky schwang sich von der Couch. »Na, dann sorge ich mal fürs Futter.«

Keine Viertelstunde später fanden sich wie erwartet nicht nur Sue und Jaz in der Küche ein, sondern auch der Rest der Familie. Sky und Connor erzählten, was sie am Vormittag herausgefunden hatten und wie ihre neuen Theorien aussahen.

»Bei Raynors Lieferanten kommen wir vorerst nicht weiter«, schloss Sky ihren Bericht. »Aber er meinte, dass nicht nur die Polizei ein Gelände besitzt, auf dem Kämpfe gegen Geister trainiert werden. Auch die Akademie hat anscheinend so was.« Fragend sah sie zu Sue und Jaz.

Beide nickten.

»Die Akademie hat drei Trainingshäuser.« Jaz schob Connor ihre Tasse hin, als er allen noch einmal Tee nachschenkte. »In unterschiedlichen Schwierigkeitsstufen, weil die Kleinen das Geisterbändigen ja erst noch lernen müssen.«

»Und wie funktioniert das?«, fragte Sky.

»Na, man geht in die Häuser und vernichtet alle Geister, die drin sind. Die Lehrer stufen die Schüler vorher im Training ein und statten die Häuser dann mit entsprechenden Geistern aus, die man erledigen muss.«

»Alleine?«

»In der Prüfung ja. Im Training ist man meistens zu zweit oder zu dritt.«

Cam sah zu Gabriel und wurde prompt von dessen Blick aufgespießt. Worte waren keine zwischen ihnen nötig. Die Warnung war auch so klar: *Vergiss es! Du gehst nie wieder alleine oder nur mit Jules zum Geisterjagen!*

»Das heißt, die Lehrer fangen Geister ein und sperren sie in diese Trainingshäuser«, rekapitulierte Connor. »Dann werden Schüler einzeln oder in kleinen Teams hineingeschickt, um die Biester zu vernichten – und dann was? Wird die Zeit gestoppt und ihr bekommt dafür Noten? Und falls jemand stirbt, ist er leider durchgefallen?«

Jaz hob die Schultern. »Ja, so ungefähr. Allerdings stirbt keiner. Es ist zwar manchmal knapp, aber im Team sollten wir uns gegenseitig helfen. Und Master Carlton ist bei jedem Training mit dabei. Er ist zwar ein echtes Arschloch, aber auch ein verdammt guter Totenbändiger. Wenn im Training oder in einer Prüfung etwas passiert, sorgt er immer dafür, dass die Leute wieder rauskommen. Totenbändiger sind ihm wertvoll und jeder einzelne zählt, weil wir nur einen so geringen Teil der Bevölkerung ausmachen. Deshalb würde er nicht zulassen, dass jemand in einem der Trainingshäuser stirbt.«

»Dann ist er in dem Punkt humaner als sein Vater«, seufzte Sue. »Wir hatten nur ein solches Trainingshaus und während meiner Zeit in der Akademie sind dort vier Schüler gestorben. Außerdem gab es zig, die das erste Training so stark traumatisiert hat, dass sie völlig durch den Wind waren und nie wieder Geisterbändigen konnten.«

»Das passiert heute bei den Kleinen manchmal auch, wenn sie zum ersten Mal ins Haus gehen«, sagte Jaz. »Aber dann müssen sie es eben öfter üben und bekommen Nachhilfe. Carlton ist es wichtig, dass jeder Totenbändiger seine Fähigkeit einsetzen kann, weil uns das den Normalos überlegen macht.«

Sue schnaubte sarkastisch. »Okay, doch nicht humaner. Hätte mich irgendwie auch gewundert.«

»Wie alt sind die Kids denn, wenn sie zum ersten Mal Geisterbändigen müssen?«, wollte Gabriel wissen.

»Am Tag nach ihrem dritten Geburtstag treffen sie zum ersten Mal auf einen echten Geist. Vorher lernen sie, ihre Silberenergie zu rufen, und sie schauen Videos vom Geisterbändigen.«

»Wow, nicht wirklich.«

»Doch. Aber so schlimm ist es nicht.« Aus irgendeinem seltsamen Grund hatte Jaz das Gefühl, die Sache verteidigen zu müssen. »Es ist wie ein großes Abenteuer und die meisten Kids freuen sich darauf.«

»Und wie läuft dieses erste Mal dann ab?«, fragte Sky skeptisch.

»Carlton führt das Kind in einen der Kellerräume der Akademie. Dort wird ein ganz schwacher Geist freigelassen und Carlton zeigt dem Kind, wie es den Geist mit seiner Silberenergie bändigen kann. Vorher bekommt es noch eine Dosis Xylanin und damit wird das erste Geisterbändigen meistens zu einem Erfolg. Carlton sagt den Kleinen, dass er stolz auf sie ist, die Knirpse freuen sich, und er weiß danach, wie er sie einschätzen kann und teilt sie in entsprechende Trainingsgruppen ein.« Sie bemerkte die entsetzten Gesichter der anderen und runzelte die Stirn. »Was ist?«

»Cornelius gibt den Kleinen wirklich Xylanin?«, hakte Sue nach.

Jaz nickte. »Ja. Es sorgt dafür, dass man sich gut fühlt. Schneller. Stärker. Vor den Prüfungen durften wir es alle nehmen. Oder vor besonders harten Trainingseinheiten.«

»Weißt du, was Xylanin ist?«, fragte Sue.

»Sicher. Es ist der Stoff, mit dem wir Totenbändiger unsere Silberenergie rufen können. Wir haben ihn von Natur aus im Körper und er erhöht sich, wenn wir uns von anderen Energie nehmen. Es gibt ihn aber auch zum Spritzen, um sich für eine gewisse Zeit stärker zu machen.«

»Exakt«, sagte Sue ernst. »Damit ist es ein Aufputschmittel und zwar eins, das in der körperfremden Form ziemlich gefährlich ist, weil es Herz und Gehirn angreift, wenn man es zu hoch dosiert. Und nimmt man es regelmäßig oder zu oft, kann es abhängig machen.«

Betroffen runzelte Jaz die Stirn. »Das wusste ich nicht. Aber es ist auch nie etwas passiert. Außerdem haben wir es auch nicht oft bekommen.«

»Was heißt denn *nicht oft*?«

Jaz biss sich auf die Unterlippe und überlegte kurz. »Alle vier bis sechs Wochen. Ungefähr. In den Abständen lagen die Prüfungen. Zuletzt hab ich es vor den Sommerferien zur Abschlussprüfung bekommen. Das ist drei Monate her. Und mir geht es gut. Ich hab keine Entzugserscheinungen oder so. Denkst du, das Zeug könnte trotzdem irgendwelche Schäden bei mir hinterlassen haben?«, fragte sie besorgt.

Sue schüttelte beruhigend den Kopf. »Nein, das glaube ich nicht. Das hättest du längst gemerkt. Anscheinend weiß Cornelius das Mittel gut zu dosieren und will seine Schüler nur zu bestmöglichen Leistungen bringen. Trotzdem ist es unverantwortlich, besonders, wenn er es schon Dreijährigen gibt. Mal ganz davon abgesehen, dass Kinder in dem Alter überhaupt noch keine Geister bändigen sollten.«

»Kann man dagegen denn nichts machen?« Ella sah zu Sky, Connor und Gabriel. »So was muss doch verboten sein, oder nicht?«

»Es geht um Totenbändigerkinder«, knurrte Gabriel. »Selbst wenn sie in der Akademie sterben würden, würde sich dafür kaum ein Richter interessieren. Solange es nicht unter Strafe gestellt wird, dass jeder Normalo einen Totenbändiger töten kann, wenn er sich von ihm bedroht fühlt, wird sich erst recht kein Richter in irgendwas einmischen, das Totenbändiger einander antun.«

Sky schnaubte missmutig. »Es wird wirklich Zeit, dass wir diesen Sitz im Stadtrat bekommen, damit wir dieses verfluchte Gesetz ändern können.«

Mit einem Seufzen fuhr Sue sich über die Augen. »Ja, das wäre definitiv von Vorteil.« Sie blickte zu Sky und Connor. »Aber warum interessiert ihr euch eigentlich auf einmal so für die Akademie und ihre Trainingshäuser? Denkt ihr, der seltsame Wiedergänger aus der Wohnanlage könnte aus einem dieser Häuser ausgebrochen sein?«

»Ausgebrochen vermutlich nicht«, meinte Connor. »Eher gestohlen.« Er wandte sich an Jaz. »Weißt du, wo die Geister in den Trainingshäusern herkommen? Holt Carlton sie aus den Verliesen im Tower?«

Jaz schüttelte den Kopf. »Nein. Die Lehrer fangen sie ein. Meistens in Vollmondnächten. Blaine, Carltons Sohn, macht es auch oft. Ist so eine Art Hobby von ihm, mit Asha und Leroy auf Geisterjagd zu gehen. Sie fangen sie mit Auraglue und Silberboxen ein und lassen sie in den Häusern wieder frei. Die sind an allen Fenstern und Türen mit Eisen verstärkt. Da kommt also keins der Biester wieder raus. Innerhalb der Häuser können sie sich dann frei bewegen und auf die Schüler lauern, wenn die zum Training kommen oder eine Prüfung ansteht.«

Connor runzelte die Stirn. »Aber Carlton wird doch bestimmt noch mehr Geister haben als die, die in den Häusern sind. Selbst wenn die Prüfungen nur alle vier bis sechs Wochen anstehen, findet das Training ja sicher häufiger statt, oder?«

Jaz nickte. »Je nach Alter und Können der Schüler ein bis drei Mal in der Woche. Aber es findet nicht immer in den Trainingshäusern statt. Besonders die Kleinen trainieren erst mal im Keller der Akademie. Die Geister dafür kommen in Silberboxen und werden erst zur Trainingsstunde freigelassen.«

»Und wo kommen diese Geister her?«, fragte Sky. »Die werden sie ja irgendwo eingelagert haben, oder? Macht ja nicht viel Sinn, sie einzufangen, dann in einem Trainingshaus freizulassen, nur um sie dann wieder einzufangen, wenn sie in der Akademie gebraucht werden.«

Jaz stutzte. »Darüber hab ich mir ehrlich gesagt noch nie Gedanken gemacht. Aber klar, eine Art Lager für die Geister, die nicht sofort eingesetzt werden, würde Sinn machen.«

»Wie viele Schüler hat die Akademie?«, fragte Gabriel.

»So um die fünfzig. In den letzten Jahren kamen immer weniger zu uns und viele von den Kleinen werden jetzt nach Newfield gebracht.«

»Das ist trotzdem noch eine Menge«, meinte Gabriel. »Um so viele Kids zu trainieren, werden verdammt viele Geister gebraucht und ich glaube kaum, dass die Lehrer jede Nacht losziehen wollen, um die Trainingshäuser neu zu bestücken. Einfacher wäre es, wenn sie in den Vollmondnächten auf die Jagd gehen, um einen Vorrat anzulegen und Bestände aufzustocken. Sie brauchen ja schließlich Geister in allen möglichen Stärken. Ein gut organisiertes Lager, das immer wieder entsprechend aufgefüllt wird, wäre da die praktischste Lösung.«

Jaz nickte nachdenklich. »Ja, definitiv. Aber ich hab echt keine Ahnung, ob die Akademie so was hat. Geister gibt es in London schließlich mehr als genug. Ich hab mir nie Gedanken darüber gemacht, wo genau die herkamen, die ich im Training erledigen sollte.«

»Und was ist mit Wiedergängern?« Sky gab Milch in ihren Tee und nahm sich einen Keks. »Du hast gesagt, du hast schon mal gegen einen gekämpft. Weißt du, wo der herkam? Haben Carlton oder eure Lehrer dazu irgendwas gesagt? Vielleicht, ob sie ihn eingefangen oder herangezüchtet haben?«

Wieder überlegte Jaz kurz. »Nein, ich glaube, dazu hatten sie nichts gesagt. Ein Training mit einem Wiedergänger gab es aber auch nur ein einziges Mal. In diesem Frühling. Kurz nach Äquinoktium. Da hatten sie einen ins Trainingshaus der Besten gebracht und Carlton hat Blaine, Asha, Leroy und mich gegen ihn antreten lassen. Es war eine Ausnahme. Ich kann mich zumindest nicht daran erinnern, dass so was schon mal in der Akademie vorgekommen ist. Ich bin davon ausgegangen, dass sie ihn eingefangen hatten. Wie gesagt, es war kurz nach Äquinoktium und die Unheilige Nacht hatte die Geister stärker werden lassen. Ich hab gedacht, dass die Lehrer beim Geisterjagen auf einen Wiedergänger gestoßen sind und ihn für unser Training eingefangen haben.« Sie runzelte die Stirn. »Ich hab nie darüber nachgedacht, dass sie ihn vielleicht selbst irgendwo gezüchtet haben könnten. Ich dachte, es war einfach Zufall, dass sie ihn gefunden haben, und Carlton fand es dann interessant, seine besten Schüler gegen das Biest antreten zu lassen.« Sie blickte zu Sue. »Wenn Carlton ein Lagerhaus mit Geistern hätte, in dem er auch Wiedergänger heranzüchtet, dann hätte es solche Trainingseinheiten aber doch sicher öfter gegeben, oder?«

Sue nickte zögernd. »Ja, vielleicht. Zu meiner Zeit lief es jedenfalls ganz ähnlich wie bei dir. Ich musste auch nur einmal gegen einen Wiedergänger antreten. Zusammen mit Cornelius und zwei weiteren Mitschülern. Dass es noch ein zweites Team mit so einer Prüfung gegeben hätte, wüsste ich nicht, wobei ich sicher nicht alles mitbekommen habe, als ich noch klein war. Aber Kämpfe gegen Wiedergänger hat es definitiv nicht regelmäßig gegeben. Das spricht aber nicht unbedingt gegen ein Lagerhaus. Vermutlich ist es einfach sehr zeitaufwändig und schwierig, diese Bestien heranzuzüchten und dann gefangen zu halten.«

»Aber unmöglich ist es nicht«, meinte Connor. »In den Verliesen im Tower machen sie ja schließlich genau das, um mit den Biestern zu experimentieren. In den Kellern der Trainingshäuser könnte man mit den richtigen Vorkehrungen daher sicher auch einen Wiedergänger halten.« Er sah zu Jaz. »Kannst du uns sagen, wo diese Häuser liegen?«

»Klar. Aber in den Kellern ist nichts. Im Training müssen wir alle Räume durchsuchen und von Geistern reinigen. Auch die im Keller. Da gibt es keine Zellen für Wiedergänger. Das wäre mir aufgefallen.«

»Was sind das überhaupt für Häuser?«, fragte Jules. »Ich kann mir vorstellen, dass die Nachbarn nicht unbedingt begeistert sind, wenn man regelmäßig Geister in einem Haus in ihrer Straße ablädt.«

»Es sind verlassene Villen in Richmond und Roehampton«, antwortete Jaz. »Soweit ich weiß, hat Carlton sie günstig kaufen können, weil die Häuser ziemlich einsam und direkt am Richmond Park liegen. Es gibt dort keine Straßenbeleuchtung, deshalb sind die Grundstücke nur schwer vor den Geistern aus dem Wald zu schützen.«

Edna tunkte einen Keks in ihren Tee. »Das klingt ganz nach Immobilien, bei denen Makler, Bank oder Stadt froh sind, wenn sie sie verkauft bekommen.«

»Aber verschenken werden sie sie trotzdem nicht«, meinte Sky. »Woher hat die Akademie das Geld dafür? Alleine der Unterhalt des Schulgebäudes muss ja schon ein Vermögen kosten. Und Carlton nimmt kein Schulgeld, das heißt, die Verpflegung der Schüler wird ihn auch einiges kosten. Dazu kommen dann noch die Gehälter von Lehrern und anderen Angestellten und keine Ahnung, was da sonst noch alles für Kosten anfallen. Wie bezahlt Carlton das alles? Vom Stadtrat wird er wohl kaum finanzielle Unterstützung für eine Totenbändiger-Schule bekommen.«

Sue schüttelte den Kopf. »Nein, das denke ich auch nicht. Soweit ich weiß, haben frühere Akademieleiter im Laufe der Zeit alle Ländereien verkauft, die ursprünglich mal zum Anwesen gehört haben, und die Gelder wurden gewinnbringend an der Börse angelegt. Es gibt eine alte Totenbändiger-Familie, die sehr erfolgreich mit und für verschiedene Firmen an der Börse handelt. Ich glaube, die haben auch das Geld der Akademie äußerst lukrativ vermehrt – und machen es noch heute.«

Jaz nickte. »Die Grayers. Ihre Tochter Asha war auf der Akademie in meinem Jahrgang und ihr Bruder Dexter war ein paar Jahre unter uns. Sie hatten beide bei Carlton und den Lehrern einen Stein im Brett, weil ihre Familie ach so viel für die Akademie tut. Dexter ist so dumm wie drei Meter Feldweg, bekommt aber trotzdem gute Noten. Asha dagegen ist echt clever und eine ziemlich starke Totenbändigerin. Sie ist mit Leroy zusammen, der stammt auch aus einer dieser alten Familien. Sie besitzen eine Silbermanufaktur.«

»Die Delawares«, sagte Sue. »Es ist nur eine kleine Manufaktur und ich gehe jede Wette ein, dass Leroys Vorfahren sie sich irgendwann in grauer Vorzeit mithilfe ihrer Totenbändigerfähigkeiten widerrechtlich angeeignet haben. So wie es bei der Akademie auch geschehen ist. Oder bei dem Salzwerk, das heute die Morrisons führen.« Sie seufzte. »Der schlechte Ruf von uns Totenbändigern kommt ja nicht von ungefähr und die Angst vor uns ist nicht völlig unbegründet. Ich möchte wetten, dass in beiden Betrieben nebenher illegale Geschäfte laufen, mit deren Erlösen die Akademie unterstützt wird. Es mag in unserer Gemeinschaft verschiedene Lager geben, die nicht miteinander klarkommen und sich gegenseitig nichts schenken, aber innerhalb dieser Lager halten wir zusammen.«

»Aber mit so finanzstarken Partnern an ihrer Seite wäre es doch sicher möglich, dass die Akademie noch mehr Immobilien als nur diese drei Trainingshäuser besitzt, oder?«, überlegte Connor. »Vielleicht gibt es dann irgendwo noch ein Gebäude, das die als Lager für Geister nutzen, und in dem sie Wiedergänger züchten könnten.«

»Okay, dass die Akademie irgendwo ein Lager für Geister hat, macht sicher Sinn«, meinte Jules. »Aber wenn Mum und Jaz sagen, dass es kein Training gab, in dem sie regelmäßig Wiedergänger töten mussten, wozu sollte die Akademie sich dann die Mühe machen, welche heranzuzüchten? Und selbst wenn, glaubt ihr wirklich, dass das etwas mit euren Ermittlungen zu tun hätte? Dieser Carlton scheint zwar echt ein Arsch zu sein, aber warum sollte er einen Wiedergänger in einer Seniorenanlage freilassen? Was hätte er davon? Wenn er sie hätte ausrauben wollen, falls er doch Geld für die Akademie braucht, hätte es gereicht, die alten Leute zu betäuben. Oder er hätte sie einfach erschießen oder vergiften können. Dafür brauchte er keinen Wiedergänger.«

»Er mag Normalos nicht«, warf Cam ein. »Vielleicht will er damit allen zeigen, wie mächtig Totenbändiger sein können, und so die Leute im Stadtrat dazu bringen, uns ernst zu nehmen.«

Ella zog die Stirn kraus. »Aber das wäre doch der komplett falsche Weg, oder? Wenn die Normalos erfahren würden, dass ein Totenbändiger einundzwanzig alte Leute mit zwei Schattengeistern und einem Wiedergänger getötet hat, hätten sie doch nur noch mehr Angst vor uns und würden gegen unseren Sitz stimmen statt dafür. Außerdem hätte Carlton sich dann ja auch zu der Tat bekennen müssen, wenn er damit wirklich jemanden erpressen oder seine Macht demonstrieren will. Aber das ist doch nicht passiert.«

»Nein«, stimmte Sky ihr zu. »So was wie eine Erpressernachricht oder ein Bekennerschreiben gab es nicht. Pratt hat das überprüft, um auszuschließen, dass es eine Tat der Death Strikers gewesen sein könnte.«

»Für die wäre diese Wohnanlage aber auch ein viel zu kleines Ziel«, warf Connor ein. »Damit hätten sie sich nicht abgegeben.«

Seit einigen Jahren machte eine Terrorgruppe London unsicher und erpresste in unregelmäßigen Abständen den Stadtrat damit, öffentliche Plätze und Gebäude durch Anschläge in Verlorene Orte zu verwandeln. Jedes Mal, wenn der Stadtrat ihren Forderungen nicht nachgekommen war, hatte es Bomben- oder Giftgasanschläge auf Parks, Theater, Kinos und Einkaufszentren gegeben, bei denen Tausende von Menschen gestorben waren. Eine Wohnanlage mit gerade mal dreiundzwanzig Opfern passte daher nicht in das bevorzugte Beuteschema der Death Strikers.

»Ella hat recht, was Cornelius angeht«, meinte Sue. »Er will diesen Sitz im Stadtrat. Und auch wenn ich ihm durchaus zutraue, dafür unlautere Methoden einzusetzen, würde er sicher nicht riskieren, Angst und Schrecken unter der Normalbevölkerung zu verbreiten. Das wäre kontraproduktiv.«

»Trotzdem sollten wir uns in der Akademie und ihren Trainingshäusern mal umsehen und Carlton ein bisschen auf die Füße treten.« Ein böses Lächeln huschte über Gabriels Gesicht. »Und wenn wir dabei *zufällig* alle Geister im Haus der Kleinsten vernichten und für sie damit die ein oder andere Trainingseinheit ausfällt, täte mir das sicher kein bisschen leid.«

»Also *du* trittst definitiv noch niemandem auf die Füße«, erklärte Sue kategorisch.

Gabriel verdrehte die Augen. »Mir geht es schon wieder gut, Mum. Die Wunden heilen –«

»Ja, exakt«, fiel Sue ihrem Ältesten ins Wort. »Sie *heilen*. Das ist ein Prozess. Und damit der bei dir erfolgreich verläuft, schonst du dich noch, verstanden?«

»Aber –«

»Denkt ihr wirklich, Cornelius hat etwas mit den Morden in der Wohnanlage zu tun?«, unterbrach sie ihn erneut und sah zwischen Gabriel, Sky und Connor hin und her.

Sky und Connor schüttelten die Köpfe.

»Nein, es macht eigentlich keinen Sinn«, meinte Connor.

»Aber er hat Mittel und Wege, um Geister und Wiedergänger zu fangen und an bestimmten Orten freizusetzen«, ließ Gabriel nicht locker. »Ich denke schon, dass wir die Akademie überprüfen sollten. Wer weiß, was wir dabei womöglich finden.«

»Aber Mittel und Wege reichen nicht«, warf Connor ein. »Um einen Durchsuchungsbeschluss für die Akademie und die Trainingshäuser zu bekommen, brauchen wir einen Tatverdacht und Indizien, die auf einen oder mehrere Täter aus der Akademie schließen lassen. Das haben wir beides nicht.«

Jaz schnaubte. »Na und? Die Akademie ist ein riesiges Haus voller Totenbändiger, da wird sich doch sicher irgendein Richter finden lassen, den man auch ohne allzu begründeten Verdacht davon überzeugen kann, dass von dem Laden eine Bedrohung ausgeht und man sich da mal umgucken muss. Totenbändiger werden doch ständig ohne Grund verdächtigt und bekommen Ärger, auch wenn sie nichts gemacht haben. Da wird so ein Durchsuchungsbeschluss ja wohl kein großes Problem sein.«

Sky schüttelte den Kopf. »Das geht nicht. Damit würden wir genau auf die Gesetzeslage zurückgreifen, die uns Totenbändiger diskriminiert und gegen die wir eigentlich mit allen Mitteln kämpfen. Wenn wir sie dann aber ausnutzen, wenn es uns bei Ermittlungen gerade gut in den Kram passt, ist das doppelmoralisch.«

Jaz verzog das Gesicht. »Mag sein. Aber bei einem Arsch wie Carlton wäre ich moralisch maximal flexibel.«

Sky musste lächeln. »Ich verstehe dich. Trotzdem würden wir damit unsere Glaubwürdigkeit und die Wichtigkeit unserer Forderungen untergraben, wenn wir Totenbändiger und Normalos vor dem Gesetz nicht gleichbehandeln. Und wir haben gegen Carlton weder einen Tatverdacht noch Indizien. Wir haben nicht mal ein Motiv, denn Jules hat recht: Warum hätte Carlton oder jemand anderes aus der Akademie die Senioren töten sollen?«

»Aber können wir dann nicht einen anderen Grund finden, damit ihr euch« dort umsehen könnt?«, überlegte Cam. »Wenn Carlton schon mit Dreijährigen das Geisterbändigen trainiert und seinen Schülern Xylanin gibt, ist das dann nicht so was wie Kindeswohlgefährdung?«

Connor seufzte schwer. »Es sind Totenbändigerkinder. Um zu überprüfen, ob es denen gut geht, wird uns kein Richter einen Beschluss ausstellen. Und selbst wenn wir vielleicht doch einen finden, dem diese Kinder nicht egal sind, wäre es dann ein Fall fürs Jugendamt und nicht für uns. Also kämen wir so auch nicht in die Akademie herein.«

»Was ist mit Lorna?«, fragte Sky an ihre Mutter gewandt. »Sie geht doch jetzt für die Aufklärungsarbeit in die Akademie.«

»Ja«, knurrte Gabriel. »Aber selbst wenn wir sie bitten würden, sich für uns dort umzusehen, bringt uns das nichts. Carlton wird sie sicher ständig im Auge behalten, wenn sie da ist. Und in die Trainingshäuser kommt sie erst recht nicht rein.«

»Aber sie könnte die Kleinen fragen, ob ihnen das Geisterbändigen wirklich gefällt. Und sie könnte den Älteren die Gefahren von Xylanin deutlich machen.« Sky sah zu Jaz.

»Offensichtlich werden sie darauf ja nicht hingewiesen, wenn man es ihnen vor Prüfungen anbietet.«

Sue nickte. »Ich rede mit Lorna und Peter. Sie wollen ein Team zusammenstellen, weil Lorna die Aufklärungsarbeit bei den Schülern in der Akademie nicht alleine leisten kann. Ich werde ihnen vom Geistertraining der Kleinen und vom Xylanin erzählen, dann werden sie sich mit Sicherheit darum kümmern.«

»Und wenn dann kein Aufschrei durch unsere Gilde geht, sondern alle denken, dass der große Master Carlton schon wissen wird, was er tut, macht der Mistkerl einfach weiter.« Unwirsch rieb Gabriel über seine verletzte Schulter.

»Ich bin auch nicht glücklich darüber, wie es in der Akademie läuft«, seufzte Sue. »Doch Jaz sagt, dass Cornelius das Leben seiner Schüler nicht riskiert, weil es in seinen Augen nicht genug Totenbändiger gibt. Und so schätze ich ihn auch ein. Er verlangt viel, treibt seine Schützlinge sicher an ihre Grenzen und vermutlich auch darüber hinaus. Aber er wird nicht riskieren, sie zu verlieren.«

Gabriel ballte seine Hand so fest zur Faust, dass es bis hinauf in die Wunden an seiner Schulter schmerzte. »Mag sein, dass er nicht riskiert, dass jemand stirbt. Aber ich will nicht wissen, wie viele Seelen er mit seinen beschissenen Erziehungsmethoden trotzdem kaputtmacht. Das ist doch genauso abartig und muss gestoppt werden.«

Sue legte ihre Hand über seine Faust. »Deswegen werden wir auch etwas dagegen tun. Aber wir können nicht kopflos losstürmen, damit erreichen wir gar nichts. Also lass mich das organisieren. Und du gehst jetzt zurück ins Wohnzimmer und schonst dich noch. Schließlich willst du ja deinen Vater davon überzeugen, dass er dich ab Montag wieder diensttauglich erklärt, oder nicht? Dann ruh dich jetzt noch aus und überlass Cornelius und die Akademie mir und meinen Leuten, okay?«

Kapitel 8

Der Rest des Nachmittags bestand aus Haus- und Gartenarbeit und nach und nach trudelte jeder, der seine Pflichten erledigt hatte, bei Gabriel im Wohnzimmer ein. Sue verschwand zu Lorna ins Mean & Evil und wollte später Phil von der Notfallambulanz abholen, um sich mit ihm einen gemeinsamen Abend zu machen. Evan kam vorbei und der weitere Tagesverlauf im Hause Hunt stand ebenfalls schnell fest: Es wurden Autorennen auf der Spielekonsole gezockt. Sie bildeten zwei Teams, traten gegeneinander an und schenkten sich dabei nichts, während Edna alle mit Sandwiches und frischem Apfelkuchen versorgte.

Es war ein ziemlich spaßiger Abend, bis um kurz nach halb neun Skys Handy klingelte.

Matt.

Sky schwang sich von der Couch, die sie mit Connor, Ella und Jaz belegt hatte, vertraute darauf, dass Jaz Evan auch ohne ihr Anfeuern erledigen würde, und ging in den Flur, wo es etwas ruhiger war.

»Hi, was gibt's?«

»*Sky! Wir brauchen Hilfe!*«

Das Flüstern und der gehetzte Tonfall in Matts Stimme versetzte Sky sofort in Alarmbereitschaft.

»Was ist passiert, wo bist du?«

»*Bloomfield Street. Ich schick dir die Adresse.*« Im Hintergrund hörte man dumpf etwas poltern. »*Es ist ein leer stehendes Bürogebäude, aber hier sind zig Geister und zwei Wiedergänger drin!*«

Der Schock fuhr Sky in die Glieder und sie winkte hektisch, um über die Anfeuerungsrufe der anderen hinweg Connors Aufmerksamkeit zu erlangen. Er reagierte sofort, stellte den Fernseher aus und wies zu Sky, bevor irgendjemand empört protestieren konnte. Alle im Wohnzimmer fuhren zu ihr herum und sie stellte ihr Handy laut.

»Hab ich das richtig verstanden: Ihr seid mit zig Geistern und zwei Wiedergängern in einem leeren Bürogebäude?«

»*Ja. Wir haben zwar noch Silberkugeln, aber nicht genug Auraglue und keine Box. Wir können nicht auf die Wiedergänger schießen. Ihre Geister würden uns sofort erwischen. Wir sind hier komplett überrannt worden! Und diese Wiedergänger sind völlig irre. Wir haben sie mit M-Licht geblendet, um ihnen zu entkommen. Sky, sie haben rote Augen!*«

Alle tauschten geschockte Blicke. Connor sprang auf und zog sein Handy, um Thad anzurufen, und auch Gabriel stemmte sich vom Sofa.

»Wir kommen«, versicherte Sky. »Wer ist bei dir?«

»*Jack und Nell. Les erreiche ich nicht. Sie ist bei einem Date. Bringt genug Silberboxen und Auraglue mit. Hier wimmelt es von Geistern. Und die Biester sind verdammt stark. Wir haben schon vier Schatten und sieben Graue gebändigt, aber uns gehen die Kräfte aus und hier sind mit Sicherheit noch mal so viele Geister.*«

»Okay. Wir kommen so schnell wie möglich und bringen unsere Ausrüstung mit. Könnt ihr euch bis dahin verstecken?«

»*Wir sind im oberen Stockwerk in einem der leeren Büros. Wir haben die Wiedergänger abgehängt, aber jetzt toben sie durchs ganze Haus und suchen uns.*«

»Wir beeilen uns. Schick mir die Adresse. Ich melde mich, sobald wir vor Ort sind.«

»*Danke.*«

»Mann, klar doch!« Sky beendete den Anruf.

Gabriel schob sich an ihr vorbei auf den Flur. »Ich komme mit. Und versuch gar nicht erst, mir das auszureden«, fuhr er seiner Schwester über den Mund, als die etwas sagen wollte. »Ich kann Matt nicht im Stich lassen und du und Connor könnt nicht alleine losziehen, wenn es da zwei Wiedergänger und wer weiß wie viele Geister gibt.«

»Ich komme auch mit.« Cam sprang von der Couch auf.

»Ich auch.« Jaz stand ebenfalls auf.

»Wir helfen alle«, verkündete Ella.

Jules nickte. »Definitiv.«

Sky wollte etwas sagen, doch Connor kam ihr zuvor. »Thad geht nicht ran. Ich schätze, er ist noch im Einsatz. Ich schicke ihm eine Nachricht, aber auf fremde Hilfe sollten wir besser nicht bauen. So kurz vor Äquinoktium sind gerade sicher alle im Einsatz.«

»Ich hol meine Jacke.« Cam wollte sich an Gabriel vorbeidrängeln, doch der hielt ihn am Arm zurück. »Was? Ich kann helfen, das weißt du! Das können wir alle! Du bist noch nicht wieder fit und ich will nicht, dass euch was passiert. Zusammen haben wir eine viel bessere Chance, Matt, Jack und Nell da rauszuholen, ohne dass wieder jemand verletzt wird. Also lass uns mitkommen!«

Gabriel strubbelte ihm durch die Haare. »Ich will gar nicht, dass ihr hierbleibt. Ich wollte dich nur bitten, mir meinen Ausrüstungsgürtel aus meinem Zimmer mitzubringen.« Er sah zu den anderen. »Holt eure Sachen, wir treffen uns so schnell es geht bei den Autos.«

Alle liefen los, nur Gabriel und Evan blieben zurück.

Edna lehnte im Rahmen der Küchentür und maß ihren Enkel mit ernstem Blick. »Ich werde euch das nicht ausreden, weil ich weiß, dass Matt und die anderen dasselbe für euch tun würden.«

Gabriel schenkte ihr ein Lächeln, während er in Boots und Lederjacke schlüpfte. Ella hatte die Risse, die die Klauen des Wiedergängers hinterlassen hatte, nicht zugenäht, sondern mit rotem Garn eingefasst und ähnlich roten Stoff darunter genäht, sodass die Klauenhiebe jetzt ein cooler Hingucker waren. »Danke, Granny.«

Sie seufzte. »Ich schätze, ich muss nicht extra betonen, dass ihr vorsichtig sein sollt.«

»Nein. Wir passen auf uns auf.«

»Und mute dir noch nicht zu viel zu.«

Er nickte versichernd. »Keine Sorge. Ich schaff das.« Er ging zurück ins Wohnzimmer und schluckte noch schnell eine der Schmerzpillen, weil es ohnehin fast Zeit für eine neue Dosis war.

Evan folgte ihm. »Kann ich mitkommen? Ich will auch helfen.«

Gabriel schüttelte den Kopf. »Das ist nett, aber nein. Das ist zu gefährlich.«

»Ich weiß, ich kann noch nicht kämpfen, aber ich kann euch Lebensenergie geben, wenn ihr welche braucht. Das hab ich schon mal gemacht, als Jules von einem Schatten erwischt wurde.«

»Ja, das weiß ich. Aber das heute ist was anderes. Es ist zu gefährlich. Du hast noch keine Silberweste. Aber selbst wenn du schon eine hättest, brauchst du erst Training, sonst wäre das Selbstmord.«

Evan schnaubte genervt.

»Gabriel hat recht.«

Edna stand im Durchgang zum Flur. »Es ehrt dich, dass du helfen willst, aber nicht, solange du dich noch nicht schützen und verteidigen kannst. Ich fahr dich gleich nach Hause, dann musst du kein Geld für ein Taxi ausgeben.«

Missmutig fuhr Evan sich durchs Haar, akzeptierte dann aber seine Grenzen und rang sich ein gequältes Lächeln Richtung Edna ab. »Danke, das wäre sehr nett.«

Polternde Schritte kamen von der Treppe, als die anderen mit Jacken, Boots und ihrer Ausrüstung aus den oberen Stockwerken herunterkamen. Gabriel war schon nach draußen verschwunden, Sky und Connor rannten ebenfalls hinaus, dicht gefolgt von Ella und Jaz.

»Tschüss, Granny! Bis später!«

»Bis später! Und passt auf euch auf!«

»Logisch!«

»Sorry, dass wir wegmüssen.« Cam sprang die letzten Stufen hinunter und zog den Reißverschluss seiner Trainingsjacke zu.

»Schon gut.« Wieder mühte Evan sich ein Lächeln ab. »Ist doch klar, dass ihr euren Freunden helfen müsst. Ich wünschte, ich könnte auch was tun.«

»Bald.« Jules lief mit Cam zur Tür. »Wir sehen uns morgen beim Training!«

»Meldet euch, wenn ihr zurück seid!«, rief Evan ihnen hinterher.

Cam wandte sich im Rennen noch einmal kurz zu ihm um. »Klar. Bis später!«

Sie verteilten sich auf den Dienstwagen und den alten Polo, der Connor, Sky und Gabriel gehörte, und fuhren los.

Evan blickte ihnen nach und hätte einiges dafür gegeben, mit dabei sein zu können.

Kapitel 9

Bloomfield Street Nummer 27 lag in einem Block, in dem sich Bürogebäude an Bürogebäude reihte. Kleinere Firmen, Start-ups und verschiedene Verwaltungen hatten sich hier angesiedelt, was bedeutete, dass an einem Samstagabend um kurz vor neun in dem Viertel nichts los war. Alle Gebäude waren dunkel und verlassen. Gleiches galt für die Straße. Es gab nur zwei Laternen, die in großem Abstand zueinander standen. Da es sich bei den Häusern ausschließlich um Geschäftsgebäude handelte und keine Bewohner geschützt werden mussten, hatte die Stadt wie üblich nur die Grundsicherung installiert und den Schutz der Häuser den jeweiligen Besitzern überlassen.

Nummer 27 war ein unscheinbares, dreigeschossiges Backsteinhaus und ähnlich wie die anderen Gebäude ein Stück von der Straße zurückgebaut, um vor dem Haus Platz für Parkplätze und die Zufahrt zu einer Tiefgarage zu schaffen. Die Garage war mit einem eisernen Rolltor verschlossen, was Cam hoffen ließ, dass sie da nicht runter mussten.

Tiefgaragen waren wie Keller – nicht gut.

Matts Kombi parkte vor der Eingangstür des Gebäudes und war das einzige Auto weit und breit. Connor und Sky stellten ihre Wagen daneben ab und sie verteilten die Ausrüstung aus dem Dienstwagen.

Gabriel betrachtete das Haus, während er gleichzeitig zwei Ersatzmagazine mit Silberkugeln in seinem Gürtel verstaute. Das Gebäude war gut in Schuss. Zwar älter, doch solide und auf den ersten Blick gut gesichert. Alle Fenster der Vorderfront wiesen Eisenrahmen auf. Ebenso die doppelflügelige Eingangstür. Sie war aus Glas, besaß aber ein ähnliches Rolltor wie die Tiefgarage, sodass man den Zugang nachts gut schützen konnte. Matt hatte ihnen geschrieben, dass er, Nell und Jack durch die Vordertür ins Gebäude gegangen waren. Der Makler hatte ihnen die Schlüssel für alle wichtigen Türen zukommen lassen. Das Haus stand seit Jahresbeginn leer, doch jetzt gab es neue Interessenten für die Büroräume und der Makler hatte die Ghost Reapers gebeten, nachzusehen, ob sich unliebsame Bewohner im Gebäude eingenistet hatten.

»Also von hier vorne sieht alles super sicher aus.« Jaz schwang sich einen der Rucksäcke über, die Sky ihr und Ella reichte. »Ich frage mich, wie da die ganzen Geister plus zwei Wiedergänger reingekommen sein sollen.«

»Manchmal sind Häuser nur zur Straßenseite hin gut geschützt, um den Schein zu wahren.« Connor nahm sich ebenfalls einen Rucksack und gab Jules einen weiteren. »Die Rückseite sparen sich Vermieter dann ganz gerne.«

Jaz zog empört die Nase kraus. »Übel. Und ziemlicher Beschiss, ehrlich gesagt.«

»Exakt.«

Alle fuhren zusammen, als im oberen Teil des Gebäudes ein lautes Splittern zu hören war. Etwas Großes aus Glas musste zu Bruch gegangen sein.

»Los, wir müssen da rein.« Gabriel wollte sich den letzten Rucksack aus dem Kofferraum schnappen, doch Cam war schneller.

»Den nehme ich.«

»Okay, danke. Aber jetzt los. Formation wie im Training.«
Connor hielt ihn zurück. »Nein. Ich gehe heute mit dir.«

Wenn sie alle gemeinsam im Wald des Heath trainierten, bildeten in der Regel Sky, Connor und Ella ein Team, Gabriel, Jules und Cam das zweite. Seit Jaz bei ihnen lebte, hatten sie noch nicht gemeinsam trainiert, doch es war klar, dass sie sich Ella anschließen würde.

Gabriel sah von Connor zu Sky und schüttelte den Kopf. »Das ist nicht nötig. Mir geht es gut.«

»Ja, noch«, gab Sky zurück, während sie gleichzeitig Matt eine Nachricht schickte. »Aber falls dich das Geisterbändigen aus den Schuhen haut, braucht euer Team ein Back-up, also geht Connor heute mit euch. Und das diskutieren wir auch nicht, weil wir dafür nicht die Zeit haben.« Ohne eine Antwort abzuwarten, wandte sie sich um und lief mit Ella und Jaz zur Eingangstür.

Matt hatte ihnen nicht nur die Adresse, sondern auch den Grundriss des Gebäudes geschickt, den er vom Makler bekommen hatte, und sie wussten, dass er, Jack und Nell sich in Büro 208 im zweiten Stock eingeschlossen hatten, um Kräfte zu regenerieren und sich vor den Wiedergängern zu verstecken.

Nacheinander duckten die sieben sich unter dem Rollgitter durch und traten ins Foyer. Abgestandene, leicht staubige Luft schlug ihnen entgegen und sie hörten aus den oberen Stockwerken dumpfes Hämmern und Poltern wie von Schlägen gegen Wände und Türen. Vor ihnen lagen ein Aufzug und das offene Treppenhaus, das bis hinauf in den zweiten Stock führte. Milchglasscheiben an der vorderen Fassade ließen gerade genug Licht von einer der Straßenlaternen herein, dass sie keine Taschenlampen brauchten. Rechts führte eine Glastür in den Korridor des Erdgeschosses. Auch hier ließen Fenster von der Straßenseite Licht hereinfallen. Die Türen zu den

Büros standen offen und zwei gräuliche Schemen fegten durch den Gang auf die Neuankömmlinge zu. Sieben Menschen mit frischer Lebensenergie – da schreckte selbst das Silber, das sie bei sich trugen, nicht viel ab.

Sofort peitschte Jaz ihren Silbernebel in den ersten Geist und zerrte dessen Todesenergie in sich. Ella half ihr, während Sky und Jules sich den zweiten Geist vornahmen. Keiner der Seelenlosen war ein Schwächling, doch zu zweit war das Bändigen kein Problem. Allerdings stürzte sich gleichzeitig von der Treppe bereits ein dritter Geist auf sie – und der war ein Schatten. Connor und Gabriel feuerten Auraglue, aber das Biest war wendig und wich einem Teil der Ladung aus. Cam warf seine Silberenergie auf ihn, genauso Gabriel, während Connor seine Waffe nachlud, eine weitere Ladung Auraglue abschoss und dann eine Silberbox bereitmachte, um den Schatten einsaugen zu lassen.

»Geht ja schon gut los«, murmelte er, als der Geist sicher weggesperrt war und er die Box zurück in den Rucksack stopfte. Er schaute zu Gabriel. »Bei dir alles okay?«

Gabriel strafte ihn mit einem genervten Augenrollen. »Ja, alles gut. Ich fühle mich wie immer. Und wehe, ihr fragt jetzt ständig nach!«

»Wir sollten uns aufteilen.« Sky schüttelte ihre Hände, um die Geisterkälte zu vertreiben, die immer zurückblieb, wenn man die Bestien in sich zerrte. »Zu siebt sind wir wie ein riesiger Magnet, und wenn wir alle zusammen hochrennen, laufen wir vermutlich gegen eine Wand aus Geistern. Dann dauert es ewig, bis wir uns zu Matt, Nell und Jack in den zweiten Stock durchgekämpft haben.«

Cam hörte nur mit halbem Ohr zu, wie die anderen hastig eine Strategie absprachen. Er hatte bisher nur selten in Gebäuden gegen Geister gekämpft, schon gar nicht in Häusern, in denen sich so viele auf einmal tummelten. Meistens trainierte er im Wald und dort spürte er die verschiedenen Geister wie Kältequellen, die eisige Wellen zu ihm warfen. Oder sie waren das ungute Kribbeln im Nacken, das stärker wurde, je näher sie kamen. Wenn die Geister nicht zu clever waren und sich nicht zu gut tarnten, konnte er sagen, ob sie vor oder hinter ihm waren, rechts oder links. Er konnte auch ungefähr ihre Entfernung und ihre Stärke abschätzen.

Hier im Haus war eine solche Einschätzung deutlich schwieriger. Cam fühlte die Geister nicht nur im Gang neben sich. Sie waren auch über ihm und zwar auf verschiedenen Ebenen. Selbst unter sich glaubte er welche zu spüren. Sie bewegten sich auf sie zu und fühlten die frische Lebensenergie vermutlich auf eine ähnliche Weise, wie Cam Kälte und Tod der Geister spüren konnte. Doch ihre Energien überlappten sich und es war wahnsinnig schwer, sie auseinanderzuhalten, geschweige denn, ihre Stärken einschätzen zu können.

»Hey, alles in Ordnung?«, fragte Jules, als er sah, dass Cam mit konzentriertem Blick an die Decke starrte und seine Hände sich um die Schulterriemen seines Rucksacks krallten. »Was fühlst du?«

Die anderen wandten sich zu ihm um.

»Zu viel.« Cam blinzelte und rieb sich über die Stirn. »Oder zu wenig? Keine Ahnung. Auf jeden Fall zu durcheinander, als dass wir uns darauf verlassen könnten. Ich hab versucht, herauszufinden, wie viele Geister hier drin sind, aber es funktioniert nicht. Sie überschneiden sich auf den Stockwerken.« Unwirsch deutete er nach rechts in den Korridor. »Da drin sind noch drei. Von der Stärke ungefähr sieben bis acht auf einer Skala von eins bis zehn. Aber oben ... Da sind zehn oder zwölf, würde ich sagen. Genauer weiß ich es nicht. Aber sie sind alle ziemlich stark. Und hungrig. So, als hätten sie schon ein paar Nächte lang keine Energie mehr aufgenommen. Und sie wissen, dass wir hier sind.«

Connor musterte ihn beeindruckt. »Es ist echt Wahnsinn, wie gut du in den letzten Monaten geworden bist. Selbst wenn das nur Ungefährangaben sind, sind sie immer noch fantastisch. Ich hoffe wirklich, du entscheidest dich dazu, ein Spuk zu werden. Unsere Squad nimmt dich mit Kusshand – und jede andere mit Sicherheit auch.«

»Definitiv.« Gabriel knuffte Cam gegen die Schulter. »Und egal, wie viele Biester da oben auf uns warten, wir sollten uns jetzt schnellstens trennen.« Er deutete zum Treppenaufgang. »Unser Trupp ist zu viert, also nehmen wir den Weg, auf dem jetzt vermutlich schon die meisten Geister lauern. Schlagt ihr euch durch den Korridor rüber ins zweite Treppenhaus durch.«

Wieder krachte irgendwas im Obergeschoss.

»Okay.« Sky lief mit Ella und Jaz los. »Wir treffen uns so schnell wie möglich vor 208.«

Die drei verschwanden im Gang und warfen ihre Silberenergie gleich auf den ersten der drei Geister, die ihnen dort laut Cam in die Quere kommen würden.

»Los!« Auch Gabriel wollte keine Zeit mehr verlieren. Das Krachen und Poltern aus dem obersten Stockwerk ließ nichts Gutes für Matt, Jack und Nell erahnen. »Tötet Geister nur, wenn es nicht anders geht«, wies er Cam und Jules an, als sie die ersten Stufen zum nächsten Stock hinaufhetzten. »Spart eure Kräfte für die Wieder – Shit!«

Am Ende der Treppenflucht schwebten zwei Schatten, die ihre schwarzen Geisterfäden zu ihnen herabzischen ließen, kaum dass die vier in Reichweite kamen. Gabriel und Connor feuerten Auraglue auf den rechten, Cam warf seine Silberenergie auf den linken Geist und blockte ihn, während Gabe und Connor ihre Waffen nachluden. Jules peitschte mit seinem Silbernebel durch die schwarzen Geisterfäden und machte sie unschädlich. Danach half er Cam dabei, den zweiten Schatten in Schach zu halten.

Wieder flimmerte Auraglue durch die Luft. Eine Ladung traf den rechten Geist und machte ihn endgültig bewegungsunfähig. Die zweite traf den linken, bewirkte bei ihm aber das Gegenteil: Er bäumte sich wild dagegen auf.

Gabriel fluchte, sparte sich das Auraglue und grub seinen Silbernebel in die Kreatur. Wütend zerrte er an der Todesenergie und riss so viel wie er in einem Mal packen konnte aus dem Schatten heraus. Der antwortete mit neuen Geisterfäden, die er nach seinen Angreifern warf, doch Jules wehrte sie ab.

Da Gabriel Energie aus dem Geist riss, tat Cam es ihm nach und zog ebenfalls Todesenergie in sich. Kälte strömte in seine Hände, doch Cam hatte dieses eisige Brennen schon so oft ausgehalten, dass er sich dafür nicht mal mehr wappnen musste.

Im Gegenteil.

Das hier war gut.

Wenn er sich bei der Rettung von Matt, Nell und Jack auspowern konnte, würde ihm das unverhofft eine Nacht ohne Albträume bringen. Die letzten beiden Nächte waren diesbezüglich nämlich mal wieder echt beschissen gewesen. Seine Hoffnung, dass er sich nach dem Aufwachen vielleicht an seine Träume erinnern konnte, weil er jetzt eine erste kleine Erinnerung aus seiner Kindheit zurückbekommen hatte, hatte sich nicht erfüllt. Ganz im Gegenteil. Die Träume schienen schlimmer zu werden und hatten ihn gleich mehrmals in den letzten Nächten in Panikstarren versetzt und so wütend gemacht, dass nur Ritzen ihn wieder halbwegs runtergebracht hatte. Die Aussicht auf eine erholsame Nacht, wenn er heute Abend genügend Geister killte, war daher äußerst verlockend.

Er fuhr zusammen, als Auraglue an ihm vorbeiflimmerte und sich über den Schatten ergoss. Augenblicklich nahm dessen

Kraft ab, was Cam beinahe bedauerte. Er ignorierte Kälte und Übelkeit und riss erneut Todesenergie in sich. Der Schatten verharrte in seinem Kampf und Jules packte Cam am Arm.

»Hör auf. Er ist erledigt.«

Widerwillig löste Cam die Verbindung.

Connor sah entnervt zu Gabriel. »Die Biester nicht aussaugen, um Kräfte zu sparen – das waren deine Worte! Äußerst vernünftige Worte, wie ich finde. Wäre nur genial, wenn du dich auch an sie halten würdest!«

»Sorry«, gab Gabriel knapp zurück und schlängelte sich auf dem Treppenabsatz an den beiden erstarrten Geistern vorbei. »Aber das Biest ging mir einfach auf den Sack.« Er lief die nächsten Stufen hinauf und ignorierte das Schnauben, das er von Jules und Connor kassierte.

Cam dagegen grinste. Er liebte seinen großen Bruder.

»Lasst die Viecher da hängen«, rief Gabriel vom nächsten Treppenabsatz. »Wir bannen sie später in die Boxen. Mit ein bisschen Glück, schreckt das Auraglue andere Geister ab und wir halten sie so aus dem Treppenhaus raus.«

Im Laufen wechselte er die Kartusche in seiner Auraglue. Gerade rechtzeitig, denn auf dem Flur vor der Tür zum ersten Stock lauerten schon die nächsten Geister. Diesmal keine Schatten. Ihnen haftete noch der gräulich weiße Geisterschimmer an. Dafür waren sie zu dritt und Cam spürte sofort, dass ihnen zu einer Schattenexistenz nicht mehr viel fehlte. Gabriel schoss auf den ersten und Cam warf seine Energie hastig auf den zweiten. Connor nahm sich den dritten vor, während Jules sie schützte und durch die Geisterfäden peitschte, um zu verhindern, dass einer von ihnen getroffen wurde. Gabriel und Connor luden ihre Waffen nach und feuerten erneut. Connor fror seinen Geist ein, Gabriel zielte auf den, dem Cam Energie raubte.

»Hey! Ich hätte den alleine plattmachen können!«

»Das weiß ich«, gab Gabriel zurück und tauschte die Kartusche. »Aber wenn wir die drei hier vor der Tür einfrieren, kommen uns aus dem ersten Stock im Idealfall keine Geister hinterher, wenn wir in den zweiten hochgehen, klar?«

Cam löste seine Verbindung und peitschte nur wie Jules ein paar der Geisterfäden beiseite, während Gabriel und Connor den Biestern eine weitere Dosis Auraglue verpassten, die sie an Ort und Stelle festsetzte. Die feinen Silbersprenkel schienen mit dem Hass der Kreaturen zu funkeln und sie sonderten eisige Kälte ab, die den Atem der vier kondensieren ließ.

»Die sind echt angepisst. Und hinter ihnen kommen noch zwei«, warnte Cam.

Tatsächlich konnte man durch die Scheiben der Glastür zwei weitere graue Geister erkennen, die angelockt von der Lebensenergie aus dem Korridor Richtung Treppenhaus strebten. Connor und Gabriel stiegen die ersten Stufen zum nächsten Stockwerk hinauf, um über die bereits eingefrorenen Geister einen besseren Schusswinkel zu bekommen. Dann feuerten sie durch die offene Tür auf die beiden Nachfolger. Sie trafen und Gabriel lief sofort weiter die Stufen hinauf. Auch Connor begnügte sich damit, die beiden angeschossenen Geister zappeln zu lassen, statt erneut auf sie zu schießen. Das Poltern und Krachen aus der Etage über ihnen klang zu bedrohlich und als Barriere würden die fünf Auraglue-Geister hoffentlich reichen.

Gabriel hetzte die Stufen hoch, blieb aber plötzlich wie versteinert stehen. »Oh shit.«

Die Glastür, die in den Korridor des zweiten Stocks führte, hing zersplittert in den Angeln. Reste der Scheibe steckten wie spitze Reißzähne im Rahmen, vollgeschmiert mit zähflüssigem schwarzem Blut. Auch auf den Scherben, die meterweit über den Boden verteilt lagen, fand sich das dunkle Zeug.

»Sieht so aus, als hätten die Wiedergänger die Tür zerschlagen, als sie Matt, Jack und Nell verfolgt haben«, murmelte Jules.

Gabriel presste die Kiefer aufeinander und wechselte die Kartusche der Auraglue. »Wie viele Geister sind im Gang?«, fragte er an Cam gewandt.

»Zwei auf unserer Seite. Einer kommt rasch näher.« Er trat vor, als das grauweiße Gespinst durch die zerbrochene Tür schnellte und sich hungrig auf sie stürzen wollte. Doch Cam war bereit, schleuderte ihm seinen Silbernebel entgegen und zerrte so viel Todesenergie wie er packen konnte in sich. Gabriel und Connor schossen und setzten das Biest außer Gefecht.

»Der zweite kommt auch«, keuchte Cam. Übelkeit wühlte mittlerweile heftig durch seinen Magen und er wünschte, er hätte keins der Sandwiches gegessen, mit denen Granny sie beim Zocken versorgt hatte. Trotzdem peitschte er auch dem zweiten Geist seine Energie entgegen. Jules half ihm, blockte den Geist aber nur, um ihn in Position zu halten, bis Connor und Gabriel nachgeladen hatten und das Biest mit Auraglue bändigen konnten.

»In deinem Rucksack ist Cola. Trink was davon«, wies Gabriel Cam an, als er bemerkte, wie sein Bruder tief durchatmete, um die Übelkeit in den Griff zu bekommen.

Cam holte die Flasche heraus, nahm ein paar Schlucke und reichte die Flasche dann an Jules weiter, während Gabriel und Connor ihre Waffen wieder einsatzbereit machten.

»Waren das alle Geister?«, fragte Connor.

Cam zögerte, dann nickte er. »Da war noch einer, aber er ist weg. Schätze, den haben Sky, Ella und Jaz plattgemacht.«

»Sky, wo seid ihr?«, fragte Connor leise in sein Funkgerät. Auch wenn dies kein offizieller Polizeieinsatz war, half ihre Ausrüstung ungemein. Um die Bürokratie, die es deswegen unweigerlich geben würde, würden sie sich später kümmern, wenn sie – hoffentlich heil – wieder aus diesem Bau heraus waren.

»*An der Tür zum Korridor im zweiten Stock*«, kam die Antwort kratzig aus dem kleinen Lautsprecher. »*Mussten gerade noch einen Geist erledigen und haben jetzt Sichtkontakt. Zwei Wiedergänger. Sehen übel zugerichtet aus.*«

»Weil sie hier an unserer Seite durch die Glastür gesprungen sind«, gab Connor zurück. »So sieht es hier jedenfalls aus.«

Gabriel drückte Jules seine Auraglue in die Hand. »Ich kann heute mit links nicht gut genug schießen. Sobald einer der Wiedergänger auseinanderplatzt, feuerst du damit auf seinen Oberkörper, der ist am leichtesten zu treffen. Danach gibst du die Waffe sofort an mich zurück und raubst dem Biest Energie, verstanden?«

Jules nickte.

Vorsichtig schlichen die vier zum Eingang des Korridors. Glas knirschte unter ihren Boots, doch das ging im Krachen und Poltern unter, mit dem die beiden Wiedergänger versuchten, eine der Türen im Gang einzuschlagen.

»Seid ihr bereit?«, fragte Connor an Sky gewandt.

»*Bereit. Matt weiß auch Bescheid. Sie helfen, sobald sie die Schüsse hören.*«

»Dann los!«

Büro 208 lag fast mittig im Gang. Sie rannten los, kamen aber nicht weit. Ein riesiger Schatten quoll aus 204 heraus und stürzte sich auf Gabriel und Connor, die die Truppe anführten. Geistesgegenwärtig warfen die beiden sich zur Seite und Connor feuerte Auraglue auf den Geist. Jules drückte ebenfalls ab. Feine Silbersprenkel hefteten sich an die tobende schwarze Woge. Aufhalten ließ der Schatten sich dadurch jedoch kaum. Hastig schleuderte Cam seinen Silbernebel in das Biest, krallte sich fest und zerrte den Schatten mit sich, weg von Gabriel und

Connor, die am Boden lagen, hin zum Treppenhaus, damit die anderen sich um die Wiedergänger kümmern konnten.

Jules zögerte nicht lange. Er warf Gabriel die Auraglue zu, dann rief er seinen Silbernebel und peitschte ihn ebenfalls in den Schatten.

»Killt ihr die Wiedergänger, wir kümmern uns um den Schatten!«

Gabriel fluchte. Der Sturz hatte seiner verletzten Schulter nicht gutgetan, doch er ignorierte den pochenden Schmerz so gut es ging, blockte zwei Geisterfäden ab, die der Schatten in ihn gebohrt hatte, und rappelte sich mühsamer als ihm lieb war auf die Beine. Connor war längst aufgesprungen.

Durch den Tumult, den der Schattenangriff mit sich gebracht hatte, waren die Wiedergänger auf sie aufmerksam geworden. Die beiden Kreaturen ließen von der Bürotür ab und wandten sich den Menschen im Gang zu.

Connor feuerte. Am anderen Ende des Korridors tat Sky es ihm gleich. Im selben Moment flog die Tür von 208 auf, Matt und Jack sprangen heraus und schossen ebenfalls. Die Wiedergänger schlugen um sich. Einer hatte sich zu Sky, Ella und Jaz umgewandt und Gabriel sah, wie zwei Taschenlampen aufflammten. Jaz und Ella blendeten die Bestie mit Magnesiumlicht. Sky schoss erneut, traf den Kopf und der Wiedergänger platzte auf. Sein Geist fuhr aus der Körperhülle, die in grauen Nebelfetzen verging, und stürzte sich auf die drei. Sofort verschoss Sky Auraglue, während Ella und Jaz der Kreatur ihre Silberenergie entgegenschleuderten. Nell feuerte ebenfalls Auraglue, und half dann mit ihrer Energie, weil sie keine Munition mehr hatte. Sky lud ihre Waffe nach und schoss erneut.

Zeitgleich kämpften Gabriel und Connor mit Matt und Jack gegen den zweiten Wiedergänger, der erstaunlich wendig und stärker als der andere war. Er war allerdings auch kaum verletzt. Offensichtlich war nicht er es gewesen, der durch die Glastür gesprungen war. Er schlug wild um sich, wich Kugeln aus, und die, die ihn in Hals und Schultern trafen, machten ihn nur noch rasender. Gabriel musste sich zur Seite werfen, um einem Klauenhieb auszuweichen und krachte mit seiner verletzten Schulter gegen die Wand. Heißer Schmerz schoss durch Brust und Arm und er merkte, wie die Nähte an den Wunden spannten. Doch er biss die Zähne zusammen und riss trotzig den Arm hoch, als der Wiedergänger sich in seine Richtung drehte. Ein Druck auf den Knopf und gleißendes Magnesiumlicht bohrte sich in die Augen der Bestie.

Sie waren rot.

Im Licht schienen sie sogar aufzuglühen, fast so, als würden sie pulsieren.

Schüsse knallten und der Wiedergänger zerplatzte. Voller Hass stürzte sich sein Geist auf Gabriel, bohrte eisige Nebelfäden in ihn, wollte ihn verschlingen – aber Gabriel hielt mit seiner Energie verbissen dagegen. Matt und Jack warfen ihren Silbernebel auf den Geist und zerrten ihn zu sich, weg von Gabriel, damit Connor Auraglue feuern konnte.

»Gib mir Munition!«, rief Nell ihm zu.

Sky, Jaz und Ella hatten ihren Wiedergänger so gut wie erledigt und Nell konnte den Jungs beim zweiten helfen. Connor warf ihr eine Kartusche Auraglue zu, lud seine Waffe nach und feuerte erneut.

Gabriel keuchte und brauchte all seine Kraft, um die Geisterfäden, die der Wiedergänger in ihn gebohrt hatte, zu blockieren. Dann trafen zwei weitere Ladungen Auraglue die Bestie und es wurde schlagartig leichter. Er packte die Fäden, zerrte sie von sich los und atmete erleichtert auf, als der eisige Druck, der auf ihm gelastet hatte, verschwand. Wieder traf Auraglue den Geist und er erstarrte in seinen Bewegungen.

»Holy shit«, ächzte Jack und schüttelte seine eisigen Hände aus. »Das Dreckbiest war hartnäckig.«

Matt schob sich am eingefrorenen Geist vorbei, um nach Gabriel zu sehen, aber der hatte sich schon aufgerappelt und rannte zur Glastür.

»Schnell«, rief er seinem Freund über die Schulter zu. »Wir müssen zu Cam und Jules! Sie kämpfen da draußen ganz alleine gegen einen riesigen Schatten!«

Matt stieß einen Fluch aus. Hastig rannte er Gabriel hinterher und betete, dass sie nicht zu spät kamen.

Kapitel 10

Cams Herz klopfte wie wild, als er den Schatten mit sich zerrte. Die Kreatur liebte seine Lebensenergie und lechzte danach, ihn zu verschlingen. Logisch, dass er das nicht zulassen durfte. Er durfte aber genauso wenig zulassen, dass der Schatten die geballte Lebensenergie der anderen plötzlich viel interessanter fand und sich von ihm abwandte, um sich stattdessen auf sie zu stürzen. Was er hier trieb, war daher ein ziemlich riskantes Spiel aus anlocken, mit Lebensenergie füttern und abblocken, wenn der Geist zu viel von ihm nehmen wollte.

Cam hörte Gabriel fluchen, konnte die anderen aber nur noch schemenhaft sehen, weil der Schatten sich immer größer aufbauschte, fast so, als wollte er damit den Teil seiner Aura, an die sich das Auraglue geheftet hatte, unbedeutend klein werden lassen. Mächtige Geister konnten das. Wenn sie genug Energie besaßen, waren sie in der Lage, eine gewisse Menge an Auraglue zu schlucken und zu neutralisieren. Cam wünschte, er hätte auch eine dieser Waffen gehabt. Er wollte seine Totenbändigerkräfte zwar auf keinen Fall missen, doch ein zusätzliches Backup zu haben, wäre jetzt schon verdammt hilfreich gewesen.

Wenigstens war Jules bei ihm und fütterte den Geist ebenfalls mit Lebensenergie, um ihn von den anderen wegzulocken. Es tat gut zu wissen, dass er nicht ganz alleine gegen den

Schatten ankämpfen musste. Jules und er waren ein eingespieltes Team.

Schüsse knallten und ließen ihn zusammenzucken.

Einer. Zwei.

Dann drei, vier – zu viele und zu schnell, um sie auseinanderzuhalten.

Cam hoffte inständig, dass zwei davon trafen – und dass die anderen die Geister der Wiedergänger bändigen konnten, ohne dass jemandem etwas passierte.

Er war jetzt an der Tür, spürte die Scherben unter seinen Boots, hörte vage das Knirschen durch das Rauschen in seinen Ohren und den Tumult weiter hinten im Gang.

»Denk daran, dass da draußen die beiden eingefrorenen Geister sind«, warnte Jules neben ihm.

Shit. Die hätte er wirklich vergessen.

Sie durften auf keinen Fall riskieren, dass der Schatten vor dem Auraglue zurückwich, besonders, da er das Zeug schon am eigenen Leib zu spüren bekommen hatte. Also brauchten sie eine neue Strategie.

»Planänderung«, gab Cam zurück.

»Plattmachen?«

»Yep.«

»Ich hatte es befürchtet.«

Cam grinste schief. Ohne zu zögern grub er seinen Silbernebel tief in den Schatten, packte so viel Todesenergie wie er konnte und riss sie in sich. Das Biest bäumte sich empört auf und schleuderte ihnen Geisterfäden entgegen, aber Jules war darauf vorbereitet und hielt mit seiner Energie dagegen.

Der Schatten war außergewöhnlich stark. Das hatte Cam schon gemerkt, als er ihn mit sich gelockt hatte. Viel fehlte ihm sicher nicht mehr, um auch ein Wiedergänger zu werden. Deshalb hatte er sich auch so gut tarnen können, dass Cam ihn nicht gespürt hatte. Wieder griff er nach der Todesenergie und ließ sie in sich strömen.

Er hasste diese verdammte Kreatur dafür, dass sie ihn getäuscht hatte. Dafür verdiente sie es, vernichtet zu werden.

Er zerrte weiter.

Noch mehr. Und mehr.

Übelkeit und Schwindel wurden immer schlimmer. Seine Hände brannten vor Todeskälte. Doch der Schmerz war gut. Er machte wütend und gab noch mehr Kraft und Energie. Außerdem hatte er den Schmerz verdient. Immerhin hatte er sich von dem verfluchten Biest austricksen lassen. Dafür würden sie jetzt eben beide bezahlen.

Seine Sicht verschwamm und er wurde unsicher auf den Beinen. Doch das machte ihn nur noch wütender und er kämpfte verbissen weiter.

Plötzlich schoss ein Flimmern durch die Luft. Es sprenkelte sich über den Geist und auf einmal war da nichts mehr. Keine Gegenwehr. Das Biest verschwand in einem Netz aus Silberfunkeln und Cams Verbindung riss so abrupt ab, dass er zurücktaumelte. Eisige Kälte bohrte sich in seine rechte Seite, als er einem der eingefrorenen Geister zu nahe kam. Er stolperte in die Gegenrichtung und prallte unsanft gegen das Treppengeländer. Hastig klammerte er sich daran fest, um nicht zu Boden zu gehen, und schaffte es nicht länger, sein Sandwich bei sich zu behalten.

Jemand trat neben ihn, gab ihm Halt und eine Hand strich ihm über die Schultern, während sein Magen rebellierte. Cams Sicht war immer noch völlig verschwommen und übelste Kopfschmerzen hämmerten gegen seine Schläfen. Aber er musste Gabriel nicht sehen, um zu wissen, dass er es war, der bei ihm war.

Gabriel schob ihm eine Hand auf die Stirn und hielt ihn weiter fest, als Cam sich erneut übergeben musste. Energie floss und Cam merkte, wie das Hämmern in seinem Kopf nachließ.

Dankbar seufzte er auf. Gabriels andere Hand fasste eine von Cams und er gab ihm noch mehr Energie. Sofort wurden Schwindel und Übelkeit deutlich besser, die Kopfschmerzen ließen weiter nach und Cams Sicht wurde endlich wieder klar. Doch obwohl es unendlich guttat, sich nicht mehr so zu fühlen, als würden seine Beine jeden Augenblick unter ihm nachgeben, blockte Cam die Verbindungen zu seinem Bruder ab.

»Nicht«, murmelte er matt und wollte seine Hand aus Gabriels ziehen. »Du bist immer noch verletzt und du musstest gegen einen Wiedergänger kämpfen.«

»Ja, aber ich bin okay.« Gabriel weigerte sich, Cams Hand loszulassen. Er durchbrach Cams Blockade und gab ihm weiter Energie. »Mich haben nur ein paar Geisterfäden getroffen und das hab ich längst geheilt. Aber du hast hier gerade einen mächtigen Schatten gebändigt.«

Cam sah hinüber zu Jules. Matt war bei ihm. Sie saßen auf den obersten Treppenstufen und Matt gab ihm Energie. Feiner Silbernebel umspielte ihre Hände. »Ich war es nicht allein. Jules hat geholfen.«

»Trotzdem.«

Sky, Ella und Jaz erschien im Durchgang zum Korridor.

»Wow, was für eine Sauerei!«

Peinlich berührt schüttelte Cam Gabriel endgültig ab und trat einen wackligen Schritt vor, um die Pfütze mit seinem Erbrochenen hinter sich zu verbergen.

Gabriel strubbelte ihm durchs Haar. »Ich glaube, Jaz meint die kaputte Tür und die blutigen Scherben.«

Matt schaute zu den beiden herüber. »Hey, keine Sorge. Die müssen hier sowieso durchwischen. Ich hab denen in den ersten Stock gekotzt.« Er zwinkerte Cam zu.

Ella grinste. »Ich auch. Aber ganz ehrlich, die Geister hier drin sind auch zum Kotzen.«

Matt lachte und hielt ihr seine Faust für ein Fistbump hin.

Sky musterte kurz Cam und Jules, befand, dass die beiden in guten Händen waren, und kümmerte sich deshalb um die drei Geister, die mit Eiseskälte gegen das Auraglue ankämpften und den Flur damit in ein Gefrierfach verwandelten.

»Los, packen wir die Biester in Boxen«, sagte sie zu Ella und Jaz.

»Hey.« Jack kam mit Nell aus dem Korridor. Sie trugen die Silberboxen mit den gebändigten Wiedergängern. »Gibt es beim Tower eigentlich eine Art Bonus, wenn man denen besonders viele Geister liefert? Unsere Quote dürfte heute Abend nämlich echt nicht schlecht sein.«

Cam mochte Jack und beneidete ihn immer ein bisschen. Er war bloß zwei Jahre älter als Cam und damit der Jüngste der Ghost Reapers. Lorna, Hank und Eddie hatten sich gemeinsam mit Sue dafür stark gemacht, dass er an eine öffentliche Schule gehen durfte, doch für ihn war der Erfolg, den sie errungen hatten, zu spät gekommen. Jack hatte sein Abi im letzten Jahr im Homeschooling gemacht. Der Kelch der Schule war damit an ihm vorübergegangen und Cam hätte einiges dafür gegeben, mit ihm tauschen zu können. Vermutlich wäre Jack sogar gerne zur Schule gegangen. Er sah verdammt gut aus und war die Art von locker-lässigem Typ, dem alle Herzen zuflogen, obwohl er ein Totenbändiger war. Er war der leibliche Sohn von Eddie und Lorna, was Matt und Nell zu seinen Pflegegeschwistern machte, doch ähnlich wie bei den Hunts galt auch bei den Rifkins, dass Familie nichts mit Blutsverwandtschaft zu tun hatte, sondern damit, was man füreinander empfand und wie man miteinander lebte.

Nell ächzte und kramte eine Colaflasche und ein paar Energieriegel aus ihrem Rucksack. »Sonst noch jemand, der jetzt eine Stärkung braucht?«

»Gute Idee.« Gabriel zog ebenfalls eine Colaflasche aus dem Rucksack, den Cam trug, und drückte sie seinem Bruder in die Hand. »Kurze Pause.« Er schob Cam zur Treppe, sorgte dafür, dass er sich auf die Stufen setzte, und hockte sich neben ihn.

Connor trat aus dem Korridor und steckte sein Handy weg. »Ich hab endlich Thad erreicht und er weiß jetzt über unseren Einsatz hier Bescheid. Er erklärt es zu einem offiziellen Polizeieinsatz mit zivilen Hilfskräften oder so ähnlich. Damit sollte es weder wegen der Polizeimittel, die wir hier massenweise einsetzen, noch wegen des Notrufs, der nicht über die Leitstelle einging, Probleme geben. O-Ton Thad: *Wenn deswegen irgendjemand auch nur ansatzweise schief guckt, lernen die mich kennen.*« Connor sah zu Gabriel. »Er ist allerdings nicht gerade begeistert davon, dass du hier mitmischst, obwohl du offiziell krankgeschrieben bist.«

»Ja, sehe ich genauso.« Matt musterte Gabriel. »Gestern konntest du kaum aufstehen, ohne dass dein Kreislauf verrücktgespielt hat, und heute kämpfst du schon wieder gegen Schattengeister und Wiedergänger? Es hatte einen Grund, warum ich Sky angerufen hab und nicht dich.«

»Grannys fieses Kräutergebräu hat Wunder gewirkt. Mir geht's gut«, winkte Gabriel ab und bemühte sich, das Brennen und Pochen in seiner Schulter so gut es ging zu ignorieren. »Und du hast doch nicht ernsthaft geglaubt, dass ich daheimbleibe, wenn ihr in Lebensgefahr seid, oder?« Er bedachte Matt mit einem alles sagenden Blick, ließ seinem Freund aber keine Chance, weiter darauf herumzureiten und wandte sich stattdessen an Cam. »Warne uns, wenn Geister im Anmarsch sind, okay?«

Cam schnaubte und drückte seinem Bruder die Cola in die Hand. »Du weißt, dass wir uns darauf nicht hundertprozentig verlassen können.«

»Neunundneunzig Prozent reichen mir auch.« Gabriel gönnte sich einen großen Schluck und reichte die Flasche dann an Matt weiter, der sich ihnen gegenüber niedergelassen hatte und Gabriel nicht aus den Augen ließ. »Gib uns die Kurzfassung von dem, was hier passiert ist, bevor wir uns die restlichen Geister in diesem Bau vornehmen.«

Die anderen gesellten sich zu ihnen auf die Stufen und teilten Limos und Energieriegel, während Matt, Jack und Nell erzählten.

»Der Auftrag kam kurzfristig heute Morgen rein. Ich hatte Bürodienst und hab ihn angenommen.« Nell schob eine weiße Haarsträhne zurück unter ihre dunkle Beanie. »Ein Makler von Colby & Ecclestone brauchte dringend jemanden, der übers Wochenende dieses Gebäude hier überprüft. Er sagte, er hätte eine spontane Besichtigungsanfrage von einem Interessenten bekommen, der nur Montagvormittag in der Stadt sei, und für die Besichtigung bräuchte er den Nachweis, dass der Bau geisterfrei ist. Deshalb hat er uns gebeten, das heute Abend bei Dunkelheit zu überprüfen. Laut Mr Colby sollte es ein Routineeinsatz werden. Er meinte, das Gebäude sei gut gesichert, weshalb er es für sehr unwahrscheinlich hielt, dass sich hier tatsächlich Geister eingenistet haben könnten. Ich hab mir die Baupläne geben lassen, die haben seine Angaben bestätigt und da drei von uns heute Abend frei waren, hab ich zugesagt.«

»War dann aber offensichtlich nicht ganz so Routine, der Einsatz«, meinte Sky.

»Nein, nicht wirklich«, gab Jack zurück. »Aus irgendeinem Grund scheint sich die halbe Geisterpopulation Camdens hier niedergelassen zu haben. Warum auch immer. Die Baupläne stimmen jedenfalls. Alle Eingänge und Fenster sind vorbildlich gesichert. Zumindest die in den oberirdischen Stockwerken. Den Keller haben wir noch nicht überprüft.«

»Wie viele Geister haben hier denn auf euch gelauert?«, fragte Connor.

»Erst mal gar keiner«, antwortete Matt. »Als wir reinkamen, sah alles völlig harmlos aus. Kein Geist weit und breit. Das Einzige, das uns ein bisschen gewundert hat, war, dass im Erdgeschoss alle Türen zu den Büros offen standen. Aus Brandschutzgründen sind sie in leer stehenden Gebäuden eigentlich immer geschlossen, aber wir dachten, der Makler hätte sie vielleicht bei einem ersten Rundgang geöffnet, um ein bisschen zu lüften.«

»Macht Sinn.«

»Im Erdgeschoss waren keine Geister«, fuhr Matt fort. »Und wie Jack gesagt hat, dort sind alle Fenster und Türen gut gesichert. Gleiches gilt für den ersten Stock. Da haben uns dann allerdings die Geister überrannt.«

»Und wie?«, fragte Jules.

Jack hob die Schultern. »Wir schätzen, sie sind aus dem Keller gekommen und haben unsere Lebensenergie gespürt. Wir waren dabei, die Fenster der Büros zu überprüfen, als sie plötzlich da waren. Ich hab keine Ahnung, wie viele genau. Wir haben vier Schatten und ein paar Graue gebändigt. Dann kamen die Wiedergänger.«

»Wir waren schon ziemlich erledigt und hatten nicht genug Ausrüstung dabei«, übernahm Nell wieder. »Wer würde auch damit rechnen, dass sich in einem Gebäude gleich zwei Wiedergänger aufhalten? Die Biester sind ja eigentlich Einzelgänger. Die zwei hier fanden einander zwar nicht gerade toll, aber als es darum ging, uns zu jagen, war ihnen das egal.«

»Wir konnten nicht auf sie schießen, weil wir zu wenig Auraglue für ihre Geister übrig hatten«, erklärte Jack. »Und zwei Wiedergängergeister nur zu dritt mit unseren Kräften zu bändigen, war zu riskant. Deshalb haben wir sie nur geblendet und wollten aus dem Gebäude fliehen und sie hier drin einsperren. Aber aus dem Treppenhaus kamen zig Geister zu uns rauf, also blieb nur die Flucht nach oben. Wir haben die Glastüren zu den Treppenhäusern geschlossen in der Hoffnung, die Viecher so aufzuhalten, und uns in Büro 208 eingeschlossen. Von dort hat Matt euch dann angerufen.«

»Und ihr seid sofort gekommen.« Matt sah zu Gabriel.

Der winkte bloß erneut ab. »Das war doch wohl klar. Ihr hättet schließlich dasselbe für uns getan.«

»Sicher. Trotzdem danke.«

»Leute, die Geister unter uns werden unruhig«, meldete Cam sich zu Wort und stemmte sich hoch. Die Pause hatte gutgetan. Das ätzende Schwächegefühl war verschwunden.

»Die, die wir vor der Tür zum Korridor schockgefrostet haben?« Jules erhob sich ebenfalls.

»Auch. Aber da sind noch mehr. Sie sind hungrig und spüren unsere Energie. Sie versuchen, sich an den anderen vorbeizudrängeln.«

»Wie viele sind es?« Gabriel machte seine Auraglue einsatzbereit und auch der Rest der Truppe wappnete sich für einen weiteren Einsatz.

Cam zögerte. »Drei oder vier, würde ich sagen. Sie sind zu dicht beieinander.« Unsicher hob er die Schultern. »Und den Schatten hier oben hab ich auch nicht gespürt. Kann also gut sein, dass es im Haus irgendwo noch so ein Biest gibt.«

»Völlig egal.« Jack musterte ihn beeindruckt. »Können wir dich trotzdem nächstes Mal engagieren, wenn wir nur mal eben schnell routinemäßig ein angeblich völlig risikoloses Gebäude inspizieren sollen? Dein Geistersinn ist Silber wert. Und Matt zahlt dir bestimmt was für deinen Einsatz.«

»Sicher«, meinte der sofort. »Sag Bescheid, wenn du mal dein Taschengeld aufbessern willst.«

Unwillkürlich musste Cam grinsen. Damit taten sich gerade völlig neue Möglichkeiten auf, gegen seine Albträume anzugehen, ohne dass er Jules und die anderen nerven musste, mit ihm Geisterjagen zu gehen. »Cool! Gerne!«

Sky dolchte ihren Blick in ihn und es war klar, dass sie ihn durchschaut hatte. »Ich bin gespannt, ob Mum und Dad die Idee auch so cool finden. Besonders, wenn du am nächsten Tag Schule hast.«

Cam verdrehte die Augen, sparte sich aber einen Kommentar und folgte Nell, Jaz, Connor und Ella, die bereits die Treppe zum ersten Stock hinunterliefen. An der Glastür zum Treppenhaus hingen die drei Geister, die sie mit Auraglue eingefroren hatten. Dahinter zappelten die zwei, die nur eine Dosis abbekommen hatten.

Actionfreudig wandte Jaz sich zu Sky um. »Darf ich?«

Die reichte ihr ihre Auraglue. »Sicher, mach.«

Von den Stufen aus feuerte Jaz zielsicher auf einen der angeschossenen Geister und machte ihn damit endgültig bewegungsunfähig.

»Yeah!« Triumphierend boxte sie in die Luft. »Das Zeug ist so cool!«

Entschuldigend sah Sky in die Runde. »Ich fürchte, ich habe ein Monster erschaffen, als ich ihr gezeigt hab, wie man schießt.«

Matt lachte und drückte Jaz seine Auraglue in die Hand. »Ich bin immer für eine gewissenhafte Nachwuchsförderung. Also zeig mal, was du heute Abend gelernt hast.«

Jaz grinste. »Gerne!« Sie schoss erneut und fror damit auch den zweiten zappelnden Geist ein. Ella, Jules und Connor hatten bereits Silberboxen aus ihren Rucksäcken geholt und ließen die Seelenlosen einsaugen.

»Achtung«, warnte Cam.

Hinter den gebändigten Geistern schwebten noch drei weitere im Gang, aber auch die waren mit Auraglue und Silberenergie schnell erledigt. Zur Sicherheit überprüften die zehn rasch die Büroräume des Stockwerks, doch dort lauerten keine weiteren Seelenlosen. Wie zuvor im zweiten Stock schlossen sie auch hier alle Türen, damit das auch so blieb. Entgegen aller Horrorszenarien, die Gruselgeschichten oft malten, konnten Geister nicht durch Wände oder geschlossene Türen gehen – außer sie fanden Löcher oder Risse. Dann reichten allerdings schon kleinste undichte Stellen, damit sie sich durchzwängen konnten.

»Wie sieht es hier aus?«, fragte Connor an Cam gewandt, als sie zurück ins Erdgeschoss gestiegen waren, und deutete zur Glastür, die zu den Büros führte. »Ist irgendwas da drin?«

Cam schüttelte den Kopf. »Jedenfalls nichts, was ich spüren könnte.«

»Da kann auch eigentlich nichts drin sein.« Sky warf einen Blick durch die Tür in den Gang. »Die Geister, die da waren, haben Ella, Jaz und ich vernichtet. Danach haben wir alle Türen geschlossen und die Fenster zum Hinterhof sind top gesichert.«

»Dann können die ganzen Biester ja nur durch den Keller reingekommen sein.« Connor rief den Bauplan auf, den Matt ihnen zugeschickt hatte. »Obwohl auch das eher unwahrscheinlich ist«, meinte er dann jedoch stirnrunzelnd. »Laut Plan ist die Einfahrt zur Tiefgarage der einzige Zugang von außen, und der ist mit einem Rolltor gesichert. Das Ding haben wir draußen gesehen. Das sah völlig intakt aus.«

»Vielleicht gibt es da unten einen maroden Gully«, überlegte Nell. »Oder einen defekten Lüftungsschacht. Das sind die häufigsten Zugänge für übernatürliche Hausbesetzer.«

»Für Geister, ja. Aber wie sollten da die Wiedergänger durchgekommen sein?«, gab Connor zu bedenken.

»Keine Ahnung.« Jack wandte sich der Treppe zu, die ins Untergeschoss führte. »Sehen wir einfach nach.« Dann drehte er sich noch mal zu Cam um. »Was sagt dein Geistersinn?«

Cam schluckte. »Da unten ist irgendwas.« Er atmete tief durch. »Aber ich hab keine Ahnung, was. Oder wie viele.« Sein Herz klopfte zu schnell und er hatte plötzlich schweißnasse Hände. Die Angst vor Enge und absoluter Dunkelheit, die in der Tiefgarage herrschten, machten es ihm schwer, sich auf andere Empfindungen zu konzentrieren.

»Schon okay.« Sky trat neben ihn, als sie merkte, was mit ihm los war. Mitfühlend strich sie ihm über die Schulter. »Du musst nicht mit uns da runtergehen. Geh mit Jules zurück zu den Autos.« Sie sah zu Ella und Jaz. »Ihr könnt auch mitgehen. Ihr wart grandios und habt uns mehr als genug geholfen.«

Matt trat ebenfalls zu Cam. »Sky hat recht. Ihr habt heute Abend Unglaubliches für Jack, Nell und mich geleistet. Geh raus, wenn Keller immer noch nicht so dein Ding sind. Du musst dich nicht da runterquälen.«

»Nein.« Cam sah zum Treppenabgang hinüber. »Falls ich mich wirklich nach dem Abi bei der Polizei als Spuk bewerbe, muss ich auch in Keller gehen können. Also muss ich das trainieren.«

Matt musterte ihn kurz und knuffte ihm dann gegen den Arm. »Also darüber musst du dir keine Gedanken machen. Ich nehme dich und deinen Geistersinn bei den Ghost Reapers sofort. Auch ohne, dass du in Keller runtersteigen musst.«

Mit einem kleinen Lächeln sah Cam zu ihm auf, blickte dann aber wieder zur Treppe. »Danke. Aber ich muss das für mich machen.« Entschieden wischte er seine feuchten Hände an seiner Jeans ab und zog dann seine Taschenlampe aus seinem Gürtel.

Fragend sah Matt zu Sky.

Die seufzte, nickte aber und drückte Cams Schulter. »Okay.« Sie warf einen Blick zu Jules und Ella und die beiden verstanden sofort. »Dann los.«

# Kapitel 11

Matt, Sky und Gabriel führten sie an, als sie die erste Treppenflucht hinunterstiegen. Auch wenn jede Stufe Überwindung kostete, folgte Cam ihnen eisern.

Lichtkegel schnitten durch die Finsternis. Bis hier unten reichte der einfallende Lichtschein der Straßenlaternen nicht herab, daher hatten sie ihre Taschenlampen angeschaltet. Kein Magnesiumlicht, nur normales. Wenn es hier unten noch Geister gab, wollten sie sie nicht vertreiben, sondern vernichten.

Wieder zwei Stufen geschafft.

Jules und Ella hielten sich dicht neben ihm.

Cam war der Blick nicht entgangen, den Sky den beiden zugeworfen hatte. Sie sollten aufpassen, dass er nicht panisch wurde und durchdrehte. Dann wäre er ein Risiko. Jemand, der den Job schwerer machte, statt zu helfen.

Er hasste diese Vorstellung. Und noch mehr hasste er es, wenn die anderen ihn so sahen. Es war wirklich höchste Zeit, dass er diese verdammte Klaustrophobie in den Griff bekam. Genauso wie die Panik vor absoluter Dunkelheit.

Er zwang sich, tief durchzuatmen und seine Finger zu lockern, die sich um seine Taschenlampe gekrallt hatten. Ihr Lichtkegel riss nur winzige Ausschnitte aus der Finsternis: weiß gestrichene Wände, graue Stufen, blaues Treppengeländer. Auch die Strahlen der anderen Lampen zuckten hin und her, doch die Lichtkegel schienen die Schwärze, die dahinter lauerte, nur tiefer und bedrohlicher zu machen.

Hör auf! Denk nicht so was! Konzentrier dich auf das, was wichtig ist!

Sie erreichten den ersten Treppenabsatz und leuchteten den zweiten hinunter. Unten endeten die Stufen in einem kurzen Flur mit einer grauen Metalltür. Sie stand offen. Ein kühler Luftzug wehte ihnen entgegen und trug den typischen Tiefgaragengeruch von Beton und Abgasen mit sich.

Sie stiegen weiter hinab und Enge und Finsternis klebten sich wie Teer an Cam. Seine Brust schien mit jedem weiteren Schritt in die Tiefe immer enger und enger zu werden, doch er wusste, dass ihm sein Gehirn das alles nur vorgaukelte, und er weigerte sich, das Gefühl zuzulassen. Stattdessen konzentrierte er sich auf das, was er hinter der Metalltür erspüren konnte.

»Es sind drei«, sagte er leise und wünschte, sein Herz würde nicht so heftig klopfen. »Rechts, links und geradeaus vor der Tür. Wie in einem Halbkreis. Fast so, als warten sie auf uns. Es sind definitiv Schatten und sie sind ziemlich stark.«

Matt warf ihm einen ungläubigen Blick zu. »Himmel, Kiddo, sobald du achtzehn bist, werbe ich dich für die Ghost Reapers an, verlass dich drauf.«

Cam rang sich ein Lächeln ab. »Freu dich nicht zu früh. Vielleicht sind da noch mehr, die ich nicht spüren kann.«

Matt zuckte bloß die Schultern. »Na ja, so bleibt es spannend.«

Sie sprachen rasch eine Strategie ab, dann sprangen Matt, Sky und Gabriel als Erste durch die Tür und feuerten Auraglue auf die drei Schatten. Connor, Nell und Jack folgten ihnen und verpassten den Geistern eine zweite Dosis. Jules, Cam, Ella und Jaz bildeten die Nachhut und hielten die Schatten und ihre Geisterfäden in Schach, während die anderen nachluden und die Biester mit weiteren Schüssen endgültig unschädlich machten. Erstarrt unter funkelnden Auragluesprenkeln hingen die

Geister einen knappen halben Meter in der Luft und sonderten eisige Kälte ab.

»Okay, das ging erfreulich einfach«, meinte Connor zufrieden.

Rasch sahen sie sich nach weiteren Gefahrenquellen um.

Die Tiefgarage war nicht groß. Zehn Parkplätze auf der einen Seite, zehn auf der anderen, hier aber unterbrochen von einem Wartungsraum. *Haustechnik* stand in schwarzen Buchstaben auf der Tür. Der Parkplatz davor war durch einen Müllcontainer blockiert. Alle anderen Parkplätze waren leer, bis auf einen, auf dem ein weißer Van abgestellt worden war. Am Ende der Garage führte eine Rampe zum Rolltor hinauf – und das war hochgezogen.

»Wieso ist das verdammte Tor offen?«, zischte Jack.

In diesem Moment heulte der Motor des Vans auf und gleißendes Scheinwerferlicht blendete sie. Erschrocken rissen alle die Arme hoch, nur Gabriel sprang vor und zog seine Waffe.

»Halt! Polizei!«

Er lief dem Van entgegen und versuchte trotz blendendem Licht den Fahrer zu erkennen, doch der gab Gas und raste mit durchdrehenden Reifen vom Stellplatz auf Gabriel zu. Nur weil der sich geistesgegenwärtig zur Seite warf, wurde er nicht überrollt. Der Kotflügel streifte ihn trotzdem mit ziemlicher Wucht und er wurde zu Boden geschleudert. Gabriel versuchte, sich abzufangen, um sofort wieder aufzuspringen, doch brennender Schmerz fuhr durch seine Schulter und raubte ihm den Atem.

Der Van schlingerte rasant um einen der Stützträger und hielt auf die Ausfahrt zu.

»Anhalten! Polizei!«

Connor, Sky und Matt rannten ein Stück hinterher und zielten auf die Reifen. Schüsse knallten entsetzlich laut und dann ging alles ganz schnell. Die Hintertür des Vans wurde aufgerissen und eine riesige Gestalt sprang ihnen entgegen. Der Wiedergänger landete unsanft auf dem Betonbogen, rappelte sich aber sofort auf.

Bläuliche Blitze wie von Stromstößen flimmerten um seinen Hals. Mit hasserfülltem Fauchen riss er an einem Halsband. Es sprang auf und schnellte an einer Leine zurück in den Van. Dort im Inneren klammerte sich ein Mann in einem schwarzen Schutzanzug an einen Haltegriff. Sein Gesicht war durch den Kopfschutz des Anzugs vermummt, doch seine Stimme war deutlich zu verstehen.

»Das hier war die erste und letzte Warnung! Niemand stellt sich Cornelius Carlton in den Weg!«

Krachend warf er die Tür zu und der Van gab Gas. Mit quietschenden Reifen raste er die Rampe hinauf und verschwand in der Nacht.

Rasend vor Wut stürzte der Wiedergänger auf Connor, Sky und Matt zu. Magnesiumlichter flammten auf, als Jaz, Ella, Jules und Cam ihre Taschenlampen umstellten, um das Biest zu blenden.

Wieder knallten Schüsse und der Wiedergänger platzte auf. Sein Geist schoss auf Sky zu, doch sie feuerte Auraglue und blockte ihn. Connor tat es ihr gleich, während die anderen mit ihrer Silberenergie an der Bestie zerrten und sie gemeinsam auseinanderrissen.

»Gabe!«

Kaum dass der Wiedergänger in harmlose Nebelfetzen zerbarst, rannte Cam zu seinem Bruder, der auf dem Betonboden lag und sich kaum regte. Gabriel hielt eine Hand auf seine verletzte Schulter gepresst und als Cam sie mit seinem Taschenlampenlicht erfasste, sah er, dass Blut zwischen Gabriels Fingern hervorquoll.

»Shit!«

»Was ist passiert?«

Matt kniete sich neben die beiden. Sky, Jules, Ella und Connor folgten.

»Nichts«, presste Gabriel durch zusammengebissene Zähne hervor. »Die verdammten Nähte sind bloß wieder aufgerissen.«

Connor fluchte.

»Das ist nicht *nichts*, Mann!«, fuhr Matt ihn an, während Jules seinen Rucksack abstreifte und seine Trainingsjacke auszog. Hastig rollte er sie zusammen und drückte sie auf Gabriels Schulter.

Dem wurde übel vor Schmerzen. »Au, Mann! Geht das auch sanfter?«, keuchte er.

»Nein«, gab Jules zurück und presste seinen improvisierten Druckverband schonungslos weiter auf die Schulter. »Du verlierst verdammt viel Blut. Schon wieder!«

Gabriel verzog das Gesicht. »Ich versuche, langsamer zu bluten, okay?«

Jules ignorierte ihn geflissentlich. »Er muss zu Dad«, sagte er zu den anderen.

»Auf jeden Fall.« Matt warf seiner Schwester einen Autoschlüssel zu und deutete auf die drei gebändigten Schatten, die noch darauf warteten, in Silberboxen gesperrt zu werden. »Du und Jack, ihr sammelt die Biester ein, macht hier das Tor dicht und schließt die Eingangstür ab. Dann fahrt nach Hause und sorgt dafür, dass Les und Jamal erfahren, was hier passiert ist. Eddie, Lorna und Hank sollten auch Bescheid wissen. Ich fahr mit zu den Hunts und melde mich, sobald Phil Gabriel versorgt hat.«

»Okay.«

Ella zog ihren Rucksack vom Rücken und reichte ihn Nell. »Da sind noch genug Silberboxen drin.«

»Super. Danke.«

Matt und Connor hatten Gabriel auf die Beine gezogen und halfen ihm Richtung Rampe.

Jules fischte sein Handy aus der Hosentasche. »Ich warne Dad schon mal vor.«

Sky schnaubte. »Mach das. Ich wette, er wird wahnsinnig begeistert sein.«

Kapitel 12

»Was genau war an *schone die Schulter* nicht verständlich?«, grollte Phil, als er seinem Ältesten eine Spritze gegen die Schmerzen gab und sich dann um die aufgerissenen Wunden kümmerte. »Ich hoffe, dir ist klar, dass du dir damit endgültig abschminken kannst, dass ich dich am Montag diensttauglich erkläre.«

Gabriel stöhnte entnervt.

Es war ein absolut ungewolltes Déjà-Vu. Wie vor zwei Tagen lag er wieder auf der Couch, seine Eltern und Jules neben sich, die ihn verarzteten, während die anderen sich im Rest des Wohnzimmers verteilt hatten und von Granny mit Tee, heißem Kakao, Sandwiches und Keksen versorgt wurden.

»Mach mich nur so fit, dass ich Carlton morgen den Arsch aufreißen kann.«

»Vergiss es«, gab Phil zurück. »Und das meine ich absolut ernst. Du gehst in den nächsten Tagen nirgendwo hin. Zur Not knocke ich dich auch aus, wenn du dich nicht anders daranhältst. Die Wunden müssen heilen, ansonsten riskierst du Entzündungen und Narben, die dich in deiner Bewegung einschränken können.« Er bohrte seinen Blick in seinen Ältesten. »Message angekommen?«

Gabriel schnaubte nur und schloss die Augen.

Er hatte diesmal nicht so viel Blut verloren wie vor zwei

Tagen, aber die Schmerzen waren genauso abartig und nach den Kämpfen gegen zig Geister und zwei Wiedergänger fühlte er sich müder und erschöpfter, als ihm lieb war. Aber das Betäubungsmittel, das sein Vater ihm gespritzt hatte, wirkte zum Glück erfreulich schnell. Trotzdem hielt er die Augen geschlossen, während sein Dad die Wunden neu nähte, und überließ es den anderen, zu erzählen, was passiert war und wer dahintersteckte.

Nachdem Edna alle versorgt hatte, saß sie jetzt mit einer Tasse Tee in ihrem Sessel beim Kamin und schüttelte fassungslos den Kopf, als Sky mit ihrem Bericht geendet hatte. »Wenn die Wiedergänger in diesem Bürogebäude die gleichen roten Augen hatten wie das Biest in der Wohnanlage, legt das doch den Verdacht nahe, dass Carlton nicht nur hinter dem Hinterhalt heute steckt, sondern dass auch die Morde in der Seniorenanlage auf sein Konto gehen.« Sie sah zu ihrer Schwiegertochter. »Denkst du, Carlton würde so weit gehen, um eine Warnung an seine politischen Gegner zu erteilen?«

Sue hatte Gabriel Energie gegeben, um ihm gegen Schmerzen und Erschöpfung zu helfen, doch da das Betäubungsmittel jetzt wirkte, zog sie ihre Hände zurück.

»Wenn du wissen willst, ob Cornelius im wörtlichen Sinn bereit ist, für seine Ziele über Leichen zu gehen …« Sie stand auf und hob unwirsch die Schultern. »Ich weiß es nicht. Aber als ich mit ihm auf der Akademie war, war er grausam und machtgierig – und wer ihm den Respekt verweigert oder sich nicht seinem Willen gebeugt hat, hat es schmerzhaft bereut.« Sie seufzte unglücklich. »Also ja, zutrauen würde ich es ihm.«

»Nicht zu vergessen, dass dieser Dreckskerl dich vergewaltigen wollte«, knurrte Sky. »Und damals war er noch ein Teenager. Mich würde jedenfalls nicht wundern, wenn er dann jetzt noch weiter eskaliert, denn machtbesessen ist er ja definitiv immer noch. Die Leitung der Akademie reicht ihm offensichtlich nicht, er will mit Newfield sogar ein ganzes Dorf aufbauen und ist versessen auf den Sitz im Stadtrat.«

Matt nickte grimmig. »Und wir haben ihm auf der letzten Gildenversammlung ordentlich in die Suppe gespuckt. Das neue Wahlsystem, mehr Transparenz und Mitspracherecht, Kontrollen in der Akademie – ihm war anzusehen, dass ihn das verdammt angepisst hat.«

Phil hatte den letzten Stich an Gabriels Wunden gesetzt. Jetzt ließ er Jules die frischen Nähte noch einmal desinfizieren und gab ihm Anweisungen, wie er die Wunden verbinden sollte. »Mag sein, dass es Carltons Charakter entspricht, euch in einen Hinterhalt zu locken und mit einer Übermacht an Geistern und Wiedergänger sogar euren Tod in Kauf zu nehmen. Aber die Morde in der Wohnanlage sind ja noch mal von einem ganz anderen Ausmaß«, gab er zu bedenken, während er die blutigen Handschuhe auszog und in einer Mülltüte entsorgte. »Das heute war gezielt gegen euch gerichtet. In der Wohnanlage dagegen wurden dreiundzwanzig unschuldige Menschen getötet. Würde Carlton wirklich so weit gehen, um euch damit eine Falle zu stellen und es euch heimzuzahlen?«

Er half Gabriel sich aufzusetzen und reichte ihm ein Glas Wasser. Ächzend ließ Gabriel sich gegen die Rückenlehne sinken. Die Schmerzen waren im Moment zwar weg, doch er fühlte sich bleischwer und völlig erledigt.

»Aber Carlton brauchte zwei verschiedene Aktionen, um uns zu erwischen«, sagte Sky nach kurzem Überlegen. »Auf der Gildenversammlung standen sowohl die Ghost Reapers als auch Gabriel und ich an vorderster Front, als es darum ging, die neuen Strukturen einzuführen. Um sich dafür an uns allen zu rächen, musste Carlton einmal Gabe und mir eine Falle stellen und einmal den Reapers. Er konnte ja nicht ahnen, dass Matt uns anrufen und um Hilfe bitten würde, sonst hätte er vielleicht nur die Aktion heute durchgeführt. Aber wahrscheinlich war ihm noch nicht klar, wie eng wir befreundet sind.«

»Na, dann weiß er es spätestens jetzt.« Unwirsch fuhr Matt sich über die Augen. »Verdammt! Ich hätte euch nicht anrufen sollen.«

»Spinnst du?«, gab Sky empört zurück. »Dann wären du, Nell und Jack jetzt vermutlich tot. Also wehe, du rufst beim nächsten Mal nicht wieder an, wenn ihr Hilfe braucht!«

Matt schwieg und sah zu Gabriel.

»Sky hat recht«, sagte der sofort in einem Tonfall, der keinen Widerspruch zuließ. »Wehe, du rufst nicht an. Kapiert?«

Matt schnaubte. »Ja, kapiert.«

»Wenn Carlton hinter allem steckt«, nahm Connor den Gedanken wieder auf, »gehen wir dann davon aus, dass er dachte, die Ghost Reapers tauchen heute Abend in dem Bürogebäude zu fünft auf, um nach dem Rechten zu sehen?«

»Macht das einen Unterschied?«, fragte Jaz zurück. »Selbst zu fünft wäre es bei all den Geistern und drei Wiedergängern eine tödliche Falle gewesen.«

Matt schüttelte den Kopf. »Nicht unbedingt. Mit genügend Ausrüstung hätten wir es geschafft. Nur ist die halt verdammt teuer und wir sind von einem Routineeinsatz ausgegangen.«

»Trotzdem ist es unverhältnismäßig«, meinte Connor. »Wenn Carlton Sky und Gabe in der Wohnanlage eine Falle stellen wollte, um ihnen einen Denkzettel zu verpassen, muss ihm klar gewesen sein, dass sie dort als Spuk Squad erscheinen und somit Thad und ich dabei sind. Damit waren wir zu viert und hatten unsere komplette Dienstausrüstung dabei. Und dann lässt er *nur*«, er malte Anführungszeichen in die Luft, »zwei Schatten und einen Wiedergänger in der Anlage auf uns los? Selbst wenn seine Leute den Wiedergänger mit irgendwelchen

Aufputschmitteln vollgepumpt oder mit Stromschlägen extra aggressiv gemacht haben, ist das nichts im Vergleich zu der Masse an Seelenlosen, die sie heute losgelassen haben.«

»Ich wette, Carlton hat dich und Thad als Spuks nicht ernst genommen«, sagte Jaz. »Ihr seid Unbegabte, in seinen Augen also Schwächlinge. Bestimmt glaubte er nicht, dass ihr beim Bändigen von Geistern und Wiedergängern viel taugt.«

Sue hatte sich in den zweiten Sessel beim Kamin gesetzt, die Beine auf die Sitzfläche gezogen und zupfte nachdenklich an ihrer Unterlippe. »Ich glaube nicht, dass er so dumm wäre, Spuks zu unterschätzen, die keine Totenbändiger sind. Immerhin sind die meisten Spuks Normalos, und wenn die keinen guten Job machen würden, wäre London schon längst von Geistern überrannt worden. Außerdem hat er auf der letzten Gildenversammlung erkennen müssen, dass er das Netzwerk der Gemäßigten unserer Community stark unterschätzt hat. Ihm war nicht klar, was wir aufgebaut haben, um dafür zu sorgen, dass möglichst wenige Kinder in der Akademie landen. Ich glaube daher nicht, dass er noch mal den Fehler begehen wird, irgendjemanden zu unterschätzen. Dafür ist er zu clever.«

»Vielleicht hat er das auch gar nicht«, meldete Ella sich zu Wort. »Der Typ vorhin in der Tiefgarage scheint die Geister ja nacheinander freigelassen zu haben, sonst wären die drei Schatten sicher schon eher zu uns hochgekommen. Und da er den Wiedergänger aus dem fahrenden Van geworfen hat, muss er noch mindestens einen weiteren Komplizen gehabt haben. Vielleicht waren sie dann ja vorgestern in der Wohnanlage auch mit mehreren Leuten unterwegs. Sie hätten den Van in einer der Garagen verstecken können. Dann haben sie erst mal nur zwei Schatten und einen der Wiedergänger freigelassen. Vielleicht, um zu sehen, wie ihr euch schlagt. Schließlich gab es ja nicht nur die, sondern auch noch die dreiundzwanzig anderen

Geister von den alten Leuten und den beiden Pförtnern.« Sie sah von Gabriel zu Sky. »Die waren zwar noch Winzling, hätten euch aber trotzdem geschwächt, wenn ihr sie alle vernichtet hättet. Und das hättet ihr mit Sicherheit gemacht, weil Auraglue für solche Geister Verschwendung wäre. Vielleicht wollten Carltons Männer das abwarten, und wenn Gabe beim Kampf gegen den Wiedergänger nicht verletzt worden wäre und ihr die Wohnanlage deshalb nicht so schnell verlassen hättet, hätten sie womöglich noch mehr Biester freigelassen und auf euch gehetzt.«

Einen Moment lang herrschte Schweigen, als alle darüber nachdachten.

»Das könnte wirklich hinkommen«, meinte Connor schließlich. »Für so einen Hinterhalt war ein Ort wie die Wohnanlage sogar ziemlich genial. Durch den Eisenzaun konnten Geister und Wiedergänger nicht weg und es war klar, dass sie sich auf uns stürzen würden.«

»Aber wenn sie nur einen abgeschlossenen Ort brauchten, um sicherzugehen, dass sich die Seelenlosen, die sie freilassen, alle auf euch und niemand sonst stürzen, hätten sie irgendein x-beliebiges leeres Gebäude in Camden nehmen können«, warf Phil ein. »Ein fingierter Anruf eines besorgten Nachbarn, der vorgibt, dort Geister oder einen Wiedergänger gesehen zu haben, und man hätte euch hingeschickt. Dann hätten sie dort mit euch dasselbe machen können wie das, was sie heute in diesem Bürogebäude mit den Ghost Reapers vorhatten. Um einen Einsatz der Spuk Squad auszulösen, hätten sie nicht all die Menschen in der Wohnanlage töten müssen. Selbst wenn diese Menschenleben für jemanden wie Carlton vielleicht keine Bedeutung hatten, weil es bloß unbegabte Senioren und zwei Pförtner waren, wäre ein leer stehendes Gebäude doch ein viel geringeres Risiko gewesen. Bei so vielen Opfern, die sie ausschalten mussten, hätte leicht jemand schreien oder entkommen können, um den Notruf zu wählen.«

Ruckartig setzte Jules sich auf und alle wandten sich zu ihm um.

»Was ist?«, fragte Cam, der neben ihm saß.

»Was, wenn es bei den Morden in der Wohnanlage gar nicht darum ging, die Spuk Squad hinzulocken? Jedenfalls nicht nur.« Jules schauderte, weil der Gedanke, der ihm gerade gekommen war, absolut widerlich war. »Was, wenn sie die Bewohner für die Wiedergänger gebraucht haben?«

Cams Magen zog sich zusammen und ihm wurde übel, als ihm klar wurde, worauf Jules hinauswollte. »Du denkst, die alten Leute waren – ihr Futter?«

»Könnte doch sein, oder?« Jules sah in die Runde. »Wenn die Akademie drei Trainingshäuser voller Geister für ihre Schüler hat, ist es sicher keine große Herausforderung, ein paar davon zu richtig mächtigen Geistern heranzuzüchten. Man muss ihnen nur immer wieder Lebensenergie geben und das können Totenbändiger. Geister zu Wiedergängern zu machen, ist also kein Problem. Aber was dann? Wiedergänger brauchen ja mehr als nur Lebensenergie.« Er blickte hinüber zu Sky und Connor. »Ihr habt erzählt, dass die Leute im Tower den Wiedergängern Innereien von Schweinen und Rindern geben, aber dass vor allem menschliche Gehirne die Biester clever und stark machen.« Jetzt wandte er sich zu Jaz und seiner Mum. »Und ihr habt erzählt, dass sie euch während eurer Zeit in der Akademie nur einmal gegen einen Wiedergänger haben antreten lassen. Wahrscheinlich, weil es so aufwendig ist, sie zu halten. Also haben sie diese Bestien nicht auf Vorrat, sondern erschaffen nur welche, wenn sie sie brauchen, weil sie sonst für viel zu viel Futter sorgen müssten, das nur schwer zu beschaffen ist. Wenn Carlton jetzt aber schnell ein paar Wiedergänger haben wollte, um sowohl Sky und Gabe als auch den Reapers Warnungen wegen der Gildenversammlung zu schicken, brauchte er auch schnell viel Futter. Vor allem, wenn die Wiedergänger gerade erst aus Geistern entstanden und noch ganz jung waren. Mit dem, der Gabe vorgestern verletzt hat, und den drei von heute waren es insgesamt vier. Für die war eine Wohnanlage mit gut zwanzig Leuten als Futterquelle ideal.«

Ella verzog das Gesicht. »Das ist absolut abartig.«

»Ja«, stimmte Sky ihr zu. »Aber leider auch verdammt genial.«

»Und es ist definitiv etwas, das ich Carlton zutrauen würde«, sagte Jaz grimmig.

»Vor allem macht so auch der Tatort Sinn«, meinte Connor nachdenklich. »Für Carltons Handlanger war es mit Sicherheit kein großes Problem, sich Zugang zur Wohnanlage zu verschaffen. Sie sind einfach über den Zaun geklettert. Die Teezeit war dafür perfekt gewählt, weil die Senioren da alle in den Häusern waren. Sie schleichen sich zu ihnen rein, überwältigen sie und verabreichen ihnen das Betäubungsmittel. Danach locken sie den Pförtner rein, schalten ihn ebenfalls aus, holen den Van in die Anlage und füttern die Wiedergänger. Wenn sie diese Bestien wirklich gerade erst erschaffen hatten, waren sie noch nicht stark, und wie wir heute gesehen haben, tragen sie Stromhalsbänder und Leinen, mit denen sie kontrolliert werden können. Carltons Männer lassen die Biester fressen, damit sie stärker werden und ihre Körper festigen, dann betäuben sie sie wieder und sperren sie zurück in den Lieferwagen. Danach warten sie, bis der zweite Pförtner kommt und Meldung macht. Damit ist klar, dass die Spuk Squad anrückt, bevor die Mordkommission einen Fuß auf die Anlage setzt, und sie können Sky und Gabe Carltons Denkzettel verpassen.«

Sky nickte. »Sie lassen die beiden Schatten frei und holen einen der Wiedergänger mit einem Aufputschmittel aus seiner

Betäubung. Wahrscheinlich pumpen sie ihn zusätzlich noch mit irgendwelchen Steroiden voll und machen ihn mit Stromstößen aggressiv. So angestachelt haben sie ihn in eins der Häuser gesperrt und mussten nur abwarten, was passiert, wenn wir reingehen, um das Biest zu erledigen. Wäre Gabriel dabei nicht verletzt worden, hätten wir uns danach die nächsten Häuser vorgenommen und dort hätten dann vermutlich weitere Schatten und Wiedergänger auf uns gelauert. Und den Brand haben sie wahrscheinlich gelegt, um mögliche Spuren zu beseitigen – oder weil Carlton einfach seine Macht demonstrieren und uns zeigen will, zu was er fähig ist und was er alles in die Wege leiten kann.«

Einen Moment herrschte Schweigen, als alle die Erkenntnisse verdauen mussten.

»Fall gelöst«, seufzte Connor schließlich, sah aber kein bisschen glücklich aus. »Nur blöd, dass wir nichts davon beweisen können. Die Warnung gab es nur heute. Wenn wir nicht in beiden Fällen das auffällige Verhalten der Wiedergänger und ihre roten Augen bemerkt hätten, hätten wir vermutlich nicht mal eine Verbindung zwischen den Fällen gesehen. Und die Wiedergänger sind vernichtet. Von zweien haben wir zwar die Geister, die wir zu Doktor Michaels bringen könnten, um sie mit dem Wiedergängergeist aus der Wohnanlage vergleichen zu lassen, aber ich wage zu bezweifeln, dass uns das weiterhelfen wird.«

»Aber selbst wenn ihr Carlton die Sache in der Wohnanlage nicht beweisen könnt, könnt ihr ihn doch für das, was er heute gemacht hat, festnehmen, oder nicht?«, fragte Ella. »Er hat Geister und Wiedergänger auf Matt, Nell und Jack gehetzt. Ist so was nicht versuchter Mord? Oder zumindest versuchte Körperverletzung? Und wir haben doch alle gehört, was der Typ im Lieferwagen gesagt hat. Wir können also alle bezeugen, dass Carlton dahintersteckt.«

Connor schüttelte bedauernd den Kopf. »Das nutzt uns leider gar nichts. Der Typ war nicht Carlton selbst und auch wenn er gesagt hat, dass es eine Warnung ist und sich niemand Carlton in den Weg stellen darf, beweist das nicht, dass Carlton selbst etwas damit zu tun hat.«

»Natürlich hat er das!«, fuhr Jaz empört auf. »Er hat bloß seine Leute geschickt, weil er sich selbst nicht die Finger schmutzig macht. Drecksarbeit lässt er von anderen erledigen.«

»Ja«, seufzte Sky. »Aber genau deshalb hat Connor recht. Wir können Carlton nichts beweisen, wenn er für alles seine Handlanger einspannt. Er ist clever. Er selbst kann alles abstreiten und sagen, dass es fehlgeleitete, radikale Anhänger waren, für deren Taten man ihn aber nicht verantwortlich machen kann. Und damit hat er leider recht. Außerdem wird er mit Sicherheit dafür gesorgt haben, dass er sowohl für heute Abend als auch für Donnerstag ein bombensicheres Alibi hat. Wenn wir einen von seinen Männern hätten schnappen können, hätten wir ihn vielleicht zum Reden gebracht, aber so haben wir leider nichts gegen ihn in der Hand.«

Ungläubig blickte Cam zwischen Sky, Connor und Gabriel hin und her. »Das heißt, ihr könnt echt nichts tun? Carlton lässt all die Menschen töten und ist bereit, auch euch draufgehen zu lassen, und nichts passiert?« Wütend ballte er die Fäuste. »Das ist doch Scheiße! Was, wenn er es wieder versucht? Er kann doch nicht einfach so weitermachen, ohne bestraft zu werden!«

Gabriel nickte grimmig und sah zu Matt, weil er bei ihm sicher mehr Unterstützung finden würde als bei Sky und Connor. »Ich sehe das wie Cam. Wir dürfen diesen Dreckskerl damit nicht durchkommen lassen.«

»Nein«, sagte Sue entschieden, bevor Matt überhaupt den Mund aufmachen konnte. »Lasst es. Wenn ihr keine Beweise habt, um ihn dingfest zu machen, bereitet ihr ihm nur Genugtuung, wenn ihr bei ihm auftaucht, aber nichts tun könnt. Und wenn ihr ihm droht oder versucht, euch inoffiziell zu rächen, erzeugt das nur eine Gewaltspirale, in der ihr den Kürzeren ziehen werdet. Ihr habt jetzt schließlich gesehen, wozu Cornelius fähig ist, und welche Mittel er bereit ist einzusetzen, um seine Ziele zu erreichen.«

»Also was?«, knurrte Gabriel. »Wir tun so, als wäre nichts passiert, kuschen bei allem, was dieser Arsch in Zukunft abzieht, und lassen ihn dann demnächst unsere Gemeinschaft im Stadtrat repräsentieren?! Das ist nicht dein Ernst, Mum!«

Sue seufzte schwer. »Nein, natürlich nicht. Wir arbeiten weiter gegen ihn. Aber genauso ruhig und besonnen wie bisher. Damit haben wir immerhin schon eine ganze Menge erreicht.«

Gabriel schnaubte und war kein bisschen überzeugt.

»Sue hat recht«, stärkte Phil ihr den Rücken. »Wenn Carlton zu solchen Mitteln greift, um seine Gegner zu bedrohen, haben wir ihn empfindlich getroffen, und ihr müsst euch nicht noch mehr in seine Schusslinie begeben, als ihr es offensichtlich schon getan habt. Lasst ihn in dem Glauben, dass er euch eingeschüchtert hat, so könnt ihr ihn in Sicherheit wiegen, während ihr still und leise weiter daran arbeitet, seine Macht zu unterwandern.«

»Toll, und wie?«

Sue mühte sich ein zuversichtliches Lächeln ab. »Da fällt uns schon was ein. Als Erstes reden wir morgen mit Eddie, Lorna und Hank. Die werden mit Sicherheit auch etwas unternehmen wollen, wenn sie von Nell und Jack hören, was passiert ist.«

»Wir können auch noch weiter bei den Elderly Flowers ermitteln«, schlug Connor vor. »Wir haben noch die Spur zum Drugstore. Wenn Carltons Leute Beruhigungsmittel, Aufputscher und Steroide für die Kontrolle der Wiedergänger benutzen, müssen sie die ja irgendwo herbekommen. Vielleicht bringt uns das weiter und wir finden so Beweise gegen Carlton.«

Wieder schnaubte Gabriel. »Bestenfalls bringt uns das auf die Spur seiner Männer. Du glaubst doch nicht, dass er das Zeug selbst kauft.«

»Nein, sicher nicht. Aber wenn wir seine Leute erwischen und sie mit ihm in Verbindung bringen können – oder wenn wir es schaffen, dass einer von ihnen gegen ihn aussagt, – dann kriegen wir ihn vielleicht doch dran. Oder wir sammeln zumindest genug Indizien, dass ihr eure Leute bei der nächsten Versammlung aufhorchen lasst und sich viele von den Gemäßigten von Carlton abwenden. Wenn die Sache mit dem Sitz im Stadtrat für euch klappt, sollte euch da auf keinen Fall Carlton repräsentieren.«

»Nein, definitiv nicht.« Ächzend fuhr Gabriel sich übers Gesicht und gab sich dann entnervt geschlagen. »Also gut, von mir aus. Halten wir erst mal die Füße still.«

Unter normalen Umständen hätte er sicher nicht so schnell kleinbeigegeben, aber das Schmerzmittel, das sein Vater ihm verabreicht hatte, machte ihn unfassbar müde und dämpfte gehörig seinen Starrsinn und Tatendrang.

»Es ist spät und ihr hattet einen anstrengenden Abend«, befand Edna mit einem Blick in die Runde ihrer Meute. »Lasst uns ins Bett gehen und drüber schlafen. Alles Weitere können wir morgen überlegen.«

»Gute Idee.« Sky stand auf und streckte Connor ihre Hand hin. »Bleibst du heute Nacht hier?«, wandte sie sich an Matt. »Du kannst aber auch unser Auto nehmen, wenn du nach Hause fahren willst. Ihr kommt ja morgen sowieso wieder fürs Training mit den Kids her.«

Matt sah zu Gabriel. »Ist es okay, wenn ich heute Nacht bei dir penne?«

Gabriel verdrehte die Augen. »Nein, natürlich nicht. Ich bestehe darauf, dass du dich nach einem Kampf gegen drei

Wiedergänger und eine Horde von Geistern jetzt noch auf den Heimweg machst. Zu Fuß. Vergiss das Auto.«

Matt grinste.

Mühsam stemmte Gabriel sich von der Couch und bedachte ihn mit einem vielsagenden Blick. »Aber wehe, du sagst mir morgen nach dem Aufwachen wieder, wie beschissen ich aussehe. Dann hast du zum letzten Mal hier gepennt, klar?«

Matt lachte. »Glasklar.«

Kapitel 13

Es war kurz nach Mitternacht, als Blaine an die Tür zum Arbeitszimmer seines Vaters klopfte.

»Komm rein!«

Blaine trat ein und behielt die Frage, die ihm auf der Zunge lag, für sich, weil sein Vater ihn mit erhobenem Zeigefinger zur Stille ermahnte und nur knapp mit einer Geste deutlich machte, dass Blaine sich auf einen der Besuchersessel setzen sollte, die dem Schreibtisch gegenüberstanden. Cornelius selbst saß dahinter und las etwas auf seinem Laptop. Sein Blick flog über die Zeilen, seine Miene wie so oft neutral, ohne eine Gefühlsregung zu zeigen. Schließlich kam er ans Ende, schien zufrieden und wandte sich seinem Sohn zu.

»Wie war dein Abend?«

Blaine hasste diese Machtspielchen. Sein Vater wusste ganz genau, dass er darauf brannte, zu erfahren, wie die Racheaktion bei den Ghost Reapers gelaufen war. Doch statt es ihm sofort zu erzählen, hielt er ihn erst mal hin, wollte hören, ob er seinen Job erledigt hatte, und so klarmachen, was von ihm erwartet wurde und wer hier das Sagen hatte.

Zum Kotzen.

Auch wenn Blaine es in der Position seines Vaters sicher genauso gemacht hätte. Dafür bewunderte und respektierte er ihn. Er brachte ihm wichtige Führungsqualitäten bei. Blaine wünschte nur, sein Vater würde langsam sehen, dass man ihm nichts mehr beibringen musste.

»Gut«, hielt er seine Antwort so knapp wie möglich.

Spielchen spielen konnte er schließlich auch.

»Ist der Bestand aufgefüllt?«

»Ja.«

Sein Vater hob eine Augenbraue und Blaine fing sich einen warnenden Blick ein, was bedeutete, dass er sein Spielchen jetzt besser beendete, sonst konnte es passieren, dass er es sich mit seinem Vater verscherzte und rausgeschickt wurde wie ein ungehorsamer kleiner Junge, dem man eine Lektion erteilen musste. Er hasste das, machte aber wie so oft die Faust in der Tasche. Er hatte sich damit abgefunden, dass er das Kinder-Image in den Augen seines Vaters vermutlich erst dann ablegen konnte, wenn er volljährig war und die Schule beendet hatte.

»Asha, Leroy und ich waren erfolgreich Geisterjagen und haben die Bestände im Lager aufgefüllt. So kurz vor Äquinoktium war es kein Problem, auch stärkere Geister zu finden.«

»Wie viele habt ihr gefangen?«

»Achtzehn, davon sind drei Schatten und vier kurz davor. Gefüttert haben wir sie auch. Danach waren wir bei Asha, haben uns von ihrer Haushälterin Abendessen machen lassen und auf der Spielekonsole gezockt. Online. Mit Videochat. Es gibt also genug Beweise und Zeugen, dass ich nichts mit irgendeinem Hinterhalt in einem leer stehenden Bürogebäude in Camden zu tun haben kann.«

»Gut.«

Blaine wartete, aber sein Vater ließ ihn weiter zappeln. Vermutlich als Retourkutsche dafür, dass er gerade nur einsilbig geantwortet hatte. Blaine schnaubte innerlich, gönnte seinem Vater aber den Triumph, weil er damit schneller das bekam, was er wollte.

»Und? Wie lief die Warnung für die Ghost Reapers?«, fragte er schließlich, als klar war, dass sein Vater nicht von sich aus anfangen würde.

»Äußerst interessant, würde ich sagen. Und sehr aufschlussreich.« Dann rückte er endlich mit dem Bericht heraus.

»Wow«, meinte Blaine, als sein Vater geendet hatte. »Wenn die Hunts den Ghost Reapers zu Hilfe gekommen sind –«

»Bedeutet das, dass sie sich alle sehr nahestehen«, vollendete Cornelius den Satz. »Besonders, da sogar die Jüngeren mitgegangen sind, um zu helfen. Das hätte ich nicht erwartet. Es ist aber eine äußerst nützliche Information.«

»War Jaz auch mit dabei?«

»Ja. Sie scheint sich bereits sehr mit dieser Familie zu identifizieren. Auch das ist eine nützliche Information.« Cornelius wirkte äußerst zufrieden.

»Aber Verluste gab es keine?«

»Nur eine Menge Geister und all unsere Wiedergänger. Schmerzlich, aber da sie zu zehnt waren, hätte mich alles andere überrascht. Sue wird ihre Kinder gut trainiert haben und die Ghost Reapers haben einen guten Ruf.«

»Sicher.« Blaine gab sich Mühe, nicht zu enttäuscht zu klingen. »Trotzdem wäre es cool gewesen, wenn einer der Wiedergänger jemanden aufgeschlitzt hätte.«

»Natürlich. Doch darum ging es nicht. Ich wollte eine Vorstellung von der Kompetenz und den Kräften unserer Gegner bekommen und genau die haben sie mir geliefert. Und noch so viel mehr. Dass Susans Ältester dabei verletzt wurde, ist allerdings ein netter Bonus.« Ein schmales Lächeln huschte über Cornelius' Lippen.

Blaine mochte die Strategie seines Vaters, obwohl er es vorgezogen hätte, schon vorher eingeweiht zu werden. Die Planung dieser Aktion hätte so viel mehr Spaß gemacht, als jetzt nur dafür sorgen zu müssen, dass die Verluste an Seelenlosen wieder ausgeglichen wurden.

»Wenn sie zu zehnt waren, heißt das, dieser Gabriel war auch mit dabei? Dann kann der Wiedergänger ihn vorgestern aber nicht besonders schlimm verletzt haben.«

Cornelius seufzte. »Ja, davon ist wohl auszugehen, und das ist in der Tat ein wenig bedauerlich. Obwohl meine Männer berichten, dass sie ihn beim Wegfahren mit dem Auto erwischt haben. Nicht dramatisch, aber es hat ihn trotzdem ausgeschaltet. Völlig harmlos scheinen seine Verletzungen also wohl auch nicht zu sein.«

»Na, immerhin. War der Unbegabte heute auch mit dabei? Skys Lover? Wie hieß der noch?«

»Connor Fry«, sagte Cornelius. »Ja, er war auch dabei. Ich schätze, es war zu erwarten, dass er zur Unterstützung mitgeht, wenn Sky ihren Freunden zu Hilfe eilt. Auch das ist eine wichtige Information. Es bedeutet, dass wir ihn bei zukünftigen Aktionen miteinberechnen müssen. Zumal er mit seinen Waffen offensichtlich umzugehen weiß und seinen Ruf als ausgezeichneter Spuk damit bestätigt hat.«

»Woher weißt du das?«

Cornelius bedachte ihn mit einem ungeduldigen Blick. »Meine Männer haben in dem Bürogebäude drei Wiedergänger, zehn Schatten und zwanzig Graue freigelassen. Selbst wenn Fry die nicht alleine erledigen musste, hat er geholfen und überlebt. Unterschätze ihn also nicht, nur weil er ein Unbegabter ist. Vielleicht kann er genau deshalb sogar noch sehr nützlich für uns sein.«

Blaine seufzte. »So war die Frage gar nicht gemeint. Ich wollte wissen, ob unsere Leute die zehn beobachten konnten.«

»Nein, das wäre zu riskant gewesen. Unsere Gegner sollten zwar die Warnung erhalten, aber keine Gelegenheit bekommen, einen unserer Männer auszuschalten oder gefangen zu nehmen.«

Blaine rollte mit den Augen. »Um sie zu beobachten, hätten unsere Männer doch nicht durchs Haus schleichen müssen. Wir hätten Kameras anbringen können.« Er wies auf den Laptop, der zwischen ihnen auf dem Schreibtisch lag. »Dann hättest du dir die Aufzeichnungen jetzt sogar selbst ansehen können und wärst nicht nur auf Berichte angewiesen.«

Für den Bruchteil einer Sekunde stutzte sein Vater, was Blaine verriet, dass er an diese Möglichkeit tatsächlich nicht gedacht hatte. Genugtuung machte sich in ihm breit, auch wenn er den Teufel tat, die nach außen hin zu zeigen. Das wäre ein fataler Fehler gewesen.

»Kameras standen nicht zur Debatte«, sagte sein Vater prompt, als wäre ihm die Idee durchaus gekommen, doch er hätte sie schon im Vorfeld wieder verworfen. »In dem Gebäude war der Strom abgestellt.«

»Wir hätten dafür nicht auf die Haustechnik oder deren Überwachungskameras zurückgreifen müssen«, erklärte Blaine ohne jede Wertung, rein informativ. Er wollte seinem Vater nichts unter die Nase reiben. Er wollte nur, dass dieser endlich erkannte, wie hilfreich sein Sohn sein konnte, wenn er ihn als vollwertiges Mitglied in seinen Kreisen akzeptierte, nicht nur als privilegierten Helfer. Dass sein Vater sich nicht sonderlich für die modernste Technik interessierte, kam ihm da gerade sehr zugute. »Es gibt winzig kleine Kameras, die mit Akkus laufen und Bilder per WLAN oder Funk übertragen. Gerade im Dunkeln fallen die nirgendwo auf. Bei der nächsten Aktion kann ich uns die gerne installieren, wenn du willst. Wer weiß, welche Erkenntnisse wir gewinnen könnten, wenn wir in der Lage wären, unseren Gegnern live beim Kämpfen zuzusehen.«

Cornelius schwieg einen Moment, dann musterte er seinen Sohn und nickte. »Ein guter Gedanke. Ich werde es mir durch den Kopf gehen lassen.«

Blaine lächelte knapp. Mehr Zugeständnis würde es nicht geben, doch das reichte ihm. »Natürlich. Sag Bescheid, wenn ich etwas Entsprechendes organisieren soll.«

»Das werde ich.«

Blaine erhob sich. »Dann gehe ich jetzt schlafen. Ich will morgen früh zur Dämmerzeit noch mal Geisterjagen gehen. Damit sollten wir dann alle Verluste ausgeglichen haben, falls die Polizei uns überprüfen will.«

Eigeninitiative zu zeigen, schätzte sein Vater und in der Tat bedachte Cornelius ihn mit einem anerkennenden Blick.

»Mach das. Obwohl die Warnung ja auch bei den Spuks angekommen sein dürfte, da sie heute so nett bei unserem Hinterhalt dabei waren.« Er lächelte selbstgefällig. »Ich bin wirklich sehr gespannt, ob die Hunts und die Ghost Reapers noch einmal so dumm sind, sich mit uns anzulegen.«

Kapitel 14

Sonntag, 22. September

Okay, was muss ich tun?« Erwartungsvoll blickte Evan von Sky zu Connor.

Es war später Sonntagvormittag und das Wetter war genauso wie in den letzten Tagen: ziemlich grau und kühl. Trotzdem hatten sich die Hunts und die Ghost Reapers im Garten der alten Villa verteilt, um zu zweit oder zu dritt das Duellieren mit Silberenergie zu üben – oder in Evans Fall das Blocken von selbiger. Evan hatte Connor als Trainingspartner bekommen, obwohl er eigentlich Cam erwartet hatte, doch der trainierte mit einem coolen Typen namens Matt.

Überhaupt schienen alle Totenbändiger ziemlich cool zu sein. Bis vor drei Wochen als Cam, Jules und Ella zu ihm an die Schule gekommen waren, hatte Evan keinerlei engeren Kontakt zu Totenbändigern gehabt. In den Vierteln, in denen er sich bisher meistens herumgetrieben hatte, schienen kaum welche zu leben, und so hatte er nur hin und wieder jemanden mit schwarzen Linien an den Schläfen gesehen, wenn er in London unterwegs gewesen war. Angst und Hass, die viele Menschen gegen Totenbändiger predigten, hatte er zwar nie verstanden, doch wirklich interessiert hatte er sich für sie auch nicht. Sie waren halt da und gehörten irgendwie dazu, aber das war es für ihn auch schon gewesen.

Welche Welt und was für coole Leute ihm dabei entgangen waren, merkte er erst jetzt. Die Hunts und die Rifkins waren eine völlig wild zusammengewürfelte Truppe und trotzdem – oder gerade deshalb? – eine absolut eingeschworene Gemeinschaft. Man musste kaum zehn Minuten mit ihnen zusammen sein, um zu merken, dass sie richtig gute Freunde waren. Und was besonders cool war: Sie hatten auch ihn sofort akzeptiert, obwohl Evan kein Totenbändiger war. Doch das war Connor auch nicht und er gehörte genauso dazu.

Evan hatte sich unter ihnen sofort wohlgefühlt, auch wenn offensichtlich nicht alle Totenbändiger so drauf waren wie die Hunts und die Ghost Reapers. Cam hatte ihm erzählt, dass der Schulleiter der Akademie von einem ganz anderen Kaliber war. Er war es anscheinend auch gewesen, der die Ghost Reapers am Abend zuvor in ein Gebäude voller Geister und Wiedergänger gelockt hatte.

Evan wünschte, er hätte bei der Rettungsaktion dabei sein können. Das Leben seiner neuen Freunde war so viel aufregender als sein eigenes in der öden Reihenhaussiedlung, wo ein Haus aussah wie das andere, und auch alle Familien irgendwie gleich waren. Die Eltern gingen arbeiten, meistens gab es ein bis drei Kinder plus Haustiere, alle sorgten sich wegen der Seelenlosen um die Sicherheit von Haus und Familie, man regelte seine Altersversorgung, sparte wahlweise für einen Urlaub, ein neues Auto oder Modernisierungen an den Häusern, und die einzige Aufregung im Leben war, wenn man mal wieder von irgendwelchen Kürzungen betroffen war, die im Stadtrat beschlossen worden waren. Evan war klar, dass exakt so das Leben von vermutlich neunzig Prozent der Mittelschichtsbevölkerung in London aussah – und dass es viele gab, denen es schlechter ging und die sich nichts mehr als genau so ein Leben wünschten.

Doch für ihn schien das alles nicht mehr zu passen.

Es war einfach zu eintönig, zu vorherbestimmt, zu normal.

Das Leben von Totenbändigern war so viel spannender, und obwohl sie wegen der Anfeindungen und Diskriminierung, mit denen man ihnen auf so vielen Ebenen begegnete, sicher nicht zu beneiden waren, tat Evan es trotzdem irgendwie.

Er wollte mehr Action und mehr Abenteuer.

Er wollte keine Angst mehr vor Seelenlosen haben und sich vor ihnen verschanzen müssen, sobald es dämmerte.

Er wollte rausgehen und sie vernichten können.

Bisher hatte er noch keinen wirklichen Plan gehabt, was er nach der Schule machen wollte. Seine Eltern hatten einen Collegefonds für ihn angelegt, also hätte er vermutlich irgendwas studiert. Doch jetzt stand für ihn fest, dass er zur Polizei gehen und ein Spuk werden wollte. Jaz wollte auch auf die Polizeischule. Cam war noch unentschlossen, aber Evan hoffte, dass er sich auch dafür entscheiden würde. Irgendwann gemeinsam mit seinen neuen Freunden gegen Geister zu kämpfen – die Vorstellung war genial.

Doch noch war das Zukunftsmusik.

Heute freute Evan sich erst mal darüber, dass endlich seine erste Trainingsstunde anstand, und Connor war als Trainer definitiv keine üble Wahl. Nicht nur, weil er mit seinem sexy Drei-Tage-Bart verdammt gut aussah. Connor war auch ein Normalo wie er. Laut Cam war er außerdem ein äußerst guter Spuk, der sich auch ohne besondere Fähigkeiten gegen das Rauben von Lebensenergie zu wehren wusste, egal, ob es Seelenlose oder Totenbändiger auf ihn abgesehen hatten. All sein Können hatte er sich antrainiert, was Evan ziemlich imponierte, daher war Connor definitiv der Beste, um ihm zu erklären, wie das alles funktionierte.

»Als Erstes kannst du die Weste wieder ausziehen«, erklärte er ihm jetzt. »Sie schützt dich zwar gegen Geister, aber nicht gegen die Silberenergie von Totenbändigern.«

»Okay. Aber wenn sie nicht stört, lass ich sie lieber an, um mich an sie zu gewöhnen.«

Matt hatte ihm die Weste besorgt und zwar zu einem deutlich günstigeren Preis, als es im Internet oder im Fachhandel möglich gewesen wäre. Sie war schwarz und ähnelte den schusssicheren Westen der Polizei, die man aus Filmen und Serien kannte, doch zum Schutz vor Geistern und Wiedergängern waren hier zusätzlich noch Silberfäden in den robusten Stoff eingewebt. Die Weste war nicht viel schwerer als eine Lederjacke und Evan kannte eine ähnliche bereits von seinem ersten Geisterjagen. Da hatte er sich Connors Weste ausleihen dürfen. Jetzt eine eigene zu haben, fühlte sich genial an, auch wenn es noch etwas ungewohnt war, sie zu tragen.

»Nein, sie stört nicht.« Sky rief ihre Energie, ließ einen Strang zu Evan wandern und wickelte ihn um seinen Arm. Nicht fest, aber spürbar. Energie raubte sie ihm allerdings noch nicht. »Versuch, mich abzuschütteln.«

Evan schüttelte seinen Arm, aber der Strang folgte jeder seiner Bewegungen, als wäre er ein Seil. Also versuchte er, mit seiner freien Hand danach zu greifen. Sofort teilte Sky ihre Energie entzwei und nahm Evans Hand gefangen.

»Erste Lektion: Stelle niemals freiwillig Kontakt zu unserer Silberenergie her, außer du willst, dass wir dir Energie nehmen oder geben.« Sky ließ seine Hand wieder frei. »Biete uns vor allem keine nackte Haut an. Bei direktem Hautkontakt funktionieren unsere Kräfte am besten.«

»Okay.«

Kontakt zu vermeiden, wäre sicher einfacher gewesen, wenn er nicht so völlig fasziniert von diesem seltsamen Silbernebel gewesen wäre.

Sky musste lächeln, als sie Evans Blick sah und er trotz ihrer Ansage wieder neugierig seine Finger nach dem Strang ausstreckte, den sie noch immer um seinen Arm geschlungen hatte. »Du hast unsere Energie noch nicht oft gesehen, stimmt's?«

»Nein.« Er versuchte erneut, nach dem Strang zu greifen, doch seine Finger sanken hindurch.

»Es ist okay, wenn du den Silbernebel cool findest«, sagte Connor. »Ich war am Anfang auch total davon geflasht, weil er wahnsinnig geniale Dinge vollbringen kann. Aber er kann dich eben auch töten. Sieh ihn also wie eine Waffe. Bei denen kommt es auch ganz darauf an, wer den Abzug in der Hand hält und welche Absichten der- oder diejenige hat.«

»Okay, kapiert.« Evan zog seine Finger zurück. »Wie kann ich die Energie blocken? Ich darf sie nicht anfassen, aber das würde offensichtlich eh keinen Sinn machen, weil ich sie nicht greifen kann. Ich kann sie also nicht abreißen. Wie werde ich sie dann los?«

»Es ist eine Kopfsache«, antwortete Connor. »Du musst dich mit deinen Gedanken schützen.«

Evan runzelte die Stirn. »So was wie: *Raus aus meinem Kopf*?« Argwöhnisch blickte er zu Sky. »Kannst du meine Gedanken lesen, wenn du mich mit deiner Energie festhältst?«

Die Vorstellung war mehr als creepy.

Sie schüttelte beruhigend den Kopf. »Ich kann nur Empfindungen spüren. Ob du Angst hast oder wütend bist, zum Beispiel. Konkrete Gedanken lesen, können Totenbändiger nur untereinander und das auch nur, wenn wir uns gut kennen und sehr vertraut miteinander sind. Einem Normalo wie dir kann ich nur Empfindungen schicken. Nach einem Kampf zum Beispiel. Falls du dein Bewusstsein verlierst, weil du zu viel Energie verloren hast, kann ich dir Energie zurückgeben und dir dabei vermitteln, dass alles in Ordnung ist und du keine Angst haben musst. Umgekehrt könnte ich dich allerdings auch meinen Hass und meine Wut spüren lassen, wenn ich dir Energie nehme, um dich zu töten.«

Evan schluckte.

Diese Vorstellung war nicht weniger creepy.

»Okay. Und was muss ich tun, damit das nicht passiert?«

»Du musst dir einen Schutz um dich herum vorstellen«, erklärte Connor. »Etwas, das deinen Körper umgibt und deine Haut undurchdringlich macht.«

Wieder runzelte Evan die Stirn. »Wie eine Rüstung?«

Connor grinste schief. »Ich weiß, das klingt erst mal ziemlich schräg. Aber es funktioniert, glaub mir. Du musst dir auch nicht wirklich eine Rüstung oder einen Superheldenanzug einreden, aber du solltest dir vorstellen können, dass nichts deine Haut durchdringen kann, egal, ob Silberenergie oder Geisterfäden. Sie dürfen nicht in deinen Körper eindringen, außer du lässt es zu. *Du* bist der Boss bei dieser Sache, *du* hast das Sagen. Das ist das Entscheidende. Verstanden? Du musst mit deinen Gedanken eine Schutzbarriere für deinen Körper aufbauen, denn dein Körper gehört nur dir. Nichts und niemand hat ihn anzurühren, außer *du* lässt es zu. Klar soweit?«

Evan nickte langsam. »Ich denke schon.«

»Gut. Beim Training mit Freunden ist es nicht ganz leicht, die Gedanken in die richtige Spur zu bringen«, räumte Connor ein und deutete auf Skys Strang, dessen Schlinge noch immer um Evans Unterarm lag. »Wenn das da ein Faden aus Geisternebel wäre, wäre es einfach, sich dagegen zu wehren. Den fändest du widerlich, er würde dir Angst machen und du würdest ihn so schnell wie möglich loswerden wollen.«

»Klar, logisch.«

»Versuch dir deshalb bei unserem Training nicht Sky vorzustellen, sondern jemanden, den du hasst und der dir wehtun will. Jemanden, bei dem du es niemals zulassen würdest, dass er dich anrührt.«

Evan schnaubte sarkastisch.

»Also jemanden wie Topher oder Emmett?«

Sky nickte. »Ja, solche Typen sind super.« Sie deutete auf seinen Arm. »Stell dir vor, er hätte dich dort gepackt.«

Wieder versuchte Evan seinen Arm zu befreien, doch zerren und schütteln halfen nicht.

»Arbeite mit Gedankentricks, nicht mit körperlicher Gewalt«, gab Connor ihm Tipps. »Sobald Silbernebel oder Geisterfäden dich erwischt haben, bringen Muskeln dir nichts mehr. Du musst sie mit mentalem Widerstand abwehren. Bei Geisterfäden hilft die Vorstellung von Hitze. Die Todesenergie von Seelenlosen ist eiskalt. Wenn du dir an der Stelle, an der sie dich erwischt haben, große Hitze vorstellst, kannst du die Verbindung unterbrechen oder zumindest schwächen. Wenn es starke Geister sind, hast du zwar keine Chance, sie abzuschütteln, aber du kannst dich wehren, bis dir jemand hilft oder du den Geist mit Auraglue ausschalten kannst.«

»Aber ich dachte, die Weste schützt mich vor solchen Geisterberührungen.«

»Sie schützt dich vor schwachen Geistern. Die hält die Weste dir vom Hals«, antwortete Connor. »Bei starken funktioniert sie aber nur bedingt. Dank der Weste werden sich die Biester nicht auf dich stürzen, um dich zu verschlingen. Aber Geisterfäden werden sie trotzdem nach dir auswerfen und die solltest du immer schnellstmöglich loswerden, weil die Geister dir sonst deine Lebensenergie entziehen, und das tötet dich genauso, wie verschlungen zu werden. Nur langsamer.«

»Okay.« Evan nickte knapp. »Und was stell ich mir am besten vor, um einen Totenbändiger abzuschütteln?«

»Hitze funktioniert bei Silberenergie auch. Stell dir vor, du steckst den Strang um deinen Arm in Brand. Oder du ätzt ihn weg wie mit einer Säure«, schlug Connor vor. »Das klingt vielleicht ein bisschen kindisch, aber du brauchst diese

Gedankenbilder nur am Anfang. Es geht mehr um das, was du dabei empfindest. Entschlossenheit, Widerstand, den Drang, etwas oder jemanden mit aller Macht loswerden wollen, weil die Berührung unerträglich ist. Wenn du diese Gefühle verinnerlicht hast und sie automatisch während eines Angriffs wie eine Schutzbarriere hochfahren kannst, musst du dir nicht mehr so was wie Hitze oder Säure vorstellen. Aber jetzt am Anfang hilft es dir sicher. Für mich hat es damals jedenfalls gut funktioniert.«

Evan blickte wieder zu Sky. »Tu ich dir weh, wenn ich mir vorstelle, dass ich deine Silberenergie anzünde?«

Sky schüttelte den Kopf. »Nein, keine Angst. Wie gesagt, ich kann keine Gedanken lesen. Ich spüre nur Empfindungen, daher ist das Einzige, was ich merke, dass du dich gegen den Kontakt mit meinem Silbernebel wehrst – und natürlich wie stark dein Widerstand und deine Entschlossenheit sind, mich abzuschütteln. Wenn dein Wille stärker ist als der des Totenbändigers, der es auf dich abgesehen hat, gewinnst du.«

»Na toll«, schnaubte Evan. »Dann hab ich gegen dich doch überhaupt keine Chance.«

»Hey, kein Mensch erwartet von dir, dass du es heute schon schaffst, mich abzuschütteln. Das wird dauern. Aber du kannst mit verschiedenen Gedankentricks herumexperimentieren, um die Schutzbarriere zu finden, die für dich am besten funktioniert, weil ich dir sagen kann, was ich fühle und wann ich Widerstand bei dir spüre. Genau diese Methode benutzt du dann weiter und machst sie stärker.«

Evan atmete tief durch.

»Versuch es einfach«, ermutigte Connor ihn. »Ich wette, du bekommst es ziemlich schnell hin.«

Wieder schnaubte Evan. »Und warum glaubst du das?«

Connor lächelte. »So wie du Topher die Stirn bietest und dich in der Schule für Cam eingesetzt hast, hast du einen verdammt starken Willen und weißt dich durchzusetzen. Geh einfach mit derselben Entschlossenheit daran, Skys Energie loszuwerden. Ich wette, damit hast du den ersten Ansatz ganz schnell raus. Also los, versuch es einfach. Du kannst nichts falsch machen, dafür aber jede Menge ausprobieren.«

Wieder atmete Evan tief durch. Dann schloss er die Augen und überlegte sich eine Strategie.

Jaz saß mit Leslie auf der Terrasse und schaute den anderen beim Trainieren zu. Duellieren war in der Akademie ein Schulfach und dank Blaine und seinen ständigen Attacken, war es ihr bestes gewesen, deshalb schwänzte sie gerade das Sonntagmorgen-Freunde-und-Familien-Training und genoss es stattdessen, Leslie wiederzusehen.

Als Teenager hatten Leslie und ihre damalige Freundin Stella sich in der Akademie um die jüngeren Kinder gekümmert und ihnen bei den Hausaufgaben oder beim Geistertraining geholfen. Für Jaz waren die beiden wie coole große Schwestern gewesen. Doch weil die zwei nicht mit Carltons Führung und den Erziehungsmethoden in der Akademie zurechtgekommen waren, waren sie immer angeeckt und in der Arrestzelle gelandet, wenn sie sich gegen etwas aufgelehnt hatten. Als Jaz knapp zehn Jahre alt gewesen war, waren die beiden eines Nachts verschwunden und nie wieder in die Akademie zurückgekehrt.

»Wir haben uns nach Paris durchgeschlagen«, erzählte Leslie jetzt. »Stella hatte schon immer von dieser Stadt geträumt und war völlig vernarrt in die Kunstszene dort. Genau da sind wir dann auch gelandet und haben dort viele echt geniale Leute kennengelernt. Menschen aus allen Ecken der Welt. Alt und Jung, Normalos und Totenbändiger. Alles völlig wild gemischt. Sie haben uns total herzlich aufgenommen und ich hatte vier absolut fantastische Jahre dort.«

»Wow. Das klingt toll. Aber warum bist du dann nicht dortgeblieben?«, wunderte Jaz sich.

Sie schaute zu, wie Nell Ella etwas erklärte. Ein Stück weiter trainierte Jules mit Jack. Für ihre Freunde war es das erste Mal, dass sie nicht gegen Geister, sondern gegen Menschen antraten.

Leslie drehte eine Strähne ihres wilden Afroschopfes um ihren Finger und hob die Schultern. »Ganz ehrlich? Das kann ich gar nicht so genau sagen. Es war einfach an der Zeit, zu gehen. Ich glaube, ich bin nicht gemacht dafür, ewig lange an einem Ort zu bleiben. New York reizt mich ziemlich, aber ich hab auch London total vermisst. Und – na ja, das Geld für den Weg nach London war schneller zusammengespart.« Sie grinste. »Und zurückzukommen, hat sich definitiv gelohnt. Ich hab hier tolle Freunde gefunden und einen coolen Job.« Wieder grinste sie. »Was allerdings nicht heißt, dass New York damit vom Tisch ist. Im Gegenteil. Ich spare schon fleißig.«

Jaz lächelte. »Finde ich cool. Vielleicht kann ich dich ja mal besuchen kommen, wenn du irgendwann rübergehst. New York würde ich mir auch gerne mal ansehen.«

»Hey, auf jeden Fall! Du bist jederzeit bei mir willkommen.« Leslie hielt ihr die Faust für ein Fistbump hin.

Freudig knockte Jaz ihre dagegen. »Sag rechtzeitig Bescheid, wenn deine Pläne konkreter werden. Wenn du aus London weggehst, wird eine Stelle bei den Ghost Reapers frei, und vielleicht hätte ich ja eine Chance – obwohl Matt vermutlich eher Cam nehmen würde.« Dann stutzte sie. »Oder geht Matt dann mit dir nach New York? Ich weiß nicht, seid ihr zusammen?«

Leslie schüttelte den Kopf. »Nein, jedenfalls nicht richtig. Aber wir sind gute Freunde. Wir wohnen zusammen in einem winzigen Appartement, teilen uns ein Bett und haben gerne Spaß miteinander. Aber mein Herz steht nicht so auf Monogamie und Für-immer-und-ewig und seins gehört jemand anderem. Außerdem glaube ich nicht, dass ihn irgendjemand aus London wegkriegen würde. Dafür liebt er seine Familie zu sehr. Er hatte lange keine und ich schätze, er holt da immer noch einiges nach.«

Überrascht blickte Jaz zu Matt hinüber. »Aber er war nicht bei uns in der Akademie.«

»Nein. Er hat in einem Heim in Manchester gelebt, in dem Normalos ihre ungewollten Totenbändigerkinder abgeben konnten. Er spricht nicht oft darüber, aber es kann kein guter Ort gewesen sein. Irgendwann hat er es nicht mehr ausgehalten. Er ist abgehauen und hat sich nach London durchgeschlagen. Ich glaube, da war er dreizehn oder vierzehn.«

»Wow. Dann hat er auf der Straße gelebt?« Jaz dachte nur ungern an die knappe Woche zurück, in der sie sich ohne sicheres Dach über dem Kopf hatte durchschlagen müssen – und Matt war noch deutlich jünger gewesen, als er weggelaufen war.

»Yep. Aber darüber redet er nicht. Ich weiß von Nell nur, dass Bekannte von Eddie ihn ins Mean & Evil gebracht haben. Sie hatten ihn im East End in der Nähe des Babystrichs gefunden. Mehr tot als lebendig. Irgendein abartiges Arschloch hatte ihn zusammengeschlagen.«

Jaz zischte einen Fluch und sah wieder hinüber ans andere Ende des Gartens, wo Matt Cam zeigte, wie er die Struktur seiner Silberenergie verändern musste, um sie nicht gegen Geister, sondern gegen Menschen einzusetzen.

Leslie machte eine Geste hinter sich zum Haus. »Phil hat ihn damals versorgt und wieder zusammengeflickt und Eddie, Lorna und Hank haben ihn bei sich aufgenommen und ihm ein Zuhause gegeben.«

Auch sie blickte hinüber zu Matt und Cam. Gabriel war bei ihnen. Sein Arm steckte in einer Schlinge. Phil hatte ihn dazu verdonnert, eine zu tragen, damit sein Sohn seine Schulter heute wirklich schonte. Aktives Training hatte er ihm strikt verboten, frische Luft aber genehmigt, daher hockte Gabriel auf einer Gartenbank und schien sich einen Spaß daraus zu machen, sowohl Cam als auch Matt mit schlauen Kommentaren in den Wahnsinn zu treiben.

Leslie und Jaz sahen den dreien eine Weile amüsiert zu, dann wandte Leslie sich wieder zu Jaz um.

»Aber jetzt erzähl du mal. Wie ist es bei dir so gelaufen – und vor allem, wie bist du hier gelandet? Bisher weiß ich nur das, was Sky und Gabe uns erzählt haben.«

Jaz grinste schief. »Okay, wie viel Zeit hast du?«

»Für dich den ganzen Tag. Also, schieß los.«

Kapitel 15

Montag, 23. September
Tag des Äquinoktiums
16:47 Uhr

D anke fürs Training.« Evan öffnete Cam die Haustür. Er hatte ihn überredet, nach der Schule mit zu ihm zu kommen, um das Blocken weiter zu üben.

»Kein Ding. Dafür, dass du erst gestern damit angefangen hast, bist du schon echt gut.«

»Danke. Auch wenn es gelogen ist.« Evan verzog das Gesicht. »Ich glaube, ich bin immer noch zu fasziniert von eurer Silberenergie, um sie wirklich loswerden zu wollen.«

Cam zuckte abtuend mit den Schultern. »Connor ging es am Anfang genauso. Aber wenn du unsere Energie oft genug gesehen hast, gewöhnst du dich daran und es ist irgendwann nichts Besonderes mehr.«

Evan nickte nachdenklich. »Connor meinte, mit Geisterfäden wäre das Training einfacher.«

Cam sprang die Stufen vor Evans Haustür hinunter. »Definitiv. Wenn so ein Ding dich berührt, tust du alles, um es schnellstmöglich wieder loszuwerden.« Er zog sich die Kapuze seiner Schuljacke über den Kopf, weil es nieselte.

»Können wir dann nicht noch mal Geisterjagen gehen? Ich könnte mich von einem Geist berühren lassen und dann versuchen, ihn abzuschütteln. Wenn ihr dabei seid, kann doch eigentlich nichts passieren, oder? Ihr könnt den Geist bändigen und mir Energie zurückgeben, wenn ich es nicht schaffe.«

»Sicher. Aber nicht in den nächsten Tagen. Rund um Äquinoktium sind die Geister zu aggressiv und unberechenbar.«

»Klar«, seufzte Evan und versuchte heldenhaft, Tatendrang und Ungeduld zu zügeln, auch wenn das verdammt schwerfiel.

»Hey, keine Sorge. Das Training läuft dir nicht weg und Geister zum Üben finden wir auch immer genug. Außerdem verlangt ja keiner, dass du das Blocken von heute auf morgen lernst. Du machst das freiwillig. Du musst dich damit nicht hetzen.«

»Ja, ich weiß. Aber ich finde die ganze Sache halt ziemlich cool und ich will es echt gerne können.«

»Das wirst du auch, mit Sicherheit. Den grundsätzlichen Trick hast du ja schon raus.«

Evan bedachte Cam mit einem kleinen Lächeln und deutete dann die Straße hinunter. »Du solltest gehen, sonst schaffst du den letzten Bus nicht mehr.«

»Okay.«

»Sicher, dass ich dich nicht zur Haltestelle bringen soll?«

»Ja, ganz sicher. Auch wenn die Straßen hier alle gleich aussehen, hab ich mir den Weg gemerkt und finde aus diesem Irrgarten heraus.« Cam lief über den Hausweg zur Straße und deutete hinauf zum grauen Himmel. »Außerdem reicht es ja, wenn einer von uns nass wird, oder? Wir sehen uns morgen!«

»Okay, bis dann!«

Cam zog die Schultern gegen den nasskalten Wind hoch und flitzte über die Straße. Er hatte noch eine gute Viertelstunde. Um kurz nach fünf fuhr heute an der Hauptstraße der letzte Bus in Richtung Camden. Den Anschluss zum Hampstead Heath würde er schon nicht mehr bekommen. An Äquinoktium stellten Busse und Bahnen ihren Dienst um halb sechs ein. Ab sechs galt dann die offizielle Ausgangssperre für die Unheilige Nacht. Es würde also knapp werden, wenn er den Rest der Strecke laufen musste, aber solange er vor der

Dämmerzeit zu Hause war, würde es keinen Stress mit der Erzieherfraktion geben.

Dafür durfte er allerdings den ersten Bus nicht verpassen.

Besser er legte einen Zahn zu.

Er wandte sich noch einmal zu Evan um, der an der Haustür lehnte und ihm hinterher sah. Beide hoben kurz die Hand zum Gruß, dann wandte Cam sich um und sprintete los. Evan blickte ihm nach, bis er in die nächste Querstraße einbog, dann trat er zurück ins Haus und schloss die Tür.

Keiner von beiden bemerkte das Auto, das unscheinbar zwischen all den anderen am Straßenrand geparkt hatte, jetzt aber losfuhr und Cam folgte.

Kapitel 16

18:57 Uhr

»Immer noch nichts?«, fragte Sky, als Sue mit besorgter Miene ihr Handy weglegte.

»Wieder nur die Mailbox.«

Die komplette Familie war in der Küche zum Abendessen versammelt – nur Cam fehlte.

Unwirsch warf Gabriel sein Smartphone auf den Tisch. »Die Ortungs-App funktioniert nicht, wenn sein Handy ausgeschaltet ist.«

Ella rutschte unruhig auf ihrem Stuhl hin und her. »Aber dann muss irgendwas passiert sein. Cam schaltet sein Handy nicht einfach aus. Und er hätte uns auf jeden Fall Bescheid gesagt, wenn er zu spät kommt, weil er nicht wollen würden, dass wir uns Sorgen machen. Besonders heute.«

»Vielleicht hatte er einen Unfall«, meinte Jaz. »Falls er angefahren wurde, ist sein Handy dabei vielleicht kaputtgegangen.«

Phil fuhr sich übers Gesicht. »Wenn er einen Unfall gehabt hätte, hätte man uns längst informiert.«

Mitfühlend drückte Thad seinem Freund die Schulter, doch bevor er etwas sagen konnte, sprang Gabriel von seinem Stuhl auf und begann grimmig in der Küche auf und ab zu tigern. »Nicht, wenn man ihn angefahren und einfach liegen gelassen hat.« Ungeduldig sah er zu Jules, der mit Evan telefonierte.

»Warte, ich schalte dich auf laut«, sagte sein Bruder in diesem Moment. Jules legte sein Handy auf den Tisch und Evans Stimme kam aus dem Lautsprecher.

»Er ist um kurz vor fünf hier weg. Den Bus nach Camden müsste er also locker noch bekommen haben.« Er klang besorgt. *»Verdammt, ich hätte ihn doch hinbringen sollen. Cam war noch nicht oft bei mir und die Straßen hier sind ein ziemliches Labyrinth, wenn man sich nicht auskennt. Er meinte, er findet den Weg alleine, aber wenn er sich verlaufen hat ... Soll ich ihn suchen gehen?«*

»Nein!«, sagte Phil sofort und laut genug, dass es über den Tisch hinweg beim Handy ankam. »Es dämmert und es herrscht Ausgangssperre. Du bleibst im Haus. Wir finden ihn und geben dir dann Bescheid.«

Evan zögerte. *»Okay«*, sagte er dann alles andere als glücklich. *»Aber wenn ich irgendwie helfen kann ...«*

»Das ist nett von dir, Evan, aber nein«, antwortete Sue. »Bleib im Haus. Alles andere ist zu gefährlich.«

»Okay.«

»Wir melden uns.« Jules legte auf.

»Cam ist nicht blöd.« Gabriel tigerte weiter auf und ab. »Selbst wenn er sich in der Siedlung verlaufen hat, weiß er, wie er den Weg per Smartphone findet. Und wenn er den Bus verpasst hätte, hätte er angerufen.«

»Was, wenn man ihn überfallen hat?« Nervös kaute Ella an ihrer Unterlippe. »Vielleicht wollte jemand sein Geld und sein Handy und hat ihn niedergeschlagen.«

»Das glaube ich nicht«, meinte Jaz. »Cam ist zwar klein und schmächtig, aber er ist auch ein Totenbändiger. Da würde es keiner wagen, ihn anzugreifen.«

Zweifelnd schüttelte Sky den Kopf. »Es regnet. Wenn er seine Kapuze getragen hat, hat man sein Mal nicht unbedingt gesehen.«

»Wir müssen ihn suchen«, drängte Jules. Je mehr sie darüber herumspekulierten, was passiert sein könnte, desto weniger hielt er die Ungewissheit aus und mittlerweile war ihm schlecht vor Sorge. »Wenn Cam einen Unfall hatte oder überfallen wurde und man ihn irgendwo verletzt zurückgelassen hat, müssen wir ihn finden. Es wird dunkel da draußen und wenn er bewusstlos ist, kann er keine Geister bändigen. Wir können uns aufteilen. Ein paar von uns suchen ihn in Evans Siedlung, die anderen hier bei uns.«

Sky nickte und strich ihm über die Schulter. »Das machen wir. Aber lass uns abwarten, ob Connor irgendwas herausfindet. Mit etwas Glück können wir so das Suchgebiet eingrenzen. Oder vielleicht sehen wir sogar, was passiert ist.«

Jules schnaubte entnervt. »Und wie lange dauert das noch?« Die Vorstellung, dass Cam irgendwo da draußen verletzt in Kälte, Regen und Dunkelheit lag und sich nicht wehren konnte, wenn Geister kamen, war unerträglich.

»Connor kümmert sich darum«, versicherte Thad.

»Und er macht es mit Sicherheit so schnell er kann.« Phil bemühte sich, wie immer der Ruhepol in der Familie zu sein, auch wenn das gerade unendlich schwerfiel. Doch blinder Aktionismus half niemandem, am allerwenigsten Cam.

»Hey.« Edna warf ein aufmunterndes Lächeln in die Runde ihrer Lieben. »Cam ist zäh. Und egal, was passiert ist, wir finden ihn. Klar?«

Sue und Phil erwiderten ihr Lächeln dankbar, Ella dagegen setzte sich ruckartig auf, als ihr plötzlich ein ganz übler Gedanke kam. »Und was, wenn Carltons Männer ihn geschnappt haben? Vielleicht haben die ihm irgendwo aufgelauert.«

Bei dem Gedanken herrschte in der Küche plötzlich bestürztes Schweigen und Phils Blick glitt zu Sky und Gabriel. »Habt ihr irgendwas getan, um euch an Carlton zu rächen? Oder habt ihr ihn irgendwie provoziert?«

»Nein«, versicherte Sky sofort. »Wir haben uns an das gehalten, was wir abgesprochen haben: Wir schlagen nicht zurück und tun so, als hätte er uns eingeschüchtert. Für die Reapers gilt dasselbe. Außerdem, warum sollte Carlton sich ausgerechnet Cam schnappen? Nur, weil er uns am Samstag geholfen hat? Das glaube ich nicht. Falls Carlton uns noch mehr einschüchtern wollen würde, wären seine Ziele immer noch die Ghost Reapers, Gabriel und ich. Cam kennt er doch gar nicht und Cam hat nichts getan, um Carlton zu reizen.«

»Aber Cam ist mein Sohn«, sagte Sue bitter. »Und Cornelius wird sich denken können, dass er mich über meine Kinder treffen kann.« Sie stützte die Ellbogen auf die Tischplatte und vergrub ihr Gesicht in ihren Händen. »Als ich mir von ihm die Vormundschaft für Jaz erpresst habe, hat er damit gedroht, dass ich es bereuen würde. Vielleicht hat er aus Rache jetzt Cam entführt und dreht den Spieß um: Ich bekomme meinen Sohn nur zurück, wenn ich ihm dafür Jaz wiedergebe.«

Alle starrten sie betroffen an und Gabriel fluchte.

Jaz dagegen fühlte sich, als hätte man ihr den Boden unter den Füßen weggezogen. Sie hatte befürchtet, dass ihr neues Leben hier in dieser Familie zu schön war, um wahr zu sein. Sie hatte so sehr gehofft, dass es klappen würde, dabei hätte sie schlauer sein müssen. Sie kannte Carlton doch. Sie hätte wissen müssen, dass er sich nicht so leicht geschlagen geben würde. Und wenn er sich wegen ihr Cam geholt hatte, musste sie zu ihm zurückgehen. Sie konnte nicht riskieren –

Edna trat hinter sie und drückte ihre Schultern. »Hör mir jetzt gut zu, Kind«, sagte sie sanft, aber eindringlich. »*Falls* – und noch ist es ja wirklich ein großes *Falls* – also *falls* Carlton Cam wirklich entführt haben sollte, um ihn gegen dich zu tauschen, werden wir auf jeden Fall einen Weg finden, dass du nicht zu ihm zurückmusst. Verstanden? Das versprechen wir dir.«

Jaz schluckte hart. »Aber wenn er Cam etwas antut —«

»Daran denken wir jetzt noch gar nicht«, fiel Edna ihr entschieden ins Wort und streichelte liebevoll über ihren dunkelroten Haarschopf. »Erst mal müssen wir herausfinden, was überhaupt los ist.«

Unsicher sah Jaz zu Sue und Phil. »Aber —«

Phil schüttelte den Kopf. »Nein, Jaz, kein Aber.«

Sue nickte bekräftigend, doch bevor sie etwas sagen konnte, waren auf der Treppe eilige Schritte zu hören und einen Augenblick später kam Connor mit seinem Laptop in die Küche.

»Und?«, fragte Gabriel sofort.

»Die Kollegen aus der Überwachungszentrale schicken mir einen Link und die Zugangsdaten.« Connor stellte den Laptop auf den Tisch und alle scharten sich um ihn. »In Evans Siedlung sind keine Kameras, aber es gibt eine an der Bushaltestelle.«

»Und die hat Cam aufgenommen?« Phil rückte noch näher an den Monitor, der bisher jedoch nur Connors E-Mail-Postfach zeigte.

»Das hoffe ich«, antwortete Connor. »Wenn wir wissen, dass er an der Bushaltestelle war, müssen wir ihn nicht in Evans Siedlung suchen. Und wenn er in den Bus eingestiegen ist, können wir zur Ausstiegshaltestelle springen und nachsehen, ob er dort angekommen ist.«

Die Wartezeit, bis ein helles *Pling!* den Eingang einer E-Mail verkündete, kam Jules vor wie eine Ewigkeit.

Connor rief das System der CCTV-Überwachung auf und gab die Haltestelle sowie die infrage kommende Zeit ein. Ein Schwarz-Weiß-Video in mäßig guter Auflösung erschien auf dem Bildschirm. Es zeigte eine Bushaltestelle und einen Teil der Straße halbschräg von oben. Vermutlich war die Überwachungskamera an einem Laternenpfahl angebracht.

Niemand war zu sehen.

Connor ließ das Video schneller vorlaufen und plötzlich erschien eine dunkle Gestalt im Bild. Connor stoppte das Video und ließ es in realer Geschwindigkeit weiterlaufen.

»Das ist Cam!«

Obwohl sein Gesicht durch seine Kapuze verborgen war, erkannte Jules ihn sofort. Der Körperbau, die vertraute Art, sich zu bewegen – Jules hätte ihn auch unter hundert anderen erkannt.

Cam stellte sich neben das Haltestellenschild und scrollte über das Display seines Smartphones. Kopfhörerkabel baumelten aus seiner Kapuze heraus.

Ein paar Minuten lang passierte gar nichts. Außer Cam blieb die Haltestelle leer. Die Unheilige Nacht stand an, da sahen die meisten Leute zu, dass sie zeitig nach Hause kamen. Besonders, wenn das Wetter grau war und es dadurch früher dunkel wurde.

Plötzlich tauchte ein dunkler Ford im Bild auf – und was dann geschah, ließ alle fassungslos auf den Monitor starren.

»Diese verdammten Arschlöcher!« Voller Wut schlug Gabriel seine Faust auf die Anrichte. »Ich bringe sie um!«

Kapitel 17

Zur gleichen Zeit irgendwo in London

Zufrieden ließ der Praeparator seinen Blick durch den Raum wandern.

Alles war perfekt vorbereitet.

Noch wurde der unterirdische Raum mit drei Handlaternen beleuchtet, aber die Fackelhalterungen an den Wänden waren schon bestückt und Anzünder lagen bereit. Es war ein gutes Stück Arbeit gewesen, einen neuen Ritualort zu finden und gebührend herzurichten, nachdem sie den ersten hatten aufgeben müssen. Doch vor dreizehn Jahren war vieles noch nicht optimal gelaufen, nicht zuletzt deshalb waren sie auch gescheitert.

Aber sie hatten Lehren aus ihren Fehlern gezogen. Abläufe waren optimiert worden, Utensilien wurden verbessert und vor allem hatte man die Kinder anders vorbereitet. Das schien der wichtigste Schlüssel zum Erfolg zu sein.

Er sah hinüber zum Ritualkreis. Sechs Holzkisten standen um das Symbol, das er zu Beginn des Unheiligen Jahres auf den alten Steinboden gemalt hatte: zwei parallele Linien, eine in Schwarz, eine in Weiß, beide gut anderthalb Meter lang und an ihren Enden durch Schlangenlinien verbunden.

Ein hübsches Extra, das es damals noch nicht gegeben hatte. Aber er hatte ja auch dreizehn Jahre Zeit gehabt, um diesmal alles zu perfektionieren. Zumindest alles, was in seinen Aufgabenbereich fiel.

Um die Kisten lagen dicke Eisenketten. Obwohl die Nähe zu den Kindern eigentlich ausreichen sollte, wollte niemand das Risiko eingehen, dass die Geister entkommen konnten. Nichts sollte schiefgehen können.

Missbilligend zog er eine Augenbraue hoch, als der Educator über eine der Ketten stolperte und sie dabei verschob.

»Pass doch auf.«

»Entschuldigung.« Der Educator trat zur nächsten Kiste.

Penibel rückte der Praeparator die Kette zurück in einen perfekten Kreis. Durch die hölzernen Gitterstäbe der Kiste fiel sein Blick auf einen kleinen Jungen mit hellblauem Haarschopf und schwarzer Trainingskleidung, der ihn aus großen Augen anstarrte. Er war offensichtlich einer der Jüngsten und konnte kaum älter als vier sein. Reglos hockte er in einer Ecke der Kiste, die Beine angezogen und mit seinen Armen umschlungen. Seine Pupillen waren riesig. Ohne zu blinzeln verfolgte sein Blick jede Bewegung des Mannes außerhalb seiner Kiste.

Schaudernd rückte der Praeparator seine Maske zurecht und war wieder einmal froh, dass nicht ihm die Aufgabe der Kinderbetreuung zuteilgeworden war. Er war zwar bereit, alles zu tun, was ihm möglich war, damit eins von ihnen ein Erfolg wurde, doch mit ihrer Versorgung und ihrer Vorbereitung wollte er nichts zu tun haben.

Kinder waren anstrengend, entsetzlich fragil und egal, wie gut man sie vorbereitete, ihre Erfolgsaussichten blieben unberechenbar. Das machte sie extrem frustrierend.

Er betrachtete den Jungen erneut und der starrte unverwandt zurück.

Unheimlich.

Kinder waren unheimlich.

Zumindest dieses hier.

Er wandte sich von dem Jungen ab und folgte dem Educator zur Nachbarkiste. Hier hockte ein Mädchen hinter den Gitterstäben. Sie schien ähnlich alt wie der Junge zu sein, trug ebenfalls schwarze Trainingskleidung und hatte purpurfarbenes Haar. Auch in ihren Augen lag ein seltsam starrer Ausdruck.

»Wie viel von dem Beruhigungsmittel hast du ihnen gegeben?«

Der Educator wandte sich zu ihm um. »Genug, um sie problemlos herbringen zu können.«

Er verriegelte die Kiste, kratzte sich kurz unter seiner Maske und wandte sich dann ab, um auch noch die letzte Kiste zu überprüfen.

»Hoffentlich nicht zu viel. Wenn sie völlig apathisch sind, können sie keine Geister bändigen.«

»Keine Sorge«, gab der Educator spitz zurück. »Ich habe lange genug mit ihnen experimentiert und der Erfolg des ersten Rituals hat uns ja offensichtlich recht gegeben. Wenn du das Xylanin also in exakt der Zusammensetzung besorgt hast, die ich haben wollte, werden die Kinder zu Beginn des heutigen Rituals bereit sein.«

»Natürlich habe ich alles so besorgt wie gewünscht.«

Der Praeparator wies zu einem altarähnlichen Tisch an der Stirnseite des Raums. Mehrere antike Silberleuchter mit dicken weißen Kerzen standen aufgereiht darauf. In der Mitte des Tisches war ein besonders großer und prächtiger Leuchter mit einer schwarzen Kerze platziert. Davor lag ein offenes Lederetui mit sechs Spritzen. Zwei kleine Fläschchen standen daneben.

»Das Xylanin findest du dort drüben. Es ist alles vorbereitet. Auch das Accelerant.« Jetzt deutete er auf zwei Tische an einer der Seitenwände. Auf ihnen standen ebenfalls Flaschen bereit. Sechs an der Zahl. Sie waren größer als die beiden, die das Xylanin enthielten, und neben jeder lag eine bereits aufgezogene Spritze mit einer schwarzen Flüssigkeit.

»Sehr schön.«

Er glaubte beinahe, das spöttische Grinsen durch die Maske des Educators sehen zu können, doch das kümmerte ihn nicht sonderlich. Er wusste, dass die anderen ihn oft wegen seiner Akribie belächelten. Aber eine gute Vorbereitung war das A und O für ein erfolgreiches Gelingen. Das sah der Princeps genauso und er schätzte seine Arbeit sehr.

Nur darauf kam es an.

Schritte erklangen und ein Mann erschien in einem der Durchgänge. Er trug noch legere Kleidung, hatte aber bereits seine schwarzweiße Maske angelegt. Trotzdem erkannten die anderen beiden ihn sofort. Sie trugen die Masken nicht, um sich vor einander zu verstecken. Im Gegenteil. Sie trugen sie als Symbol ihrer Gemeinschaft.

Sie gehörten zum Kreis der Auserwählten.

Sie waren drei der Dreizehn.

»Die Opfer sind hier und sicher verwahrt.« Der Venator trat näher. »Ist bei den Kindern alles in Ordnung?«

»Es ist alles bereit«, versicherte der Praeparator und sah auf die Uhr. »Aber wir sollten uns jetzt zum Club aufmachen. Das Festmahl beginnt bald.«

»Gut. Ich hoffe, die Creditoren haben sich nicht lumpen lassen. Dafür, dass wir die ganze Arbeit machen, haben wir uns ein Luxusessen verdient.« Damit verschwand der Venator durch denselben Durchgang, aus dem er gerade gekommen war.

Der Educator folgte ihm. »Über das Mahl zum Frühlingsritual konnten wir uns nicht beschweren, oder?«

Der Praeparator blieb hinter den beiden zurück und warf noch einen letzten prüfenden Blick in den Raum.

Alles war perfekt.

Die Unheilige Nacht konnte beginnen.

Band 6

Unheilige Nacht

Kapitel 1

Montag, 23. September
17.01 Uhr

Rockige Beats drangen durch die Kopfhörer in seine Ohren, während Cam mit seinem Handy herumspielte. Hoffentlich kam der Bus bald. Der Wind blies fiesen Nieselregen vor sich her und die feuchte Kälte kroch durch seine Schuluniform. Dunkle Wolken hingen tief am Himmel und kündigten noch mehr Regen an – und eine frühere Dämmerung.

Es wurde Zeit, einen sicheren Ort aufzusuchen.

Cam hatte zwar keine Angst vor Geistern, aber den nötigen Respekt. Besonders, wenn eine Unheilige Nacht anstand.

Außerdem war es hier draußen echt ungemütlich und er sehnte sich nach seinem warmen Zuhause. Es würde etwas Leckeres zum Abendessen geben und danach würden sie wie in allen Unheiligen Nächten Bannkräuter im Kamin verbrennen, um das Haus zu schützen. Cam bezweifelte zwar, dass das wirklich nötig war, denn wie in allen Häusern, war ihr Kamin mit einem Geflecht aus verschiedenen Eisengittern geschützt, sodass eigentlich keine Geister durch den Schornstein eindringen konnten. Aber es war ein Familienritual. Sie kamen im Wohnzimmer zusammen, jeder warf ein Kräuterbündel ins Feuer und sie verbrachten den Abend gemeinsam vor dem Kamin. Cam schätzte, dass Sue, Phil und Granny irgendwann mit dieser Tradition angefangen hatten, um ihren Kindern die Angst vor den Unheiligen Nächten zu nehmen und ihnen zu vermitteln, dass man alles durchstehen konnte, wenn man zusammenhielt und wusste, wie man sich schützen konnte. Das war vermutlich auch der Grund, warum Thad die Unheiligen Nächte immer bei ihnen verbrachte. Er hatte keine eigene Familie, doch Phil war seit ihrer gemeinsamen Schulzeit sein bester Freund, und auch wenn Thad eher ein Einzelgänger war, gehörte er zu ihrer Familie dazu und verbrachte die gefährlichsten Nächte des Jahres bei ihnen.

Allerdings nur, wenn er, Gabriel, Sky und Connor nicht zum Dienst gerufen wurden. Im Voraus geplante Einsätze mutete man Spuk Squads in Unheiligen Nächten nicht zu, aber alle Einheiten hatten sich in Bereitschaft zu halten, sollten sie für Notfälle gebraucht werden. Bisher war dies zum Glück nicht oft der Fall gewesen, weil die meisten Menschen so vernünftig waren, in ihren Häusern zu bleiben. Die, die dies nicht taten, bezahlten das zumeist mit ihrem Leben. Die Unheiligen Nächte gehörten den Geistern. Das wussten bereits die kleinen Kinder.

Bis zum letzten Jahr war auch Mrs Hall in den Unheiligen Nächten immer bei ihnen gewesen. Sie war eine nette Frau Ende achtzig, die ganz allein in der alten Villa gegenüber gewohnt hatte, bis sie im letzten Jahr unglücklich die Treppe hinuntergestürzt war. Von den Folgen des Sturzes hatte sie sich nicht wieder erholt, sodass sie jetzt in einem Pflegeheim lebte und ihr Haus leer stand. Da ihr Mann schon früh gestorben war und ihre einzige Tochter in Australien lebte, hatten Granny, Sue und Phil sich viel um sie gekümmert, besonders zu den Unheiligen Nächten. Darauf kam es schließlich an. Niemand sollte die gefährlichsten Zeiten des Jahres alleine durchstehen müssen.

Cam checkte die Uhrzeit auf seinem Handy.

17:03 Uhr.

Laut Fahrplan sollte der Bus um sieben Minuten nach fünf kommen und ihn nach Camden bringen. Den Anschluss zum

Hampstead Heath würde er nicht mehr schaffen. Die öffentlichen Verkehrsmittel stellten heute schon um halb sechs ihren Dienst ein. Den Rest des Wegs musste er also laufen, was aber nicht dramatisch war. Wenn er sich beeilte, schaffte er es pünktlich zur Ausgangssperre nach Hause.

Cam schaute die Straße hinunter. Vom Bus war noch nichts zu sehen und auch sonst war weit und breit keine Menschenseele. Die meisten Leute verschanzten sich bereits in ihren Häusern. Bisher waren nur zwei Autos an ihm vorbeigekommen.

Fröstelnd zog er die Schultern hoch und scrollte durch die Spiele auf seinem Handy, um irgendwas Kurzweiliges zu finden, mit dem er sich die Zeit vertreiben konnte. Aus den Augenwinkeln nahm er wahr, dass ein Wagen aus der Seitenstraße, die zu Evans Siedlung führte, auf die Hauptstraße bog. Eigentlich hätte er dem nicht weiter Beachtung geschenkt, doch der Wagen wurde langsamer und hielt schließlich genau vor ihm an der Haltestelle. Misstrauisch zog Cam seine Kopfhörer aus den Ohren.

Das Fenster an der Beifahrerseite wurde heruntergelassen und Topher grinste ihm entgegen. Cams Magen zog sich zusammen und er wich unwillkürlich einen Schritt zurück.

»Hey Freak.«

Gehässiges Gelächter drang aus dem Wagen und Cam erkannte, dass Emmett auf dem Fahrersitz saß.

»Was denn?«, spottete Topher. »Hat die kleine Petze etwa Angst vor uns?« Seine Stimme klang, als würde er mit einem Dreijährigen sprechen. »Armes kleines Muttersöhnchen. Dabei wollen wir doch nur nett sein. Ist heute ja schließlich sehr gefährlich hier draußen. Da sollten arme kleine Weicheier doch nicht mit dem Bus fahren müssen.« Er stieg aus dem Wagen.

»Danke, ich komme klar«, erwiderte Cam knapp und wich einen weiteren Schritt zurück. Er wollte zwar nicht den

Anschein erwecken, er würde sich vor ihnen fürchten, aber Vorsicht war besser als Nachsicht.

Topher öffnete die Tür zur Rückbank. »Glaubst du allen Ernstes, wir lassen dir eine Wahl?« Jetzt klang seine Stimme nicht mehr nach gehässigem Baby-Talk, sondern eiskalt. »Steig ein.«

»Nein, ganz bestimmt nicht.« Nervös warf Cam einen Blick die Straße hinunter.

Wann kam denn endlich der verdammte Bus?

»Das war keine Bitte!«

»Das ist mir scheißegal. Ich steig nicht zu euch in den Wagen! Ich bin doch nicht bescheuert!«

Ein niederträchtiges Lächeln umspielte Tophers Lippen und ein triumphierendes Funkeln trat in seine Augen. »Ich hatte so gehofft, dass du das sagen wirst.«

Es ging zu schnell, als dass Cam irgendetwas dagegen hätte tun können. Jemand sprang von hinten wie aus dem Nichts an ihn heran. Ein starker Arm schlang sich um seine Brust und hielt ihn gepackt, während eine Hand ihm ein übel riechendes Tuch über Mund und Nase drückte. Voller Panik versuchte er die Arme hochzureißen und sich dagegen zu wehren, aber sein Angreifer war größer und stärker und der widerlich chemische Gestank aus dem Tuch ließ Cams Augen tränen. Er sah alles nur noch verschwommen und kämpfte gegen Übelkeit und Schwindel, die ihn zu übermannen drohten.

Blut rauschte in seinen Ohren.

Sein Herz hämmerte wild gegen seine Rippen.

Panisch krallte er seine Finger in die Hand, die ihm das Tuch aufs Gesicht drückte.

Er wollte nicht atmen.

Er *durfte* nicht atmen!

Er hielt die Luft an und presste seine Lippen so fest zusammen, wie er konnte, merkte aber, dass er keine Chance hatte.

Sein Körper gehorchte ihm nicht mehr. Seine Finger wurden zu schwach, um sich gegen die Hand seines Angreifers zu wehren, und seine Beine schienen ihn plötzlich nicht mehr tragen zu können. Er wollte nicht atmen, doch seine Sinne schwanden mehr und mehr und er schaffte es nicht länger, seine Lippen zusammenzupressen.

Höhnisches Lachen war das Letzte, was durch seine Benommenheit zu ihm drang, bevor ihm endgültig schwarz vor Augen wurde.

Kapitel 2

Jemand zerrte ihn mit sich. Seine Füße schleiften über unebenen Boden, schienen aber irgendwie nicht so recht zu ihm zu gehören. Das Tuch mit dem widerlichen Geruch war verschwunden, doch das Zeug, mit dem man ihn ausgeknockt hatte, wirkte noch nach. Er driftete zwischen Bewusstlosigkeit und Benommenheit hin und her, schaffte es aber nicht, wirklich zu sich zu kommen. Seine Augenlider waren zu schwer, sein Gehirn zu träge. Nur wirre Empfindungen drangen zu ihm durch.

Feuchte Kälte.

Ein seltsam vertrauter Geruch nach Laub und Erde.

Irgendwas, das seinen Fuß festhalten wollte.

Ein dumpfer Schmerz in seinem Arm, als man ihn grob weiterzerrte.

Er hätte sich dagegen wehren sollen, aber bevor sich der Gedanke in seinem Kopf formen konnte, zog die Bewusstlosigkeit ihn schon wieder hinab in tiefe Schwärze.

»Seid ihr bald fertig?«

»Ja, gleich!«

»Mann, macht hin!«

»Glaub mir, keiner von uns ist scharf darauf, länger als nötig hier zu sein.«

»Macht trotzdem hin! Es wird langsam dunkel und die Sperrstunde fängt gleich an!«

Die Stimmen drangen seltsam verzerrt zu ihm. Als wäre er unter Wasser und jemand würde ein Radio lauter und leiser drehen.

»Wen interessiert denn die bescheuerte Sperrstunde?«

»Na ja, die Streifen-Cops? Und gerade *du* solltest dir vielleicht nicht unbedingt schon wieder Ärger mit der Polizei erlauben.«

»Blablabla. Die können mich mal. Aber mach dich locker. Ich bin hier fertig. Seine Füße sind gefesselt. Der kommt hier nie alleine weg.«

Ein scharfer Schmerz fuhr durch Cams Handgelenke und sorgte dafür, dass der zähe Nebel in seinem Kopf sich ein wenig lichtete.

Er saß auf etwas Hartem. Kälte drang durch seinen Hosenboden und den Rücken seiner Jacke. Seine Arme waren nach hinten verdreht. Wieder fuhr ein brennender Schmerz durch seine Handgelenke, als irgendwas in seine Haut schnitt.

»Seine Hände sind auch verschnürt. Seid ihr sicher, dass er so noch kämpfen kann? Wäre schließlich echt blöd, wenn wir den ganzen Aufwand hier umsonst betreiben und nichts Spektakuläres zu sehen bekommen.«

Der Nebel in seinem Kopf war noch immer so verdammt zäh, dass es ewig dauerte, bis seine Erinnerungen sich hindurchgekämpft hatten.

Die Bushaltestelle.

Topher und Emmett, die wollten, dass er zu ihnen in den Wagen stieg.

Jemand, der ihn von hinten gepackt und betäubt hatte, als er sich weigerte, der Anweisung nachzukommen.

Sein Herz stolperte, doch die Benommenheit in seinem Kopf sorgte dafür, dass seine Panik sich in Grenzen hielt. Er fühlte sich müde und völlig erschlagen. Schaffte es nicht mal, seine Augen aufzuzwingen, und jeder Gedanke war träge und entsetzlich langsam.

Aber das alles hier bedeutete nichts Gutes.

Er wollte sich bewegen … aber er konnte nicht. Sein Körper schien tonnenschwer und reagierte noch unwilliger als seine vernebelten Gedanken.

»Das kriegt er schon hin. Jaz konnte ihr Silberzeug lenken und überall hinschicken, dann wird der Freak das ja wohl auch hinbekommen. Ist die Kamera bereit?«

»Yep. Wir können sie jederzeit starten.«

»Perfekt. Dann lasst uns von hier verschwinden. Die Party steigt zwar nicht ohne uns, aber wir wollen ja niemanden warten lassen.«

»Und was machen wir mit ihm? Was, wenn er nicht rechtzeitig aufwacht?«

»Keine Sorge. Der wacht schon auf.«

Etwas Eisiges klatschte in sein Gesicht und Cam keuchte auf.

Gelächter erklang.

»Seht ihr. Das wird schon.«

Jemand packte grob in seine Haare, riss seinen Kopf zurück und verpasste ihm eine Ohrfeige.

»Hörst du mich, Freak? Zeit, aufzuwachen, sonst verpasst du die Geisterstunde.«

Wieder klatschte kaltes Wasser in sein Gesicht. Cam schnappte erschrocken nach Luft und versuchte die Augen zu öffnen, doch seine Lider waren einfach zu schwer.

»Okay, er kommt zu sich. Verschwinden wir besser, bevor er wach genug wird, um dieses Silberzeug auf uns zu hetzen.«

Eine zweite Ohrfeige traf ihn.

»Mach's gut, Missgeburt. Und wehe, du sorgst für kein geiles Entertainmentprogramm!«

Die Hand riss noch einmal an seinen Haaren, dann ließ sie ihn los. Die Stimmen lachten höhnisch und Schritte entfernten sich raschelnd.

Dann war es still.

Cam spürte seinen Herzschlag in seiner Brust. Die Schmerzen der Ohrfeigen und das Reißen an seinen Haaren hatte den Nebel in seinem Kopf weiter vertrieben, trotzdem schien sein Körper ihm immer noch nur äußerst widerwillig zu gehorchen.

Doch er musste!

Verdammt, er brauchte die Kontrolle zurück!

Er musste wissen, wo er war und was die Dreckskerle mit ihm gemacht hatten!

Mit unendlich viel Anstrengung mühte er seine Augen auf – und wünschte sofort, er hätte sie geschlossen gehalten. Abartige Kopfschmerzen fuhren wie ein glühender Pfeil durch seinen Schädel und schienen ihn spalten zu wollen. Cam stöhnte auf. Tränen schossen in seine Augen und ihm wurde übel. Mühsam atmete er durch und blinzelte ein paar Mal.

Um ihn herum herrschte seltsames Zwielicht.

Wieder musste er blinzeln, bis die Tränen endlich nicht mehr seine Sicht verschleierten. Dann erkannte er vor sich einen langgezogenen steinernen Tisch mit ebensolchen Stühlen. Einem Festbankett gleich standen darauf Teller und Gläser, Karaffen und Schüsseln, Servierplatten und Körbe. Die Schüsseln enthielten Gemüse, in den Körben befand sich hübsch drapiertes Obst und auf den Platten lagen ein dekoriertes Spanferkel, ein gefüllter Truthahn und verschiedene Fischsorten. Alles war aus Stein und an vielen Stellen mit Moos überzogen, sodass die Konturen verschwammen und die einst so detailliert ausgearbeiteten Köstlichkeiten jetzt wie verdorben und mit Schimmel befallen wirkten. Unkraut wucherte zwischen den Stühlen empor bis an die Tischkante und vom

Wald her hatten sich Büsche und Gestrüpp auf der Lichtung ausgebreitet. Das Kunstwerk der steinernen Festtafel bildete ihr Zentrum. Drumherum standen kreisförmig am Waldrand weitere Steintische mit Steinbänken. Diese waren jedoch leer und hatten einst als Picknicktische gedient.

Cams Herz stolperte.

Er kannte diesen Ort.

Jeder in Nordlondon kannte ihn.

Im vorigen Jahrhundert war diese Lichtung mit ihren hübschen Steinmetzarbeiten ein beliebtes Ausflugsziel für Wochenendpicknicke mit der ganzen Familie gewesen – bis hier in den fünfziger Jahren ein Massenselbstmord stattgefunden hatte und der Ort seitdem Nacht für Nacht von den Geistern der Toten heimgesucht wurde.

Kapitel 3

19:43 Uhr

Jaz stand auf der Terrasse und blickte hinauf in den trüben Wolkenhimmel. Nieselregen fiel herab und sie schloss die Augen. Gabriel, Sky und Connor waren gerade mit Thad, Sue und Phil losgefahren, um sich Topher vorzuknöpfen und Cam zurückzuholen. Die Wut auf diesen Dreckskerl und seine beschissenen Freunde rang in Jaz' Innerem mit Erleichterung, für die sie sich abgrundtief schämte.

Shit. Shit. Shit.

Ein kalter Windzug drang durch ihren Hoodie. Frierend zog sie die Schultern hoch, grub ihre Hände in die Taschen des Pullovers und fühlte sich noch elender als zuvor.

Hinter ihr ging die Terrassentür auf und auch ohne sich umzudrehen wusste sie, dass Ella aus dem Wohnzimmer zu ihr kam.

»Hey, was machst du hier draußen? Es ist nass und affenkalt.« Ella schlang ihren Arm um Jaz, ließ ihre Hand in die Tasche des Hoodies gleiten und verschränkte ihre Finger miteinander. »Ist alles okay?«

Jaz schluckte hart und schwieg.

»Gabe, Sky und Connor kriegen das schon hin. Und Thad kann als Polizist echt furchteinflößend sein. Gegen sie haben Topher und Emmett keine Chance und die beiden werden mit Sicherheit ganz schnell sagen, wo Cam ist.« Ella schmiegte sich an sie. »Und wenn diese Mistkerle ihm irgendwas getan haben, wird Dad ihm helfen. Er hat ja auch Gabriel wieder zusammengeflickt und die Klauenhiebe sahen echt übel aus.«

Obwohl ihr eigentlich gar nicht danach zumute war, musste Jaz lächeln. Als Cam zum Abendessen nicht nach Hause gekommen war und niemand ihn erreichen konnte, war Ella vor Sorge völlig hibbelig gewesen. Doch kaum dass festgestanden hatte, was passiert war, und ihre Eltern gemeinsam mit den Spuks losgezogen waren, um Cam zurückzuholen, war sie wieder der optimistische Sonnenschein geworden, der voll und ganz auf seine Familie vertraute und schon jetzt zu wissen schien, dass alles gutausgehen würde.

Dafür musste man sie einfach lieben, oder nicht?

Die Gefühle, die Jaz bei der ganzen Sache gerade hegte, würden bei anderen dagegen vermutlich eher Stirnrunzeln hervorrufen – wenn nicht gar Schlimmeres.

Da Ella merkte, dass irgendwas nicht stimmte, trat sie vor Jaz, um ihr in die Augen sehen zu können. »Hey, was ist los?« Sie musterte sie durchdringend, ohne Jaz' Hand loszulassen. »Warum bist du so ... traurig?«

Da Jaz Ellas Blick nicht aushielt, schloss sie kurz die Augen und wich ihr dann aus. »Weil ich ein echt mieser Mensch bin«, antwortete sie leise.

Sie wollte ihre Hand aus Ellas ziehen, doch die ließ sie nicht gehen und schaute Jaz nur verständnislos an.

»Warum?«

Wieder spürte Jaz dieses widerliche Gefühl, als sich ihr schlechtes Gewissen wie ätzende Säure durch ihr Inneres zu fressen schien. »Weil ich erleichtert bin, dass es nicht Carlton ist, der Cam verschleppt hat.«

Ella runzelte die Stirn. »Ja, und? Ich bin deshalb auch erleichtert. Ich freue mich zwar auch nicht darüber, dass stattdessen Topher und seine Drecksfreunde ihn geschnappt haben, aber

Carlton hat die Reapers in einen Hinterhalt gelockt, bei dem sie hätten sterben können. Und wahrscheinlich hat er auch die ganzen alten Leute in der Wohnanlage umbringen lassen, auch wenn wir das nicht beweisen können. Aber er ist auf jeden Fall viel, viel gefährlicher als Topher und seine Gang. Ist doch klar, dass wir da erleichtert sind, dass es nicht Carlton ist, der Cam verschleppt hat. Warum um Himmels willen sollte dich das zu einem miesen Menschen machen?«

Jetzt riss Jaz sich doch von Ella los. »Weil ich erleichtert bin, dass deine Eltern sich jetzt nicht zwischen mir und Cam entscheiden müssen!«, stieß sie hervor und begann auf der Terrasse hin und her zu tigern. »Wenn es eine Racheaktion gewesen wäre – wenn Carlton Cam geschnappt hätte, um ihn gegen mich einzutauschen –« Unwirsch fuhr sie sich durch die nieselfeuchten Haare. »Ich – ich hätte es nicht ertragen, wenn er Cam wegen mir irgendwas angetan hätte.« Sie kämpfte mit dem Kloß, der ihr immer mehr die Kehle zuschnürte. »Aber genauso wenig hätte ich es ertragen, zurück in die Akademie oder nach Newfield zu gehen. So glücklich wie hier bei euch war ich noch nie. Deine Familie ist unglaublich und ich hab euch alle so gern – und – und ich will hier nie wieder weg! Schon gar nicht von dir, denn du bist – ich hab – Mann, keine Ahnung! Jemanden, der mir so wichtig ist, gab es einfach noch nie in meinem Leben, und ich würde durchdrehen, wenn ich dich wieder verlieren würde. Und wenn ich zurück zu Carlton müsste, würde der mich mit Sicherheit sofort nach Newfield bringen lassen und –«

»Hey, stopp!« Ella fasste Jaz am Oberarm und machte damit sowohl ihrem Herumgetiger als auch ihrem Gestammel ein Ende. »Du hast doch gehört, was Granny gesagt hat. Keiner hier hätte dich wieder zu Carlton geschickt. Mum, Dad und Granny hätten einen anderen Weg gefunden, Cam zurückzubekommen. Du gehörst jetzt zu unserer Familie und aus dieser Familie geben wir niemanden wieder her.«

Sie bohrte ihren Blick in Jaz und die musste blinzeln, weil ihre Augen plötzlich ziemlich brannten.

»Aber Cam gehört schon viel länger zu euch«, brachte sie mühsam hervor. »Er hat die älteren Rechte.«

»Ältere Rechte?!« Ella schüttelte heftig den Kopf. »Das ist totaler Schwachsinn. Dann müsste Gabriel ja die ältesten Rechte haben, weil er zufällig der Älteste von uns ist. Und Sky und Jules haben auch keine anderen Rechte als der Rest von uns, weil sie zufällig Mums und Dads leibliche Kinder sind. So funktioniert diese Familie hier nicht. Hier sind alle gleich wichtig, deshalb würde dich garantiert niemand einfach gegen Cam eintauschen und zu einem machtgierigen Vermutlich-Mörder zurückschicken. Klar?«

Jetzt war es Jaz, die den Kopf schüttelte. »Du verstehst mich nicht. Wenn Carlton Cam geschnappt hätte, um mich zurückzubekommen, wäre ich freiwillig zu ihm zurückgegangen. Cam hat schließlich überhaupt nichts mit Carlton zu tun. Er wäre einfach nur zwischen die Fronten geraten, weil eure Mum sich für mich eingesetzt hat. Das hätte ich nicht ertragen, weil es einfach falsch gewesen wäre und ich mir im Spiegel niemals wieder in die Augen hätte sehen können.«

Einen Moment lang sah Ella sie nur still an und in ihrem Blick lag so viel Wärme, dass Jaz keine Chance hatte, sich davon loszureißen.

»Wow. Und da denkst du echt, du wärst ein mieser Mensch?«, fragte Ella leise und schenkte ihr ein alles sagendes Lächeln. Sie schlang ihre Arme um Jaz' Nacken, zog sie zu sich herab und sah ihr fest in die Augen. »Du gehörst so was von zu uns, viel mehr geht überhaupt gar nicht. Und egal, was passiert, ich lass dich nie wieder gehen.« Zärtlich lehnte sie ihre Stirn an Jaz'. »Aber zum Glück müssen wir uns darüber sowieso keine Gedanken machen. Carlton hat Cam ja nicht geschnappt.« Sie grub ihre Finger in Jaz' Haare und sah ihr wieder fest in die Augen. »Also hör auf mit diesem fiesen Was-wäre-wenn und denk vor allen Dingen nie wieder, dass du ein schlechter Mensch bist, klar? Das ist nämlich der größte Bullshit aller Zeiten.«

Wieder hatte Jaz mit dem verdammten Kloß in ihrem Hals zu kämpfen und brachte bloß ein Nicken zustande.

Ella grinste zufrieden. »Gut. Dann küss mich jetzt. Ich wette, das vertreibt dunkle Gedanken. Außerdem können deine Lippen keinen Blödsinn mehr reden, wenn sie auf meinen liegen, also schlagen wir damit gleich zwei Fliegen mit einer Klappe.«

Ein freches Funkeln trat in Ellas Augen und aus Jaz brach ein seltsamer Laut heraus, der irgendwo zwischen einem Lachen und einem Schnauben lag, aber auf jeden Fall völlige Kapitulation bedeutete. Sie zog Ella fest in ihre Arme und küsste sie, völlig überwältigt davon, dass dieses unglaubliche Mädchen zu ihr gehörte. Ella schaffte es nur durch ihre Worte, ihre Nähe – und ihre vorwitzige Zunge –, die düstergraue Last, die Jaz bis gerade schwer auf die Seele gedrückt hatte, so *so* viel leichter zu machen.

Gab es irgendwas Besseres auf der Welt, als solch einen Menschen an seiner Seite zu haben?

Jaz' Herz klopfte glücklich gegen ihre Rippen, während sie Ella erneut küsste.

Für sie war die Antwort auf diese Frage ganz klar.

Kapitel 4

Zur gleichen Zeit in der Küche der Hunts

Jules stemmte die Ellbogen auf die Tischplatte, stützte den Kopf in die Hände und starrte wütend auf sein Handy, obwohl das kleine Gerät nicht das Geringste dafürkonnte, dass Cam nicht zu erreichen war. Es konnte auch nichts dafür, dass man Jules dazu verdonnert hatte, untätig hier zu Hause zu hocken, während seine Eltern mit Gabriel, Sky, Connor und Thad zu Topher fuhren, um ihm die Hölle heißzumachen.

Dieses verfluchte Arschloch!

Jules hasste Gewalt, aber jetzt gerade war ihm sehr danach und ein Scheißkerl wie Topher hatte es einfach verdient.

Er krallte seine Finger so fest in seinen Haarschopf, dass es wehtat. Er hasste, dass seine Eltern ihn nicht hatten mitnehmen wollen. Auch Gabriel war dagegen gewesen, obwohl Jules von seinem Bruder eigentlich Unterstützung erwartet hatte. Aber vermutlich fürchteten alle, er würde Topher an die Gurgel springen, sobald er ihn zu Gesicht bekam.

Was keine so abwegige Annahme war.

Trotzdem absolut unfair das Ganze!

Voller Wut kickte Jules unter dem Tisch gegen einen der Stühle, die ihm gegenüberstanden und auf dem gerade noch sein Vater gesessen hatte. Trotzig ignorierte er den Blick, den er sich dafür von seiner Grandma einfing, und starrte wieder finster auf sein Handy.

Sie würden ihm Bescheid geben, sobald sie Cam gefunden hatten. Das hatte Sky ihm versprochen.

Toll.

Bis dahin durfte er hier blöd rumsitzen und sich überlegen, was ihn wahnsinniger machte: Frust und Wut auf seine Eltern und älteren Geschwister, Hass auf Topher und Emmett oder die Sorge darüber, was diese sadistischen Arschlöcher Cam diesmal angetan haben mochten.

Sein Inneres zog sich zusammen beim Gedanken daran, dass sie Cam womöglich wieder in irgendeinen finsteren Raum gesperrt hatten, weil sie jetzt wussten, dass er unter Klaustrophobie litt und ihnen klar war, dass sie ihn damit noch viel schlimmer quälen konnten, als sie gedacht hatten. Diesen Dreckskerlen war schließlich zuzutrauen, dass sie genau das ausnutzen würden – und er war dazu verdammt, hier untätig herumzusitzen und ein braver Junge zu sein, statt Topher den Hintern aufzureißen!

Wieder kickte Jules gegen einen der Stühle. Diesmal willkürlich, weil ihm egal war, welchen er traf. Dann stützte er seine Ellbogen wieder auf den Tisch und vergrub seinen Kopf zwischen den Armen.

Nichts tun zu können und nicht zu wissen, wie es Cam gerade ging, machte ihn wirklich fertig.

Edna hatte am Herd herumgewerkelt, um das Abendessen warmzuhalten, betrachtete ihren Enkel jetzt aber mitfühlend. Sie schenkte zwei Tassen Tee ein und setzte sich zu ihm an den Tisch.

»Ich will jetzt keinen Tee, Granny«, knurrte Jules dumpf zwischen seinen Armen hervor. »Und ich will auch keine aufmunternden Worte hören. Oder dass Mum, Dad und die anderen sich schon um alles kümmern werden. Wenn Topher Cam in eine Panikstarre getrieben hat, dann sollte ich bei ihm sein, wenn sie ihn finden. Ich kann ihn da wieder rausholen. Ich bin gut darin und das wissen Mum und Dad! Und ja, ich weiß, Mum kann das auch. Oder Gabe. Oder Sky. Aber trotzdem! Ich sollte das machen! Ich sollte jetzt bei ihm sein!«

Aufgebracht krallte er seine Finger wieder in seine Haare. Edna blieb einfach nur still neben ihm sitzen und ließ ihn reden, weil sie wusste, wie ihr Enkel tickte. Jules war eigentlich eher ruhig und besonnen, genau wie sein Vater. Doch reizte man ihn zu sehr oder traf einen falschen Nerv, brauchte er ein Ventil, um sich Luft zu machen. Und trieb man ihn zu weit, konnte er auch schon mal um sich schlagen. In dem Punkt kam er ganz nach seiner Mutter.

»Wenn Mum und Dad Angst haben, dass ich Topher an die Gurgel gehen könnte, müssen sie sich doch bei Gabe viel mehr Sorgen deswegen machen«, grollte Jules weiter. »Gabe ist der Hitzkopf, nicht ich! Bei ihm müssen sie aufpassen, wenn Topher Cam irgendwas angetan hat. Obwohl ich hoffe, dass Gabe diesen Scheißkerl echt fertigmacht. Dass Topher Cam so auf dem Kieker hat, ist das Allerletzte! Cam hat nichts getan, um das zu verdienen! Er hat in der Schule alles gemacht, um sich einzufügen. Er ist nirgendwo angeeckt. Warum schikanieren sie ihn dann trotzdem ständig? Nur weil er stiller ist als andere? Weil er Zeit braucht, um mit Fremden warmzuwerden? Mann, wenn diese Idioten das hätten durchmachen müssen, was Cam durchgemacht hat, wer weiß, wie die dann drauf wären!«

Voller Wut knallte er seine Fäuste auf den Tisch und ließ damit fast den Tee aus den Tassen schwappen.

»Die haben doch überhaupt keinen blassen Schimmer, wie großartig Cam ist!«, schimpfte er weiter. »Er würde niemals jemanden so mies behandeln, wie Topher es mit ihm macht. Und Cam würde auch niemals so einen Dreck abziehen wie Stephen oder Teagan. Aber die sind in der Schule alle megabeliebt!

Warum? Ich verstehe es nicht! Keine Ahnung, ob ich zu blöd dafür bin oder einfach nur keine Ahnung von den beschissenen Sozialstrukturen hab, die in Schulen offensichtlich herrschen. Diesen ganzen Mist haben wir im Homeschooling nie gelernt. Aber ich finde es zum Kotzen! Warum geben sie jemandem wie Cam keine Chance? Es liegt doch nicht nur daran, dass er ein Totenbändiger ist. Das sind Ella und ich schließlich auch, aber mit uns hatten sie am Anfang keine Probleme. Warum sehen sie nicht, was für ein unglaublicher Mensch Cam ist? Er ist so viel besser als Stephen und Teagan und all die anderen Scheißleute!«

Wieder ballte er die Fäuste, doch bevor er sie noch einmal auf die Tischplatte donnern konnte, legte Edna ihre Hand über seine.

»Ich glaube, dass *du* Cam so siehst, ist viel mehr wert, als wenn eure ganze Schule ihn so sehen würde.« Sie bedachte ihren Enkel mit einem liebevollen Lächeln und tätschelte seinen Arm, als Jules mit einem verwirrten Stirnrunzeln zu ihr aufsah. »Manchmal ist vor allen Dingen wichtig, dass die richtigen Menschen uns so lieben, wie wir sind. Dann sind die ganzen Vollidioten um uns herum viel leichter zu ertragen« Sie tätschelte noch einmal seinen Arm und stand dann auf, um nach dem Essen zu sehen. »Das heißt allerdings nicht, dass wir hinnehmen werden, wenn andere Cam schlecht behandeln.«

Jules lachte zynisch auf. »Ach ja? Und was wollt ihr diesmal dagegen tun? Topher noch mal anzeigen? Das hat doch schon beim ersten Mal nichts gebracht! Und er wird sich auch jetzt wieder damit rausreden, dass Cam ein Totenbändiger ist, er sich von ihm bedroht gefühlt hat und es deshalb sein gutes Recht war, Cam eine Lektion zu erteilen. Und unser beschissenes Rechtssystem wird ihm dabei sogar den Rücken stärken! Wir Totenbändiger sind doch schließlich immer die Bösen!«

Edna wandte sich wieder zu ihm um. »Das Video der Überwachungskamera zeigt, dass Cam absolut nichts getan hat, von dem sich irgendjemand hätte bedroht fühlen können.«

»Ja, und? Dann werden sie einfach behaupten, er hätte es vorher getan.«

»Vorher war er bei Evan und davor mit euch in der Schule. Es gibt genügend Beweise für Cams Unschuld und es ist bekannt, dass Topher es auf ihn abgesehen hat. Er wird damit nicht durchkommen.«

Jules schnaubte bloß und behielt jeden weiteren Kommentar für sich.

»Hey«, versuchte Edna ihn aufzumuntern. »Wo ist dein Optimismus hin? Der Zyniker ist doch sonst immer Cam.«

»Ja, und ich kann ihn mittlerweile gut verstehen!« Aufgebracht schnappte Jules sein Handy vom Tisch, obwohl klar war, dass Sky noch keine Nachricht geschickt hatte. »Und Optimismus würde so viel leichter fallen, wenn ich hier nicht blöde herumsitzen müsste, sondern irgendwas tun könnte!«

Wie aufs Stichwort ertönte in diesem Moment das Piepen der Waschmaschine aus dem Hauswirtschaftsraum und teilte mit, dass die Wäsche fertig war.

Edna musste grinsen und sah vielsagend zu ihrem Enkel.

Der erwiderte ungläubig ihren Blick. »Nicht dein Ernst!«

Sie hob die Schultern. »Besser, als hier herumzusitzen und frustriert die Wände hochzugehen, oder? Und wenn Cam heimkommt, freut er sich sicher, wenn du den Wäschedienst für ihn erledigt hast.«

Jules rollte bloß die Augen, raffte sich aber auf und verschwand in den Hauswirtschaftsraum. Als er die Waschmaschine öffnete, purzelte ihm der Sockenberg einer zehnköpfigen Familie entgegen.

Echt jetzt?

Was wollte ihm das Schicksal mit dieser Geduldsprobe sagen?

Entnervt atmete er tief durch und zwang sich zu Ruhe und Gelassenheit, weil ausrasten und rumschreien nicht wirklich erwachsen und noch weniger hilfreich gewesen wären. Dann schaufelte er alle Socken aus der Maschine in den Wäschekorb und machte sich ans Aufhängen.

Und wehe die anderen meldeten sich nicht, sobald er hier fertig war …

Kapitel 5

Ihm war kalt.
Das Wasser, das Topher ihm ins Gesicht geschüttet hatte, hatte seine Schuluniform durchnässt und jetzt klebte sie eisig an seiner Haut.

Doch die Kälte war gut. Sie machte wach und vertrieb endlich den ätzenden Nebel aus seinem Kopf. Der Kopfschmerz von dem widerlichen Zeug, mit dem sie ihn betäubt hatten, pochte auch nicht mehr ganz so heftig gegen seine Schläfen.

Zum Glück.

Er musste seine Sinne beisammenhaben, sobald die Geister auftauchten.

Zum x-ten Mal zerrte er an den Kabelbindern, mit denen seine Hände an die Lehne des steinernen Stuhls gefesselt waren. Doch sie saßen zu eng, als dass er sich hätte herauswinden können, und das Material war zu stabil, um es zu zerreißen. Er probierte zwar, die Plastikriemen am Stein der Stuhllehne durchzuscheuern, aber dafür würde er vermutlich die ganze Nacht brauchen. Wind und Wetter hatten die einst sauber gearbeiteten Kanten der Lehne abgeschmirgelt und die Natur hatte alles mit glitschigem Moos überzogen. Seinen Silbernebel konnte er zwar auch mit gefesselten Händen rufen, aber Geister zu bändigen, wenn man ihnen nicht ausweichen konnte, war ein lebensgefährliches Glücksspiel.

Verbissen rieb er die Hände weiter gegen die Kanten der Stuhllehne, weil es das Einzige war, das er tun konnte. Es brannte und er spürte klebriges Blut an seinen Fingern. Kabelbinder und Stein hatten die Haut an seinen Handgelenken aufgeschürft.

Aber genau wie die Kälte war auch der Schmerz gut.

Er machte wütend und Wut gab ihm Kraft, um durchzuhalten.

Er biss die Zähne zusammen und scheuerte weiter.

Wie spät mochte es sein?

Er hatte sein Zeitgefühl verloren, als sie ihn betäubt hatten. Er wusste nicht, wie lange er bewusstlos gewesen war. Eine Stunde? Anderthalb?

Der Weg von der Bushaltestelle hierher zum Heath hatte sicher nicht länger als fünfzehn Minuten gedauert, aber die Wege durch den Wald zum Tumbleweed Park waren so zugewuchert, dass sie mit einem Auto kaum passierbar waren. Außerdem hatte er keinen startenden Wagen gehört, als Topher und die anderen verschwunden waren, da war er sich recht sicher. Wahrscheinlich hatten sie keine Kratzer im Lack riskieren wollen – oder dass der Wagen auf den feuchten Waldwegen steckenblieb und sie dann plötzlich hier festsaßen.

Cam erinnerte sich dunkel an ein Ziehen und Zerren und seine Arme schmerzten vermutlich nicht nur, weil sie auf dem Rücken zusammengebunden waren.

Sie hatten ihn zu Fuß hierhergebracht.

Wie lange hatten sie dafür gebraucht?

Cam hatte keine Ahnung.

Wütend rieb er seine Hände weiter über die Stuhlkanten.

Das verfallene Picknickareal war groß. Auch nach knapp siebzig Jahren hatte der Wald sich den Platz noch nicht komplett zurückerobert. Über sich hatte Cam freie Sicht auf den Himmel. Kalter Nieselregen fiel aus tiefhängenden Wolken.

Die Dämmerung hatte eingesetzt und die Sperrstunde war mit Sicherheit längst überschritten.

Zu Hause wunderten sich bestimmt alle, wo er blieb. Wahrscheinlich machten sie sich sogar schon Sorgen, weil er sich nicht gemeldet hatte, um Bescheid zu geben, dass er später kam. Vielleicht hatten sie sogar schon versucht, ihn zu erreichen.

Cam wusste nicht, wo sein Handy war. Er spürte es nicht mehr in seiner Jackentasche, also hatten die Dreckskerle es ihm abgenommen und mit Sicherheit ausgeschaltet, damit man es nicht orten konnte. Mit etwas Glück steckte es vielleicht in seinem Rucksack, der neben ihm im Gras lag. Doch selbst wenn, war es dort völlig nutzlos und hätte genauso gut auf dem Mond sein können. Dort wäre es für ihn ähnlich unerreichbar gewesen.

Wieder zerrte er an den verdammten Fesseln, die aber noch immer kein bisschen nachgeben wollten. Wütend keuchte er auf.

Er konnte keine Hilfe rufen, solange er hier angebunden war. Und er brauchte Hilfe. Er musste hier weg!

Er hatte keine Ahnung, wie viele Tote es hier auf der Lichtung gegeben hatte. Die Selbstmorde vom Tumbleweed Park waren zwar wirklich passiert, doch im Laufe der Jahre hatten sich die Tatsachen mehr und mehr mit Fantasie verwoben und jeder erzählte das, was damals geschehen war, ein bisschen anders. Es war zu einer realen Horrorgeschichte geworden, die immer wieder mit neuen grausigen Details ausgeschmückt wurde.

Zwanzig Tote?

Dreißig?

Er wusste es nicht. Doch sie waren zu Repeatern geworden und sobald die Nacht hereinbrach, würden sie auftauchen und ihr Todesritual wieder und wieder vollziehen, bis der Morgen anbrach.

Und wehe, jemand störte sie dabei.

Verbissen ratschte Cam die Fesseln weiter über den Stein. Er musste hier weg.

Mit all diesen Geistern konnte er es unmöglich alleine aufnehmen. Schon gar nicht in einer Unheiligen Nacht.

Hasserfüllt starrte er auf die Kamera, die auf einem kleinen Stativ zwischen Schüsseln, Tellern und Platten auf der Festtafel stand. Ein rotes Licht blinkte und zeigte an, dass eine Aufnahme stattfand.

Diese verdammten Arschlöcher!

Es war erniedrigend, hier angebunden zu sein, während seine Peiniger irgendwo in Sicherheit saßen und ihm dabei zusahen, wie er um sein Leben kämpfte.

Cam biss die Zähne zusammen, zerrte trotzdem unermüdlich weiter an seinen Fesseln und klammerte sich an seine Wut, weil die Alternative Verzweiflung gewesen wäre und die durfte er auf keinen Fall zulassen, denn sonst hielt er das hier nicht aus. Und wenn er nicht durchhielt, würde es ihn sein Leben kosten, und diesen Triumph wollte er Topher auf gar keinen Fall gönnen.

Kapitel 6

20:03 Uhr

Thad drückte den Klingelknopf und warf warnende Blicke zu Gabriel und Sky. »Wie besprochen, klar?«

Sky schnaubte. Gabriel ignorierte ihn, doch seine Gesichtsmuskeln verrieten, wie fest er die Kiefer aufeinanderpressen musste, um sich zu beherrschen.

Thad sah kurz zu Connor. Der nickte knapp. Obwohl er selbst ebenfalls den kaum zu bändigenden Drang verspürte, diesen Topher in die Mangel zu nehmen, würde er trotzdem dafür sorgen, dass Gabriel und Sky nichts taten, was ihre Jobs gefährdete – oder ihre Leben.

Die Haustür öffnete sich einen Spalt und eine zierliche dunkelhaarige Frau mittleren Alters musterte sie argwöhnisch. Die Sperrstundenzeit hatte längst begonnen, da klingelte eigentlich niemand mehr an Haustüren.

»Ja bitte?« Ihr Blick glitt über die schwarzen Linien, die Sky und Gabriel an ihren Schläfen trugen, und ihre Miene wurde schlagartig abweisend. »Was wollen Sie hier?«

Thad zog seinen Dienstausweis und hielt ihn ihr unter die Nase. »Guten Abend. Chief Inspector Pearce von der London Metropolitan Police. Das sind meine Kollegen aus der Spuk Squad.« Mit einer Geste wies er auf Connor, Sky und Gabriel. »Sind Sie Clarice Morena, die Mutter von Topher Morena?«

»Ja, das bin ich.« Jetzt flackerte plötzlich Sorge in ihrem Blick. »Warum? Ist etwas mit Topher?«

»Dann ist er nicht hier?«, fragte Sky, was ihr einen missbilligenden Blick von Ms Morena einbrachte. Offensichtlich schätzte sie es nicht, von einer Totenbändigerin angesprochen zu werden.

»Nein. Warum wollen Sie das wissen?«

Gabriel trat einen Schritt vor, doch bevor er etwas sagen konnte, ging Connor dazwischen.

»Einer von Tophers Mitschülern ist heute am späten Nachmittag von drei Jugendlichen in einen Wagen gezerrt und verschleppt worden. Die Aufzeichnungen einer Überwachungskamera zeigen, dass Topher einer dieser Jugendlichen war.«

Der Gesichtsausdruck von Clarice Morena wurde verkniffen und noch deutlich abweisender als zuvor. »Handelt es sich bei dem verschleppten Mitschüler wieder um diesen Jungen, den Topher angeblich mobbt?«

»Allerdings.«

»Himmel, er ist ein Totenbändiger!«, begehrte Ms Morena auf und warf giftige Blicke in Richtung Gabriel und Sky. »Ich verstehe gar nicht, warum deshalb ständig so ein Theater gemacht wird. Topher hat das Recht, ihn in seine Schranken zu weisen, wenn er sich durch diese Missgeburt bedroht fühlt!«

Gabriels Hände ballten sich zu Fäusten und er hielt sich nur zurück, weil Connor ihm fast den Arm zerquetschte.

»Die Aufnahmen der Überwachungskamera zeigen deutlich, dass der Junge weder Topher noch einen der beiden anderen Beteiligten bedroht hat«, stellte Thad mit kühler Ruhe klar. »Trotzdem haben die drei ihn betäubt, in ihr Auto gezerrt und mitgenommen. Wissen Sie, wo sich Ihr Sohn gerade aufhält? Er macht sich strafbar, wenn er den Jungen grundlos gegen seinen Willen festhält. Und für Sie gilt das Gleiche, wenn Sie unsere Ermittlungen behindern und Informationen zurückhalten.«

Wut blitzte in Ms Morenas Augen auf. »Dieser Junge ist ein Totenbändiger, Himmel noch mal! Sie glauben doch nicht wirklich, dass irgendein Richter meinen Sohn dafür verurteilen würde, sollte er diesem Freak eine Lektion erteilen! Also sparen Sie sich Ihre erbärmlichen Einschüchterungsversuche. Mein Sohn ist fast achtzehn, ich vertraue ihm und er darf seiner eigenen Wege gehen. Ich weiß nicht, wo er heute Nacht ist, aber er hat mir versichert, dass er in Sicherheit sein wird. Mehr kann ich Ihnen nicht sagen. Mehr will ich Ihnen auch nicht sagen. Sollten Sie weitere Fragen haben, werden Sie die mir oder meinem Sohn nur in Gegenwart unseres Anwalts stellen, haben Sie das verstanden? Und jetzt verschwinden Sie von meinem Grundstück. Guten Abend!«

Mit einem letzten giftigen Blick in die Runde, trat sie zurück ins Haus und warf geräuschvoll die Tür zu.

Schäumend vor Wut starrte Gabriel ihr hinterher und riss seinen Arm aus Connors Griff. Den stechenden Schmerz, der dabei durch seine verletzte Schulter fuhr, ignorierte er. »Bei dieser Mutter wundert mich gar nichts mehr.« Er hatte die rechte Hand so fest zur Faust geballt, dass die Fingerknöchel weiß hervortraten. »Ich schwöre –«

»Spar es dir.« Thad packte ihn am Oberarm und zog ihn mit sich, bevor Gabriel eine Dummheit machen konnte. »Vielleicht haben wir bei den Nachbarn mehr Erfolg.«

Sie liefen durch den Vorgarten der schmucken kleinen Doppelhaushälfte zurück zur Straße. Sue und Phil stiegen aus dem Familienkombi, mit dem sie den anderen hinterhergefahren waren.

»Und?«, fragte Sue drängend, als die vier unverrichteter Dinge vom Haus zurückkehrten.

Sky schüttelte den Kopf. »Seine Mutter sagt, Topher ist nicht hier.«

»Und wenn sie lügt? Ich hab ihre Blicke gesehen. Sie mag Totenbändiger nicht. Was, wenn sie ihren Sohn deckt?«

Thad drückte ihr die Schulter. »Bleib ruhig, okay? Wir fragen jetzt bei den Nachbarn. Vielleicht sind die kooperativer und wissen mehr.«

»Und wenn nicht?«

»Das sehen wir dann.«

Phil legte seinen Arm um sie. »Lass die vier ihre Arbeit machen.« Er sah zu seinem besten Freund. »Thad weiß schon, was er tut.«

Aufgebracht fuhr Sue sich durch die Haare. »Ja, ich weiß«, sagte sie dann jedoch mit einem entschuldigenden Blick zu Thad und gab sich alle Mühe, Ruhe zu bewahren. »Tut mir leid.«

Thad schenkte ihr ein kleines Lächeln. »Alles gut. Wir finden Cam. Versprochen.« Dann wandte er sich an Gabriel und Sky. »Wartet hier und lasst Connor und mich alleine zu Emmetts Eltern gehen.«

Sofort öffnete Gabriel den Mund, um zu protestieren, aber Thad ließ ihn nicht zu Wort kommen. »Ich weiß, das passt dir nicht, und glaub mir, mir geht es auch gegen den Strich. Aber wenn die Banks ähnlich drauf sind wie Ms Morena, haben Connor und ich bessere Chancen etwas Hilfreiches zu erfahren, wenn sie keine Totenbändiger sehen.«

Gabriels Gesichtsmuskeln zuckten mit nur mühsam unterdrücktem Zorn und er schlug seine Faust gegen die Autotür.

Auch Sky sah alles andere als glücklich aus, doch sie nickte und fasste ihren Bruder am Arm. »Komm. Thad hat recht. Es geht jetzt nicht darum, Streit mit engstirnigen Idioten anzufangen.«

Gabriels finsterer Blick sprach nicht dafür, dass er ihre Meinung teilte, doch Sky blieb hartnäckig und zog an seinem Arm.

»Komm schon. Es geht nur um Cam und darum, ihn schnell zu finden. Also lass Thad und Connor die Befragung übernehmen.«

Zähneknirschend gab Gabriel nach. Er hasste es, besonnen und vernünftig sein zu müssen. Aber wenn er mitging, bestand nicht nur die Gefahr, dass Emmetts Eltern beim Anblick von zwei Totenbändigern nichts sagen würden. Das Risiko, dass er sich nicht beherrschen konnte, wenn er noch mal ähnliche Worte wie die von Tophers Mutter zu hören bekam, war ebenfalls verdammt hoch. Und Sky hatte recht: Es ging hier jetzt nicht darum, Streit zu suchen, sondern darum, Cam zu finden.

»Ich warte im Wagen«, knurrte er, schüttelte seine Schwester ab und wandte sich zu ihrem Dienstwagen um.

Sky drückte kurz Connors Hand, dann folgte sie Gabriel.

»Los, gehen wir.« Grimmig stiefelte Connor zum Haus der Banks. Die Hunts waren für ihn zu einer zweiten Familie geworden, die ihm unendlich viel bedeutete, nachdem er seine eigene grausam verloren hatte. Und er hasste es jedes verdammte Mal, wenn er hautnah miterleben musste, wie die Ablehnung, die viele seiner Mitbürger Totenbändigern entgegenbrachten, die Menschen verletzte, die ihm wichtig waren. Emmetts Eltern sollten sich daher besser kooperativ zeigen.

»Vielleicht sollten wir mitgehen.« Sue sah Connor und Thad hinterher, als sie durch den Vorgarten zum Haus liefen. »Wenn wir als Eltern an die Banks appellieren, bringt das vielleicht mehr. Wäre ihr Sohn von seinen Mitschülern verschleppt worden, würden sie ihn doch sicher auch wiederfinden wollen.«

Schwer seufzend schüttelte Phil den Kopf und zog sie an sich. »Ich fürchte, das bringt nichts. Du hast gesehen, wie Tophers Mutter auf Totenbändiger reagiert hat. Wenn Emmetts Eltern genauso denken, ist Thads Vorschlag die bessere Idee.«

»Aber du könntest mit ihnen reden. Du bist kein Totenbändiger.«

Wieder seufzte Phil. »Aber Cam ist einer. Und wenn wir Pech haben, fühlen die Banks sich bedrängt, wenn ich als sein Vater vor ihnen stehe, und sie machen dicht.«

Sue schnaubte entnervt, lehnte sich dann aber an ihn und zog seinen Arm fester um sich. Die Sorge um Cam machte sie ganz krank.

Phil ging es nicht besser, doch er hielt sie fest und gab ihr einen Kuss auf die Stirn. Er hatte keine Ahnung, wen er mit dieser vertrauten Geste mehr beruhigen wollte, Sue oder sich selbst. Der Ruhepol der Familie zu sein, war manchmal wirklich anstrengend, und er war froh, dass Granny daheim geblieben war und Jules, Ella und Jaz im Zaum hielt. Die drei auch noch in Schach halten zu müssen, hätten ihn jetzt gerade mehr Geduldsreserven gekostet, als er hätte aufbringen können.

»Komm.« Sanft schob er Sue zum Auto zurück. »Setzen wir uns in den Wagen. Das ist unauffälliger.«

Sie nickte knapp.

An der Haustür der Banks drückte Connor den Klingelknopf. Ein vielstimmiges Glockenspiel ertönte im Inneren des Hauses, dann dauerte es einen Moment bis die Tür geöffnet wurde und ein stämmiger Mann Ende vierzig erschien. Ähnlich wie zuvor Tophers Mutter musterte auch er die Fremden vor seiner Haustür mit einer deutlichen Portion Misstrauen.

»Ja bitte?«

Wieder zog Thad seinen Dienstausweis. »Guten Abend, Sir. Chief Inspector Pearce und Sergeant Fry von der London Metropolitan Police. Sind Sie Fergus Banks, der Vater von Emmett Banks?«

»Schatz, wer ist da?« Aus den Tiefen des Hauses erschien eine beängstigend dünne Frau im ähnlichen Alter wie ihr Ehemann.

Sie trat neben ihn und warf als Erstes einen furchtsamen Blick auf die Umgebung, wobei sie peinlich genau darauf achtete, bloß nicht über die eiserne Türschwelle zu treten. Als sie in ihrer unmittelbaren Nachbarschaft nichts Beunruhigendes entdeckte, wandte sie sich den beiden Fremden vor ihrer Haustür zu und musterte sie argwöhnisch.

»London Metropolitan Police, Ma'am. Chief Inspector Pearce und Sergeant Fry«, stellte Thad sich und Connor erneut vor. »Sind Sie Angela Banks?«

»In der Tat. Worum geht es?« Nervös griff sie nach einer kunstvoll gearbeiteten kleinen Silberkugel, die vor ihrer Brust an einer Silberkette baumelte, und begann daran herumzuspielen, während ihr Blick unstet zwischen Thad, Connor und der Umgebung hin und her zuckte.

»Wir suchen Ihren Sohn Emmett. Die Überwachungskamera einer Bushaltestelle hat ihn und seinen Wagen aufgezeichnet, als er vor drei Stunden gemeinsam mit zwei weiteren Jugendlichen einen Mitschüler gegen seinen Willen in sein Auto gezerrt hat. Wir gehen von einem dummen Streich aus, doch bisher ist der Junge noch nicht wiederaufgetaucht.«

»Ist der Junge einer dieser Totenbändiger, die seit den Sommerferien mit unserem Sohn zur Schule gehen?«, wollte Mr Banks prompt wissen und sein ungehaltener Tonfall machte unmissverständlich deutlich, was er von diesem Pilotprojekt hielt. »Der, mit dem es immer wieder Ärger gibt? Wir waren von Anfang an dagegen, dass dieses Gesocks auf die Ravencourt gehen darf. Die sind gemeingefährlich und es war abzusehen, dass es mit denen nur Probleme geben wird. Wenn Emmett und seine Freunde da ein bisschen für Ordnung sorgen, ist das ihr gutes Recht!«

Connor zwang sich, professionell und ruhig zu bleiben. Emmetts Auto stand nicht vor dem Haus, also lag die

Vermutung nahe, dass weder er noch Topher oder Cam hier waren. Sie mussten daher geschickt vorgehen, wenn die Befragung der Banks in keiner Sackgasse enden sollte.

»Ja, natürlich, Sir. Aber die Eltern des Jungen sind in großer Sorge. Besonders, weil die Unheilige Nacht bald anbricht. Sicher können Sie als Vater das nachvollziehen. Wissen Sie, wo Ihr Sohn sich gerade aufhält und ob er in Sicherheit ist? Falls der Totenbändiger sich bedrängt gefühlt hat, besteht schließlich Grund zur Sorge, dass er mit seinen Kräften um sich geschlagen und Ihren Sohn dabei verletzt haben könnte. Und sollten sie irgendwo sein, wo sie nicht ausreichend gut geschützt sind, könnte das in dieser Nacht fatale Folgen haben, falls sie nicht mehr in der Lage sein sollten, sich eigenständig in Sicherheit zu bringen.«

Connor war froh, dass Gabriel und Sky seine Worte nicht hören konnten. Aber um hilfreiche Informationen zu bekommen, war ihm gerade so gut wie jedes Mittel recht. Die Dämmerung war schon weit fortgeschritten und wenn Topher und Emmett Cam irgendwo im Freien gelassen hatten, wurde es langsam wirklich gefährlich.

Die beiden Banks tauschten einen Blick und Emmetts Mutter nestelte wieder an ihrer Kette herum.

»Unser Sohn ist nicht dumm«, entgegnete Mr Banks schroff. »Wenn er diesem Totenbändiger eine Lektion erteilt hat, dann hat er sich dabei ganz sicher nicht selbst in Gefahr gebracht.«

»Nein, ganz bestimmt nicht«, stimmte Emmetts Mutter ihrem Mann sofort zu. »Sie haben diesem Jungen sicher nur einen Denkzettel für den Ärger verpasst, den er ständig macht. Emmett ist ein guter Junge und immer sehr verantwortungsbewusst, deshalb ist er ganz bestimmt in Sicherheit. Einer seiner Freunde gibt heute eine Übernachtungsparty.« Sie lächelte verkrampft und warf erneut einen ängstlichen Blick in ihre

Nachbarschaft. »Wie Jugendliche halt so sind. Sie gehen mit den Gefahren der Unheiligen Nächte auf ihre ganz eigene Art um. Und das ist auch gut so.«

»Natürlich«, nickte Thad. »Können Sie uns den Namen und die Adresse des Freundes nennen, bei dem diese Party stattfindet? Auch wenn die Jugendlichen dort gewiss alle genauso verantwortungsbewusst sind wie Ihr Sohn, würden wir gerne einmal nachsehen, ob die Kinder dort wirklich sicher angekommen und nicht noch draußen unterwegs sind.«

»Ich glaube, er heißt Stephen«, sagte Mrs Banks nach kurzem Überlegen. »Aber seinen Nachnamen oder die Adresse kenne ich leider nicht.« Sie lächelte entschuldigend. »Emmett ist schon fast erwachsen und er mag es nicht, wenn man ihm zu viele Fragen stellt. Persönlicher Freiraum ist den jungen Leuten heute sehr wichtig und wir als fortschrittlich denkende Eltern respektieren das natürlich.«

Fortschrittlich denkend – ja klar! Connor schnaubte innerlich.

»Das ist sehr löblich«, heuchelte Thad. »Danke für die Auskunft.«

Mrs Banks nickte knapp und wich ins Haus zurück, offensichtlich erleichtert, dass sich das Gespräch dem Ende zuneigte und sie sich nicht länger den Gefahren der offenen Haustür ausliefern musste.

»Emmett ist ein guter Junge«, stellte Mr Banks noch einmal klar. »Sollte dieser Totenbändiger oder seine Eltern ihm Ärger machen, kümmert sich unser Anwalt darum.«

»Natürlich.« Connor riss sich zusammen und legte den gebührenden Ernst in seine Stimme. Sie hatten bekommen, was sie wollten. Das war es, was zählte. »Wir wünschen Ihnen eine sichere Unheilige Nacht.«

»Danke. Die wünschen wir Ihnen auch.« Mit einem letzten nervösen Lächeln schloss Mrs Banks hastig die Tür.

Thad und Connor wandten sich um und eilten über den Weg zurück zu den Wagen.

»Kannst du mit dem Namen Stephen etwas anfangen?«, fragte Thad. »Sonst fordere ich eine Namensliste der Schüler der Ravencourt an.«

»Ich glaube, Jules kennt ihn. Fragen wir ihn zuerst.«

Thad stöhnte. »Sicher, dass das die beste Idee ist?«

»Nein. Aber es ist mit Sicherheit die schnellste.«

Kapitel 7

Am Waldrand hatten sich graue Schwaden gebildet, die träge zwischen Büschen und Unterholz hervorwaberten. Nervös kniff Cam die Augen zusammen und versuchte in der zunehmenden Dunkelheit mehr zu erkennen.

Waren das die ersten Schemen der Repeater?

Oder bildete sich in der kühlen feuchten Luft bloß Nebelbänke?

Verbissen zerrte er an den Kabelbindern, die ihn noch immer an den Stuhl fesselten, doch er merkte, wie ihm das Scheuern und Reißen immer schwerer fiel. Seine Arme schmerzten, die aufgeschürften Handgelenke brannten wie Feuer und seine Hände fühlten sich taub an. Trotzdem machte er unermüdlich weiter, weil Aufgeben einfach nicht infrage kam. Außerdem halfen Anstrengung und Bewegung gegen die verdammte Kälte.

Plötzlich wurde es rechts von ihm am Rande der Lichtung heller. Dort, wo einst ein breiter Weg in den Wald geführt hatte, erschienen grau schimmernde Gestalten, die aus den Dunstschwaden zwischen den Büschen und Bäumen zusammenzufließen schienen.

Sofort hielt Cam inne und spürte, wie die Atmosphäre sich veränderte. Knisternde Kälte kroch aus der Richtung der Geister über die Lichtung. Sie legte sich über Gras und Unkraut, überzog sie mit einer feinen weißen Frostschicht und ließ alles um Cam herum erstarren. Sein Atem kondensierte zu weißem Dunst, als er erschrocken auf das unheimliche Schauspiel am Waldrand starrte.

Repeater waren die einzigen Geister, die mit den Menschen, aus denen sie entstanden waren, verbunden blieben. Soweit Forscher es bisher hatten herausfinden können, fehlte ihnen zwar das Bewusstsein für ihr einstiges Ich, aber sie bildeten als Geister ihr früheres Äußeres perfekt nach und durchliefen Nacht für Nacht mehrfach den Moment, der zu ihrer Selbsttötung geführt hatte.

Die Repeater des Tumbleweed Parks waren gute zwanzig Meter von Cam entfernt und schienen sich am Rande der Lichtung zu versammeln. Cam erkannte Frauen und Männer, alt und jung. Die Nebelgestalten trugen lange fließende Gewänder wie Kutten mit weiten Ärmeln und einer Kordel als Gürtel. Jedes Detail war erkennbar: Falten, die der Stoff warf, die gedrehten Bänder der Kordel, nackte Füße in Riemensandalen, die unter dem Saum der Kutten hervorschauten, als die Gruppe sich einer gruseligen Prozession gleich in Bewegung setzte und auf ihn zu kam.

Cam schauderte.

Je näher sie kamen desto deutlicher erkannte er ihre Gesichter. Markante und feine Züge, Bärte, Falten – alles aus gräulichem, leicht durchscheinendem Nebel und doch so detailreich, so individuell, so echt.

Cam musste schlucken. Es war das erste Mal, dass er Repeater in natura sah, und ihr Anblick … Er spürte eine seltsame Vertrautheit, die ihm einen kalten Schauer über den Rücken jagte. Bei anderen Geistern fiel es leicht, sie als Seelenlose zu sehen und zu vergessen, dass sie aus Menschen entstanden waren. Sie zu vernichten, kostete keine große Überwindung. Aber die Repeater, die langsam über den überwucherten Weg auf den steinernen Festbanketttisch zukamen, wirkten so – so menschlich. Fast, als wären sie noch lebendig. Cam konnte sogar Emotionen in ihren Gesichtern lesen: Vorfreude, Entschlossenheit, manche wirkten seltsam entrückt, als wären sie gedanklich schon in einer besseren Welt, und allen war ein heller Glanz in den Augen gemein, der sie silbrig funkeln ließ.

Wieder lief Cam ein eisiger Schauer über den Rücken.

Das hier war definitiv das Unheimlichste an Geistern, das er je gesehen hatte.

Oder zumindest das Unheimlichste, an das er sich erinnern konnte.

Er konzentrierte sich auf den Repeater, der die Gruppe anführte. Er trug als Einziger eine Kapuze, hielt die Arme verschränkt vor seiner Mitte und hatte die Hände in den weiten Ärmeln seiner Kutte verborgen. Der Mann war groß und stämmig und unter der tief ins Gesicht gezogenen Kapuze erkannte Cam einen Vollbart. Rechts und links an seinen Hüften hingen zwei prallgefüllte runde Beutel, die an die Kordel seiner Kutte geknotet waren. Er führte seine Anhänger direkt auf den Tisch zu, an dessen Stirnseite Cam gefesselt saß.

Die knisternde Kälte, die die Geister verströmten, hatte sich mittlerweile über die komplette Lichtung gelegt und die glitzernden weißen Frostkristalle ließen sie wie eine unwirkliche Winterlandschaft erscheinen.

Es war totenstill.

Repeater gaben keine Laute von sich.

Cam hörte nur das Rauschen seines Blutes in seinen Ohren und spürte, wie sein Herz gegen seine Rippen schlug.

Vielleicht bemerkten sie ihn nicht, wenn er sich völlig ruhig verhielt?

Repeater tickten nicht wie andere Geister. Sie gierten nicht danach, sich Lebensenergie zurückzuholen. Die Wissenschaftler sahen den Grund darin, dass ihre Menschen sich das Leben freiwillig genommen hatten, anders als bei Geistern, deren Menschen durch einen Unfall oder ein Verbrechen das Leben gewaltsam entrissen worden war. Repeater schienen für ihre Existenz keine Lebensenergie zu benötigen. Alles, was sie brauchten, war die nächtliche Routine, in der sie immer und immer wieder ihren Tod nachvollzogen. Je öfter und länger sie das taten, desto stärker wurden sie, doch ließ man sie dabei in Ruhe, stellten Repeater meist keine Gefahr dar.

Cam verharrte reglos auf seinem Stuhl und hielt die Luft an, um sich nicht durch Atemwolken zu verraten.

Der Anführer war jetzt keine drei Meter mehr vom Tisch entfernt.

Cam konnte nicht anders, als ihn anzustarren.

Diese Gestalt ... diese Kutte ... die Kapuze ...

Der Anblick brachte irgendwas in seinem Inneren zum Schwingen. Wie eine vage Erinnerung, die zu tief vergraben war, um sie zu greifen. Aber er wusste, hätte er sie packen können, wäre es nichts Gutes gewesen, das er ans Licht gezogen hätte.

Der Repeater trat an die Mitte der Tafel, schien einen Moment auf die steinernen Speisen zu starren, dann drehte er sich um und wandte sich seinen Gefolgsleuten zu. Von seiner Position aus konnte Cam wegen der Kapuze nicht erkennen, was der Mann tat, doch er schien mit seinen Jüngern zu sprechen, denn die hatten sich mit etwas Abstand im Halbkreis vor ihm versammelt und sahen so aus, als würden sie ihm aufmerksam zuhören.

Vorsichtig wagte Cam ein paar langsame Atemzüge. Er brauchte Luft und hoffe, dass die Geisterschar durch die Rede ihres Anführers gebannt genug war, dass sie ihrer Umgebung keine große Beachtung schenkten. Wie schon zuvor stand in ihren Mienen Vorfreude, Verzückung und Entschlossenheit, während sie ehrfürchtig den Worten lauschten, die Cam verborgen blieben.

Schließlich zog ihr Anführer seine Hände aus den Ärmeln und hob die Arme. Das schien eine Aufforderung für die Jünger zu sein. Zu zweit, zu dritt oder zu viert begaben sie sich zu den umliegenden Picknicktischen und setzten sich, während ihr Anführer die beiden Beutel von seinem Gürtel löste und vor sich auf den Tisch legte. Er öffnete sie und Cam sah, dass er kleine Phiolen herausholte, die nicht größer als Cams Daumen waren.

Das Gift.

Cam spürte, wie sein Herz schneller zu schlagen begann, als der Mann die winzigen Fläschchen an seine Anhänger verteilte. Als alle versorgt waren, trat er zurück an seinen Platz vor der Festtafel, hielt seine eigene Phiole in die Höhe und richtete noch einmal das Wort an seine Leute. Die hoben ebenfalls ihre Phiolen und nach einer Aufforderung, die Cam nicht hören konnte, führten alle die kleinen Fläschchen an ihre Lippen und tranken das Gift.

Cams Herz hämmerte jetzt wie wild in seiner Brust. Er hatte gewusst, was passieren würde. Er kannte die Geschichte, die man über die Sekte erzählte, die hier im Tumbleweed Park Massenselbstmord verübt hatte. Die Vorstellung, dass Menschen sich selbst umbrachten, war für ihn immer fürchterlich gewesen. Das Ganze jetzt jedoch mit eigenen Augen ansehen zu müssen, war kaum zu ertragen.

Die Jünger schluckten die Flüssigkeit aus den Phiolen und sanken zurück auf Tische und Bänke. Keiner war gezwungen worden, das Gift zu schlucken, und niemand schien es zu bereuen. Viele wirkten entspannt, zufrieden oder freudig. So, als könnten sie es kaum erwarten, dieses Leben endlich hinter sich zu lassen.

Bis die Wirkung des Gifts plötzlich einsetzte und der Todeskampf begann. Ihre Körper krampften, ihre Gesichter verzerrten sich vor Schmerzen und weißer Schaum quoll aus ihren Mündern. Cam biss sich auf die Lippen und unterdrückte nur mit Mühe ein entsetztes Keuchen. Dunkles Blut quoll aus Augen und Nasen der Leute und ihre Leiber bäumten sich unter wildem Zucken auf, bis das Gift ihnen endgültig das Leben nahm. Nach und nach lagen alle still, auch ihr Anführer, der vor der Festtafel zu Boden gesunken war.

Cam schluchzte auf und spürte, wie er am ganzen Körper zitterte. Tränen liefen ihm über die Wangen, als er den Blick nicht von einer jungen Frau nehmen konnte, die zusammen mit einem jungen Mann auf einem der Picknicktische lag. Die beiden waren ungefähr so alt wie Sky und Connor. Groteske Muster aus dunklem Blut und hellem Schaum zogen sich über ihre bleichen Nebelgesichter. Sie hatten die Finger ihrer Hände verschränkt und einander selbst dann nicht losgelassen, als sie qualvoll mit dem Tod gekämpft hatten.

Das war falsch.

Verdammt, das war doch einfach nur falsch!

Cam presste die Lippen fest aufeinander, trotzdem schaffte er es nicht, ein weiteres Schluchzen zu unterdrücken.

Was um Himmels willen konnte die beiden dazu gebracht haben, dieser fürchterlichen Sekte beizutreten und ihrem Leben auf so grausame Weise ein Ende zu setzen, wohlwissend, dass ihre Geister bis in alle Ewigkeit jede Nacht dazu verdammt waren, den Moment ihres Todes wieder und wieder zu durchleben?

Schock, Mitgefühl und völlige Überforderung drohten ihn zu übermannen, doch Cam riss sich zusammen und blinzelte die Tränen fort. Mühsam zwang er sich, ein paar Mal tief durchzuatmen, um das Gefühlschaos in seinem Inneren in den

Griff zu bekommen. Als sein Blick wieder klar war, sah er, wie die Toten um ihn herum sich langsam aufzulösen schienen. Ihre Körper wurden durchscheinend, die so präzise nachempfundenen Konturen zerfaserten und die grauen Nebelgespinste verwehten im Dunkel der Nacht. Gleichzeitig verschwand auch die Geisterkälte, der Frost schmolz dahin und Cam war wieder allein auf der Lichtung.

Heilfroh atmete er auf und realisierte erst jetzt, welches Glück er gehabt hatte. Trotzdem zitterte er und hatte keine Ahnung, ob es an Kälte, Schock oder Erleichterung lag. Er wusste nur eins: Er musste hier weg. Die Repeater würden wiederkommen und auch wenn sie ihn bisher nicht bemerkt hatten, bedeutete es nicht, dass sie es bei einem weiteren Durchgang nicht doch taten. Und selbst wenn sie sich vielleicht nicht von seiner Anwesenheit gestört fühlten, war Cam sich nicht sicher, wie oft er es durchstehen würde, völlig still und reglos ihrem grausamen Todesritual beizuwohnen.

Seine Arme schmerzten höllisch und sie waren schwer wie Blei, trotzdem rieb er sie wieder über die Kanten der Stuhllehne, in der Hoffnung, endlich die verdammten Kabelbinder durchscheuern zu können.

Aber die Geister ließen ihm kaum Zeit.

Er hatte seine Handgelenke bloß ein paar Mal hin und her ratschen können, als er sah, wie sich an exakt derselben Stelle wie zuvor erneut der helle Schimmer am Waldrand bildete und die Silhouetten der Repeater entstanden. Wieder wurde es eiskalt und kriechender Frost ließ die Natur auf der Lichtung erstarren.

Verzweifelt zerrte Cam an seinen Fesseln, versuchte dabei aber, seine Bewegungen so unauffällig wie möglich zu halten, um ja keine Aufmerksamkeit zu erregen. Als die Geisterschar sich jedoch in Bewegung setzte und ihrem Anführer ein weiteres Mal auf die Lichtung folgte, hielt Cam sofort inne und beobachtete, wie der Sektenführer seine Jünger zur Festtafel geleitete, sie sich wie beim ersten Mal in einem Halbkreis um ihn scharten und er aufs Neue mit seiner Rede begann.

Wieder gab Cam sich alle Mühe, keinen Laut von sich zu geben, absolut still zu sitzen und nur flach zu atmen.

Er hätte nicht schwören können, dass jeder der Repeater wieder exakt dieselbe Position wie beim ersten Ritual eingenommen hatte, aber vermutlich war es so. Der Ablauf war jedenfalls derselbe wie zuvor. Die Jünger lauschten ihrem Anhänger, bis dieser seine Arme hob und sie in kleinen Gruppen zu den Tischen schickte.

Diesmal zählte Cam die Repeater.

Neununddreißig.

Vierzig mit ihrem Anführer.

Shit.

Er hoffte wirklich, dass sie ihn nicht bemerkten.

Er sah zum Sektenführer, der wie beim ersten Durchgang die beiden Beutel mit dem Gift auf dem Tisch abgelegt hatte und die ersten Phiolen herausholte.

Cam spürte, wie unbändige Wut in ihm hochwallte. Dieser Kerl hatte mit seiner verdrehten Weltanschauung neununddreißig Leute dazu gebracht, sich gemeinsam mit ihm umzubringen.

Das war einfach nur krank.

Cams Hände hatten sich zu Fäusten geballt und er presste die Lippen aufeinander, um seine Gefühle zu kontrollieren und den Geist dieses Mistkerls nicht einfach auseinanderzureißen, so wie er es verdient hatte.

Er musste ruhig bleiben. Durfte sich nicht verraten, bloß weil ihn die Tat dieses Irren zur Weißglut brachte. Er konnte schließlich ohnehin nichts mehr an dem ändern, was in der Vergangenheit passiert war.

Er zwang sich, vorsichtig seine Fäuste wieder zu lockern, doch gerade als er es geschafft hatte, sich ein bisschen herunterzufahren, wandte ihm der Geist des Anführers sein Gesicht zu.

Cam erstarrte.

Silbrig funkelnde Augen blitzten unter der Kapuze auf und ihr eisiger Blick bohrte sich direkt in Cam. Sein Herz setzte für einen Moment aus, nur um gleich darauf doppelt so heftig weiterzuschlagen.

Das Gesicht unter der Kapuze verzog sich zu einer wütenden Fratze, dann ließ der Sektenführer abrupt von den Beuteln ab und schritt auf Cam zu.

Kapitel 8

»Was zum Henker macht ihr denn hier?«, fuhr Gabriel Jules, Ella und Jaz an, als er vor dem modernen Stadthaus, in dem Stephen mit seinen Eltern wohnte, aus dem Dienstwagen stieg. Es war offensichtlich, dass er alles andere als begeistert darüber war, dass Jules sich den Schlüssel des Polos *organisiert* hatte, den Gabriel, Sky und Connor sich teilten. »Ich wollte nur Stephens Adresse von dir wissen. Das war keine Aufforderung an euch, auch herzukommen«, ranzte er seinen jüngeren Bruder an und grollte dann »Hättet ihr zwei ihn nicht davon abhalten können?« in Richtung Ella und Jaz.

»Hallo?!« Empört stemmte Ella ihre Hände in die Hüften und baute sich ziemlich eindrucksvoll vor Gabriel auf, obwohl sie ihm gerade mal bis zur Schulter reichte. »Erstens: Statt mich und Jaz hier anzupampen, solltest du uns lieber einen Orden verleihen, weil wir Jules davon abgehalten haben, schon alleine da reinzustürmen, um Topher & Co die Hintern aufzureißen. Und zweitens: Cam ist auch *mein* Bruder, klar? Und es sind unsere Mitschüler, die ihn scheiße behandeln, also sollten wir denen auch zeigen, was wir von ihnen halten. Wenn du an unserer Stelle wärst, würdest du schließlich auch nicht brav zu Hause sitzen bleiben, oder?« Ohne seine Antwort abzuwarten, wandte sie sich zu ihren Eltern um. »Und ihr sagt uns immer, dass wir zusammenhalten sollen und in unserer Familie füreinander da sind. Und das ist super so! Aber dann könnt ihr jetzt nicht von uns erwarten, dass wir nicht dabei mithelfen, Cam nach Hause zu holen.«

Sky grinste und hielt ihrer kleinen Schwester die Hand für ein High-five hin. »War das der Satz, mit dem du Granny davon überzeugt hast, euch gehen zu lassen?«

Ella schlug ein. »Nicht wortwörtlich, aber die Message war dieselbe.«

Sue tauschte einen Blick mit Phil. »Wo sie recht hat, hat sie recht.«

Phil seufzte und verfluchte die Tatsache, dass das hier mal wieder einer jener Momente in der Erziehung seiner Kinder war, in denen er keine Ahnung hatte, was die bessere Alternative war: unendlich stolz auf seinen Nachwuchs zu sein oder ihnen die Leviten zu lesen, weil sie sich nicht an seine Anweisungen gehalten hatten. Da die Zeit jedoch drängte, entschied er sich spontan, auf sein Herz zu hören, und strubbelte Ella durch die Haare.

»Okay.« Er sah zu Jules, Jaz und dem Rest seiner Familie. »Lasst uns da reingehen und Cam zurückholen.«

Ähnlich wie die alte Villa der Hunts, stand auch das Stadthaus, in dem Stephen wohnte, am Ende einer Sackgasse. Diese Straße gehörte jedoch zu einem noblen Neubauviertel ohne Nähe zu einem verwilderten Park, der als Unterschlupf für Geister berühmt berüchtigt war. Es gab ausreichend Straßenlaternen, große Gärten gewährleisteten die Privatsphäre der Anwohner und moderne Flutlichtanlagen an den Häusern schützten die Eigentümer vor Geistern und Wiedergängern.

Die Einfahrt der Familie Nowak war komplett zugeparkt. Auch auf der Straße parkten etliche Autos und alle Fenster im Haus waren hell erleuchtet. Es fehlten allerdings der typische Musiklärm, Stimmengewirr und Gelächter, die eigentlich unweigerlich zu jeder Teenagerparty dazugehörten.

Gabriel hatte keine Ahnung, ob ihm das gefiel. Er drückte den Klingelknopf. Nichts geschah, obwohl man im Inneren den durchdringenden Summton hören konnte. Auch auf ein zweites Klingeln samt Klopfen reagierte niemand, also ließ er beim dritten Mal den Daumen nonstop auf der Türglocke.

»Was, wenn keiner aufmacht?«, fragte Ella, die sich mit Jules, Jaz und ihren Eltern hinter den vier Spuks hielt.

Eine Antwort auf ihre Frage erübrigte sich, als plötzlich die Haustür aufgerissen wurde und Stephen auf der Schwelle erschien.

»Mann, wer stört?«, ranzte er Gabriel sichtlich genervt an.

»Metro Police.« Gabriel klatschte ihm seinen Dienstausweis gegen die Brust und schob Stephen in derselben Bewegung zurück ins Haus, um eintreten zu können. »Wir suchen Topher Morena und Emmett Banks. Und dabei gehst du mir besser nicht auf den Sack, sonst gibt es Ärger, verstanden?« Damit ließ er ihn stehen und lief mit Connor, Sky und Thad durch den Flur Richtung Wohnzimmer.

Empört sah Stephen ihnen nach und wollte etwas sagen, doch Jules kam durch die Tür, packte ihn an seinem Shirt und stieß ihn grob gegen die Wand. »Ist Cam hier? Haben Topher und Emmett ihn mitgebracht?«

Ein niederträchtiges Lächeln erschien auf Stephens Gesicht, als er kurz von Jules zu Jaz, Ella und ihren Eltern sah. »Echt jetzt? Ihr rückt mit eurer ganzen Sippe an, um die kleine Missgeburt zu suchen?« Er lachte auf. »Nicht euer Ernst.«

Bevor Jules etwas tun konnte, von dem Phil seinen Sohn hätte abhalten müssen, kam Gabriels Stimme aus den Tiefen des Hauses.

»Jules! Komm her und zeig uns, wer von diesen Flachpfeifen die sind, die wir suchen!«

Jules spießte seinen Blick noch einen Moment länger in Stephen, dann ließ er ihn ruckartig los und lief hinüber ins Wohnzimmer. Es war ein großer Raum mit hellen Möbeln und einer riesigen Sofalandschaft, die Platz für ein komplettes Fußballteam bot. Auf dem dazugehörigen Tisch stapelten sich Pizzakartons neben zwei Schüsseln mit Popcorn, Chipstüten, verschiedenen Packungen mit Schokoriegeln und anderem Süßkram. Dazwischen standen Pappbecher, Limoflaschen und Bierdosen. Es wirkte eher wie ein Filmabend als eine wilde Party, was das Fehlen des Musiklärms erklärte.

Als Jules eintrat, lungerten Topher und Emmett mit einigen ihrer Mitschüler auf dem Ecksofa herum. Dave und Scott waren bei ihnen, ebenso Teagan mit Astrid und Lindsay, die wie immer wie Schatten an ihr klebten. Außerdem war das komplette Basketballteam anwesend sowie einige Freundinnen der Spieler. Die meisten von ihnen blickten betreten oder beunruhigt zu den vier Spuks, die mit gezückten Polizeiausweisen in ihre Runde eingefallen waren. Topher dagegen wirkte nur genervt und gönnte sich provozierend einen Schluck aus seiner Bierdose, als Jules auf ihn und Emmett deutete.

»Aufstehen und mitkommen!«, ranzte Gabriel die beiden an.

»Warum?«, pampte Topher zurück und blieb demonstrativ auf dem Sofa sitzen. »Wir leben hier nicht in einem Polizeistaat, also lassen wir uns nicht einfach so herumkommandieren. Schon gar nicht von einem Totenbändiger, der seine Marke nur bekommen hat, weil er Geister fressen kann.«

Gabriel trat einen Schritt vor, doch Connor ging dazwischen, um zu verhindern, dass sein Freund etwas tat, das er zwar sicher nicht bereuen würde, ihm aber eine Menge Ärger einbringen konnte.

»Wir sind hier, weil du und Emmett Cam heute am späten Nachmittag betäubt und verschleppt habt«, sagte Connor ruhig, aber nicht ohne eine gewisse Härte in der Stimme. »Die Überwachungskamera der Bushaltestelle hat euch dabei aufgezeichnet.«

»Ja, und?« Ungerührt zuckte Topher mit den Schultern, Emmett dagegen wirkte nicht ganz so glücklich. »Der kleine Scheißer ist ein Totenbändiger!«

»Das bedeutet aber nicht, dass ihr grundlos auf ihn losgehen dürft«, gab Sky schneidend zurück. »Mag sein, dass unser Rechtssystem euch erlaubt, euch mit allen Mittel zu wehren, wenn ihr euch durch einen Totenbändiger bedroht fühlt, aber das Überwachungsvideo zeigt eindeutig, dass Cam rein gar nichts getan hat. Das macht eure Tat zu einem Akt willkürlicher Grausamkeit und dafür werdet ihr zur Rechenschaft gezogen werden. In welchem Ausmaß und welche Konsequenzen das Ganze mit sich bringen wird, hängt jetzt ganz davon ab, wie schnell ihr uns sagt, wo Cam ist und was ihr mit ihm gemacht habt.«

Nicht im Geringsten beeindruckt lehnte Topher sich auf dem Sofa zurück und verschränkte seine Arme vor der Brust. »Glaubst du Bitch echt, dass du mich mit diesem armseligen Vortrag jetzt eingeschüchtert hast? Du bist doch auch bloß eine von diesen Missgeburten. Du hast mir gar nichts vorzuschreiben, eigentlich sollte jemand wie du gar nicht mit mir reden dürfen. Ach ja, und falls du ein bisschen dumm bist oder einfach keine Ahnung hast: Ohne meinen Anwalt muss ich sowieso nichts sagen.«

Wieder wollte Gabriel auf Topher losgehen, doch Connor hielt ihn erneut zurück.

Sky dagegen ließ sich von Topher nicht provozieren. Sie ignorierte ihn und wandte sich stattdessen Emmett zu. »Hast du mehr Anstand und Hirn als er? Könnte sich positiv für dich auswirken, wenn du dich kooperativer zeigst.«

Emmett bedachte sie nur mit einem finsteren Blick und schwieg.

»Okay, Chance vertan.« Sie sah zu ihren jüngeren Geschwistern. »Wer war der Dritte auf dem Video?«

Der Angreifer, der Cam gepackt und betäubt hatte, war auf dem Video nicht genau zu erkennen gewesen. Die Kamera hatte ihn nur in einem ungünstigen Winkel eingefangen und er hatte einen Hoodie getragen, dessen Kapuze er gegen den Nieselregen tief in sein Gesicht gezogen hatte. Das Einzige, was zu erkennen gewesen war, waren Größe und Statur, aber die trafen auf beide von Tophers Schlägern zu.

»Dave oder Scott.« Ähnlich wie Gabriel musste auch Jules arg an sich halten, um auf keinen der Mistkerle loszugehen. »Sie erledigen die Dreckarbeit für Topher.«

»Na, das macht euch ja ganz sympathisch«, meinte Thad ironisch, als er sich den beiden zuwandte.

Sofort schüttelte Dave den Kopf. »Ich war es nicht!«

»Ich auch nicht«, beteuerte Scott ebenfalls. Er warf einen trotzigen Blick zu Topher und fügte hinzu: »Topher wollte für diese Aktion jemanden mit mehr Grips, hat er gesagt.«

»Halt die Klappe, du Vollidiot!«, fuhr Topher ihn an.

Jules runzelte die Stirn, aber bevor er etwas sagen konnte, trat Sue an die Sofaecke heran.

»Okay, ich habe keine Ahnung, wo eure Aggressionen gegen uns Totenbändiger herkommen. Aber drei von euch haben meinen Sohn verschleppt und falls ihr ihn irgendwo eingesperrt habt, wo er nicht sicher ist, ist er in Lebensgefahr.«

»Himmel, er ist ein *Totenbändiger*«, stöhnte Topher übertrieben genervt. »Da sollte er mit den Geistern da draußen ja wohl klarkommen oder kriegt er selbst das nicht hin?« Er lachte hämisch. »Zu was ist er denn dann überhaupt nützlich?«

Sue kämpfte, um weiter ruhig zu bleiben. »Heute ist Unheilige Nacht. Selbst ihr solltet wissen, dass die Seelenlosen da doppelt so gefährlich sind wie ohnehin schon. Und auch Totenbändiger können nicht unendlich viele Geister bändigen. Wenn ihr ihn irgendwo dort draußen gelassen habt, kann Cam sterben, so wie jeder andere Mensch auch. Wollt ihr das wirklich in Kauf nehmen?«

Sie ignorierte Topher, da bei ihm offensichtlich war, dass er jegliches Gewissen oder Mitgefühl vermissen ließ. Emmett schien diesbezüglich zumindest etwas besser ausgestattet zu sein. Sie bohrte ihren Blick in ihn und er hielt nicht lange stand. Trotzdem schwieg er.

Sue sah zu den anderen in der Runde.

»Wenn einer von euch weiß, wo er ist, könnt ihr ihm helfen —«

»Aber wenn ihr nichts sagt«, fiel Sky ihr ins Wort, deren Geduldsfaden mittlerweile gefährlich kurz geworden war, »macht ihr euch mitschuldig. Nennt sich unterlassene Hilfeleistung und Decken einer Straftat. Und glaubt mir, es wird mir eine Freude sein, jedem Einzelnen von euch dafür die Hölle heißzumachen.« Sie zückte ihr Handy und machte ein paar Fotos der Anwesenden. »Sollte Cam irgendwas passieren, wird jeder, der hätte helfen können und nicht den Mund aufgemacht hat, dafür bezahlen, das garantiere ich euch.«

Einige der Anwesenden tauschten unsichere Blicke, die meisten wirkten allerdings nur trotzig, rollten genervt mit den Augen oder verschränkten in bester Du-kannst-mich-mal-Haltung die Arme vor der Brust.

Dann summte plötzlich Ellas Handy und alle fuhren zu ihr herum.

»Ist das Cam?«, fragte Phil sofort, als Ella ihr Smartphone hervorzog.

Nachricht von unbekannt stand auf dem Display.

Stirnrunzelnd schüttelte sie den Kopf. »Nein, ich glaube nicht. Jemand hat mir eine Nachricht mit unterdrückter Nummer geschickt.«

»Was steht drin?« Jaz sah ihr über die Schulter.

»*Stephen ist der Dritte. schaltet den Fernseher auf Kanal 13*«, las Ella vor.

Sofort schnappte Jaz sich die Fernbedienung vom Sofatisch. Bisher hatte der riesige Flachbildschirm die Startseite eines Streamingdienstes gezeigt, aber als Jaz auf Kanal 13 umschaltete, war plötzlich ein eigenartiger Tisch mit Frost überzogenem Moos zu sehen – und Cam, der stocksteif an einem Ende saß. Gräuliche Geister schwebten um ihn herum zu weiteren Tischen, die am Rande einer Lichtung zu stehen schienen. Jede Menge Gestrüpp und ein dunkler Waldrand waren schemenhaft im Hintergrund zu erkennen.

»Was zur Hölle …?«, brachte Jaz hervor.

Ella dagegen fuhr zu Teagan herum. »Das kann nicht euer Ernst sein!«

Teagan begegnete ihrem fassungslosen Blick jedoch bloß mit einem Schulterzucken. »Hey, ich hab gesagt, dass ich von euch an Äquinoktium ein Video haben will. Wir sind eben neugierig. Wir wollen sehen, wie das Geisterbändigen funktioniert. Und meine Follower wollen das auch wissen. Du und Jaz hättet die Bedingungen dafür selbst bestimmen können, aber ihr wart ja zu feige und habt gekniffen.« Wieder zuckte sie mit den Schultern. »Im Prinzip seid ihr also schuld, dass jetzt dann eben Cam dafür herhalten muss. Topher war sofort einverstanden, uns zu helfen. Immerhin hat Cam ihm mit seinem Rumgepetze jede Menge Ärger gemacht. Da hatte er mit ihm noch eine Rechnung offen.«

Bebend vor Zorn starrte Jules zu Stephen. »Und warum hast du bei diesem Scheiß mitgemacht? Cam hat dir nichts getan«, sagte er gefährlich leise.

»Stimmt«, gab Stephen zu. »Ich mag zwar keine Petzen, aber im Prinzip ist der kleine Freak mir völlig egal. Mir war aber klar, dass ich dir damit eins reinwürgen kann.« Genugtuung blitzte in seinen Augen auf. »Ich hab dir eine zweite Chance gegeben, doch du hast sie ausgeschlagen und dem Freak den Vorzug gegeben. Na ja, und dann war es so, wie Teagan gesagt hat. Ich war neugierig, was genau ihn so besonders macht.« Ein boshaftes Lächeln trat in sein Gesicht. »Fast so wie bei dir. Dich hab ich schließlich auch nur gefickt, um zu sehen, wie es mit einem Totenbändiger ist. Eine besondere Kerbe in meinem Bettpfosten, sozusagen.« Er nickte hinaus in den Flur. »Wenn du willst, gehen wir hoch und ich zeig sie dir. Das Messer dafür lag übrigens die ganze Zeit unter meinem Kopfkissen, als wir es getrieben haben. Nur für den Fall, dass du Freak versucht hättest, mir Energie zu rauben. Dann hätte ich dich sofort kaltgemacht und kein Richter der Welt hätte mich dafür verurteilt.«

Topher lachte auf. »Richtig so!«

Das war der berühmte Tropfen.

Gabriel riss sich von Connor los und packte Topher. Wutentbrannt zerrte er ihn auf die Füße und ignorierte, wie sehr die Nähte seiner Wunden gegen den Kraftakt protestierten. Er grub seine Fäuste ihn Tophers Longsleeve und zog ihn so dicht an sich, dass sich beinahe ihre Nasen berührten.

»Sollten wir Cam nicht heil da rausholen – ich schwöre dir, dann bring ich dich um.« Mit Wucht stieß er Topher zurück aufs Sofa und rannte dann Richtung Flur. »Los, er ist im Tumbleweed Park. Ich rufe Matt an, wir brauchen Verstärkung. Er und die Reapers sollen uns da treffen!«

Ella und Jaz hielten Jules zurück, der sich auf Stephen hatte stürzen wollen.

»Er ist es nicht wert.« Ella legte ihre Hände über Jules', als Silbernebel zwischen seinen Fingern erschien, und sie schickte eine Welle Vernunft in ihren Bruder. »Wir müssen zu Cam. Er braucht uns, also verschwende deine Kräfte nicht an diesen Dreckskerl. Du brauchst sie für Cam, klar?«

Hass glänzte in Jules' Augen, als er einen letzten Blick zu Stephen warf. Dann wandte er sich abrupt um und rannte hinter den anderen her.

Ella hatte recht.

Sie mussten zu Cam.

Er war alles, was jetzt zählte.

Kapitel 9

Der Repeater schien ihn mit seinem funkelnden Blick prüfend zu mustern, und Cam wich so gut er es auf dem Stuhl vermochte vor dem Geist zurück. Nicht nur, weil die Kreatur so schrecklich menschlich wirkte.

Dieses düstere Gesicht unter der Kapuze.

Die kalten Augen, die ihn mit ihrem Blick zu sezieren schienen.

Die Bedrohung, die von diesem Mann ausging.

Angst.

Schreckliche, panische Angst.

Dieses Wesen kratzte an einer Erinnerung. Irgendwas, das ganz tief in ihm vergraben war.

Etwas, das absolut grauenhaft war.

Cams Herz wummerte gegen seine Rippen.

Was, verdammt! Was war es?

Er hatte seine Silberenergie längst einsatzbereit in seinen Händen, hielt sich aber noch zurück. Vielleicht würde er die Erinnerung greifen können, wenn er noch ein bisschen abwartete ... wenn er den Repeater noch näher kommen ließ ... wenn er ihn noch länger beobachten konnte ...

Es war ein gefährliches Spiel, aber wenn er gewann, gewann er vielleicht unendlich viel.

Oder er verlor sein Leben.

Der Repeater kam immer näher. Schritt für Schritt. Wie ein Mensch. Die Kutte bewegte sich, als wäre sie aus echtem Stoff nicht aus grauen Nebelschleiern.

Diese Kapuze.

Diese kalten Augen.

Wieder schien die Erinnerung ganz nah und doch schaffte Cam es nicht, sie zu fassen.

Der Repeater war jetzt keine zwei Meter mehr von ihm entfernt. Er beobachtete Cam. Schien ihn zu studieren, als wollte er sich einen Reim darauf machen, was dieser Lebende hier auf der Lichtung zu suchen hatte. Dann hob er plötzlich seine Arme und graue Geisterfäden lösten sich aus seinen Fingern. Cam riss an seinen Fesseln, konnte seine Hände aber auch dieses Mal nicht befreien. Trotzdem schickte er seinen Silbernebel los. Ihn gezielt auf den Geist zu lenken, war keine große Herausforderung. Das übte er schon seit seinem ersten Training. Aber auf dem Stuhl konnte er den Geisterfäden, die auf ihn zu schlängelten, nicht ausweichen. Er ließ einen Strang seiner Energie wie eine Peitsche hin und her zischen, um die Geisterfäden zu zerfetzen, während er gleichzeitig einen zweiten vorschnellen ließ und ihn in den Repeater bohrte.

Auch wenn es bedeutete, dass er diesem seltsamen Erinnerungsgefühl nicht mehr nachgehen konnte – er musste jetzt den Geist vernichten, sonst würde der ihn töten.

Cam hatte noch nie gegen einen Repeater gekämpft und der erste Kontakt mit dieser Art Geist fühlte sich eigenartig an. Bei anderen Geistern konnte er ihre Stärke meist vorher schon spüren oder er fühlte, wo sie sich aufhielten oder versteckten. Bei den Repeatern auf der Lichtung hatte er außer der eisigen Kälte, die sie verströmten, kaum etwas gespürt. Er hatte ihre Auren nicht mal richtig als einzelne Geister unterscheiden können. Sie waren mehr wie ein Kollektiv.

Als er jetzt seine Silberenergie in den Anführer der Repeater stieß, spürte er zwar die typische Todeskälte, doch die Gier nach Lebensenergie fehlte und die Wut des Wesens fühlte sich anders an. Bei normalen Geistern war sie ungestüm, voller Rage und Verlangen, begierig darauf, sich das Leben einzuverleiben, das ihnen so abrupt genommen worden war. Die Wut des Repeaters schien dagegen eiskalt zu sein. Schneidend, berechnend. Als würde er Cam untersuchen, um zu verstehen, warum dieser Mensch sich erdreistet hatte, ihn in seiner Routine zu stören – und ihn dann dafür bestrafen. Nicht, weil das Biest seine Lebensenergie haben wollte, sondern weil Cam nervte. Wie eine lästige Fliege, die am Esstisch störte. Cam sollte ausgelöscht werden, weil er nicht hierhergehörte. Er war kein Teil der Routine, deshalb musste er eliminiert werden.

Cam hatte davon gelesen. Es gab Forschungsarbeiten zu Repeatern und Sue hatte in ihrem Theorieunterricht dafür gesorgt, dass ihre Kinder alle Arten von Geistern kennen lernten. Einen Repeater jetzt aber zum ersten Mal zu spüren, war – fremd. Trotzdem galt für Repeater dasselbe wie für alle Geister: Man konnte sie vernichten, indem man ihnen ihre Todesenergie nahm.

Doch obwohl die Menschen, aus denen sie hervorgegangen waren, einst dazu bereit gewesen waren, ihr Leben zu beenden, waren ihre Geister kein bisschen dazu bereit, sich ihre Todesenergie nehmen zu lassen. Beim Kontakt merkte Cam sofort, welche Kraft im Anführer der Repeaterschar steckte. Er war zwar nicht so stark wie ein Schatten oder Hocus, aber er verdiente eine gute sieben bis acht auf einer Zehner-Skala, und er wehrte sich erbittert gegen das Aussaugen seiner Energie. Mit eisiger Wut peitschte er seine Geisterfäden nach Cam und versuchte über die Verbindung, die Cam zu ihm hergestellt hatte, ein Tauziehen ihrer Kräfte. Aber Cam war stärker. Er riss die Energie des Geistes in sich und neutralisierte sie mit seinem

Leben. Hasserfüllt dolchte die Kreatur ihren funkelnden Blick in ihn und versuchte einen weiteren Angriff, doch Cam wehrte die Geisterfäden erneut ab und nahm dem Anführer gleichzeitig weiter seine Kraft. Der bäumte sich wütend auf, aber Cam ließ ihm keine Chance. Das Gesicht des Repeaters verzog sich zu einer hässlichen Fratze, als das Biest all seinen Zorn auf Cam schleuderte. Der gab sich Mühe, die allzu menschlichen Züge der Kreatur auszublenden. Mit einem heftigen Zerren entriss er dem Geist den Rest seiner Todesenergie und der Repeater zerstob in harmlose Nebelfetzen.

Cam keuchte auf und sein Atem kondensierte in der eisigen Luft zu einer weißen Wolke. Er merkte, dass er zitterte, und seine Finger waren so kalt, dass er sie kaum noch spüren konnte. Ob das an der ungewohnten und andersartigen Kälte des Repeaters lag, oder daran, dass seine Hände gefesselt waren, konnte er nicht sagen. Die leichte Übelkeit und der widerliche Geschmack in seinem Mund, die die Vernichtung des Repeaters hinterlassen hatte, waren dagegen vertraut.

Cam sah sich um.

Was war mit den anderen Geistern?

Sie hatten gerade ihren Anführer verloren, was ihre geliebte Routine völlig aus der Bahn warf.

Wie würden sie darauf reagieren?

Cam sah Schock in den grauen Nebelgesichtern. Fassungslosigkeit. Unsicherheit. Entsetzen. Einige der Kreaturen begannen wild zu flackern, dann lösten sie sich auf und erschienen wieder auf dem Waldweg am Rande der Lichtung. Fast so, als wollten sie ihr Ritual erneut starten, in der Hoffnung, dass ihr Anführer dann wieder da war und das, was gerade geschehen war, sich nur als schrecklicher Fehler herausstellte.

Anderen Repeatern schien dagegen klar zu sein, dass sich durch einen Neubeginn nichts ändern würde. Ihr Anführer war vernichtet worden – von Cam. Hass und Zorn ließen ihre Augen gefährlich aufblitzen, als sie sich ihm zuwandten, um Rache zu nehmen. Cam hatte keine Ahnung, was die Wesen dabei wütender machte: der Verlust ihres Anführers oder die Zerstörung ihrer Routine. Letztendlich war das allerdings auch egal. Mordlustig waren sie so oder so.

Eine Gruppe von drei Repeatern schwebte auf ihn zu. Zwei Männer und eine Frau. Alle ungefähr so alt wie seine Eltern. Er zögerte, wusste aber sofort, dass das ein Fehler war.

Hör auf, sie als Menschen zu sehen! Es sind Geister, also töte sie, sonst töten sie dich!

Die drei schleuderten ihre Geisterfäden nach ihm und wie zuvor teilte Cam seine Kräfte. Mit links fegte er durch die Fäden, mit rechts packte er den ersten Geist und riss an seiner Energie. Das Biest war ähnlich stark wie der Anführer und da Cam jetzt wusste, wie sich Repeater anfühlten, agierte er wieder routinierter. Trotzdem war es kein einfacher Kampf, da er gleichzeitig die anderen beiden Geister auf Abstand halten musste. Doch er erledigte alle drei, ohne dass sie ihn ein einziges Mal mit ihren Geisterfäden trafen. Die Repeater schienen keinerlei Erfahrung darin zu haben, ihre tödlichen Kräfte einzusetzen, deshalb gingen sie nicht sonderlich geschickt vor.

Aber sie schienen lernfähig zu sein.

Kaum, dass Cam die drei vernichtet hatte, schwebten zwei weitere auf ihn zu. Sie täuschten das Werfen ihrer Geisterfäden zunächst nur an, lenkten Cam damit ab, peitschten erst dann nach ihm – und trafen.

Kapitel 10

»Was ist das für ein Ort, an den diese Scheißkerle Cam gebracht haben?«, fragte Jaz von der Rückbank des Polos. Sky hatte sich ihren Wagen zurückerobert und Jules auf den Beifahrersitz verbannt, wofür Jaz ganz dankbar war, denn so wütend wie Jules gerade war, gehörte er definitiv nicht hinters Steuer. »Was sind das für seltsame Geister gewesen? Die sahen so ... echt aus.«

»Das sind Repeater.« Ella, die neben ihr saß, klammerte sich in den Haltegriff der Tür, als Sky rasant eine Kurve nahm, um den Anschluss an die anderen nicht zu verlieren.

Gabriel raste mit Connor und Thad im Dienstwagen in einem Affentempo durch die Nacht, Sue und Phil folgten ihnen kaum langsamer im Familienkombi. Keiner von ihnen kümmerte sich um die Geister, die wie in jeder Unheiligen Nacht ungestüm durch die Straßen schwebten, immer auf der Suche nach einem Durchschlupf in ein Wohnhaus. Da sich zu diesen gefährlichen Zeiten kaum ein Mensch auf die Straßen traute, versuchten die Seelenlosen auf anderen, heimtückischeren Wegen an Lebensenergie zu gelangen. Einfache Sicherungen wie verstreutes Salz oder Schutzpflanzen hielten sie dabei nicht auf. Selbst Eisenzäune oder normales Licht schützten nicht immer, wenn die Geister stark genug waren. Niemand konnte erklären, welche dunklen Kräfte in den Unheiligen Nächten von der Natur freigesetzt wurden oder woher sie kamen, doch sie verliehen Geistern und Wiedergängern mehr Macht. Sie wurden cleverer, aggressiver und grausamer und jeder, der sein Leben liebte, tat gut daran, keins der Biester auf sich aufmerksam zu machen.

Falls sich das jedoch nicht vermeiden ließ, sollte man schnell genug sein. Mit Autos, die mit mehr als hundert Sachen durch die Straßen rasten, konnte kein Seelenloser mithalten.

»Repeater?« Jaz runzelte die Stirn. »Die Geister von Selbstmördern? Aber dann ist die Lage doch gar nicht so brenzlig, oder? Okay, da waren eine ganze Menge, aber das sind bloß harmlose Schwächlinge. Mit denen wird Cam schon fertig.«

»Hast du das in der Akademie gelernt?«, fragte Sky.

»Ja. Ist aber schon ewig her«, gab Jaz zu. »Repeater waren nie wirklich Thema, weil sie ja eher selten sind. So viele Selbstmörder gibt es ja zum Glück nicht. Und wenn, dann sind ihre Geister harmlos und wiederholen bloß immer wieder, wie ihre Menschen sich getötet haben. Es hieß, dass sie niemanden angreifen, wenn man sie dabei nicht stört, und dass sie kräftemäßig bloß Winzlinge sind und man sie leicht bändigen kann.« Sie runzelte die Stirn. »Stimmt das denn nicht?«

»Jein.« Sky ging vom Gas, um einem Schatten auszuweichen, der mit erschreckender Geschwindigkeit aus einer dunklen Ausfahrt geschossen kam, als Gabriel und Phil daran vorbeiheizten. »Im Prinzip ist es richtig, allerdings werden Repeater stärker, je länger sie existieren und je öfter sie ihr Todesritual vollziehen. Und die Biester im Tumbleweed Park sind fast siebzig Jahre alt. Die werden also schon verdammt stark sein und vermutlich auch ziemlich aggressiv reagieren, wenn sie jemand in ihrer Routine stört.«

»Siebzig Jahre?! Himmel, warum hat die denn nicht schon längst jemand gekillt?«, fragte Jaz verwundert. »Ich weiß, dass es früher noch kein Auraglue gab, bloß Silbernetze, und damit war das Einfangen natürlich viel schwieriger und gefährlicher. Aber mittlerweile ist das doch kein Ding mehr.«

»Die Repeater vom Tumbleweed Park gehören zu einem Langzeit-Forschungsprojekt der Wissenschaftler aus dem Tower«, erklärte Sky und ignorierte wie Gabriel und Phil die rote Ampel vor ihnen. »Sie beobachten diese Geistertruppe schon seit Jahrzehnten und machen hin und wieder irgendwelche Experimente mit ihnen, um Kenntnisse für die Geisterforschung zu gewinnen. Da Repeater nicht angriffslustig sind und in ihrem Areal bleiben, war der Park ein ideales Forschungsgelände. Hier im Norden Londons weiß jeder, was dort passiert ist. Deshalb hat man den Teil des Parks seit den Selbstmorden sich selbst überlassen und er ist ziemlich verwildert. Sollte sich doch mal jemand dorthin verirren, gibt es Warnschilder und einen Eisenzaun. Falls Repeater sich also doch vielleicht irgendwann ändern und weiterentwickeln sollten, weil ihnen das stupide Wiederholen ihres Todes zu langweilig wird, können sie dort nicht einfach so weg. Ich glaube, die Lichtung wird vom Tower aus kameraüberwacht, damit das Forscherteam sofort mitbekommt, wenn die Biester sich in ihrem Verhalten ändern.« Bei ihren Worten runzelte sie die Stirn. »Was allerdings die Frage aufwirft, warum keiner von denen bemerkt hat, dass da heute Abend vier Jugendliche auf dem Gelände waren und einer von ihnen gefesselt zurückgelassen wurde.« Grimmig krallte sie ihre Hände ums Lenkrad. »Die hätten uns längst verständigen müssen, damit wir ihn da wegholen.«

»Warum?«, fragte Jaz verwirrt.

»Weil wir als Spuks für die Rettung von Zivilisten vor Geisterangriffen zuständig sind. Gerade in der Unheiligen Nacht!«

»Dann liegt dieser Tumbleweed Park in Camden?!«

»Ja«, antwortete Ella. »Am nördlichen Rand des Hampstead Heaths. Ungefähr eine Viertelstunde Fußmarsch von der Wiese entfernt, wo wir Evan das Geisterbändigen gezeigt haben. Eigentlich hieß der Park mal Tom-Bellweed-Park, nach einem Steinmetzkünstler, der London dort ein Kunstwerk zum Anfassen geschenkt hat.«

Sie erzählte von der steinernen Festtafel und den Picknicktischen.

»Es war ein beliebtes Ausflugsziel für Familien, die sich dort besonders an Wochenenden mit Freunden zum Nachmittagstee trafen. Ich hab alte Fotos davon gesehen. Die Lichtung war mal wunderschön. Jetzt ist sie allerdings völlig überwuchert und im Volksmund wurde deshalb aus dem Tom-Bellweed-Park der Tumbleweed Park.«

»Und was genau ist da passiert? Wer hat sich da umgebracht? Und wieso?«, wollte Jaz wissen.

»Eine Sekte hat dort Massenselbstmord begangen. Wie hieß noch mal deren Anführer?«, fragte Ella nach vorne zu Sky und Jules.

»Holborn.« Sky nahm wieder rasant eine Kurve. »Er war ein größenwahnsinniger Irrer. Glaubte, dass er die Menschheit von der Geisterplage erlösen könne, wenn er sich und eine bestimmte Anzahl an weiteren Menschen opfere. Dreimal dreizehn, weil dreizehn die Zahl alles Schlechten und Bösen und drei die Zahl der guten Dreieinigkeiten ist.«

»Dreieinigkeiten?«, hakte Jaz nach. »Wie bei der Triskele, die die Akademie als Schulwappen hat? Bei uns steht sie für Körper, Seele und Geist. Gibt es noch mehr Dreieinigkeiten?«

Sky nickte knapp. »Yep. Es gibt noch Glaube, Hoffnung, Liebe. Vergangenheit, Gegenwart, Zukunft. Leben, Tod und Nachleben. Und keine Ahnung, was noch alles. Holborn hatte sich in seinem Manifest irgendwas Eigenes zusammengesponnen. Völlig wirr, aber er hat tatsächlich neununddreißig Jünger gefunden, die ihm geglaubt haben und bereit waren, sich für die

Menschheit zu opfern, um uns damit von den Geistern zu erlösen und dafür selbst ein spektakuläres Nachleben im Paradies zu bekommen. Das war zumindest das, was Holborn ihnen in Aussicht gestellt hat.«

»Tja, ich würde sagen, die Sache mit dem Befreien von der Geisterplage hat nicht funktioniert«, meinte Jaz sardonisch. »Im Gegenteil. Die Sekte hat uns neununddreißig mehr davon beschert. Oder vierzig? Zählte Holborn dazu?«

Sky schüttelte den Kopf. »Nein. Er sah sich selbst als großer Guru, der Gut und Böse diese Seelen darbrachte und seine eigene dann als ultimatives Selbstopfer noch mit dazu gab. Oder so ähnlich. Wie gesagt, der Typ war ein größenwahnsinniger Irrer und vieles in seinem Manifest ist so verworren, dass es kaum nachvollziehbar ist.«

»Und trotzdem sind diese Leute ihm gefolgt?«, wunderte sich Jaz.

Ella nickte. »Ich finde es auch ziemlich gruselig. Aber sie fanden ihn wohl wirklich gut und glaubten das, was er erzählt hat. Er hat irgendein Gift besorgt und sie haben sich im Park getroffen, um es gemeinsam zu trinken. Keiner wurde gezwungen. Laut der Forscher, die das Ritual der Repeater aufgezeichnet haben, haben alle Jünger es freiwillig geschluckt. Das ist schon ziemlich krass.«

Sky seufzte. »Ja, aber leider gibt es immer wieder Menschen, die man mit den richtigen Verheißungen dazu bringen kann, Dinge zu tun, die für uns unvorstellbar wären.«

»Dafür brauchen manche Leute nicht mal Verheißungen«, knurrte Jules, der bisher geschwiegen hatte. »Topher, Emmett und Stephen tun auch so völlig abartige Dinge, die sich normale Menschen nicht vorstellen können. Und unsere lieben Mitschüler machen dabei auch noch mit oder gucken zumindest begeistert zu, wenn ein anderer jeden Moment draufgehen könnte.« Er wischte sich über die Augen und schüttelte den Kopf. »Das ist doch einfach nur krank!«

Sky warf ihm einen Seitenblick zu. »Du weißt, wie stark Cam ist. Und wir sind gleich da. Bis dahin hält er durch, da bin ich mir ganz sicher.«

Jules presste die Kiefer aufeinander. Er wollte seiner Schwester glauben, doch beim Gedanken daran, dass Cam ganz alleine und gefesselt vierzig verdammten Geistern die Stirn bieten musste, wurde ihm ganz anders. »Wir müssen uns trotzdem beeilen.«

Wieder sah Sky kurz zu ihm herüber – und trat noch fester aufs Gaspedal.

Kapitel 11

Er wusste nicht, wie viele Geister er schon gebändigt hatte, aber ihm war schwindelig und entsetzlich übel. Kopfschmerzen hämmerten wie wild gegen seine Schläfen und immer häufiger musste er blinzeln, weil alles vor seinen Augen verschwamm. Sein Körper warnte ihn. Er hatte gefährlich viel Energie eingebüßt und seine Sinne schwanden. Er fühlte sich äußerlich wie taub. Die Kälte, die die Geister und die frostige Umgebung verströmten, seine nassen Klamotten, selbst die Schmerzen in seinen aufgeschürften Handgelenken spürte er kaum noch.

Was er dafür jedoch umso intensiver fühlte, war die Todeskälte, die durch seinen Körper kroch. Sie ließ sein Herz immer langsamer schlagen und legte sich wie eine eisige Klaue um seine Lungen. Jeder Atemzug war mittlerweile furchtbar anstrengend.

Doch das war nicht das Schlimmste.

Etwas war anders als sonst.

Todesenergie in sich aufzunehmen und sie mit seinem Silberleben zu eliminieren, fühlte sich immer kalt und widerlich an, und man musste sehr genau auf seinen Körper hören, weil man sich auf ein Kräftemessen mit dem Tod einließ. Man fühlte sich angespannt und gleichzeitig ausgelaugt, doch Cam liebte den Nervenkitzel und es tat gut, zu wissen, dass er mit jedem Geist, den er vernichtete, etwas Gutes tat und seine Umgebung dadurch ein bisschen sicherer wurde. Außerdem half das Geisterbändigen gegen seine Albträume und Panikstarren, und das war es wert, sich für eine Weile k. o. zu fühlen.

Aber heute war es anders.

Er spürte nicht nur die Todeskälte in sich, sondern etwas Finsteres, Beklemmendes, Bedrohliches.

Etwas, das ihm eine Heidenangst machte.

Etwas, das er beim Bändigen anderer Geister noch nie gespürt hatte.

Es fühlte sich an wie böse Schwingungen, die sich ausbreiten und ihn von innen heraus verschlingen wollten.

Was zum Teufel war das?

Lag es an dem andersartigen Wesen der Repeater? Wirkte sich ihre Todesenergie anders auf den menschlichen Körper aus? Konnte man sie nicht so einfach eliminieren wie die von anderen Geistern?

Cam hatte keine Ahnung. Er merkte nur, dass dieses Finstere in ihm mit jedem Repeater wuchs, den er in sich aufnahm.

Wieder kamen zwei der Seelenlosen auf ihn zu und warfen ihre Geisterfäden nach ihm. Das schien die Taktik zu sein, die sie für ihre Angriffe entwickelt hatten. Sie schlossen sich zu zweit oder zu dritt zusammen und streckten ihren Geisternebel nach ihm aus. Manche gingen dabei eher ungeschickt vor, vermutlich weil sie ihre Energie und ihre Geisterfäden noch nie zuvor eingesetzt hatten, um einen Menschen zu töten. Andere dagegen schienen durch Beobachtung schnell zu lernen. Sie täuschten an oder näherten sich ihm von hinten, wo er sie nicht kommen sehen konnte. Dann stießen sie ihre Fäden in ihn und seine einzige Rettung war, dass die meisten Repeater nur wütend waren und ihm wehtun wollten, sich aber nicht sofort gierig auf seine Lebensenergie stürzten, weil sie ihrer Natur nach nicht darauf aus waren.

Den Kontakt zu Geistern zu blocken, war normalerweise kein großes Problem für Cam. Es war das Erste, was er als Kind in Sues Geistertraining gelernt hatte, und mittlerweile konnte er es praktisch im Schlaf. Es kostete allerdings Kraft und Konzentration und wenn zu viele oder zu starke Geister ihn berührten, ließ beides irgendwann nach.

Die zwei Repeater, die es gerade auf ihn abgesehen hatten, schienen zum Glück nicht besonders heimtückisch zu sein. Sie gehörten zu der Gruppe, die sich nach dem Verlust ihres Anführers aufgelöst und am Waldrand neu materialisiert hatten. Soweit Cam sehen konnte, waren alle anderen Geister von der Lichtung verschwunden, doch er hatte keine Ahnung, wie viele dort am Waldrand noch lauerten. Statt ihres ursprünglichen Rituals, bei dem ihr Anführer sie auf die Lichtung geführt hatte, zogen sie jetzt in kleinen Gruppen los, um Cam dafür büßen zu lassen, dass er ihre Routine zerstört hatte.

Keuchend riss er so viel Energie wie er packen konnte aus einem seiner Angreifer heraus, während er gleichzeitig einen weiteren Strang seines Silbernebels durch drei Geisterfäden peitschte und ihn dann in seinen zweiten Gegner bohrte. Er zerrte die Todesenergie der beiden Wesen in sich, sah verschwommen, wie sie zu harmlosen Nebelfetzen zerfielen, und spürte, wie sein Herz stolperte. Die Todeskälte und diese fürchterliche Finsternis in ihm lähmte langsam aber sicher alle seine Muskeln – auch sein Herz.

Er durfte keinen Geist mehr bändigen. Er war zu geschwächt. Selbst die Augen offen zu halten, war mittlerweile eine unglaubliche Anstrengung. Das Denken fiel ebenfalls immer schwerer. Wenn sein Herz zu langsam schlug, wurde sein Gehirn nicht mehr ausreichend mit Sauerstoff versorgt.

Es war Zeit für sein Seelenversteck.

Das war die einzige Chance, die er noch hatte, und selbst die war verschwindend gering. Er wusste nicht, wie viele Repeater noch übrig waren, doch sein Körper konnte weiteren Angriffen kaum noch etwas entgegensetzen und sobald ein Herz aufhörte zu schlagen, hielt kein Seelenversteck der Welt noch lange stand.

Stopp!

So durfte er jetzt nicht denken!

Er musste kämpfen und sich an positiven Gedanken festhalten. Die machten Seelenverstecke stärker. Und in seinem war er gerne. Er liebte diesen Ort und würde ihn mit aller Macht verteidigen.

Benommen sah er, wie sich wieder zwei Repeater näherten. Er zögerte nur kurz und zog sich dann in sein Versteck zurück.

Hoffentlich waren die anderen schon unterwegs.

Sie würden ihn suchen, ganz bestimmt.

Sie mussten ihn nur finden, bevor die Geister sein Herz zum Stillstand brachten.

Sonst war er verloren.

Kapitel 12

Fluchend krallte Gabriel seine Hände um das Lenkrad, als er mit gefährlich hoher Geschwindigkeit über den unebenen Waldweg preschte. Die Natur hatte sich hier zu großen Teilen zurückerobert, was die Menschen ihr einmal genommen hatten. Wurzeln und Gestrüpp wucherten in den Weg. Immer wieder war das Kratzen und Rascheln von Zweigen und Blättern zu hören, die am Auto entlangschrammten. Vermutlich wäre der Weg längst vollkommen zugewachsen, hätte der Tumbleweed Park nicht als einer der wenigen Verlorenen Orte Londons gegolten, die man bei Tag besuchen konnte. Offiziell war das zwar verboten, doch das hielt Neugierige nicht davon ab, sich zumindest bis an den Zaun heranzutrauen und einen Blick auf die Lichtung zu werfen.

Gabriel bremste ab und lenkte den Wagen an einem riesigen Ast vorbei, den irgendein Sturm aus einem der Bäume gerissen haben musste. Um sie herum lag finsterer Wald, nur die Scheinwerfer ihrer Autos durchschnitten die Dunkelheit. Hin und wieder blendeten ihn die Lichter von Matts Kombi über den Rückspiegel. Matt, Leslie, Jack und Nell waren an der Einfahrt zum Hampstead Heath zu ihnen gestoßen. Als Gabriel sie angerufen und erzählt hatte, was passiert war, hatten die vier sich sofort auf den Weg gemacht, um zu helfen.

Entnervt ging Gabriel erneut vom Gas, weil eine scharfe Kurve und in den Weg wucherndes Gestrüpp ihn dazu zwangen.

Verdammt, wie weit denn noch?

Er bekam die Bilder, die der Livefeed gezeigt hatte, nicht aus dem Kopf. Cam gefesselt an den Stuhl – und die Lichtung voller Geister. Noch waren sie friedlich gewesen, versunken in ihr Ritual, aber wie lange würde das so bleiben?

»Cam ist clever«, sagte Connor von der Rückbank, als hätte er Gabriels Gedanken gelesen. »Er weiß, wie Repeater ticken. Er wird sich still verhalten.«

»Ja«, knurrte Gabriel. »Aber irgendwann werden die Biester ihn trotzdem bemerken und sich gestört fühlen.«

»Cam ist stark.«

»Aber nicht so stark, dass er alleine vierzig Geister vernichten kann! Das könnte niemand!«

Die Lichtkegel der Scheinwerfer erfassten plötzlich einen hohen Eisenzaun und ein Tor versperrte die Weiterfahrt.

»Na endlich!« Gabriel brachte den Wagen auf dem feuchten Waldboden schlingernd zum Stehen.

»Ich mache auf.« Thad war schon halb aus dem Wagen, bevor der überhaupt stand. Er hetzte zum Tor, riss eine Kette herunter und stieß die beiden Torflügel auf. Dann sprang er zurück in den Wagen. »Sie haben die Kette mit einem Bolzenschneider durchtrennt. Die Mistkerle haben diese Aktion hier bis ins Letzte durchgeplant.« Angewidert schüttelte er den Kopf. »Was stimmt mit diesen Kids nicht?«

Connor stieß ein Schnauben aus, während Gabriel wieder Gas gab. »Eine ganze Menge.«

»Aber damit werden sie nicht durchkommen«, grollte Thad. »Die kassiere ich morgen alle ein und dann können die was erleben.«

Vor ihnen wurde es heller und die Lichtung tauchte aus dem Wald auf. Graue Geisterschimmer waberten in ihrer Mitte.

Genau dort, wo auf dem Livefeed die steinerne Festtafel zu sehen gewesen war.

Dort, wo Cam gefesselt war.

Gabriel steuerte frontal darauf zu und trat kurz vor dem Ziel scharf auf die Bremse. Nur einen Wimpernschlag später war er schon aus dem Wagen und schleuderte seinen Silbernebel auf die Repeater. Neben ihm schossen Thad und Connor auf die Biester.

Die Wagen der anderen stoppten hinter ihnen und auch sie stürzten auf die Lichtung und griffen die Geister an.

Matt warf Phil eine Silberweste zu. »Hier. Gabriel wollte, dass ich dir die mitbringe. Schöne Grüße von Hank.«

Einer seiner Väter war ein Normalo wie Phil, doch heute Nacht würde Hank seine Weste nicht brauchen.

»Danke!« Hastig streifte Phil den Schutz über und folgte dann Sue. Auraglue zischte an ihnen vorbei und flimmerte auf, wenn einer der Geister getroffen wurde. Silberenergie peitschte um sie herum, als die anderen ihnen die Repeater aus dem Weg räumten, damit sie zu Cam vordringen konnten. Gabriel hatte es schon zu ihm geschafft. Er kauerte neben dem Stuhl, auf dem Cam zusammengesunken saß, und hatte ein Messer aus seinem Polizeigürtel gezogen, um die Kabelbinder durchzutrennen, mit denen sein Bruder gefesselt war.

»Achtung!« Sue schleuderte ihren Silbernebel auf einen Repeater, der seine Geisterfäden auf Gabriel und Cam werfen wollte.

Fast beiläufig fegte Gabriel mit einem Strang seiner Silberenergie durch die Fäden und machte sie unschädlich, während er gleichzeitig Cams Fesseln durchschnitt.

»Was ist mit ihm?«, fragte Phil besorgt und wich hastig einer Ladung Auraglue aus, als ein Ruf von Thad ihn warnte. Die silbrige Substanz schoss dicht an ihnen vorbei und traf einen

Repeater, der sich hinter dem, den Sue gerade vernichtete, versteckt gehalten hatte.

»Er lebt«, antwortete Gabriel knapp. »Aber sein Herz schlägt nur noch schwach. Bringt ihn in den Wagen. Er braucht Energie und zwar schnell.« Noch im Reden wandte er sich um und erledigte einen weiteren Repeater, der sich angeschlichen hatte und seine Geisterfäden nach ihnen warf.

Phil hob Cam auf seine Arme, während Sue eine von Cams Händen nahm und ihm sofort Energie gab. Jules entriss einem Repeater, der seinen Eltern den Weg versperren wollte, mit nur einem Schwung fast seine gesamte Todesenergie. Wut verlieh ihm ungeahnte Kräfte. Er vernichtete den Geist mit einem zweiten Sog, ignorierte die Übelkeit, die das Biest in ihm zurückließ, und öffnete die Tür zur Rückbank ihres Familienautos. Schnell rutschte er hinein und zog Cam zu sich, als Phil ihn zu ihm in den Wagen schob.

»Zieht ihm die Jacke aus«, wies Phil an, als Sue ebenfalls auf die Rückbank kletterte. »Sie ist völlig durchnässt.« Er warf die Tür zu und setzte sich eilig hinters Steuer.

Gabriel riss die Beifahrertür auf und sprang in den Wagen. »Ich fahre mit euch. Ich kann Mum und Jules ablösen, falls Cam mehr Energie braucht.«

Phil nickte nur knapp, wendete zwischen den Picknicktischen und fuhr so schnell es der Untergrund erlaubte zurück zum Tor.

Auf der Rückbank hatte Jules eine Hand unter Cams nasse Klamotten geschoben und auf sein Herz gelegt. Mit der anderen nahm er Cams Hand.

»Er ist eiskalt«, murmelte er und fühlte sich hundeelend.

»Schick Wärme in sein Herz.« Sue öffnete den Reißverschluss von Cams Jacke und zog sie ihm aus. »Aber langsam. Wenn er unterkühlt ist und wir ihn zu schnell aufwärmen, bekommt sein Körper einen Schock und dann bricht sein Kreislauf womöglich komplett zusammen.«

»Okay.«

Cams Pullunder und Hemd waren ebenfalls feucht und kalt. Sue zog ihm auch die aus und schlang ihre eigene Jacke um ihn. Dann legte sie ihre Hand neben Jules' auf Cams Herz.

»Ich übernehme. Ich stärke seinen Körper, du suchst nach seiner Seele, damit er weiß, dass alles in Ordnung ist.« Sie schenkte ihrem Sohn ein aufmunterndes Lächeln. »Du hast ihn schon so oft aus seinen Panikstarren herausgeholt, du weißt besser als ich, wie du zu ihm durchdringen kannst.«

Jules nickte knapp. Er zog seine Hand von Cams Herz und legte sie stattdessen auf seine Stirn. Silbernebel erschien zwischen seinen Fingern, als er sanft über die Linien von Cams Totenbändigermal strich und seine Energie in ihn schicke.

Ich bin hier.

Er drückte Cams eisige Finger und steckte so viel Wärme und Geborgenheit in seine Energie, wie er nur konnte.

Du bist in Sicherheit. Wir bringen dich nach Hause.

Er blickte in Cams bleiches, regloses Gesicht und musste hart schlucken. Doch er hatte seinen Herzschlag gespürt. Er wusste, dass Cam noch lebte. Aber er spürte auch, wie tief Cam sich in sein Versteck zurückgezogen, wie sehr er seine Seele gegen die Außenwelt verschanzt hatte. Es würde nicht einfach werden, ihn dort zu erreichen.

Komm schon. Komm zu uns zurück. Bei uns bist du genauso in Sicherheit.

Wieder drückte er Cams Finger und ließ seinen Silbernebel durch Cams Schläfe dringen.

Hier gibt es keine Geister und diese Dreckskerle sind auch weg. Und ich schwöre dir, ich lasse nicht zu, dass sie dir noch einmal wehtun.

Kapitel 13

Als Phil in die Straße bog, die zum Crescent Drive führte, sah er über den Rückspiegel zu Sue und Jules. »Wie geht es ihm?«

Sue trennte ihre Verbindung zu Cam und ließ sich erschöpft auf die Rückbank sinken. »Sein Herz schlägt wieder kräftiger und ich hab ihm Wärme gegeben, aber er ist noch immer unterkühlt und sehr schwach.« Sie merkte, wie sie zitterte. Sie hatte Cam nicht nur in ihre Jacke, sondern auch einen guten Teil ihrer Körperwärme und Energie gegeben. »Leider sind wir keine Wunderheiler und solange Cam seine Seele vor uns verschließt, können wir ihm mit unserer Lebensenergie nur bis zu einem gewissen Grad helfen.«

»Es tut mir leid«, ächzte Jules. Auch er fror, weil er Cam von seiner Wärme gegeben hatte, und der Versuch, Cams Seele zu erreichen, zerrte an seinen Energiereserven. Widerwillig zog er seine Hand von Cams Schläfe, doch er musste die Verbindung zu ihm trennen, um sich selbst zu regenerieren. »Ich kann spüren, dass er da ist, aber er hat sich total verschanzt und blockt jeden Kontakt ab. Es fühlt sich richtig aggressiv an.«

»Das wundert mich nicht«, grollte Gabriel. »Erst betäuben und verschleppen ihn diese Arschlöcher, dann muss er sich ganz alleine gegen eine Horde Repeater wehren. Da wäre ich auch aggro und würde erst mal keinen mehr an mich heranlassen.«

»Aber er muss doch fühlen können, dass wir ihm helfen.« Jules hatte seine Verbindung zu Cam zwar getrennt, aber er hielt weiter dessen Hand.

»Nicht unbedingt«, antwortete Sue. »Wenn er sich so tief in sein Versteck zurückgezogen hat, ist seine Seele im Moment praktisch von seinem Körper getrennt. Das ist ein Schutzmechanismus. Wäre er schwer verletzt und hätte starke Schmerzen, könnte er die so ausblenden. Auf diese Weise rauben sie ihm keine Kraft und er kann seine Seele schützen, bis ein Arzt ihm helfen kann.«

»Ja, das weiß ich«, gab Jules entnervt zurück. »Aber Cam ist nicht verletzt und er hat keine Schmerzen. Das würden wir fühlen.«

»Schon«, gab Sue zu. »Aber du hast die Kälte in ihm gespürt. Sie ist …« Sie suchte nach den richtigen Worten. »Alles verzehrend und ihr haftet etwas Dunkles, Beklemmendes an, vor dem man einfach nur fliehen will, weil es einen zu verschlingen droht. Ich weiß nicht, wie viele der Repeater Cam in sich gesogen hat, aber ihre Todeskälte hat ihn fast ausgezehrt und wenn sein Schutzmechanismus deshalb die Verbindung zwischen seinem Körper und seiner Seele aufgehoben hat, hat ihm das vermutlich das Leben gerettet.«

»Und wie stellen wir diese Verbindung wieder her?«

Cam so reglos und totenbleich zu sehen, war kaum zu ertragen.

»Indem wir ihm Zeit geben und immer wieder versuchen, Kontakt herzustellen.« Versichernd legte Sue ihre Hand über Jules' Hand, die Cams hielt. »Wir haben ihm das Leben gerettet. Seine Seele holen wir auch noch zurück.«

Sie bogen in den Crescent Drive und Gabriel fluchte. »Lasst seine Seele besser erst mal da, wo sie ist.«

Am Ende der Sackgasse tummelten sich vier Geister.

»Shit«, schimpfte Jules. »Als Ella, Jaz und ich losgefahren sind, mussten wir auch schon zwei Biester plattmachen.«

Gabriel musterte die vier grauen Geister. »Wahrscheinlich haben es sämtliche Seelenlosen im Umkreis von zwei Meilen mitbekommen, als wir vorhin das Haus verlassen haben. Erst sechs Menschen, dann drei. Und die Cleveren unter den Biestern gehen mit Sicherheit davon aus, dass wir wieder zurückkommen. Neun potenzielle Opfer in einer Nacht, in der kaum jemand das Haus verlässt – das ist ein Festmahl.«

Sue stöhnte. »Und ich hab zu viel Energie gegeben, ich kann jetzt keinen der Geister bändigen. Und Jules sollte es auch nicht tun.«

Gabriel verfluchte im Stillen, dass er Connor für den Kampf auf der Lichtung seine Auraglue gegeben hatte. »Ich kann die vier nicht alleine bändigen. Nicht gleichzeitig. Wenn sie so clever sind, dass sie hier auf uns gewartet haben, sind das keine Schwächlinge. Und wer weiß, was sich hier womöglich noch versteckt.« Er warf einen Blick auf die Gärten und Häuser ihrer Straße, aber es war zu dunkel, um viel erkennen zu können.

»Wir könnten die anderen anrufen und im Wagen warten«, schlug Phil vor. »Sie haben die Repeater auf der Lichtung doch sicher längst erledigt.«

Sue legte ihre Hand auf Cams Stirn und fühlte mit der anderen seinen Puls. »Wir sollten aber nicht zu lange hier warten. Cam muss ins Warme. Wir müssen diese Kälte aus ihm herausbekommen, sonst verzehrt sie immer wieder aufs Neue die Energie, die wir ihm geben.«

»Okay, dann muss es anders gehen.« Phil streckte Jules seine Hand hin. »Nimm dir, was du brauchst, um mit Gabriel diese Biester da draußen in Schach zu halten, damit Sue und ich Cam ins Haus bringen können.«

Jules schüttelte den Kopf. »Wenn ich dir Energie nehme, hast du keine Kraft, um Cam zu tragen, und Mum ist dafür zu k. o.«

»Ich bin so voll mit Adrenalin, das packe ich schon«, versicherte Phil. »Ich bringe Cam rein, dann kann Sue sich Energie von mir und Granny nehmen und euch helfen, falls ihr Hilfe braucht. Ihr müsst die Geister ja nicht vernichten. Haltet sie uns und euch nur vom Leib und kommt ins Haus. Dann rufen wir die anderen an und geben ihnen Bescheid, was sie hier erwartet. Wenn Sky, Connor und Thad mit dem Dienstwagen zurückkommen, haben sie mit Sicherheit genug Auraglue dabei, dass die Biester da draußen kein Problem für sie werden.« Wieder streckte er Jules auffordernd seine Hand hin. »Also los, nimm dir, was du brauchst.«

»Mach schon, Jules. Dads Plan ist gut.« Gabriel behielt die Geister im Auge und suchte gleichzeitig die Straße nach weiteren ab, die sich vielleicht verborgen hielten. »Allerdings nur, solange sich da vorne nicht noch mehr Biester versammeln, also sollten wir schnell sein.«

Jules zögerte nicht länger, fasste die Hand seines Vaters und ließ seinen Silbernebel eine Verbindung herstellen. Sofort spürte er die vertraute Ruhe und Geborgenheit, die sein Vater immer ausstrahlte, und die Gewissheit, dass sein Dad ihn bedingungslos liebte und immer für ihn da war. Ein warmer Schauer rieselte durch seinen Körper und Jules merkte, wie er sich sofort stärker, hoffnungsvoller und optimistischer fühlte.

Sie würden das hier schaffen. Definitiv.

Er hörte, wie seine Mum am Handy mit seiner Granny sprach. Gabriel hatte ihr auf der Fahrt hierher bereits erzählt, was passiert war, jetzt gab Sue ihr Bescheid, was sie vorhatten.

Jules trennte die Verbindung zu seinem Dad, um ihm nicht zu viel Energie zu nehmen. »Okay, ich bin bereit«, sagte er dann an Gabriel gewandt.

»Gut. Ich nehme die beiden rechten, du die linken. Versuch, sie zu Mrs Halls Haus herüberzulocken. Einfach nur weg von unserem. Okay?«

Jules nickte knapp und legte seine Hand auf den Türgriff. »Okay.«

»Dann los!«

Gabriel stieß die Beifahrertür auf und warf im selben Moment schon seine Silberenergie auf die ersten beiden Geister. Jules folgte ihm und packte die anderen zwei. Wie befürchtet war keins der Biester ein Schwächling. Gabriel entriss dem ersten seine Energie, während er den zweiten auf Abstand hielt. Jules verfuhr mit seinen Geistern ganz ähnlich, dabei zerrten er und Gabriel die Kreaturen mit sich über die Straße, weg vom Auto und ihrem Zuhause. Aus den Augenwinkeln sahen die beiden, wie ihr Dad aus dem Wagen sprang und Cam auf seine Arme nahm, während ihre Mum die Umgebung im Auge behielt und hastig das Eisentor öffnete, das ihren Vorgarten zur Straße hin schützte. Im selben Moment wurde die Haustür aufgerissen und Granny erschien auf der Türschwelle. Schnell ließ sie die drei herein und streckte ihrer Schwiegertochter ihre Hände entgegen, damit Sue sich Energie nehmen konnte.

»Lasst die verdammten Geister und kommt rein!«, rief sie ihren beiden Enkeln zu, die auf der gegenüberliegenden Straßenseite die Geister in Schach hielten.

Gabriel schnaubte. »Nichts lieber als das!«, rief er zurück. Er hatte seinen ersten Geist vernichtet und raubte gerade dem zweiten die letzte Energie.

Jules dagegen hatte deutlich mehr zu kämpfen. Seinen Geistern fehlte nicht mehr viel, um sich in Schatten zu verwandeln, und Jules brauchte seine ganze Energie, um sie zu blocken und auf Abstand zu halten. Er wagte nicht, einem von ihnen Energie zu rauben, weil ihn das seine eigene Energie gekostet hätte und er war sich nicht sicher, ob seine Kraft dann noch ausreichte, den zweiten Geist zu blocken. Erleichtert keuchte er auf, als Gabriel ihm zu Hilfe kam und einen der Geister übernahm.

»Danke.«

»Kein Ding.«

Beide rissen an den Geistern und Jules merkte, dass selbst der Kampf gegen nur eine Bestie eine Herausforderung war. Die Suche nach Cams Seele und das Vertreiben der finsteren Kälte aus seinem Körper hatten verdammt viel Kraft gekostet. Gabriel dagegen schien keine größeren Probleme zu haben. Doch als Spuk bändigte er tagtäglich in jeder Schicht mehrere Geister und hatte viel mehr Training. Außerdem war er voller Wut und Adrenalin. Er vernichtete den Geist und half Jules dann mit dem Letzten. Sie hatten das Biest gerade auseinandergerissen, als Schreie ihrer Mum und Grandma sie herumfahren ließen.

»Passt auf!«

Doch es war zu spät. Aus der Dunkelheit in Mrs Halls Garten wallte ein Schatten auf die Straße. Die Kräfte, die die Unheilige Nacht ihm verliehen, ließen ihn scheinbar mühelos den Eisenzaun überwinden und er stieß seine schwarzen Geisterfäden in Jules.

Sue reagierte sofort. Sie nahm sich einen letzten Schub Energie von Edna, dann rannte sie hinaus, ihren Silbernebel einsatzbereit in ihren Händen. Sie stieß das Vorgartentor auf und wollte gerade ihre Energie auf den Schatten werfen, der Jules attackierte, als eisige Kälte sich in ihre Brust bohrte und ihr die Luft zum Atmen nahm. Ein zweiter Schatten hatte direkt hinter der Weißdornhecke gelauert, die ihren Vorgarten vom Wald abgrenzte. Sue versuchte, ihn zu blocken und den Geisterfaden aus ihrer Brust zu reißen, aber das Biest war zu nah, zu schnell und zu stark. Es stürzte sich auf sie und umhüllte sie mit eisiger Kälte und abgrundtiefer Dunkelheit.

Gabriel hörte die Schreie seines Vaters und seiner Grandma und sein Herz setzte einen Schlag lang aus, als er geschockt mit ansehen musste, wie der Schatten seine Mutter verschlang.

Sofort stürzte Phil aus dem Haus.

»Nein! Dad, nicht!«, schrie Gabriel, als sich ein dritter Schatten an der anderen Seite ihres Hauses aus der schmalen Gasse zwischen Hecke und Hauswand löste und erschreckend schnell auf Phil zu glitt. »Zurück ins Haus und Tür zu!«

Einzig die Tatsache, dass Phil noch die Silberweste trug, die den Schatten kurz zurückschrecken ließ, bewahrte ihn davor, genauso verschluckt zu werden wie Sue. Edna packte ihren Sohn, zerrte ihn zurück hinter die eiserne Schwelle und warf die Tür zu.

Fluchend, weil er sich nicht zweiteilen konnte, riss Gabriel an dem Schatten, der Jules zu verschlingen versuchte – und Jules schaffte es, sich aus dem Geistergriff zu lösen. Gemeinsam bändigten die zwei das Biest, doch Zeit zum Luftholen blieb ihnen nicht. Nachdem seine eigentlich angepeilte Beute ins Haus entkommen war, nahm der dritte Schatten stattdessen sie ins Visier.

»Versuch, ihn wegzulocken«, wies Gabriel Jules hastig an. »Ködere ihn nur mit einem winzigen bisschen deiner Energie. Das wird reichen. Du bist noch jung, er wird sie lieben. Ich hole Mum aus dem anderen Biest raus, dann helfen wir dir.«

Jules nickte bloß knapp. Er verdrängte die panische Sorge um seine Mum genauso wie Angst und Zweifel, ob Gabriel es alleine schaffen würde, ihr zu helfen – oder ob er selbst noch genügend Kraft hatte, um sich mit einem Schatten anzulegen. Sie hatten ohnehin keine andere Wahl.

Er fühlte sich zittrig, als er losrannte und gleichzeitig dem dritten Schatten einen hauchfeinen Faden seiner Silberenergie hinwarf.

Komm, du Mistvieh. Lass Gabe in Ruhe und nimm mich!

Schwarze Geisterfäden folgten ihm begehrlich. Jules ließ zu, dass sie sich um seinen Silbernebel wickelten und statt dem Schatten Energie zu rauben, bot Jules ihm ein wenig von seiner an. So, wie er und Cam es vorgestern Abend in dem leer stehenden Bürogebäude gemacht hatten, als sie Matt und den anderen geholfen hatten.

Also: Du kannst das!, machte Jules sich selbst Mut und blockte rasch die Verbindung, als der Schatten sofort gierig mehr Lebensenergie aus ihm heraussaugen wollte. Keuchend rannte Jules ein Stück weiter und schwor sich, wieder mehr zu trainieren – wenn er das hier überlebte. Die Unheilige Nacht machte den verdammten Schatten schneller als er sein durfte und Jules spürte, dass er das Katz-und-Maus-Spiel nicht mehr lange aufrechterhalten konnte. Er hatte einfach nicht mehr genug Energie. Seine Beine fühlten sich wie Wackelpudding an und er stolperte mehr als dass er rannte, als er einen Haken schlug, um einem Geisterfaden auszuweichen. Verzweifelt sah Jules hinüber zu seinem Bruder und ihm stockte entsetzt der Atem, als Gabriel Anlauf nahm und in den Schatten sprang, der ihre Mum verschlungen hatte.

Im selben Moment bohrte sich eisige Kälte in Jules' Brust, als sein eigener Schattengeist den Augenblick der Unachtsamkeit sofort gnadenlos ausnutzte und seine Geisterfäden in ihn stieß. Ächzend stürzte Jules zu Boden und sammelte alles an Kraftreserven zusammen, um die Verbindung zum Geist zu blocken. Doch seine Sinne schwanden mehr und mehr und machten es so verflixt schwer, sich zu konzentrieren. Die Todeskälte war in ihm. Sie ließ ihn heftig zittern und alles um ihn herum versank in Dunkelheit.

Dass ihn plötzlich ein gleißendes Licht erfasste, nahm er schon nicht mehr wahr.

Kapitel 14

Thad stoppte den Dienstwagen keine zwei Meter von Jules entfernt, Sky hielt mit quietschenden Reifen direkt neben ihm. Das Fernlicht der Scheinwerfer erschreckte den Schatten einen Moment lang genug, um Jules loszulassen und aus dem direkten Lichtkreis zu verschwinden. Doch dann griff er sofort erneut an, knisternd vor Vorfreude über so viel frische Lebensenergie, die aus den beiden Autos sprang.

Die Freude währte allerdings nur kurz, denn Thad, Connor, Sky und Matt feuerten Auraglue auf das Biest, während Ella und Jaz zu Jules eilten, um ihm Energie zu geben. Als die feinen Tropfen des Auraglues sich an den Schatten hefteten, stieß der einen hasserfüllten Schrei aus und entpuppte sich damit als Hocus. Der Zorn des Geistes ließ die Silbertropfen grell flimmern und das Biest sonderte eisige Kälte ab, die die Straße mit Frost überzog.

»Sky!«

Die Angst in der Stimme ihrer Mum ließ Sky herumfahren.

Gabriel hatte Sue aus dem Schatten herausgestoßen, war jetzt aber selbst in ihm gefangen. Sue riss die Todesenergie der Kreatur in sich und wehrte gleichzeitig Geisterfäden ab, mit denen der Schatten sie erneut in sich zerren wollte, aber sie wusste, dass sie beides nicht mehr lange durchhielt.

Sky sah die Silhouette ihres Bruders in der dunklen Kreatur und rannte sofort los. »Matt! Hol Gabe da raus!« Im Rennen peitschte sie ihren Silbernebel in den Schatten und entriss ihm so viel Energie wie sie konnte.

Matt fuhr herum und erkannte sofort, was passiert war. Ohne zu zögern folgte er ihr, nahm Anlauf und sprang in den Schatten. Die Geisterkälte schockte seine Muskeln, doch darauf war er vorbereitet. Er zog seine Silberenergie wie einen Schutzschild um sich, packte Gabriel und warf sich mit ihm hinaus. Kaum dass die beiden auf der Straße landeten, feuerten Thad und Connor Auraglue auf den Schatten.

»Autsch«, ächzte Gabriel, weil Matt halb auf ihm gelandet war und seine lädierte Schulter den Sturz auf den harten Asphalt nicht gut fand.

Matt wälzte sich von ihm runter und musterte ihn kritisch. »Bist du in Ordnung?«

Doch Gabriel hatte ganz andere Sorgen als die um sich selbst. Dass seine Mum okay war, konnte er sehen, aber: »Was ist mit Jules?«

Er fühlte sich, als steckte ihm eine üble Grippe in den Knochen und seine Schulter pochte wie verrückt, trotzdem setzte er sich so schnell er konnte auf und sah sich hektisch um.

»Er ist okay. Ella und Jaz sind bei ihm.«

Erleichtert sah Gabriel, wie die beiden Jules auf die Beine zogen, während Connor und Thad die Schatten in Silberboxen sperrten.

Da die unmittelbaren Gefahren gebannt schienen, eilten Phil und Edna aus dem Haus.

»Sind alle in Ordnung? Oder ist jemand verletzt?« Mit sichtlicher Erleichterung schloss Phil Sue in seine Arme, blickte aber gleichzeitig sorgenvoll von einem zum anderen.

»Wir sind alle okay«, versicherte Sky ihrem Dad. »Aber wir sollten ins Haus verschwinden, bevor wir noch mehr Geister anlocken.«

Als hätte man sie gehört, ertönte ein frohlockender Schrei aus dem Wald.

»Rein, und zwar sofort!«, befahl Edna und schob Ella, Jules und Jaz resolut durchs Gartentor zum Haus. »Das gilt auch für dich, Matt!«, rief sie ihm über die Schulter zu. »Komm nicht auf die Idee, dich in dieser unseligen Nacht jetzt alleine nach Hause durchzuschlagen. Du bleibst heute bei uns. Also kommt und zwar alle. Das Abendessen steht schon lange genug warm. Das will jetzt endlich gegessen werden.«

Matt stemmte sich auf die Füße. »Ich schätze, deiner Granny widerspreche ich besser nicht.« Er hielt Gabriel seine Hand hin, um ihm aufzuhelfen.

Der schnitt eine Grimasse. »Nein, besser nicht.« Er nahm die angebotene Hand und spürte, wie Matt ihm einen Energieschub gab, während er ihn auf die Beine zog. »Was machst du überhaupt hier?«

»Heldenhaft deinen Hintern retten, würde ich sagen.«

Gabriel rollte grinsend die Augen und drückte dankbar Matts Hand, bevor er seinen Freund losließ.

»Ella und Jaz haben uns erzählt, dass sie hier zwei Geister erledigen mussten, bevor sie losfahren konnten, um Cam zu helfen«, erklärte Matt, als sie zusammen zur Haustür liefen. »Deshalb dachte ich, ich fahre als Verstärkung besser mit zu euch, falls hier noch mehr Biester herumlungern. Nell, Jack und Les kommen auch ohne mich klar. Beim Mean & Evil gibt es ein Magnesiumlicht. Damit kommen sie sicher ins Haus, selbst wenn die Geister sich heute Nacht näher herantrauen sollten als sonst.«

»Gab es auf der Lichtung noch Probleme?«

»Nein. Wir waren mehr als genug, um die restlichen Repeater zu vernichten. Die Biester waren zwar keine Schwächlinge, aber besonders clever waren sie auch nicht. Wir hatten sie ziemlich schnell erledigt.« Er verzog das Gesicht. »Bin gespannt, was die Forscher vom Tower dazu sagen, dass wir denen heute Nacht ihr nettes Langzeitprojekt zerlegt haben.«

Gabriel schnaubte abfällig. »Die sollen mir bloß nicht blöd kommen. Wenn sie das Gebiet ordentlich überwacht hätten, hätten sie gesehen, was da los war. Dann hätten wir Cam schon viel eher retten können und die Repeater hätten vielleicht nicht vernichtet werden müssen. So sind sie selbst schuld, dass ihr Projekt jetzt Geschichte ist.«

Wieder verzog Matt das Gesicht. »Irgendwas sagt mir, dass die Forscher das nicht genauso sehen werden.«

»Und wenn sie einen Veitstanz aufführen – es könnte mir nicht egaler sein.« Gabriel trat hinter Matt als Letzter ins Haus und verriegelte gewissenhaft die Tür. »Danke, dass ihr gekommen seid«, sagte er dann und knuffte Matt gegen die Schulter. »Und natürlich auch fürs Hinternretten.« Er grinste schief, aber sein Blick sagte mehr als deutlich, wie viel es ihm bedeutete.

Matt lächelte und warf einen anzüglichen Blick auf Gabriels Hinterteil. »Na, um diesen sexy Hintern wäre es doch schließlich echt schade gewesen.«

Gabriel musste lachen und verpasste ihm einen weiteren Knuff.

»Außerdem würde ich niemals zulassen, dass du jemanden verlierst, den du liebst«, sagte Matt dann deutlich ernster. »Jedenfalls nicht, wenn es in meiner Macht steht, das zu verhindern.« Nach einem vielsagenden Blick ging er dann durch den Flur ins Wohnzimmer, wo die anderen zu hören waren. »Hey, wie geht es Cam?«

Gabriel folgte ihm, zu k. o. und zu besorgt um Cam, um sich jetzt auch noch mit anderen Gefühlen auseinanderzusetzen.

Cam lag in Sues Jacke und eine Wolldecke gewickelt auf dem Sofa nahe am Kamin, während seine Familie sich um ihn herum versammelt hatte. Sues Hände lagen wieder auf seinem Herz, die von Jules an Cams Schläfen. Silbernebel floss um ihre Finger und drang in zarten Schwaden in Cams Körper. Phil hatte seine Arzttasche geholt und kümmerte sich um die Wunden an Cams Handgelenken. Die Kabelbinder hatten tief in seine Haut geschnitten und auch die Schürfwunden drumherum sahen nicht gut aus.

Hass kochte in Gabriel hoch, als er sah, wie verzweifelt Cam darum gekämpft haben musste, sich zu befreien. Er kniete sich zwischen seine Mum und Jules und legte seine Hand auf Cams schmale Brust.

Hey, Champ. Ich weiß, du musstest heute unglaublich kämpfen und ich bin wahnsinnig stolz auf dich, wie du das gerockt hast. Aber jetzt bist du in Sicherheit. Wir haben dich nach Hause geholt, also komm aus deinem Versteck. Komm zu uns zurück.

Er schickte Cam Wärme und legte Liebe und Geborgenheit in seine Gedanken, um Kälte, Furcht und Dunkelheit aus seinem Bruder zu vertreiben. Doch Cam zeigte keinerlei Reaktion. Reglos und totenbleich lag er da und die Schatten unter seinen Augen, die in den letzten Monaten sein ständiger Begleiter geworden waren, wirkten noch tiefer und dunkler als sonst.

Gabriel hasste es, ihn so zu sehen. Er schloss die Augen, hörte, wie die anderen leise miteinander sprachen, blendete aber alles um sich herum aus und konzentrierte sich ganz auf Cam. Das Herz seines kleinen Bruders schlug regelmäßig, aber eine bleierne Erschöpfung steckte in seinem Körper, und obwohl Gabriel spüren konnte, dass Cams Seele da war, bekam er keinen Kontakt zu ihr.

Er hatte keine Ahnung, wie lange er so dasaß, doch irgendwann zog seine Mum neben ihm ihre Hände von Cams Herz und ließ erschöpft die Arme sinken.

»Alles okay, Mum?«, fragte Ella alarmiert.

Sue nickte beruhigend. »Ja, ich muss mich nur ein bisschen ausruhen.«

Sofort hockte Ella sich neben sie und nahm ihre Hand, um ihr Energie zu geben.

Gerührt zog Sue ihre Tochter an sich und gab ihr einen Kuss auf den Kopf. »Danke.«

»Nicht dafür. Mir geht es ja gut. Wie geht es Cam?«

Sue sah zu ihrem jüngsten Sohn, der noch immer bewusstlos da lag. »Er ist stabil und diese düstere Kälte, die in ihm war, ist verschwunden. Aber er ist völlig erschöpft und ich fürchte, das muss sein Körper selbst regenerieren. Mit unserer Energie kommen wir da nicht weiter. Er braucht einfach Ruhe, um sich zu erholen. Dann wird auch seine Seele merken, dass es ihm besser geht. Im Moment ist sie wahrscheinlich viel zu verschreckt von allem, was sie heute durchmachen musste. Deshalb ist sie noch im Abwehren-und-Überleben-Modus. Aber wenn wir ihr Zeit geben, wird sie wieder zur Ruhe kommen und merken, dass alles in Ordnung ist.«

»Okay.« Phil vertraute Sues Urteil. Liebevoll drückte er Jules und Gabriel die Schultern. Beide gaben Cam noch immer Energie und suchten Kontakt zu seiner Seele. »Ihr habt gehört, was eure Mum gesagt hat. Gönnen wir Cam ein bisschen Seelenfrieden. Er wird zu uns zurückkommen, wenn er dafür bereit ist.«

Gabriel presste die Lippen aufeinander, trennte dann aber die Verbindung. Seine Eltern hatten recht. Vielleicht bedrängten sie Cam im Moment zu sehr und er zog sich deshalb nur noch mehr zurück.

Auch Jules ließ seinen Silbernebel verebben und löste sich schweren Herzens von Cam. Nicht, weil er es wirklich wollte. Er musste. Sein Körper warnte ihn, dass seine Kraftreserven langsam aufgebraucht waren. Üble Kopfschmerzen pochten hinter seinen Schläfen und ihm war schwindelig und übel.

Phil musterte ihn prüfend und strubbelte ihm durchs Haar. »Ruh dich aus und iss etwas, dann kannst du später noch mal den Kontakt zu seiner Seele suchen. Aber erst, wenn du selbst wieder Kraft aufgetankt hast.«

Jules nickte knapp und lehnte sich neben Cam gegen die Couch. »Ausruhen klingt super«, murmelte er matt und schloss erschöpft die Augen. »Aber Essen krieg ich jetzt keins runter.«

»Na, das wollen wir doch mal sehen.« Sky kniete sich neben ihn. Sie legte ihre Hand auf seine Stirn und sorgte dafür, dass Kopfschmerzen, Schwindel und Übelkeit verschwanden. Dann zog sie ihn auf die Füße und sie folgten den anderen in die Küche, wo Edna das Abendessen warmgehalten hatte. Um der Unheiligen Nacht gebührend zu trotzen, gab es einen Schmorbraten, etwas, das die Familie sich nur selten leistete.

»Zum Glück macht es dem nichts aus, länger im Ofen zu bleiben.« Edna hievte den Bräter auf den Tisch. »Im Gegenteil. Wahrscheinlich schmeckt er jetzt sogar noch besser als vor drei Stunden.«

Nach all der Anstrengung merkte Jules jetzt doch, wie hungrig er war, und nahm sich Braten, Kartoffelstampf und Bohnen. »Ist es okay, wenn ich im Wohnzimmer esse? Ich lasse Cams Seele in Frieden, versprochen. Aber vielleicht spürt er ja, dass er nicht alleine ist und kommt schneller zurück, wenn jemand in seiner Nähe bleibt.«

Sue lächelte wissend. »Sicher, geh zu ihm. Das ist eine schöne Idee und es wird ihm sicher helfen.«

»Danke.« Jules nahm Teller, Besteck und Wasserglas und verschwand zurück ins Wohnzimmer.

»Ich finde, wir sollten alle drüben essen«, schlug Ella vor, während sie Bohnen neben ihre Kartoffeln häufte. »Cam sollte doch fühlen, dass wir alle da sind, oder nicht? Außerdem müssen wir sowieso noch unsere Bannkräuter ins Feuer werfen. Das wird langsam Zeit. Die Nacht ist ja schon längst angebrochen.«

Phil tauschte einen kurzen Blick mit Sue und Edna und sie waren sich wortlos einig. Nach der Aufregung der letzten Stunden tat zusammen zu sein jetzt allen gut und ein etwas unkonventionelleres Essen konnte vielleicht helfen, all die Schrecken besser zu verdauen.

»Also gut.« Phil nahm seinen Teller. »Picknick im Wohnzimmer. Vielleicht wird das ja eine neue Tradition für Unheilige Nächte. Probieren wir es aus.«

Kapitel 15

Cam liebte das Kinderzimmer, das er sich mit Jules teilte. Für ihn war es ein riesengroßer Raum, obwohl das wohl im Auge des Betrachters lag. Er war noch klein. Erst sechs Jahre alt. Jules war auch sechs, aber er war größer als Cam. Und Gabriel war dreizehn. Der war noch größer. Und er war der beste Beschützer. Keins der Kinder auf dem Spielplatz traute sich, gemein zu Cam, Jules oder Ella zu sein, wenn Gabriel bei ihnen war. Deshalb war er auch der beste Türwächter überhaupt.

Das Kinderzimmer hatte ein großes Fenster, das hinaus auf den Crescent Drive blickte, und die Wände waren in einem fröhlichen Sonnengelb gestrichen, was den Raum warm und hell machte. Poster von Pixarfilmen und Disneyhelden hingen zwischen Regalen mit Spielzeug und Büchern. Es gab einen großen Kleiderschrank und eine Kommode, die sie sich teilten, und zwei Betten standen über Eck beieinander, dazwischen ein Nachttisch, auf dem eine Lampe stand, die wie eine Rakete aussah.

Auf dem Boden war eine bunt zusammengewürfelte Welt aus Playmobil aufgebaut: Neben einer Ritterburg mit zwei Drachen ankerte ein Piratenschiff samt Riesenkraken. Davor parkten drei Zirkuswagen mit Tieren und Artisten, außerdem gab es ein Krankenhaus und einen Spielplatz, auf dem nur nette Kinder waren und alle mitspielen durften.

Manchmal fand Cam dieses Durcheinander anstrengend. Er mochte, dass die Spielsachen in Kartons waren und man so wusste, was zusammengehörte und wo es rein sollte. Alles hatte seinen Platz. Alles gehörte irgendwo hin. Das war gut.

Jules dagegen vermischte alles gerne. Warum sollten Ritter nicht auch Piraten sein? Und vielleicht wollten einige von ihnen ja auch nicht immer nur mit Schwertern gegen Monster und Banditen kämpfen, sondern auch mal Seiltänzer sein. Oder Zauberer. Oder Löwendompteure. Und wenn ihnen was passierte, brauchten sie Ärzte, die sie wieder gesundmachen konnten, und ihre Kinder brauchten einen Platz, um zusammen zu spielen. War doch logisch, oder? Also passte doch alles zusammen.

Irgendwie hatte Cam ihm da recht geben müssen und er spielte gerne in ihrer kleinen Welt, in der Jules dafür sorgte, dass das Durcheinander zusammenpasste, alles möglich war und die Geschichten, die sie sich für ihre Püppchen ausdachten, immer gut ausgingen.

Cam liebte es hier, daher war klar gewesen, dass er dieses Zimmer wählen würde, als Sue wollte, dass er sich einen Ort überlegte, an dem er sich absolut sicher fühlte, um dort seine Seele zu verstecken.

Sie hatten mit dem Seelenverstecktraining kurz nach seinem sechsten Geburtstag angefangen, weil er und Jules dann alt genug waren. Es war wichtig, dass sie lernten, ihre Seele zu verstecken, denn es gab draußen böse Geister, die den Menschen ihre Seelen wegnehmen wollten. Aber sie waren Totenbändiger. Sie konnten sich und andere Menschen beschützen und die bösen Geister vernichten. Sue konnte das. Gabriel und Sky waren auch schon ziemlich gut darin und Cam wollte das auch können. Aber dazu musste er zuerst seine Seele verstecken können, das war ganz, ganz wichtig.

Bevor Sue ihm und Jules zum ersten Mal von ihren Seelen erzählt hatte, hatte Cam nicht gewusst, was eine Seele überhaupt war.

»Eure Seele ist das Wunderschönste, das ihr euch vorstellen könnt. Sie ist wie ein heller Stern, der in allen Farben funkeln kann«, hatte Sue erklärt und Cam und Jules ihre Hände auf die Brust gelegt. »Sie lebt ganz tief in euch drin und macht euch zu den wunderbaren Menschen, die ihr seid. Deshalb müsst ihr so gut auf sie aufpassen, denn niemand darf euch dieses Wunderbare wegnehmen.«

Das hatte Cam verstanden. Deswegen saß er jetzt auch hier in seinem alten Kinderzimmer auf seinem alten Bett. Jules saß neben ihm und hielt einen kleinen Stern in seiner Hand, der in allen Regenbogenfarben funkelte. Immer wenn Cam in sein Seelenversteck ging, gab er seinen Stern an Jules. Er wusste, dass der ihn beschützen würde. Jules sorgte immer dafür, dass die Abenteuer ihrer Ritterpiraten gut ausgingen, also würde er auch dafür sorgen, dass Cams Seele nichts passierte, das man nicht wiedergutmachen konnte.

Jules war sein allerbester Freund. Sein Bruder. Sein Seelenverwandter. Er würde niemals zulassen, dass Cams Seele verlorenging.

Genauso wenig würde Gabriel das zulassen. Er stand als Wächter an der Kinderzimmertür und sorgte dafür, dass nichts und niemand Böses zu ihnen hereinkommen konnte.

Besser konnte Cam seine Seele gar nicht beschützen lassen als von den beiden Menschen, die ihm in seinem Leben das meiste bedeuteten.

Und sein Seelenversteck funktionierte perfekt. Das Zimmer blieb immer gleich, nur er, Jules und Gabriel waren mit den Jahren älter geworden. Wenn Cam sein Versteck betrat, war er immer noch sechs Jahre alt, doch sobald er sich auf sein Bett setzte, war er so alt wie in Wirklichkeit. Dasselbe galt für Jules und Gabriel. Cam erzählte ihnen dann, warum er in sein Versteck gekommen war, und die beiden versprachen ihm, dass er sich keine Sorgen machen musste und sie seine Seele beschützen würden. In der Regel dauerte es auch nicht lange, bis einer von beiden ihm dann sagte, dass alles wieder in Ordnung war und er sich aus seinem Versteck heraustrauen konnte. Meistens war es Jules. Der echte Jules. Der, der in der Wirklichkeit Kontakt über ihre Silberenergie zu ihm aufnahm und ihm so zu verstehen gab, dass er in Sicherheit war.

Heute war es aber anders.

Cam war schon verdammt lange in seinem Seelenversteck. Draußen vor dem Fenster des Kinderzimmers wurde es schon dunkel. Das war bisher noch nie passiert. Er fühlte sich schlapp und müde. Und ihm war kalt. Entsetzlich kalt. Die Kälte schien sich wie Säure durch seine Adern zu fressen und ließ ihn heftig zittern.

»Leg dich hin und schlaf ein bisschen«, sagte Jules sanft. Mit Cams Seelenstern in seiner Hand stand er vom Bett auf, half Cam, sich hinzulegen und zog ihm die Decke über die Schulter. »Keine Angst. Ich passe auf, dass dir nichts passiert.« Versichernd legte er die Hand mit dem Seelenstern auf Cams Brust. »Schlaf und ruh dich aus«, wisperte er liebevoll und strich mit den Fingern seiner anderen Hand zärtlich über Cams Schläfe. »Ich weck dich, wenn du in Sicherheit bist. Versprochen.«

Diese zärtliche Berührung ließ einen wohligen Schauer durch Cams Körper kribbeln und er spürte das sehnsüchtige Ziehen in seinem Inneren, das hier in seinem Seelenversteck aber nicht so schlimm war.

Hier liebte Jules ihn so wie Cam ihn liebte.

Hier waren sie alles, was Cam sich wünschte, deshalb kam er manchmal auch her, wenn seine Seele gar nicht in Gefahr war. Dann waren nur Jules und er hier und es gab nichts anderes.

Cam genoss die Zärtlichkeiten, die hier möglich waren, darum fand er es auch gar nicht schlimm, diesmal länger in seinem Versteck zu bleiben.

Ganz im Gegenteil.

Wenn er sich nur nicht so schlapp und müde gefühlt hätte. Er schaffte es kaum noch, die Augen offen zu halten. Und diese verdammte Kälte war so eisig, dass sie zu schmerzen begann.

»Schlaf.« Wieder streichelte Jules ihm sacht über Stirn und Schläfe und seine sanfte Stimme lullte Cam ein. »Ich pass auf dich auf.«

Cam fielen die Augen zu. »S-so k-kalt«, murmelte er zitternd und mit klappernden Zähnen.

Jules zog ihm die Bettdecke höher und strich ihm über die Schultern. »Das wird bald besser. Glaub mir. Ich lass nicht zu, dass dir irgendwas passiert.«

Cam schaffte es nicht mehr, seine Augen noch einmal zu öffnen, doch er spürte, wie Jules sich neben ihn legte und wärmend seinen Arm um ihn schlang.

»Alles wird gut«, flüsterte er leise an Cams Ohr.

Und Cam glaubte ihm. Sacht driftete er fort in traumlosen Schlaf.

Er hatte keine Ahnung, wie lange er geschlafen hatte, doch plötzlich merkte er, dass etwas anders war. Die fürchterliche Kälte war verschwunden – und jemand rüttelte an seiner Schulter.

»Cam? Zeit aufzuwachen. Du bist in Sicherheit.«

Cam brummte nur und rollte sich auf die Seite. Er wollte nicht aufwachen. Hier war es warm und sicher.

Keine Albträume oder Angststarren.

Keine Schule mit Topher und seinen beschissenen Freunden, die Spaß daran hatten, ihn zu quälen.

Keine Seelenlosen, die ihm sein Leben rauben wollten.

»Ich will nicht«, nuschelte er ins Kopfkissen.

Aber Jules blieb unerbittlich und rüttelte erneut an seiner Schulter. »Komm schon. Du musst zurück.«

Widerwillig zwang Cam die Augen auf. Jules saß neben ihm auf der Bettkante und hielt gewissenhaft noch immer Cams Seelenstern in der Hand.

»Was, wenn ich hierbleiben will?«, fragte Cam leise. »Ich mag es hier. Und hier bin ich immer in Sicherheit.«

Jules streichelte ihm eine wirre Haarsträhne aus der Stirn. »Du weißt, dass das nicht richtig wäre«, sagte er sanft. »Dieser Ort hier ist fürs Überleben bestimmt, aber hier leben kannst du nicht. Leben funktioniert nur in der Wirklichkeit. Da warten alle auf dich und sie machen sich tierische Sorgen, weil du schon so lange fort bist.«

Das schlechte Gewissen zwickte ihn. Er wollte nicht, dass die anderen sich Sorgen machten.

»Hör auf Jules und geh zurück.« Gabriel saß an die Tür gelehnt auf dem Boden, drehte ein hölzernes Spielzeugschwert in seiner Hand und hatte dafür gesorgt, dass niemand in dieses Versteck eingedrungen war, während Cam geschlafen hatten. »Sonst machst du viele Menschen unglücklich.«

Cam seufzte. Ihm war klar, dass Jules und Gabriel hier drin nicht echt waren. Die echten wurden vermutlich gerade wirklich halb wahnsinnig vor Sorge um ihn und versuchten, zu ihm durchzudringen.

Was sie nicht geschafft hatten, weil er geschlafen hatte.
Shit.

Wenn es andersherum wäre, würde Cam jetzt gerade sicher durchdrehen.

Er musste zurück. Alles andere war grausam.

Außerdem war er kein Feigling, der sich in einer Fantasiewelt verkroch, nur weil die Wirklichkeit gerade anstrengend war. Da draußen war schließlich nicht alles ätzend und er würde seiner Familie niemals so wehtun und nicht zu ihnen zurückkehren. Dafür liebte er sie viel zu sehr.

Ächzend setzte er sich auf und spürte plötzlich wieder diese bleierne Erschöpfung. Ein Vorgeschmack darauf, wie er sich fühlen würde, wenn er Körper und Seele wieder miteinander vereinte.

»Na toll«, stöhnte er und schwang trotzdem seine Beine über die Bettkante.

Jules schenkte ihm ein mitfühlendes Lächeln. »Das wird wieder besser. Das weißt du. Und wir helfen dir. Versprochen.«

Cam spürte ein Kribbeln in seinem Totenbändigermal und wusste, dass jetzt der echte Jules mit ihm sprach. Cam erwiderte das Lächeln und nickte. Er streckte seine Hand aus und drückte kurz die von Jules. »Danke.«

Dann nahm er seinen Seelenstern zurück.

Es war Zeit, zu gehen.

Kapitel 16

Zum Nachtisch hatte Granny ihren berühmten Schokoladenpudding gekocht, der so cremig war, dass er im Mund zu schmelzen schien.

Jules liebte diesen Pudding.

Und du liebst ihn auch, also komm zu uns zurück!

Er hockte wieder neben Cam auf dem Sofa, löffelte mit einer Hand seinen Pudding und strich mit den Fingern der anderen über Cams Totenbändigermal. Das Abendessen hatte gutgetan und Jules' Kräfte waren fast vollständig regeneriert. Er konnte also problemlos wieder versuchen, Kontakt zu Cams Seele zu bekommen. Prinzipiell respektierte er zwar, dass seine Eltern recht haben mochten und Cam Zeit und Ruhe brauchte, um sich von allem, was heute passiert war, zu erholen. Aber das konnte er ja auch, wenn seine Seele wieder dort war, wo sie hingehörte.

Hier. Bei ihnen.

Komm schon, du verpasst hier alles …

Ganz nach ihrer Tradition hatte sich der Rest der Familie um den Kamin versammelt und warf Bannkräuter ins Feuer, die Ella, Jaz und Granny am Nachmittag zu kleinen Sträußen gebunden hatten. Der Duft von Salbei, Thymian, Rosmarin und Wachholder hing in der Luft, der für Jules immer Gemütlichkeit und Geborgenheit bedeutete.

Ob Cam ihn dort, wo er war, auch wahrnehmen konnte?

Jules musterte ihn. Cam war noch immer schrecklich blass, wirkte aber so, als würde er bloß völlig erschöpft schlafen. Doch Jules hasste die Vorstellung, dass Cam womöglich irgendwo tief in seinem Inneren noch immer tausend Ängste durchstand. Alles, was er wollte, war, dass Cam kurz aufwachte, damit er wusste, dass er zu Hause war und es keinen Grund mehr gab, Angst haben zu müssen.

Wieder ließ Jules seinen Silbernebel durch Cams Schläfe sickern.

Ich verstehe total, dass du dich gerade beschissen fühlst, aber das wird wieder besser. Das weißt du. Und wir helfen dir. Versprochen.

Und plötzlich war die Verbindung da. Es war wie eine Tür, die in Cams Innerem aufging und ein Kribbeln durch Jules' Finger direkt in seine Seele schickte.

Hastig stellte er den Pudding zur Seite und verstärkte die Verbindung – und Cam ließ sich darauf ein.

»Ich hab ihn!«

Sofort hatte Jules die Aufmerksamkeit der gesamten Familie.

Neben ihm wandte Gabriel sich zu Cam um. Wie Jules hatte er das Verbrennen der Bannkräuter den anderen überlassen, um in Cams Nähe zu sein. Im Gegensatz zu Jules hatte er jedoch nur Cams Hand gehalten. Cam hasste es, bedrängt zu werden, daher hatten sie nicht zu zweit Kontakt zu ihm gesucht. Jetzt rief Gabriel allerdings doch seinen Silbernebel und wusste sofort, dass Jules recht hatte.

»Hey, Kleiner. Willkommen zurück.«

Er drückte Cams Hand – und Cams Finger drückten zurück. Ganz sacht nur, kaum spürbar, aber das war für Gabriel mehr als genug. Unendlich dankbar schloss er kurz die Augen und machte dann seinem Vater Platz, als der nach Cam sehen wollte.

Auch Jules trennte seine Verbindung und sank erleichtert gegen die Couch, als Cam sich regte und mühsam die Augen aufzwang.

Phil lächelte ihm zu. »Hey Champ. Du hast keine Ahnung, wie froh wir alle sind, dich wieder hierzuhaben.« Liebevoll strich er seinem Sohn die Haare zurück, fühlte seine Stirn und dann seinen Puls. »Wie fühlst du dich?«

»Kaputt«, murmelte Cam so leise, dass er kaum zu verstehen war.

Sue hatte sich ebenfalls neben ihn gesetzt und streichelte Cam übers Haar. »Du hast heute Unfassbares ausgehalten und wahnsinnig gekämpft. Es ist völlig normal, dass du jetzt erschöpft bist.« Sie beugte sich zu ihm herab und gab ihm einen Kuss auf den zerzausten Haarschopf. »Wir sind unglaublich stolz auf dich und unglaublich glücklich, dass du zu uns zurückgekommen bist.« Tief bewegt küsste sie ihn noch einmal.

Phil war zufrieden mit dem kurzen Check-up seines Sohnes und zog Sues Jacke und die Wolldecke, in die Cam noch immer eingewickelt war, fest um ihn. »Wir bringen dich jetzt hoch in dein Bett, dann kannst du dich ausschlafen. Morgen geht es dir sicher schon wieder besser.«

Cam nickte kaum merklich und die Augen fielen ihm wieder zu.

»Ich schlaf heute Nacht bei ihm«, bot Jules an. »Nur für alle Fälle.« Er nahm Cams Hand. »Ist das okay für dich?«

Ein kleines Lächeln huschte über Cams Gesicht und seine Finger in Jules' Hand zuckten. Dann übermannte ihn endgültig der Schlaf.

»Ich bringe ihn hoch.« Gabriel stemmte sich auf die Beine.

»Nicht mit deiner Schulter«, widersprach Phil sofort.

Gabriel rollte die Augen, aber bevor er etwas sagen konnte, trat Matt schon an die Couch und hob Cam in seine Arme.

»Dein Dad hat recht.« Er blickte zu Phil. »Vielleicht solltest du dir seine Schulter mal ansehen. Seit ich ihn mit meiner Wrestlingattacke aus dem Schatten rausgeholt hab, hält er den Arm ruhiger als vorher.«

Gabriel schickte ihm einen vernichtenden Blick, doch den quittierte Matt bloß mit einem unverschämten Grinsen. Dann folgte er Jules in den Flur und hinauf ins Dachgeschoss. Oben angekommen legte er Cam auf sein Bett.

»Wir sollten ihm was überziehen, damit er nicht friert.« Matt zog ein Longsleeve unter Cams Kopfkissen hervor und schlug Wolldecke und Jacke zurück. »Hilfst du mir mal?«

Doch Jules reagierte nicht. Er konnte nicht. Er stand nur da und starrte geschockt auf Cams linken Arm. Feine Schnitte zogen sich dort auf der Innenseite nahe dem Ellbogen durch die Haut. Fünf Stück. Sie waren nicht lang, nur zwei, vielleicht drei Zentimeter. Aber sie lagen dicht nebeneinander und waren zu regelmäßig, um Kratzer von Holmes oder Watson zu sein.

Es war wie ein Schlag in den Magen, als Jules klar wurde, was sie bedeuteten.

»Hey, wie wäre es mit ein bisschen Unterstützung?« Matt hatte sich neben Cam auf die Bettkante gesetzt und kämpfte damit, ihm das Shirt überzuziehen. Da Jules immer noch nicht reagierte, wandte Matt sich zu ihm um und folgte dessen Blick, als er den Schock in Jules' Augen sah. »Oh. Okay. So wie du gerade aus der Wäsche guckst, schätze ich, du hast nicht gewusst, dass er sich ritzt?«

Zu hören, wie es jemand aussprach, war wie ein zweiter Schlag, und Jules konnte nur stumm den Kopf schütteln.

»Dann wissen es die anderen in eurer Familie vermutlich auch nicht, oder?«

Bestimmt nicht.

Wieder schüttelte Jules den Kopf. Er fühlte sich elend und sank neben Matt auf die Bettkante.

Diese Schnitte ...

Zaghaft fuhr er mit dem Daumen darüber. Drei waren fast verheilt, zwei waren frisch – und alle sahen so aus, als hätte Cam sie mehr als einmal aufgeritzt.

Jules schluckte hart und half Matt dann, Cam sein Schlafshirt überzuziehen, weil er den Anblick der Schnitte nicht länger ertrug.

»Ritzen bedeutet nicht, dass er sich die Pulsadern aufschneiden will, falls du das jetzt denkst«, sagte Matt sanft, als sie die Bettdecke über Cam zogen. »Es ist eher wie ein Ventil, um besser mit dem klarzukommen, was einen gerade fertigmacht. Es baut den inneren Druck ab und hilft dabei, wieder ruhiger zu werden.«

Stirnrunzelnd sah Jules zu ihm auf. »Woher ...?« Doch noch bevor er die Frage zu Ende stellen konnte, wurde es ihm klar.

Matt zog den Ärmel seines Pullovers hoch. Verschlungene Linien ähnlich wie die seines Totenbändigermals zogen sich als Tattoo von seiner Schulter hinunter bis zum Unterarm. An fast derselben Stelle wie bei Cam waren dort Narben von Schnitten zu erkennen, die jedoch schon älter und verblasst waren. Bei Cam bildeten die Schnitte kurze gerade Linien, Matt dagegen hatte sich Kreuze geritzt, die wie ein X aussahen. Die schwarze Tattootinte umspielte sie und machte sie zu einem Teil des Kunstwerks auf seinem Arm, sodass sie als Narben kaum ins Auge fielen. Tatsächlich hatte Jules sie noch nie als das wahrgenommen, obwohl Matt das Tattoo gefühlt schon hatte, seit Jules denken konnte.

Er betrachtete die Narben eine Weile, dann fragte er leise: »Wie hast du es geschafft, damit aufzuhören?«

»Ich bin bei Eddie, Lorna und Hank gelandet.« Matt zog seinen Ärmel wieder herunter. »Als mein Leben bei ihnen in beständige Bahnen kam und ich mich zum ersten Mal irgendwo angekommen und zu Hause gefühlt hab, war dieser innere Druck irgendwann weg und ich brauchte es nicht mehr.«

Jules nickte langsam und verfiel erneut in nachdenkliches Schweigen.

»Hör zu«, versuchte Matt ihm zu helfen, weil er sich denken konnte, womit Jules sich gerade herumschlug. »Wenn du Cam helfen willst, rede mit ihm, wenn er wieder auf den Beinen ist. Sag ihm, dass du weißt, was er tut, und dass du gerne die Gründe dafür wüsstest. Mach ihm aber keine Vorwürfe und werte nicht. Gib ihm einfach die Chance zu reden und hör nur zu. Und falls er abblockt und nicht darüber reden will, bedräng ihn nicht. Du kannst ihm erzählen, dass ich mich auch geritzt hab, weil ich nur so den Alltag in diesem fürchterlichen Totenbändigerheim aushalten konnte, und später das Leben auf der Straße. Falls er dann mit mir reden will, bin ich jederzeit da. Aber die Entscheidung muss von ihm kommen. Er soll nur wissen, dass er mit der Sache nicht alleine ist und sein Geheimnis mit jemandem teilen kann, wenn er will. Aber dräng ihn zu nichts. Damit würdest du ihn nur noch mehr unter Druck setzen und das ist das Letzte, was er jetzt braucht. Okay?«

Jules nickte, wirkte aber alles andere als glücklich, als er zu Cam sah, der völlig erledigt neben ihnen schlief.

Aufmunternd stieß Matt ihm gegen die Schulter. »Kopf hoch. Cam macht gerade einfach zu viel durch. Gabe und Sky haben erzählt, dass das Unheilige Jahr ihn kaum schlafen lässt, und ganz ehrlich, das sieht man ihm auch an. Dazu die neuen Leichen mit den durchgeschnittenen Kehlen, die sicher einiges in ihm aufgewühlt haben, dann noch das Mobbing in der Schule ... So geballt ist das alles nicht easy. Aber er hat eine tolle Familie und wenn wir dafür sorgen, dass diese Arschlöcher aus eurer Schule ihn jetzt ein für alle Mal in Frieden lassen, nimmt das mit Sicherheit schon eine ganze Menge Druck von seiner Seele.«

Jules spürte, wie sein Hass auf Topher, Emmett und Stephen heftiger zu brennen begann als je zuvor. »Schön wär's«, knurrte er zynisch. »Aber die werden sich doch wieder damit rausreden, dass Cam ein Totenbändiger ist – und ich wette, damit kommen sie auch wieder durch.«

»Das werden wir sehen. Wir haben die Videos. Und es gibt in unserem Rechtssystem auch Leute, die auf unserer Seite sind. Gabriels Boss ist ziemlich okay. Den solltet ihr um Hilfe bitten.«

Jules zuckte bloß resignierend mit den Schultern und wischte sich über die Augen. »Warten wir es ab«, murmelte er wenig hoffnungsvoll und fühlte sich plötzlich unendlich müde.

Matt musterte ihn kurz. »Gute Idee. Der Abend war echt heftig und du siehst fast genauso erledigt aus wie Cam. Leg dich schlafen. Morgen sieht die Welt schon wieder besser aus – oder wir haben zumindest wieder genug Kräfte getankt, um dafür zu kämpfen, dass sie besser wird.« Er lächelte schief und knuffte Jules noch einmal gegen die Schulter.

Der verzog das Gesicht und stand vom Bett auf. »Soll ich Mum und Dad sagen, dass Cam sich ritzt?«

Matt zögerte kurz, dann schüttelte er den Kopf. »Nein. Cam sollte es ihnen selbst sagen, wenn er bereit dazu ist. Wenn du sein Geheimnis weitererzählst, wird er das als Verrat ansehen und das macht mehr kaputt als dass es hilft. Rede erst mal alleine mit ihm und warte ab, wie er reagiert.«

Jules nickte niedergeschlagen. »Okay.«

Matt stand ebenfalls vom Bett auf. »Für dich gilt übrigens dasselbe: Wenn du reden willst, ruf mich an. Ich bin immer da.«

Wieder nickte Jules. »Danke.« Er deutete auf Matts Arm. »Auch dafür, dass du es mir gesagt hast.«

Matt zog die Schultern hoch und grub seine Hände in die Hosentaschen seiner Jeans. »Ich binde es nicht jedem auf die Nase, weil es die meisten Leute einfach nichts angeht. Aber ich verstecke es auch nicht. Die Narben sind ein Teil von mir und erzählen, dass ich gekämpft und gewonnen hab. Das ist nichts, wofür ich mich schämen müsste. Im Gegenteil.« Er trat mit Jules auf den Flur hinaus, drehte sich in der Tür aber noch mal zurück zu Cam. »Er ist genauso ein Kämpfer. Und er wird genauso gewinnen.«

Jules sah ebenfalls zurück zu Cam und seufzte. »Aber kein Kämpfer muss alle Schlachten alleine schlagen. Das sagt Dad immer.«

Matt legte ihm einen Arm um die Schultern. »Dein Dad ist ein kluger Mann. Ich weiß, warum ich ihn so mag. Und im Prinzip hat er auch recht. Durch manche Dinge muss man allerdings alleine durch, weil man die einfach mit sich selbst ausmachen muss.« Er drückte Jules die Schulter, als er dessen niedergeschlagenen Blick sah. »Aber es tut immer gut zu wissen, dass man Rückhalt hat, wenn man ihn braucht. Und das weiß Cam. Da bin ich mir sicher.« Wieder drückte er ihm die Schulter, dann schob er Jules zu seinem Zimmer hinüber. »Jetzt hol deinen Kram und leg dich zu ihm. Du brauchst den Schlaf genauso nötig wie er.«

Kapitel 17

Zur gleichen Zeit irgendwo in London

Fackeln erhellten den Opferraum mit flackerndem Licht. Frost zog sich über die Wände und ließ den Atem kondensieren. Nicht mal die Flammen der Fackeln konnten noch viel gegen die eisige Kälte ausrichten. Der Raum hatte zu viel Tod gesehen. Der Boden glänzte von frischem Blut.

Zwölf Männer in schwarzen Kutten standen an den beiden Längsseiten des Raums: sechs an der rechten Wand, sechs an der linken. Ihre Gesichter waren hinter schwarzweißen Masken verborgen.

An der Stirnseite stand ein weiterer Mann, auch er gehüllt in Kutte und Maske. Seine war jedoch farblich seitenvertauscht zu denen seiner Anhänger und auf seiner Stirn prangten zwei Striche komplementär in Schwarz und in Weiß, ähnlich einer römischen Zwei.

Er war der Princeps. Er führte die Dreizehn.

Zwischen den Männern standen sechs Holzkisten, jede umgeben mit einem Ring aus einer Eisenkette. Aus manchen der Kisten klang leises Wimmern, in den meisten war es jedoch totenstill, als Helfer in dunkler Tarnkleidung und schwarzverhüllten Gesichtern die letzten sechs Leichen aus den Eisenkreisen zogen, um sie aus dem Opferraum fortzuschaffen.

Es war vollbracht.

Das zweite Ritual war vollzogen.

Die Euphorie darüber war wie das Knistern elektrischer Spannung im Raum zu spüren.

»Seht nach den Kindern.« Die Stimme des Princeps klang ruhig und abgeklärt. Noch stand schließlich nicht fest, wie erfolgreich sie gewesen waren.

Zwei der Dreizehn verließen ihre Positionen und traten an die Kisten.

»Nummer eins lebt, braucht aber dringend Lebensenergie.«

»Für Nummer zwei gilt dasselbe.«

Zwei weitere Mitglieder der Dreizehn verließen ihre Positionen, traten an die Kisten der beiden Kinder und gaben ihnen Lebensenergie.

»Nummer drei ist tot.«

»Nummer vier lebt und braucht Energie.«

Ein weiterer Mann trat in den Kreis aus Kisten und gab dem Kind Energie.

»Nummer fünf hat ebenfalls überlebt, ist aber sehr schwach.«

Wieder schritt einer der Dreizehn heran.

»Nummer sechs ist tot.«

Der Princeps betrat den Kreis. »Nicht perfekt, aber eine Quote, die hoffen lässt.« Er wandte sich an die beiden Männer, die den Zustand der Kinder überprüft hatten. »Sorgt dafür, dass sie schnell wieder einsatzbereit sind. Wenn nötig, erhöht die Xylanindosis. Bis Samhain ist nicht viel Zeit.«

»Natürlich. Wir kümmern uns darum.«

»Gut.« Damit entließ der Princeps sie und sie stellten sich zurück auf ihre Positionen an den Seitenwänden. Er selbst betrat den Kreis und beugte sich zu einer der Kisten hinab. Hinter den hölzernen Gitterstäben lag zusammengesunken ein kleines Mädchen. Ein schwacher Geisterhauch hing über ihrem Körper, schwebte aber sofort auf den Princeps zu, als er seine Hand in die Kiste streckte und der Kleinen in einer fast väterlichen Geste über das purpurfarbene Haar strich. »Bedauerlich, dass du versagt hast.«

Dann sog er ihren Geist in sich.

Er erhob sich und ging zu dem zweiten toten Kind. Auch ihm strich er übers Haar und nahm seinen Geist in sich auf. Danach schritt er zurück zur Stirnseite des Opferraums und nickte einem der maskierten Helfer zu, der sich unauffällig im Hintergrund gehalten hatten.

Der Mann trat vor.

»Bringt die Lebenden zurück in ihr Quartier und sorgt dafür, dass sie alles an Energie bekommen, was sie brauchen. Verbrennt die beiden Toten und verstreut ihre Asche. Dann kümmert euch um die Entsorgung der anderen Leichen. Ich erwarte morgen Mittag deinen Bericht.«

»Verstanden.«

»Richte deinen Männern meinen Dank für ihre Dienste in der heutigen Nacht aus. Ihre Bezahlung erfolgt morgen nach deinem Bericht. Lese ich dort *Keine besonderen Vorkommnisse* bezüglich der Leichenentsorgung, erhaltet ihr einen Bonus.«

»Es wird keine besonderen Vorkommnisse geben.«

»Das hoffe ich.« Mit einem knappen Nicken entließ der Princeps den Anführer der Helfer.

Die Mitglieder der Dreizehn, die die überlebenden Kinder mit Energie gestärkt hatten, verließen den Kreis, als weitere Helfer herantraten, um zu übernehmen.

Der Princeps wartete, bis die Kinder herausgebracht worden waren und richtete dann das Wort an seine Gefolgsleute.

»Das zweite Ritual ist vollzogen. Damit ist ein weiterer wichtiger Schritt auf dem Weg zu unserem Ziel geschafft. Kehren wir zu unserem Festmahl zurück. Diese Nacht muss zelebriert werden.«

Kapitel 18

Ihm war kalt, schrecklich kalt. Er kauerte sich in eine Ecke seiner Kiste und zog seine Decke um sich. Doch die war so dünn und verschlissen, dass sie kaum noch wärmte.

Vor den Gitterstäben war es dunkel und still.

Er wusste, dass es noch andere Kisten mit anderen Kindern gab. Sie standen neben seiner an der Kellerwand. Er konnte sie sehen, wenn er rausdurfte. Manchmal hörte er auch jemanden wimmern oder weinen und ganz selten sprachen ein paar auch miteinander.

Er war immer still.

Der Mann mochte es nicht, wenn sie weinten. Reden sollten sie auch nicht. Er wurde böse, wenn sie Dinge taten, die sie nicht tun sollten, und dann stach er mit einem Stock nach ihnen.

Stillsein war also besser.

Sein Bauch tat weh und machte komische Geräusche. Er hatte schon lange kein Essen mehr bekommen. Sehr lange.

Er schauderte.

Das bedeutete, die Monster kamen bald.

Sie hatten diese furchtbaren Spritzen dabei, die machten, dass sein Kopf wehtat und sich alles ganz schrecklich kribbelig anfühlte. Er mochte das nicht. Überhaupt nicht. Aber wenn er sich wehrte, wurden die Monster wütend und es gab Schläge.

Also hielt er immer still, obwohl sein Herz jedes Mal vor lauter Angst viel zu feste klopfte, wenn die lange Nadel kam und in seinen Arm stach.

Nach der Spritze stellten die Monster kleine Boxen in den Kreis vor seiner Kiste. Wenn die aufgingen, kam ein Geist heraus. Der kam zu ihm in die Kiste gekrochen und machte, dass es noch kälter wurde. Und wenn seine Geisterfäden ihn berührten, tat die Kälte weh und man wurde müde und krank, weil der Geist einem Energie klaute. Deshalb musste man schneller sein als der Geist.

Der Mann, der ihm Essen, den Kloeimer und manchmal frische Kleider gab, hatte ihm gezeigt, wie er Silberfäden rufen konnte. Wenn er schnell war, konnte er mit ihnen dem Geist zuerst Energie klauen und ihn verschwinden lassen. Geister schmeckten zwar ganz eklig und wenn er ihnen ihre Energie wegnahm, wurde ihm kalt und schlecht, aber wenn er es schaffte, war der Mann zufrieden. Dann gab es keine Schläge oder Stöße mit dem Stock. Und wenn er gut war und mehr als einen Geist verschwinden ließ, bekam er nicht nur Brot und Wasser. Es gab ein Stück Käse, einen Apfel oder eine Birne.

Vor dem Verschwindenlassen der Geister bekam er nie etwas zu essen. Er spuckte sonst Brot und Wasser wieder aus, weil Geister so schrecklich schmeckten, dass ihm übel wurde. Das war ekelhaft und der Mann wurde böse, weil dann alles dreckig war und stank.

Aber erst nach dem Geisterverschwindenlassen zu essen, war okay. Dem Mann zu zeigen, wie gut er genau das konnte, war auch okay. Besser, als immer nur alleine in der Kiste zu sitzen. Wenn er Geister verschwinden lassen sollte, ließ der Mann ihn manchmal hier raus. Und er gab ihm keine Spritze. Er wollte nur, dass er sich ganz viel Mühe gab und immer besser wurde, deshalb brachte er immer mehr Geister mit. Beim letzten Mal waren es so viele gewesen, wie er Finger an einer Hand hatte.

Er hatte sie alle verschwinden lassen, aber danach war er schrecklich müde gewesen und hatte sich ganz furchtbar krank gefühlt. Doch der Mann hatte sich gefreut. Er hatte gesagt, dass er sich ausruhen und schlafen sollte, und als er wieder aufgewacht war, lagen ein Apfel und eine Birne in seiner Kiste. Als er die aufgegessen hatte, ging es ihm wieder gut.

Leider musste er aber manchmal auch den Monstern das Geisterverschwindenlassen zeigen. Und vor den Monstern hatte er Angst. Sie trugen lange schwarze Umhänge, unter denen man ihre Köpfe nicht richtig sehen konnte. Und ihre Gesichter waren schwarzweiß und bewegten sich nicht. Nur ihre Augen. Die waren böse.

Und die Monster veränderten sich. Wenn sie ihm die Spritze gegeben hatten, wurden sie ganz verschwommen, so wie Geister. Einmal hatte er geglaubt, eins der Monster wäre wirklich ein Geist. Er hatte seine Hand aus der Kiste gestreckt, um ihm mit seinen Silberfäden die Energie zu stehlen und ihn verschwinden zu lassen. Da war das Monster schrecklich wütend geworden. Es hatte eigene Silberfäden gerufen und ihn damit ausgepeitscht.

Danach hatte er nie wieder eine Hand aus der Kiste gestreckt. Er wartete jetzt immer, bis die Geister zu ihm hereingekrochen kamen, und rief seine Silberfäden erst dann. Nie wieder wollte er so ausgepeitscht werden, nur weil er sich vertan hatte.

Seit dem schlimmen Auspeitschen hatte er noch mehr Angst vor den Spritzen, weil sie seinen Kopf so durcheinanderbrachten, dass er Dinge sah, die ganz anders waren als in echt. Sie machten auch, dass er nicht wusste, wie viele Geister er verschwinden ließ.

Wenn er alleine mit dem Mann übte, ließ der ihn für jeden Geist einen Finger heben und zählen. Es sollten immer mehr Finger werden, weil der Mann wollte, dass er stärker wurde und immer mehr Geister verschwinden lassen konnte.

Wenn die Monster kamen und ihm die Spritze gaben, war es in seinem Körper zu kribbelig und in seinem Kopf zu komisch und er konnte keine Finger für die Geister heben. Er konnte nur seine Silberfäden auf sie werfen und sie verschwinden lassen. Einen nach dem anderen, bis ihm zu kalt wurde und sein Kopf zu wehtat. Dann drehte sich alles und ihm war schrecklich übel. Jedes Mal, wenn die Monster kamen und er für sie Geister verwinden lassen musste, zog die böse Kälte in seinem Inneren ihn in einen Schlaf aus pechschwarzer Finsternis und er hatte panische Angst davor, irgendwann für immer dort bleiben zu müssen und nicht wieder aufzuwachen.

Ein schabendes Geräusch drang zu ihm und sein Herz begann schneller zu schlagen, als kurz darauf Schritte zu hören waren.

Viele Schritte. Von vielen Füßen.

Es war also nicht nur der Mann, der zu ihnen kam.

Es waren die Monster.

Die Dunkelheit wurde von flackerndem Lichtschein vertrieben – und dann sah er sie. Eingehüllt in ihre schwarzen Umhänge mit starren Gesichtern in Schwarz und Weiß. Er schauderte und machte sich unter der Decke in seiner Kiste so klein wie möglich, obwohl er wusste, dass das dumm war, denn vor den Monstern konnte man sich nicht verstecken. Sie wussten, dass er hier war.

Mit klopfendem Herzen lugte er vorsichtig unter seiner Decke hervor, als die Monster den Kellerraum betraten.

Etwas war anders als sonst.

Die Monster waren nicht alleine.

Drei Männer waren bei ihnen, die er noch nie zuvor gesehen hatte. Sie trugen dreckige Kleider, ihre Haare waren wirr und es schien ihnen nicht gut zu gehen. Sie schwankten und sahen so aus, wie er sich fühlte, wenn zu viele Geister ihn krank gemacht hatten: ziemlich schwach und nicht mehr ganz wach. Die Monster verpassten ihnen Tritte gegen die Beine und die Männer gingen stöhnend in die Knie.

Dann trat das Monster, bei dem die Farben im Gesicht vertauscht waren, hervor.

»Kinder, es wird Zeit, euch auf das erste Ritual vorzubereiten.«

Die Stimme dieses Monsters klang immer seltsam kratzig und dumpf. Und die Lippen bewegten sich nicht. Gar nichts an dem Gesicht bewegte sich. Nur die Augen zuckten kalt und stechend hin und her, damit ihnen nichts entging.

»Dass ihr Geister bändigen könnt, habt ihr bewiesen. Doch um das Ritual erfolgreich zu vollziehen, müsst ihr frische Geister bändigen können. Das üben wir heute. Zeigt mir, dass ihr würdig seid.«

Das Monster wandte sich zu den anderen Monstern um, die schwarze

Klauenfinger in die Haare der knienden Männer gegraben hatten. Auf ein Nicken ihres Anführers hin bogen sie die Köpfe der Männer zurück, zogen ein langes Messer aus ihren Kutten hervor und schnitten den dreien die Kehlen durch.

Mit einem Schrei fuhr Cam aus dem Schlaf.

Kapitel 19

Jules fühlte sich todmüde, doch nach allem, was an diesem Abend passiert war, fiel es seinem Kopf schwer, abzuschalten und Ruhe zu finden. Er hatte sein Bettzeug aus seinem Zimmer geholt und sich zu Cam gelegt. Obwohl es ihm augenscheinlich soweit gut ging und er vermutlich nur Schlaf brauchte, wollte Jules ihn heute Nacht nicht alleine lassen.

Sicher war sicher.

Gerade als er dabei war, endlich wegzudämmern, merkte er, wie Cam neben ihm plötzlich unruhig wurde. Sofort schreckte Jules wieder auf, aber bevor er irgendwas tun konnte, fuhr Cam mit einem Schrei aus dem Schlaf.

»Hey, schon gut. Es ist alles okay.«

Beruhigend legte Jules ihm eine Hand auf die Brust, als Cam sich panisch aufsetzen wollte und sein Blick verstört durch den Raum glitt. »Du hast nur geträumt. Alles ist gut. Du bist zu Hause. In Sicherheit.«

Cam schüttelte den Kopf und sein Blick zuckte weiter unstet hin und her, als würde er versuchen, Sinn in das zu bringen, das in seinem Kopf ablief.

»Das war kein Traum«, krächzte er heiser. »Das war eine Erinnerung!« Er schüttelte Jules' Hand ab, stieß die Bettdecke zurück und sprang auf. »Ich muss zu Thad.«

Aber sein Kreislauf machte nicht mit. Grelle Lichtpunkte

flimmerten vor seinen Augen, alles verschwamm und der Boden fühlte sich wie eine Hüpfburg an.

Jules packte ihn gerade rechtzeitig, bevor er stürzen konnte.

»Mann, mach langsam.« Er verfrachtete Cam zurück aufs Bett. »Du bist heute Abend weit über deine Grenzen gegangen und völlig am Ende. Bleib liegen und ruh dich aus.«

Doch Cam befreite sich von Jules' Händen und versuchte erneut aufzustehen. »Nein, du – du verstehst das nicht. Ich muss mit Thad reden! Er hat mich in diesem Keller gefunden. Er weiß, wie es da ausgesehen hat. Ich – ich muss wissen, ob das, was ich im Traum gesehen hab, echt ist!«

»Okay«, versuchte Jules ihn zu besänftigen. »Aber du bist noch zu k. o., um aufzustehen. Du schaffst es nie im Leben die Treppen runter, ohne dir das Genick zu brechen. Das merkst du doch selbst, oder?«

Cams Muskeln zitterten und sobald er versuchte, sich aufzurichten, spielte sein Kreislauf wieder verrückt. Widerwillig ließ er sich zurück in die Kissen sinken. Das Adrenalin, das durch seinen Körper jagte, weil der Albtraum vielleicht gar kein Albtraum, sondern eine Erinnerung war, reichte nicht aus, um gegen die Erschöpfung anzukommen.

»Ich gehe runter und hole Thad«, bot Jules an, da ihm klar war, dass ein Versuch, Cam auf den nächsten Tag zu vertrösten, nichts bringen würde. »Aber nur, wenn du mir versprichst, dass ich dich allein lassen kann und du im Bett bleibst.«

»Versprochen«, sagte Cam sofort. »Und danke.«

»Schon okay.« Jules drückte ihm kurz den Arm, dann verschwand er nach unten.

Cam schloss die Augen und versuchte, sich die Bilder aus dem Schlaf so gut er konnte wieder vor Augen zu führen. Er war sich ziemlich sicher, dass es kein Traum gewesen war. Zumindest kein üblicher. Dafür hatte es sich zu echt angefühlt.

Und jetzt war es, als wäre irgendwas in seinem Inneren einen Spalt weit geöffnet worden.

Aber er brauchte Gewissheit.

Seine Finger krallten sich in die Bettdecke und er öffnete seine Augen wieder.

Vielleicht kamen noch mehr Erinnerungen zurück, wenn er mit Thad reden konnte.

Vielleicht hörten dann auch Panik und Angststarren auf. Der Albtraum gerade war zwar schrecklich gewesen, aber es fühlte sich so viel besser an, nicht starr vor Todesangst daraus aufgewacht zu sein.

Zum ersten Mal konnte er sich an den Albtraum erinnern.

Zum ersten Mal wusste er, was ihm solche Angst gemacht hatte.

Keine fünf Minuten später quetschte sich die komplette Familie Hunt samt Thad und Matt in Cams Zimmer. Cam hatte schon geahnt, dass nicht nur Thad kommen würde, sondern Jules auch ihren Eltern erzählte, was passiert war. Und damit war klar gewesen, dass auch der Rest der Familie erfahren wollte, was los war.

Aber das war Cam gerade völlig egal. Er wollte Gewissheit und hoffte auf eine Bestätigung durch Thad, dass alles echt war. Dafür nahm er auch hin, dass Jaz nun die tatsächlichen Umstände erfuhr, unter denen er zu den Hunts gekommen war.

Cam saß mit dem Rücken an die Wand gelehnt in seinem Bett und erzählte, an was er sich erinnern konnte. Von der Kiste, dem Keller, dem Mann, der ihm das Geisterbändigen beigebracht und mit ihm trainiert hatte, und von den Monstern mit den Spritzen, vor denen er solche Angst gehabt hatte, weil er sich durcheinander und nicht wie er selbst gefühlt hatte, wenn sie ihm verabreicht worden waren.

Und er erzählte von den drei Männern, denen die Monster die Kehlen durchgeschnitten hatten.

»Ich weiß, dass es keine Monster waren«, sagte er schließlich und versuchte sich so gut es ging an die Gestalten zu erinnern, die ihm sein jüngeres Ich im Schlaf gezeigt hatte. »Ich denke, es waren ganz normale Menschen in schwarzen Kleidern, mit Handschuhen und Kapuzenkutten. Sie haben Masken getragen, deshalb haben ihre Gesichter sich nicht bewegt und wahrscheinlich klangen ihre Stimmen deshalb so komisch. Aber ich war noch klein. Ich kannte so was nicht. Deshalb waren sie für mich Monster.«

»Also für mich sind das auch welche«, knurrte Jaz. »Leute, die kleine Kinder in Kisten sperren, um sie auf irgendwelche kranken Rituale vorzubereiten, sind doch keine Menschen!«

Gabriel nickte zustimmend. »Mit den Masken und den Kutten klingt das für mich nach irgendeiner Sekte oder einem Kult. So ähnlich wie die im Tumbleweed Park. Vermutlich hast du dich deshalb daran erinnert, weil du heute Abend die Repeater in den Kutten gesehen hast.«

»Dann glaubt ihr auch, dass das eine Erinnerung ist und nicht bloß ein Traum?« Voller Hoffnung blickte Cam in die Runde und blieb bei Thad hängen.

Der seufzte. »Das, was du von dem Keller beschrieben hast, ist zu allgemein, tut mir leid. Am Tatort standen die Kisten in einem Kreis, nicht an der Wand, aber das muss natürlich nichts heißen. Sie könnten bewegt worden sein. Oder das Massaker fand an einem anderen Ort als dem statt, an dem du und die anderen Kinder gefangen gehalten wurdet.« Er sah die Enttäuschung in Cams Gesicht. »Was aber eindeutig für eine Erinnerung spricht, ist die Kiste, die du beschrieben hast«, fügte er deshalb schnell hinzu. »Es waren keine normalen Transportkisten, in denen wir euch gefunden haben. Das waren Spezialanfertigungen mit einem Holzgitter an einer Seite, genauso wie du es beschrieben hast. Und da du keine Fotos von diesen Kisten kennst, spricht das definitiv dafür, dass die Erinnerungen echt sind.«

Cam fühlte sich unglaublich erleichtert, obwohl ihm beim Gedanken daran, dass alles echt war, gleichzeitig ein Schauer über den Rücken lief.

Sue hatte sich mit Phil zu Cam aufs Bett gesetzt und strich ihrem Sohn mitfühlend durchs Haar. »Ich schätze, Gabriel hat recht. Der Kampf gegen die Repeater hat die Erinnerungen wachgerüttelt. Ihre Geister bilden die Menschen, die sie einmal waren, erschreckend detailgetreu nach und sie haben auf der Lichtung ihr Ritual zelebriert. Wahrscheinlich hat das irgendwas in deinem Unterbewusstsein berührt, weil es Parallelen zu damals gesehen hat.«

»Und diese Erinnerung kann uns jetzt echt weiterhelfen«, meinte Connor. »Bisher sind wir von einem Psychopathen ausgegangen, der Spaß daran hatte, Totenbändigerkinder zu quälen oder kranke Experimente mit ihnen machen wollte. Jetzt sieht es so aus, als gäbe es keinen Einzeltäter, sondern eine ganze Gruppe, die dafür verantwortlich ist.«

»Yay«, knurrte Gabriel zynisch. »Nicht bloß ein Irrer, der Kinder quält, sondern ein ganzer Kult.«

»Aber vielleicht können wir sie so leichter finden«, gab Connor zu bedenken.

»Eine Sekte, deren Mitglieder schwarze Kapuzenkutten und schwarzweiß Masken tragen?« Gabriel schnaubte. »Das ist ja nun nicht gerade mega individuell. Vermutlich rennen die Mitglieder von jedem zweiten Kult so rum.«

Connor strafte ihn mit einem Nicht-hilfreich-Blick und wandte sich dann an Cam. »Kannst du dich vielleicht noch an irgendwas Besonderes bei diesen Monstern erinnern? Irgendwas, das uns weiterhelfen könnte?«

Cam überlegte einen Moment lang. »Ein Gesicht war andersherum. Ich weiß noch, dass ich das seltsam fand.« Wieder schauderte er. »Das Monster schien der Anführer zu sein. Er war derjenige, der geredet und Befehle gegeben hat. Er hatte eine ganz seltsam kratzige Stimme.« Er räusperte sich, weil sich seine eigene Stimme nach dem vielen Erzählen gerade kaum besser anhörte. »Und irgendwie war er noch unheimlicher als die anderen.«

»Was meinst du mit andersherum?«, hakte Sky nach.

»Eigentlich waren die Gesichter rechts schwarz und links weiß. Bei einem war die Maske aber andersherum: links schwarz und rechts weiß. Und sie hatte zwei Striche auf der Stirn. Wie eine römische Zwei. Der auf der linken Seite war weiß, der auf der rechten schwarz.«

Thad runzelte die Stirn. »Klingt dann aber nicht unbedingt nach dem Anführer, oder? Eher nach der Nummer 2 in der Sekte.«

»Vielleicht war er so was wie die rechte Hand der Nummer 1«, überlegte Connor. »Der ganz große Boss hat sich halt nicht selbst die Finger schmutzig gemacht.« Er sah wieder zu Cam. »An ein Gesicht, auf dem nur ein Strich auf der Stirn war, erinnerst du dich nicht?«

Cam schüttelte den Kopf. »Aber vielleicht, wenn mehr Erinnerungen zurückkommen? Vielleicht war er in der Nacht dabei, als Thad mich gefunden hat. An die kann ich mich noch nicht erinnern.« Er blickte zu seinem Dad. »Denkst du, die Erinnerung daran kommt auch noch zurück?«

Phil atmete tief durch. »Natürlich ist es gut möglich, dass noch mehr von damals zurückkommt, jetzt, da du erste Erinnerungen an diese Zeit hast. Aber in diesem Keller ist ein schreckliches Massaker passiert. Es kann also genauso gut sein, dass dein Unterbewusstsein das für immer ausblendet, weil niemand solche Erinnerungen haben sollte.«

»Aber ich will sie haben! Egal, wie schlimm es da gewesen ist, mich zu erinnern ist tausendmal besser, als diese beschissene Ungewissheit!«

»Okay, das verstehe ich«, räumte Phil ein. »Aber trotzdem wirst du keine Erinnerung erzwingen können.«

»Aber kann ich denn nichts tun, um – keine Ahnung – mein Unterbewusstsein wachzurütteln? Wenn die Repeater in ihren Kutten mich an die Monster erinnert haben, dann klappt das ja mit anderen Erinnerungen vielleicht auch.« Und plötzlich kam ihm eine Idee. »Es gibt doch sicher Tatortfotos, oder?« Aufgeregt sah er zu Thad. »Wenn ich mir die ansehe, löst das vielleicht weitere Erinnerungen aus!«

Gabriel verzog das Gesicht und schüttelte den Kopf. »Ich weiß nicht, ob das eine gute Idee ist. Die Fotos sind echt heftig.«

Ungläubig starrte Cam ihn an. »Du kennst die Bilder und hast sie mir nicht gezeigt?!«

»Yep, weil sie echt heftig sind«, wiederholte Gabriel mit bedeutungsvollem Blick.

»Klar. Weil halb wahnsinnig zu werden, weil man keine Ahnung hat, was mit einem passiert ist, ja nicht *echt heftig* ist«, ätzte Cam zynisch zurück. »Oder nachts Albträume, Panikattacke und Angststarren zu haben, ohne zu wissen, warum. Alles auch kein bisschen heftig. Mann, als ob du nicht auch wissen wollen würdest, was mit dir passiert ist, wenn du an meiner Stelle wärst! Ich war bei diesem verdammten Massaker dabei!« Er wandte sich an Thad in der Hoffnung, von ihm mehr Unterstützung zu bekommen. »Hab ich dann nicht das Recht, diese Fotos zu sehen?«

Thad sah Hilfe suchend zu Phil und Sue, weil er diese heikle Angelegenheit definitiv nicht ohne die beiden entscheiden wollte.

Phil tauschte einen Blick mit Sue und sie nickte seufzend.

»Okay,« sagte er dann an Cam gewandt. »Du hast recht. Du solltest die Bilder sehen dürfen. Aber Sue und ich sind dabei.«

Cam hob die Schultern. »Klar, von mir aus.«

Ihm war alles recht, Hauptsache, er bekam die Chance, weitere Erinnerungen auszulösen.

Erwartungsvoll schaute er zu Gabriel.

»Was?« Er bedachte seinen Bruder mit einem schiefen Blick. »Kleiner, ich hab die Bilder nicht hier. Die Akte ist auf dem Revier und da fahre ich heute Nacht ganz sicher nicht hin.«

Cam verzog das Gesicht. Doch auch wenn er sich wie unter Strom fühlte bei der Vorstellung, dass diese Fotos ihm weitere Erinnerungen geben konnten und er sie deshalb lieber jetzt als gleich gesehen hätte, musste er sich wohl oder übel gedulden. Dass Gabriel – oder irgendein anderer aus seiner Familie – in der Unheiligen Nacht noch einmal wegen ihm einen Fuß vor die Tür setzte, wollte er auf gar keinen Fall.

»An was kannst du dich denn bei dem Mann erinnern, der das Geisterbändigen mit dir geübt hat?«, brachte Connor das Gespräch wieder in eine Bahn, die ihnen hoffentlich hilfreiche Informationen liefern konnte. »Was ja wohl klar ist: Er war ein Totenbändiger.«

»Ja«, grollte Gabriel. »Und das macht es umso schlimmer, dass er Totenbändigerkinder gequält hat.«

»Habt ihr jemals etwas von einer Sekte in unserer Gemeinschaft gehört?«, fragte Sky an ihre Mum und Matt gewandt.

Matt schüttelte den Kopf.

»Ich auch nicht, aber die Leute unter den Masken müssen ja nicht zwingend auch Totenbändiger gewesen sein.« Ähnlich wie Gabriel fand auch Sue die Vorstellung erschreckend. »Ich will eigentlich nicht glauben, dass Totenbändiger unsere Kinder quälen und in Ritualen opfern. Von uns gibt es ohnehin schon nur sehr wenige und ich kenne keinen Totenbändiger, der nicht will, dass unsere Gemeinschaft wächst. Wieso sollte es dann eine Sekte geben, die unsere Kinder tötet? Das macht doch keinen Sinn.«

»Tatsache ist aber, dass zumindest der Mann, der mit Cam das Geisterbändigen geübt hat, ein Totenbändiger gewesen sein muss«, hielt Ella fest. »Aber vielleicht ist er gezwungen worden. Wenn er keine Maske getragen hat, gehörte er zu diesen Sektenleuten ja vielleicht nicht richtig dazu und hat ihnen nicht freiwillig geholfen.«

Einen Moment lang herrschte Schweigen, als alle darüber nachdachten.

»Aber zumindest eins der Monster muss auch ein Totenbändiger gewesen sein«, sagte Cam schließlich leise und erzählte, wie er einen der Kuttenträger mit einem Geist verwechselt hatte, nachdem die Spritze ihn durcheinandergebracht hatte.

Sue schloss die Augen. Die Vorstellung, dass ein Totenbändiger ein Kind mit Silberenergie auspeitschte, war abscheulich – und dass Cam genau das anscheinend hatte durchmachen müssen, zerriss ihr fast das Herz. Wie schrecklich mussten seine ersten Lebensjahre gewesen sein? Und was hatte man ihm womöglich noch alles angetan?

Sie zog ihren Sohn an sich, gab ihm einen Kuss auf den Kopf und hatte keine Ahnung, ob sie sich beherrschen können würde, sollten sie seine Peiniger jemals finden.

Auch die anderen waren nach der neuen Information sichtlich betroffen.

»Okay«, versuchte Connor sachlich zu bleiben. »Dann war zumindest einer unter den Masken auch ein Totenbändiger. Trotzdem denke ich, dass wir uns erst mal mehr auf den Mann ohne Maske konzentrieren sollten.« Er sah zu Cam. »Wie sah er aus? Wie alt war er?«

Cam befreite sich aus Sues Umarmung und hob unsicher die Schultern. Er versuchte sich so gut es ging zu erinnern, doch das fiel langsam schwer, weil dumpfe Kopfschmerzen hinter seiner Stirn zu klopfen begannen. Auch sein Hals schmerzte mittlerweile ziemlich vom vielen Reden.

»So Mitte vierzig. Wie Phil und Thad, würde ich sagen.« Abwägend blickte er zwischen den beiden hin und her. »Er hatte einen Vollbart wie Thad, aber seine Haare waren heller, fast blond. Und er war riesig und sehr breit und stämmig.« Doch dann zögerte er. »Aber ich war noch klein. Da kommt einem alles riesig vor, oder nicht?« Er rieb sich über die Stirn.

Connor nickte nachdenklich. »Denkst du, du könntest sein Gesicht als Phantombild erstellen? Das Programm kann Leute auch altern lassen, dann wüssten wir, wie der Mann heute aussehen könnte. Du könntest es versuchen, wenn du aufs Revier kommst, um Topher, Emmett und Stephen anzuzeigen.«

Abrupt sah Cam zu seinen Eltern. »Nein. Ich zeig die nicht an. Auf keinen Fall! Es ist alles schlimmer geworden, nachdem wir Topher angezeigt haben. Was glaubt ihr, wie schlimm es dann erst wird, wenn wir das jetzt noch mal machen und Emmett und Stephen auch noch anzeigen?«

Gabriel schüttelte den Kopf. »Cam, die drei haben dich betäubt, verschleppt und für ein sensationsgeiles Video auf einer Lichtung festgebunden, auf der es heute – in einer Unheiligen Nacht! – vor Geistern nur so gewimmelt hat! Natürlich zeigen wir die an! So was darf man denen nicht durchgehen lassen. Du wärst dabei draufgegangen, wenn wir nicht rechtzeitig bei dir gewesen wären!«

»Ja, das weiß ich! Und glaub mir, es war furchtbar!«, schoss Cam zurück und merkte, dass seine Stimme langsam versagte, doch das hier musste trotzdem gesagt werden. »Aber was glaubst du, was die als Nächstes machen, wenn wir wieder zur Polizei gehen? Und es bringt doch sowieso nichts! In unserem beschissenen Rechtssystem sind doch eh immer die Totenbändiger schuld!« Seine Stimme brach und er hustete entnervt, aber gegen die Heiserkeit half das kaum. »Wahrscheinlich bekomme ich dann sogar mehr Ärger als die, wenn Topher, Emmett und Stephen sagen, ich hätte sie bedroht«, brachte er krächzend hervor, bevor er erneut husten musste.

Phil reichte ihm eine Wasserflasche, die auf dem Nachttisch stand, und wollte das Thema damit eigentlich beenden und auf den nächsten Tag verschieben, doch Gabriel ließ sich von seinem Vater nicht aufhalten.

»Es gibt eine Überwachungskamera an der Bushaltestelle. Deren Video zeigt, dass du nichts getan hast, was die drei als Bedrohung hätten auffassen können. Außerdem hat Connor die Kamera sichergestellt, mit der die Mistkerle dich auf der Lichtung gefilmt haben. Da werden mit Sicherheit Fingerabdrücke drauf sein und wir können den Videolink verfolgen. Das alles beweist, dass die ganze Aktion geplant und keine Notwehr war. Damit kriegen wir sie dran, verlass dich drauf.«

Cam hatte einen Schluck getrunken, doch da das Wasser in seinem Hals brannte wie Säure, ließ er es lieber bleiben. Auch die verdammten Kopfschmerzen pochten immer stärker hinter seiner Stirn und er fühlte sich viel zu erledigt für diese Diskussion. Aber geschlagen geben, wollte er sich auch nicht, dafür war das hier zu wichtig.

»Und dann?«, fragte er deshalb unwirsch, aber deutlich müder als zuvor. »Welche Strafe werden sie wohl bekommen? Glaubst du, irgendein Richter sperrt sie weg? Bestimmt nicht. Die bekommen bestenfalls ein paar Sozialstunden. Aber das hält sie nicht davon ab, mir weiter das Leben zur Hölle zu machen. Deshalb, nein! Ich will die nicht anzeigen.«

Gabriel holte Luft, fing sich aber einen Blick seiner Grandma ein, der ihn schweigen ließ.

Edna erhob sich von Cams Schreibtischstuhl. »Ich denke, jetzt ist nicht die richtige Zeit, das zu besprechen. Es ist schon weit nach Mitternacht und es war ein wirklich anstrengender Abend. Wir sollten jetzt alle erst mal schlafen. Morgen ist auch noch ein Tag.«

Phil schenkte seiner Mutter einen dankbaren Blick.

»Granny hat recht«, stimmte Sky ihr sofort zu. Sie stupste Ella und Jaz an, die vor Cams Bett auf dem Boden hockten, um sie zum Aufstehen zu motivieren. »Der Tag war lang genug.« Sie trat zu Cam und schloss ihn in ihre Arme. »Ich bin froh, dass alles gut gegangen ist«, sagte sie und drückte ihn fest an sich. »Jetzt ruh dich aus. Du klingst furchtbar. Schone dich und deine Stimme. Alles Weitere klären wir morgen.«

»Danke, dass ihr gekommen seid, um mich zu holen«, murmelte Cam und schluckte mühsam.

»Hey, das war doch wohl klar.« Sky drückte ihn noch einmal, musste dann aber Ella Platz machen, die Cam ebenfalls umarmen wollte.

Dann scheuchte Edna alle aus dem Zimmer, nur Jules, Phil, Sue und Gabriel blieben zurück.

»Wie fühlst du dich?« Phil musterte seinen Sohn, als Cam sich hinlegte und fröstelnd die Bettdecke bis ans Kinn hochzog. »Ist dir noch kalt?«

»Ein bisschen.«

Phil fühlte Cams Stirn und dann seinen Puls. »Ich schätze, du hast Halsschmerzen?«

Cam nickte knapp.

»Kopfschmerzen auch? Oder tut dir die Brust beim Atmen weh?«

»Nur Kopfschmerzen. Aber nicht schlimm.«

Was gelogen war. Aber seine Familie hatte sich heute schon mehr als genug Sorgen um ihn gemacht.

»Wahrscheinlich hast du dich auf der Lichtung erkältet. Aber das ist nichts, was Granny mit ihren Hausmitteln nicht wieder hinbekommt«, meinte Phil aufmunternd.

Bei allem, was heute sonst hätte passieren können, war eine Erkältung wohl das absolut geringste Übel, deshalb nahm Cam es einfach hin, kuschelte sich in seine Kissen und fand es unglaublich schön zu spüren, wie Jules sich neben ihm Kissen und Decke zurechtklopfte. Es tat gut, heute Nacht nicht alleine zu sein.

Nicht so wie auf der Lichtung.

Unwillkürlich schauderte er.

Draußen im Park hatte er sich keine Zeit gegeben, darüber nachzudenken, was passieren konnte. Er hatte kämpfen müssen, da war kein Platz für dunkle Gedanken gewesen. Aber jetzt wurde ihm langsam klar, wie verdammt knapp es gewesen war.

Wenn die anderen nicht gekommen wären …

Er schluckte hart und sah zu Gabriel und seinen Eltern, wich ihren Blicken aber schnell aus, als er merkte, dass seine Augen verräterisch zu brennen begannen.

»Danke, dass ihr mich nach Hause geholt habt.« Seine Stimme klang entsetzlich rau und das lag nicht nur an der Erkältung.

Sue beugte sich zu ihm herab. »Nichts auf der Welt hätte uns davon abhalten können«, sagte sie leise und küsste seine Stirn. Sie merkte, wie sehr Cam mit seiner Fassung kämpfen musste und schloss ihn in ihre Arme, bis er sich wieder gefangen hatte.

Phil zog ihm die Bettdecke über die Schultern, als Cam zurück in die Kissen sank, und streichelte ihm liebevoll durchs Haar. »Wo hast du die Tabletten, die ich dir letzte Woche gegeben habe?«

»In der obersten Schreibtischschublade. Aber ich brauche keine Pillen. Ich bin total erledigt, ich schlafe auch so. Und Kopfschmerzen und Halsweh merke ich dann ja nicht mehr.«

Gabriel trat zum Schreibtisch, holte die beiden Arzneiröhrchen heraus und reichte sie seinem Vater. »Du willst die Pillen nur nicht schlucken, weil du hoffst, dass dir im Schlaf eine weitere Erinnerung kommt, die ein Schlafmittel vielleicht unterdrücken würde.«

Cam mied seinen Blick und hasste, wie leicht Gabriel ihn manchmal durchschaute.

»Dein Körper braucht Ruhe.« Phil schüttelte je eine Tablette aus jedem Röhrchen in seine Hand und hielt sie Cam hin. »Und deine Gedanken auch. Um deine Erinnerungen kümmern wir uns morgen, versprochen. Dann kannst du dir die Tatortfotos von damals ansehen. Aber jetzt brauchst du erst mal tiefen, traumlosen Schlaf, damit du morgen wieder fit bist. Okay?«

Cam seufzte, stemmte sich dann aber hoch. Sue reichte ihm die Wasserflasche und er würgte die Pillen hinunter, die sich in seinem Hals so angenehm wie zwei Reißzwecken anfühlten. Vielleicht war das Schmerzmittel also wirklich keine so schlechte Idee. Er legte sich wieder neben Jules und sah zu seinem Vater.

»Das, was sie mir als Kind gespritzt haben, war Xylanin, oder? Dieses Zeug, was sie in dem Fight Club, in dem Sky mit Matt ermittelt hat, als Aufputschmittel nehmen.«

Phil seufzte schwer. »Ja, vermutlich. Wahrscheinlich wollten sie dir so die Angst vor den Geistern nehmen und dich stärker machen, damit du möglichst viele bändigen kannst.« Wieder seufzte er. »Damit wissen wir dann jetzt wohl, wo deine Abneigung gegen Spritzen herkommt.«

Cam schwieg einen Moment und sah dann zu Sue. »Du hast gesagt, Xylanin ist gefährlich, weil es Herz und Gehirn angreift und abhängig machen kann. War ich abhängig von dem Zeug?«

Er konnte sich kaum an die erste Zeit hier bei seiner Familie erinnern, aber er wusste, dass er sehr krank gewesen war.

Sue und Phil tauschten Blicke und überlegten kurz.

»Du hattest eine Lungenentzündung, warst unterernährt und völlig entkräftet. Dein Körperbau und deine Muskulatur waren unterentwickelt und dein Blutbild zeigte, dass du so ziemlich jede Mangelerscheinung hattest, die ein Kind haben kann«, sagte Phil dann. »Dein Xylaninspiegel war allerdings im oberen Bereich dessen, was für Totenbändiger als normal gilt. Das sind aber nur grobe Richtwerte und innerhalb dieser Parameter ist der Xylaninspiegel bei jedem Totenbändiger anders. Manche haben von Natur aus höhere Spiegel, andere sehr niedrige. Es gab daher keinen Grund, anzunehmen, dass jemand dir das Mittel künstlich verabreicht haben könnte.« Phil zögerte. »Ich hatte dir das Blut allerdings erst einen Tag später abgenommen. Vielleicht hatte dein Körper da schon die künstliche Dosis verstoffwechselt.«

»Xylaninmissbrauch würde das Nasenbluten erklären, das er in der Nacht hatte, als er zu uns gekommen ist«, meinte Sue mit einem nachdenklichen Blick von ihrem Sohn zu ihrem Mann. »Und egal, was wir ihm in den ersten Tagen zu essen und zu trinken gegeben haben, er hat alles ausgespuckt oder erbrochen, erinnerst du dich? Wir haben das damals auf Angst und Stress geschoben, weil er eine Menge durchgemacht haben musste und mit der neuen Situation völlig überfordert war. Außerdem hatte man ihn halb verhungern lassen und wir dachten, sein Magen käme mit der Nahrung einfach nicht klar und müsste sich erst daran gewöhnen. Aber vielleicht waren das in Wirklichkeit Entzugserscheinungen oder die Nachwirkungen vom Xylanin. Genauso wie Schüttelfrost und Fieberschübe, die er tagelang hatte, und die wir als Begleiterscheinungen seiner Lungenentzündung gesehen haben.«

Gabriel lehnte am Schreibtisch und Jules sah, wie sein Bruder seine Hände um die Kante der Tischplatte ballte. Jules konnte ihn nur zu gut verstehen.

Phil atmete tief durch. »Ja, das würde alles passen. Aber es wirklich sicher sagen zu können, ist heute unmöglich.« Er strich Cam sanft über den Arm. »Doch selbst wenn du damals unter

Nachwirkungen oder Entzugserscheinungen gelitten haben solltest, hast du das längst überstanden, also mach dir darüber jetzt keine Gedanken mehr, okay?«

Cam schluckte.

Egal, was Phil sagte, er musste sich Gedanken machen.

»Wenn zu viel von dem Zeug das Gehirn angreift, kann das dann der Grund dafür sein, warum ich mich nicht lange konzentrieren kann und ständig unruhig bin?«, sprach er dann das aus, was ihm auf der Seele lastete.

Die Frage war wie ein Schlag in die Magengrube. Jules sah erschrocken von Cam zu seinem Dad, und Gabriel ballte seine Fäuste jetzt so fest um die Tischkante, dass seine Fingerknöchel weiß hervortraten.

Phil atmete erneut tief durch. »Ja, vielleicht«, sagte er dann, weil er seine Kinder nicht anlog. »Aber vielleicht ist das auch der Grund, warum du noch am Leben bist.«

Verständnislos runzelte Cam die Stirn. »Wie das?«

»Wir wissen nicht, was in der Nacht passiert ist, als Thad dich zu uns gebracht hat. Fakt ist aber, du hast das, was in diesem Keller passiert ist, überlebt. Wenn die regelmäßige Verabreichung von Xylanin dazu geführt hat, dass du ein außergewöhnlich starker Totenbändiger geworden bist, haben deine Fähigkeiten dir in dieser Nacht vielleicht das Leben gerettet.«

Zweifelnd blickte Cam von Phil zu Gabriel. »Aber so außergewöhnlich stark bin ich doch gar nicht.«

»Doch Cam, das bist du«, antwortete sein Bruder. »Ich kenne keinen Totenbändiger, der Positionen und Stärken von Geistern so fühlen kann wie du.«

»Das ist aber noch nicht alles.« Sue strich Cam liebevoll eine dunkle Haarsträhne aus der Stirn. »Wir haben uns das Video angesehen, das die Kamera auf der Lichtung aufgezeichnet hat. Du hast heute Abend siebzehn Repeater gebändigt.«

Jules stieß ein ungläubiges Keuchen aus und Cams Augen weiteten sich.

»Das ist eine unglaubliche Leistung«, sagte Gabriel. »Ich hab ein paar von den Biestern selbst gebändigt und das waren keine Winzlinge. Im Gegenteil. Ich schätze, ohne Hilfsmittel hätte ich höchstens acht oder neun geschafft. Du hast siebzehn vernichtet. Siebzehn! Und danach hast du es sogar noch geschafft, dich in deinem Seelenversteck zu verschanzen, bis wir kamen. Das ist absolut außergewöhnlich. Auch Matt sagt, dass er keinen einzigen Totenbändiger kennt, der das hinbekommen würde, und Matt kennt die Totenbändiger von halb London.«

Cam konnte ihn nur stumm anstarren, weil er keine Ahnung hatte, was er dazu sagen sollte. Doch Phil ließ ihn auch nach keinen Worten mehr suchen.

»Okay, ich denke, das reicht jetzt wirklich für heute«, befand er. »Du brauchst Schlaf. Ehrlich gesagt, brauchen wir den alle. Also lasst uns morgen weiterreden.« Fürsorglich stopfte er die Bettdecke um seinen Sohn fest, wie er es früher immer getan hatte, wenn er Cam ins Bett gebracht hatte. »Heute zählt nur eins: Egal, was vor dreizehn Jahren passiert ist, jetzt bist du in Sicherheit. Und um alles Weitere kümmern wir uns morgen.«

Kapitel 20

Er sank zurück und blickte versonnen an die Decke des Kellergewölbes. Flackernder Lichtschein der Öllampen tanzte dort und schien vor seinen Augen zu verschwimmen.

Geschafft.

Das zweite Ritual war vollzogen.

Ein wohliger Schauer durchlief ihn. Todeskälte kroch wie Schlangen aus tiefster Dunkelheit durch seinen Körper.

Musste es sich so anfühlen, um zu funktionieren?

Er hatte keine Ahnung.

Aber es fühlte sich gut an.

Mächtig.

Auch wenn er gerade ziemlich erledigt war.

So viele Geister in so kurzer Zeit zu bannen, war anstrengend, obwohl sie alle Winzlinge waren. Doch in der Unheiligen Nacht waren selbst die stärker als gewöhnlich. Aber er war mehr als bereit, die Erschöpfung auf sich zu nehmen, wenn er dafür den anderen beweisen konnte, dass sie falschlagen. Dass sie ihm eine Chance hätten geben sollen.

Das vertraute Gefühl der Verbitterung über alles, was in der Vergangenheit schiefgelaufen war, meldete sich zurück, genauso wie die Wut darüber, was man ihm vorenthalten hatte. Doch er verdrängte die Gedanken daran rasch wieder. Das war vorbei und letztendlich würde sein Triumph ihn für alles entschädigen.

Zufrieden schloss er die Augen und genoss die eisige Finsternis in seinem Inneren, bis er plötzlich etwas Warmes, Feuchtes an seiner Hand spürte. Mit einem tiefen Atemzug öffnete er die Augen und setzte sich auf.

Um ihn herum lagen die Leichen seiner Opfer. Allesamt bedauernswerte Kreaturen vom Rande der Gesellschaft, deren Existenz er heute Nacht einen Sinn gegeben hatte – bevor sie ihr Ende fanden. Das Blut der süßen kleinen Nutte, die er sich bis zum Schluss aufbewahrt hatte, sickerte in die Ritzen der steinernen Bodenplatten und floss auf ihn zu.

Zeit zu gehen.

Aufräumen konnte er morgen.

Heute war keine Nacht, um Leichen zu entsorgen.

Heute war die Nacht, um das zweite Ritual zu feiern.

Kapitel 21

Dienstag, 24. September

Da war ein knarzendes Geräusch. Es drang durch Jules' Halbschlaf und sorgte dafür, dass die Entscheidung zwischen Wachwerden und Weiterschlafen zugunsten des Wachwerdens ausfiel. Er schlug die Augen auf. Neben ihm im Bett lag Cam und schlief tief und fest – und zum Glück absolut friedlich.

Was hatte ihn dann geweckt?

Da Cam Dunkelheit und einen versperrten Blick nach draußen nicht mochte, gab es vor seinem Fenster kein Rollo und die Vorhänge wurden nie zugezogen. Erstes fahles Morgengrau fiel herein und kündigte einen neuen Tag an. Doch das Morgengrau war nicht das einzige Licht im Raum.

Jules setzte sich auf.

Am Fußende des Betts schimmerte es bläulich. Dort stand ein alter Ohrensessel, der früher einmal im Wohnzimmer seinen Platz gehabt hatte. Cam hatte ihm bei sich ein neues Zuhause gegeben, weil er es nicht übers Herz gebracht hatte, den wuchtigen alten Sessel ausgemustert zu sehen, nur weil er zwei platzsparenden neuen hatte weichen sollen. Das schwere Ding drei Stockwerke hoch ins Dachgeschoss zu schleppen, war ein riesiger Kraftakt gewesen, nach dem alle Beteiligten einstimmig entschieden hatten, dass der Sessel Cams Zimmer nie wieder verlassen würde.

Jetzt saß Sky darin – mit angezogenen Beinen, eingehüllt in eine Wolldecke und mit ihrem Smartphone in der Hand, dessen Licht ihrem Gesicht leicht gruselige Züge verlieh.

»Guten Morgen«, flüsterte sie ihrem Bruder zu.

»Morgen.« Gähnend rieb Jules sich den Schlaf aus den Augen und krabbelte vorsichtig, um Cam nicht zu wecken, ans Bettende. »Was machst du hier?«

»Ich konnte nicht mehr schlafen und hasse es, mich im Bett hin und her zu wälzen. Also hab ich gedacht, ich seh nach euch und surfe ein bisschen im Internet.« Sie schaltete das Handy aus und nickte zu Cam. »Er schläft wie ein Stein. Was immer Dad ihn hat schlucken lassen, es war gutes Zeug.«

Mit einem Seufzen fuhr Jules sich erneut über die Augen. »Ich wünschte, er würde es öfter nehmen, dann käme er vielleicht nicht mehr auf so bescheuerte Ideen, wie übers Dach zu klettern, um heimlich alleine Geisterjagen zu gehen.«

Skys Augen weiteten sich. »Shit! Ernsthaft? Er ist übers Dach geklettert?!«

Jules nickte.

Sky blies die Backen auf und stieß die Luft aus. »Sag das bloß nicht Gabe. Der legt ihm sonst eine Eisenkugel ans Bein – nachdem er ihn einen Kopf kürzer gemacht hat.«

Jules verzog das Gesicht. »Keine Sorge. Von mir erfährt er nichts.« Er zog seine Bettdecke um sich und lehnte sich gegen die Wand.

Eine Weile herrschte Stille, dann fragte Sky leise: »Wie geht's dir?«

»Gut. Der Abend war zwar anstrengend, aber ich hab mich längst regeneriert.«

»Das ist mir klar.« Sie lächelte. »Obwohl du schon einiges geleistet hast, um Cam zurückzuholen.«

Jules sah zu ihm hinüber. »Die Vorstellung, dass er sich in

seinem Seelenversteck verschanzt und Todesangst hat, war schrecklich. Ich musste ihn da einfach rausholen. Er hätte für mich dasselbe getan.«

Wieder lächelte Sky. »Mit Sicherheit.« Dann wurde sie ernster. »Das meinte ich aber nicht. Ich hab gehört, was dieser Stephen gestern zu dir gesagt hat. Dass er dich nur benutzt hat, um eine besondere Kerbe in seinen Bettpfosten zu ritzen. So was tut weh und wenn du darüber reden willst, bin ich da.«

Jules presste die Lippen aufeinander. Er fühlte sich eklig und dreckig beim Gedanken daran, dass Stephen ihn nur ausgenutzt hatte, um damit angeben zu können, es mal mit einem Totenbändiger getrieben zu haben. Und dass er dabei ein Messer unter dem Kopfkissen gehabt hatte, ließ Jules schaudern.

»Danke, aber nein«, murmelte er und wich dem Blick seiner Schwester aus. »Ich will das einfach nur vergessen. Ich war ja nicht in ihn verliebt oder so. Es war nur Sex.«

Abtuend zuckte er mit den Schultern, aber Sky kannte ihren Bruder zu gut, um nicht zu merken, dass ihn die Sache nicht so kaltließ, wie Jules es gerne gewollt hätte. Doch sie respektierte seinen Wunsch und hakte nicht weiter nach. Wenn er reden wollte, wusste er, wo er sie fand.

Wieder schwiegen sie eine Weile, während es draußen vor dem Fenster langsam heller wurde. Die Unheilige Nacht war überstanden.

Gedankenversunken schaute Jules Cam beim Schlafen zu. »Woher hast du gewusst, dass Connor der Richtige ist?«, fragte er schließlich irgendwann in die Stille. »Liebe auf den ersten Blick war es ja nicht, oder?«

Sky schüttelte den Kopf. »Nein. Daran glaube ich aber auch nicht. Für mich ist Liebe etwas, das wächst, und nichts, was plötzlich aus dem Nichts da ist. Man kann jemanden vielleicht auf Anhieb sympathisch finden oder attraktiv. Dann wird vielleicht ein netter Flirt daraus oder heißer Sex. Aber Liebe geht viel tiefer. Um jemanden wirklich ehrlich und mit ganzem Herzen lieben zu können, braucht es mehr als nur einen oberflächlichen Blick auf seine Fassade. Das ist zumindest meine Meinung. Daher nein, bei Connor und mir war es keine Liebe auf den ersten Blick. Aber ich mochte ihn sofort, als ich ihn an unserem ersten Tag auf der Polizeischule kennengelernt hab. Er war ein Neuling wie Gabe und ich und der Einzige aus unserer Truppe, der von Anfang an gesagt hat, dass er ein Spuk werden will.« Sie verzog kurz das Gesicht. »Er war auch der Einzige aus unserer Truppe, der Gabe und mich nicht misstrauisch beäugt hat, weil wir die ersten Totenbändiger waren, die auf die Polizeischule gehen durften. Die meisten wollten am Anfang nichts mit uns zu tun haben und haben uns so gut sie konnten gemieden. Da ging es Gabe und mir ganz ähnlich wie euch auf der Ravencourt. Aber es wurde besser. Nur Connor hatte von Anfang an keine Vorbehalte gegen uns. Im Gegenteil. Er war total neugierig und wollte alles über uns und unsere Kräfte wissen, weil er bis dahin nichts mit Totenbändigern zu tun gehabt hatte. In seinem Dorf und der Umgebung gab es keine. Er war total fasziniert von unserer Silberenergie und hatte überhaupt keine Berührungsängste. Das fand ich echt cool.« Die Erinnerung daran ließ sie lächeln. »Evan ist da übrigens ganz ähnlich. Als wir mit ihm das Blocken trainiert haben, war das ein bisschen wie ein Déjà-Vu.« Sie musste schmunzeln.

Jules nickte nachdenklich. »Und wann hast du gewusst, dass du Connor liebst?«, fragte er dann.

Sky hob die Schultern. »Es gab nicht *den einen Moment*, in dem Amors Pfeil mein Herz durchbohrt hat und ich schwebte plötzlich auf rosa Wolken, während jedes Mal Herzchen um Connor herumflatterten, wenn ich ihn gesehen hab.« Sie schnitt eine Grimasse. »Für so was bin ich einfach nicht der Typ.«

Jules bedachte sie mit einem schiefen Blick. »Für so was ist ja wohl kaum einer der Typ. Aber irgendwie muss man es doch trotzdem merken, oder nicht?«

»Natürlich merkst du es«, versicherte Sky. »Du spürst, dass du dich in seiner Nähe wohlfühlst und so sein kannst, wie du bist, weil er dich genau so mag. Unvoreingenommen und bedingungslos. Du merkst, dass der andere dir guttut, und wenn er weg ist, vermisst du ihn, weil dir plötzlich etwas fehlt. Es macht dich glücklich, wenn er glücklich ist, und du leidest mit, wenn es ihm schlecht geht, und willst alles tun, um das zu ändern. Außerdem weißt du, dass du ihm blind vertrauen und immer auf ihn zählen kannst. Egal, was kommt, er ist für dich da und zieht alles mit dir gemeinsam durch. Du merkst einfach, dass er etwas ganz Besonderes für dich ist, weil er deinen Körper und deine Seele auf eine Weise berührt wie sonst keiner, und du liebst ihn mit all seinen Ecken und Kanten, Stärken und Schwächen, weil genau die ihn zu diesem besonderen Menschen machen, der sich in dein Herz geschlichen hat.«

Jules schwieg und schien jetzt noch nachdenklicher als zuvor, deshalb stupste Sky ihn liebevoll mit ihrem Fuß an.

»Das ist aber nur meine Sicht. Liebe hat viele Gesichter und jeder muss für sich selbst herausfinden, wie sie für ihn aussieht. Also lass dir Zeit, hab Spaß und probiere dich aus. Das ist völlig in Ordnung.«

Jules verzog das Gesicht. »Nur macht *Spaß haben* mit Leuten wie Stephen verdammt wenig Spaß.«

»Spaß haben ist etwas völlig anderes als das, was dieser Mistkerl mit dir gemacht hat«, stellte Sky klar. »Spaß haben funktioniert nur, wenn es auf Augenhöhe und mit gegenseitigem Respekt passiert. Das hat Stephen dir beides verwehrt und deshalb fühlt es sich jetzt so mies an.«

Jules zog die Beine dicht an den Körper, stützte die Ellbogen auf die Knie und raufte sich durch die Haare. »Aber in den Momenten als wir zusammen waren, war alles in Ordnung. Da hat es sich gut angefühlt. Ich hab nicht gemerkt, dass er mit mir nur eine Trophäe sammeln will. Und ich hatte keine Ahnung, dass er ein Messer unter dem Kopfkissen liegen hatte, um mich abzustechen, falls ich irgendwas tue, das er als Bedrohung sieht.« Unwirsch presste er seine Handballen auf die Augen, als er merkte, wie die Wut wieder hochkam. »Weißt du, wie krank das ist? Und wie widerlich sich das anfühlt? Wie weiß ich denn, dass der nächste Kerl nicht genauso beschissen drauf ist? Oder dass ein Mädchen nicht so ist wie Teagan und nur mit mir rummachen will, um sich auf Instagram interessant zu machen?«

Sky seufzte. »Gar nicht, fürchte ich. Du kannst dir nur ein dickes Fell zulegen, es ausprobieren und das Beste hoffen.«

»Na toll.« Hilflos vergrub er seinen Kopf zwischen den Armen.

Mitfühlend strich Sky ihm über den Arm. »Hey. Du musst den Mist, den Stephen mit dir abgezogen hat, jetzt erst mal verdauen. Gibt dir Zeit, dann findest du schon heraus, was du wirklich willst und mit wem du dazu bereit bist. Und wenn du noch mal reden willst, kannst du jederzeit zu mir kommen. Geh nur nicht zu Gabe, okay? Unser großer Bruder ist einer der wundervollsten Menschen, die ich kenne, aber was Liebe und Beziehungen angeht, steht er sich selbst im Weg, also wären seine Ratschläge für die Tonne.«

Jules musste grinsen und tauchte wieder aus seinen Armen auf. »Du weißt, dass er dich umbringt, wenn ich ihm verrate, was du gerade über ihn gesagt hast.«

Sky gab ihm eine Kopfnuss. »Deswegen wirst du ihm das auch nicht verraten, denn sonst bringe ich *dich* um, klar?«

Jules lachte empört auf und knuffte sie zurück.

Das unweigerlich daraus resultierende Handgemenge fand erst ein Ende, als Cam sich zu regen begann. Sofort hielten die beiden inne, doch Cam drehte sich nur auf die andere Seite und schlief weiter.

»Okay.« Sky deutete zur Tür. »Lass uns runtergehen und Frühstück machen, sonst bringt Dad uns beide um, wenn wir Cam aufwecken.«

Jules zögerte. Er sah zu Cam und schüttelte den Kopf. »Ich bleibe lieber hier. Ich will ihn nicht alleine lassen. Falls er einen Albtraum bekommt oder im Schlaf noch mal eine Erinnerung hat, sollte jemand bei ihm sein, wenn er aufwacht.«

Sky lächelte wissend und strubbelte ihm durchs Haar. »Natürlich. Ich bring dir dein Frühstück hoch.«

»Danke.«

»Kein Ding.« Damit verschwand sie hinaus auf den Flur.

Jules kroch zurück neben Cam und betrachtete ihn still. Im Schlaf wirkte er jünger und noch schmaler als sonst – obwohl Jules wusste, dass man sich von Cams zierlichem Äußeren nicht täuschen lassen durfte. Er war ein unglaublicher Kämpfer und zwar nicht nur, weil er außergewöhnlich starke Totenbändigerkräfte besaß.

Hätte Cam gestern nicht so verbissen gekämpft, hätte er im Park nicht überlebt.

Jules schauderte.

Wenn Cam gestorben wäre … ein Leben ohne ihn – Jules' Herz zog sich zusammen und er musste verdammt hart schlucken.

Wieder betrachtete er ihn. Eine wirre Haarsträhne war Cam übers Auge gefallen und ließ ihn ziemlich niedlich aussehen. Unwillkürlich musste Jules lächeln – und ohne darüber nachzudenken, streichelte er Cam die Strähne aus dem Gesicht.

Seine Fingerspitzen begannen zu prickeln, als er Cams Haut berührte, und irgendwas in seinem Inneren fühlte sich plötzlich ganz seltsam an.

Verwundert zog Jules seine Hand zurück und blickte von seinen Fingern zu Cam, der noch immer friedlich schlief. Jules zögerte kurz, dann streckte er erneut seine Hand aus und fuhr ganz sacht mit seinen Fingerspitzen über Cams Stirn zu seiner Schläfe, dann die Wange hinunter bis zu seinem Kinn.

Wow …

Das war verwirrend.

Und definitiv ein völlig neues Level.

Er hatte Cam schon tausende Male berührt, doch noch nie hatte dabei irgendwas in seinem Inneren so sehr gekribbelt wie jetzt.

Kapitel 22

Gabriel balancierte mit einer Hand ein Tablett mit Teekanne, Tasse und einer Müslischale, während er mit der anderen die Tür zu Cams Zimmer aufschob.

»Und?« Er trat an den Nachttisch, stellte das Tablett ab und musterte seinen Bruder mit gespielter Grabesmiene. »Wird er den Schnupfen überleben?«

Phil schmunzelte. »Ich denke, seine Chancen stehen nicht schlecht.« Er saß neben Cam auf der Bettkante und verstaute Fieberthermometer und Stethoskop in seiner Arzttasche.

Es war später Nachmittag und Cam hatte fast den kompletten Tag verschlafen. Der Abend auf der Lichtung hatte ihm tatsächlich eine Erkältung mit Halsentzündung, Fieber und allgemeiner Erschöpfung eingebracht, doch zum Glück war nichts davon dramatisch und ließ sich mit Bettruhe, viel Schlaf und Ednas Teemischungen wieder in den Griff bekommen.

»Dir glaube ich kein Wort mehr«, murrte Cam heiser und strafte seinen Vater mit einem bösen Blick. »Du hast gestern gesagt, ich würde mich heute besser fühlen, wenn ich die Pillen schlucke und schlafe. Glatt gelogen!«

Wieder schmunzelte Phil und stopfte die Bettdecke um Cam herum fest. »Ich habe aber auch gesagt, dass ich fürchte, dass du dich erkältet hast. Und wer weiß, wie mies du dich jetzt fühlen würdest, wenn du die Tabletten nicht genommen hättest.«

Cam rollte mit den Augen und vergrub sein Gesicht in der Decke. »Für Wortgefechte bin ich im Moment nicht fit genug«, grummelte er dumpf.

Neckend tätschelte Phil ihm die Schulter. »Schluck die Pillen heute Abend noch mal, dann kannst du morgen bestimmt wieder mithalten.«

Gabriel grinste, als Cam unverständlich weiter in seine Decke grummelte. »Geh ruhig«, sagte er an seinen Dad gewandt. »Ich übernehme die Krankenwache bei Grumpy. Schließlich hast du ja dafür gesorgt, dass ich heute immer noch nicht zurück in den Dienst darf.«

»Ja, komisch, oder?«, gab Phil sarkastisch zurück. »Aus irgendeinem Grund liegt es mir als Vater am Herzen, dass es meinen Kindern gut geht. Eigenartige Denkweise, ich weiß.« Er stand vom Bett auf und machte Platz für seinen Ältesten. »Aber wenn ihr selbst irgendwann Kinder habt, werdet ihr es verstehen. Dann lehne ich mich entspannt mit Popcorn in meinem Großvatersessel zurück und genieße die Show, sollten eure Kids genau solche Chaoten werden wie ihr.«

Er zwinkerte seinen Söhnen zu, klopfte auch Gabriel kurz auf die Schulter und wandte sich dann zur Tür.

»Das ist exakt der Grund, warum ich es Sky und Connor überlasse, dich und Mum zu Großeltern zu machen!«, rief Gabriel seinem Vater hinterher, als der auf den Flur verschwand. Dann bedeutete er Cam mit einer Geste, dass er sich aufsetzen sollte. »Granny hat dir Tee und Porridge gemacht und ich soll dafür sorgen, dass beides in deinem Magen landet.«

Weil er wirklich durstig war, setzte Cam sich ächzend auf und nahm den Tee entgegen. Er roch lecker nach Salbei, Kamille und Honig und Cam nippte vorsichtig daran. Den ersten Schluck nahm sein entzündeter Hals ihm ziemlich übel, aber nach und nach tat die lauwarme Flüssigkeit fast gut.

»Wie lange hat Dad dich noch krankgeschrieben?«

»Die ganze Woche.«

Cam schwieg. Er nahm noch einen Schluck, dann lehnte er sich zurück an die Wand und starrte hinauf an seine Zimmerdecke.

»Aber Sky und Connor fahren aufs Revier, oder?«, fragte er dann.

Gabriel schüttelte den Kopf. »Nicht heute. Sie fahren nachher direkt zum Einsatzort. Mit Sicherheit wird ihnen zur Dämmerzeit irgendeinen Parkabschnitt am Heath zugeteilt, um eine erste Einschätzung vorzunehmen, wie sehr sich die Unheilige Nacht auf die Stärke der Geister ausgewirkt hat.«

»Nur zu dritt?«

»Nein. Sie arbeiten mit den Spuks aus Brent zusammen.«

»Aber dann fahren sie doch sicher morgen zum Revier, um Bericht zu erstatten, oder?«

Gabriel seufzte, weil offensichtlich war, dass Cam hinter der Akte mit den alten Tatortfotos her war. »Ich bin zwar noch krankgeschrieben, aber ich war heute trotzdem auf dem Revier.«

»Echt? Dann —«

Doch Gabriel hob eine Hand. »Warte. Ich war mit Mum und Dad dort. Wir haben mit meinem Boss geredet und Anzeige gegen Topher, Emmett und Stephen erstattet. Pratt ist auf unserer Seite und er wird dafür sorgen, dass Kollegen mit dem Fall betraut werden, die eine Gleichstellung von uns Totenbändigern vor dem Gesetz befürworten. Die kommen morgen vorbei, um deine Aussage aufzunehmen. Wir haben Pratt gesagt, dass du krank bist und es heute noch nicht geht. Die Videos und die Kamera sind aber bereits als Beweise aufgenommen und damit werden wir dafür sorgen, dass diese Mistkerle bestraft werden und dich endlich in Ruhe lassen.«

»Aber ich wollte nicht, dass wir sie anzeigen!« Wut und Empörung darüber, dass Gabriel, Phil und Sue das einfach über seinen Kopf hinweg durchgezogen hatten, ließen Cam Halsschmerzen, Fieber und Erschöpfung vergessen. »Scheißegal, wer da ermittelt! Selbst wenn Topher, Emmett und Stephen bestraft werden, werden sie dafür doch nie im Leben weggesperrt und dann muss ich in der Schule trotzdem weiter mit denen klarkommen! Der ganze Mist, den sie gestern abgezogen haben, fand nicht in der Schule statt, also kann die Carroll sie nicht rausschmeißen, und –«

Seine Stimme versagte, weil sie im Gegensatz zu Cam die Halsschmerzen nicht vergessen hatte und das viel zu viele und viel zu laute Reden zu anstrengend fand. Zur Strafe brachte sie ihn mit heftigem Husten zum Schweigen.

Gabriel schenkte Cam Tee nach, wartete, bis der Anfall sich gelegt hatte, und drückte ihm dann die Tasse in die Hand.

»Trinken, Mund halten und zuhören, okay?«, sagte er sanft, aber bestimmt. »Ich verstehe, dass du angepisst bist, aber wir können den dreien das, was sie getan haben, nicht durchgehen lassen. Das war kein dummer Streich oder ein Denkzettel. Das war eiskaltes, berechnendes Mobbing, bei dem sie in Kauf genommen haben, dass dir etwas Ernstes passieren kann. Selbst wenn sie geglaubt haben sollten, dass du als Totenbändiger mit den Geistern auf der Lichtung fertigwirst, haben sie dich dort gefesselt zurückgelassen und damit muss ihnen klar gewesen sein, dass sie dich in Lebensgefahr bringen, wenn du dich nicht richtig verteidigen kannst. Und das nehmen wir nicht hin. Du bist nicht deren Opfer, klar? Und wenn sie das glauben, lernen sie jetzt ganz schnell, dass sie sich mit der falschen Familie angelegt haben. Du bist uns wichtig, Cam. Du bist wertvoll und du bist nicht alleine. Und ich lasse ganz bestimmt nicht zu, dass irgendwelche Vollidioten dich weiter quälen und noch einmal dein Leben riskieren.«

Cam schluckte mühsam und wusste nicht, was er sagen sollte.

»Thema vorerst erledigt?«, bot Gabriel ihm deshalb an. »Wenn die Kollegen morgen kommen, um deine Aussage aufzunehmen, sind Mum und Dad bei dir, weil du noch minderjährig bist. Ich bin auch dabei, wenn du das willst. Aber für heute hak das alles erst mal ab. Darum kümmern sich jetzt andere Leute, okay? Und sei ganz ehrlich: Wenn diese Mistkerle jemand anderes auf diese Lichtung gebracht und dort den Repeatern überlassen hätten, wärst du auch dafür, dass sie angezeigt und in ihre Schranken gewiesen werden, oder nicht?«

Cam verzog das Gesicht. Vieles war leichter gesagt und getan, wenn man nicht selbst davon betroffen war. Doch nach dem Hustenanfall brannte sein Hals wie Feuer und er war einfach zu erledigt, um jetzt darüber diskutieren zu können, deshalb resignierte er müde und nickte bloß knapp.

»Gut.« Gabriel nahm die Schüssel mit Porridge vom Tablett und hielt sie seinem Bruder hin. »Dann iss jetzt was. Sonst bekommen wir Ärger mit Granny.«

Cam beäugte den Haferbrei wenig begeistert. »Den kann ich jetzt nicht runterwürgen«, krächzte er noch heiserer als zuvor und trank vom Tee, weil er hoffte, dass der den Hals wieder beruhigen würde.

Gabriel seufzte. »Versuch es.« Wieder hielt er ihm auffordernd die Schüssel hin. »Nur ein paar Löffel voll. Du hast heute außer Wasser und Tee noch nichts in den Magen bekommen und ich muss nicht Medizin studieren, um dir sagen zu können, dass das zum Gesundwerden nicht optimal ist.«

Cam verzog das Gesicht. »Aber Porridge ist echt nicht lecker.«

»Yep, das weiß ich. Aber beschwer dich nicht. Granny lässt mich das Zeug seit fünf Tagen essen, weil Haferflocken anscheinend ein Wundermittel sind, wenn man viel Blut verloren hat.«

»Aber ich hab kein Blut verloren.«

Gabriel bedachte ihn mit einem alles sagenden Blick. »Noch nicht. Kann aber ganz schnell passieren, wenn du hier weiter rumzickst.«

Cam lachte auf. »Das wagst du nicht. Dann kriegst du jede Menge Ärger. Mit Phil und Sue und Granny und –«

»Ha! Denkst du!«, fiel Gabriel ihm ins Wort. »Wenn ich runtergehe und Granny erzähle, dass du ihren Porridge verschmähst, kommt sie rauf und hält dir einen dreistündigen Vortrag darüber, welche Wunder Haferflocken vollbringen können. Ich persönlich hätte zwar viel größere Lust, irgendwas mit dir zu streamen, aber hey! Deine Entscheidung.«

Cam verdrehte die Augen und nahm die Schüssel entgegen. Unenthusiastisch rührte er durch den lauwarmen Brei, in den Granny dem Geruch nach noch Honig und pürierte Banane eingearbeitet hatte – was den graubraunen Schleim optisch allerdings in keinster Weise attraktiver machte. Trotzdem schob Cam sich tapfer ein bisschen was davon in den Mund.

»Also ich weiß, was diese Wunderflocken schon mal nicht können – schmecken!«, grummelte er, musste aber zugeben, dass sich der schleimige Brei zumindest ganz gut schlucken ließ und sein Hals nicht groß dagegen protestierte. Also schob er sich heldenhaft noch einen Löffel davon in den Mund.

»So ist brav«, lobte Gabriel, was Cam nur erneut die Augen verdrehen ließ. »Und jetzt rutsch rüber.«

Während Cam auf seinem Bett Platz für Gabriel machte, holte der Cams Laptop vom Schreibtisch, setzte sich neben seinen Bruder und startete das Gerät.

»Was willst du gucken? Da du krank bist, darfst du heute entscheiden. Ausnahmsweise.«

Cam lächelte müde und ließ sich tiefer in die Kissen sinken. »Ist mir egal, entscheide du. Nur nichts, bei dem ich nachdenken muss, okay? Dafür bin ich zu k. o.«

Gabriel maß ihn mit einem Seitenblick, während er die Homepage des Streamingdienstes aufrief. Cam sah noch immer schrecklich blass und erschöpft aus. Fieber glänzte in seinen Augen und die Schatten darunter waren kaum heller geworden, obwohl er fast den ganzen Tag geschlafen hatte. Bei der Vorstellung, wie leicht er gestern einen der wichtigsten Menschen in seinem Leben hätte verlieren können, wurde Gabriel ganz anders. Schnell verbannte er den Gedanken daran wieder. Manche Vorstellungen waren einfach zu grausam.

Cam aß noch ein paar Löffel vom Haferbrei, hatte dann aber genug und Gabriel erlöste ihn. Während er eine Superhelden-Actionkomödie auswählte, trank Cam noch ein bisschen Tee und kuschelte sich dann neben seinen großen Bruder in die Kissen. Lächelnd legte Gabriel seinen Arm um ihn und es dauerte keine zehn Minuten Heldenaction, bis Cam wieder eingeschlafen war.

Kapitel 23

Als Phil ins Wohnzimmer herunterkam, sah er Sue am Terrassenfenster stehen. Mit bedrückter Miene blickte sie hinaus in den trüben Spätnachmittag und nippte an einem Tee. Phil trat hinter sie, schlang die Arme um ihre Mitte und küsste ihre Schläfe.

»Was ist los? Schwere Gedanken?«

Müde lehnte sie sich in seine Umarmung. »Ich wollte nie, dass sie das lernen müssen.«

Phil folgte ihrem Blick hinaus in den Garten, wo Jaz mit Ella und Jules das Duellieren trainierte. Sherlock und Holmes tobten um die drei herum, während Watson danebensaß, eine Pfote leckte und allen zusah.

»Ich wollte sie von alldem fernhalten, damit sie unbeschwert und glücklich aufwachsen können.« Sue stellte ihre Tasse auf der Fensterbank ab und presste ihre Finger auf die Augen. »Jetzt frage ich mich, ob das die richtige Entscheidung gewesen ist. Hätte ich ihnen nicht beibringen müssen, wie sie sich gegen alles Gefährliche dort draußen schützen können – egal, ob Seelenlose oder Menschen? Ich hab den Fokus immer darauf gelegt, uns für ein friedliches Miteinander einzusetzen, für eine Gleichstellung aller Menschen, egal, als was sie geboren werden. Aber das ist völlig blauäugig, oder? Es wird immer Menschen geben, die Totenbändiger wegen ihrer Fähigkeit als

Freaks ansehen, Angst vor uns haben oder uns hassen. Und es wird immer Totenbändiger geben, die unsere Rasse als die Überlegenere sehen. Deshalb wird es auch immer wieder Konflikte und Gewalt geben. War es dann nicht total selbstsüchtig, dass ich hier auf heile Familie gemacht habe, statt unseren Kindern zu zeigen, wie sie sich in dieser verfluchten Welt da draußen bestmöglich verteidigen?«

Phil zog seine Arme fester um sie. »Aber das hast du ihnen doch gezeigt.« Er deutete hinaus in den Garten, wo Jaz gerade ihren Silbernebel auf Jules peitschte. Sofort fegte Jules ihn mit seiner eigenen Energie zur Seite und ging gleichzeitig mit einem zweiten Strang zum Gegenangriff über. »Ihre Kräfte funktionieren gegen Menschen ganz ähnlich wie gegen Seelenlose. Uns war aber immer wichtig, dass unsere Kinder das Leben als etwas Kostbares sehen und ihre Kräfte entsprechend verantwortungsbewusst einsetzen. Und ich bin wahnsinnig stolz darauf, wie gut sie das beherzigen, nicht zuletzt, weil du ihnen mit leuchtendem Beispiel vorangehst. Außerdem finde ich es kein bisschen selbstsüchtig, wenn wir versuchen, unsere Kinder glücklich und unbeschwert aufwachsen zu lassen, und uns für eine Welt einsetzen, in der ein gleichberechtigtes Miteinander irgendwann endlich selbstverständlich ist. Ich wünschte, alle Eltern würden das tun, dann wären wir unserem Ziel nämlich schon ein deutliches Stück näher.«

Sue verzog das Gesicht. »Ja, das wünschte ich auch. Dann könnten unsere Kinder nämlich zur Schule gehen, ohne um ihr Leben fürchten zu müssen.« Unwirsch fuhr sie sich durch die Haare. »War es ein Fehler, sie zur Schule zu schicken? Ist die Gesellschaft einfach noch nicht dafür bereit? Setzen wir unsere Kinder damit Risiken aus, die unverantwortlich sind?«

»Hey.« Phil drehte sie zu sich um, damit er ihr in die Augen sehen konnte. »Woher kommen plötzlich all diese Zweifel?«

»Ernsthaft?!« Ungläubig schüttelte sie ihn ab. »Wir hätten Cam gestern beinahe verloren und jedes andere unserer Kinder hätte sterben können, als wir losgezogen sind, um ihn zu retten! *Du* hättest sterben können! Und alles nur, weil wir sie auf eine öffentliche Schule schicken! Natürlich war mir klar, dass nicht alle sie dort mit offenen Armen empfangen werden. Aber wir haben ihnen beigebracht, wie sie auf Menschen zugehen sollen, wenn diese Vorbehalte gegen sie haben. Ella und Jules machen das fantastisch. Und auch wenn Cam sich damit schwertut, auf andere zuzugehen, gibt er ganz gewiss niemandem Anlass, sich von ihm bedroht zu fühlen. Die Ravencourt sollte eine Chance sein, zu zeigen, dass viele Ängste und Vorurteile gegen uns unbegründet sind. Aber war es fair, von unseren Kindern zu verlangen, dass sie diejenigen sind, die sich all den Vorbehalten und Schwierigkeiten aussetzen, um das zu beweisen?« Aufgewühlt begann sie vor dem Fenster hin und her zu tigern. »Vor allem, wenn die Ängste und Vorbehalte der Gesellschaft gar nicht unberechtigt sind, wenn man bedenkt, dass es Totenbändiger wie Cornelius gibt, die alle Unbegabten lieber heute als morgen unterjochen wollen! Und welche Mittel er bereit ist, für seine Ziele einzusetzen, wissen wir ja schon. Angst und Misstrauen der Menschen uns gegenüber sind also durchaus berechtigt! Dann ist es doch nicht fair, dass wir von unseren Kindern verlangen, dass sie ihre Köpfe dafür hinhalten, das Gegenteil zu beweisen!«

Phil schüttelte den Kopf. »Aber das haben wir doch nie von ihnen verlangt. Wir haben sie zu nichts gezwungen. Jules und Ella wollten immer zur Schule gehen und sie haben sich riesig gefreut, dass es jetzt endlich geklappt hat.«

»Aber Cam wollte es nicht! Er hat nur zugestimmt, weil wir ihm eingeredet haben, dass mehr Kontakt zu Menschen, vor allem zu Gleichaltrigen, gut für ihn wäre.« Sie lachte zynisch auf. »Was für ein Hohn!« Sie schnappte nach Luft, doch es klang eher wie ein Schluchzen. »Cam hätte gestern sterben können, verdammt! Und diese Mistkerle, die dafür verantwortlich sind, sind seine Klassenkameraden! Und dass wir sie heute angezeigt haben, wird nicht das Geringste ändern! Selbst wenn sie dafür bestraft werden, ändert es an ihren Einstellungen zu uns Totenbändigern mit Sicherheit gar nichts. Und an ihrer Einstellung zu Cam erst recht nicht. Sie werden ihn weiter hassen und Cam wird uns dafür hassen, dass wir die Anzeige gegen seinen Willen durchgezogen haben!«

Wieder schüttelte Phil den Kopf. »Cam wird davon nicht begeistert sein, aber er wird uns sicher nicht hassen. Er weiß, dass wir ihm nur helfen wollen und dass diese Anzeige richtig ist.«

Hilflos warf Sue einen Blick an die Zimmerdecke und kämpfte gegen das Brennen in ihren Augen. »Ist es das denn?«, fragte sie und klang mit einem Mal unendlich müde. »All die Entscheidungen, die wir für das Leben unserer Kinder getroffen haben – woher wissen wir, dass die wirklich richtig sind? Wenn unsere Kinder dabei fast sterben, fühlt sich nichts davon mehr richtig an.«

Sie presste ihre Faust gegen ihre Lippen und wandte sich ab, doch Phil hatte die Tränen aus Wut, Frust und Überforderung in ihren Augen längst gesehen. Er trat zu ihr, zog sie zurück in seine Arme und ließ sie weinen, während er selbst ebenfalls damit zu kämpfen hatte, sich nicht auszumalen, was in der letzten Nacht alles hätte passieren können.

»Tut mir leid«, schniefte Sue, als sie sich wieder gefangen hatte. »Ich will eigentlich überhaupt nicht so jemand sein, der jammert und rumheult.« Sie löste sich aus Phils Armen und wischte sich die Tränen vom Gesicht. »Aber irgendwie kommt im Moment so viel zusammen. Gestern die Angst um Cam, das Mobbing in der Schule, Gabriels Verletzung, Cornelius'

Machenschaften, der Kampf für unseren Sitz im Stadtrat – ganz zu schweigen von Cams Erinnerungen, von denen wir noch keine Ahnung haben, was sie alles bedeuten, außer dass offensichtlich etwas viel Größeres dahintersteckt als nur ein gestörter Einzeltäter.« Sie fuhr sich erneut über die Augen. »Irgendwie war das alles gerade zu viel, tut mir leid.«

Phil schenkte ihr ein zärtliches Lächeln. »Also wenn wir uns nicht ab und an bei einander ausheulen könnten, wäre diese Ehe nicht viel wert, oder?« Liebevoll strich er ihr die Haare zurück und küsste ihre Stirn.

Sue schlang ihre Arme um ihn und genoss seine Nähe und Vertrautheit, die gerade genau das waren, was ihre Seele brauchte. »Ich bin so froh, dass ich dich habe«, wisperte sie und konnte nicht verhindern, dass ein paar neue Tränen flossen. »Ohne dich könnte ich das alles hier nicht.«

»Hey, denkst du etwa, ich könnte es ohne dich?« Sacht wischte er ihr mit dem Daumen eine Träne von der Wange. »Und ich weiß genauso wenig wie du, ob wir alles richtig machen. Aber ich weiß, dass diese Familie zusammenhält und füreinander da ist. Das war uns immer das Allerwichtigste und dass unsere Kinder das genauso sehen und ohne zu zögern füreinander kämpfen, zeigt doch hoffentlich, dass wir mit unseren Entscheidungen nicht allzu oft falsch gelegen haben, oder?«

Sue musste schlucken. Dann zog sie ihn zu sich herab und küsste ihn. »Ich liebe dich.« Sanft grub sie ihre Finger in sein Haar.

»Ich dich auch«, flüsterte er zurück und lehnte seine Stirn an ihre. »Und egal, was kommt, ich bin hier. Versprochen. Und gemeinsam kriegen wir alles irgendwie hin.«

Sie lächelte und küsste ihn noch einmal. »Ja, ich weiß.«

Kapitel 24

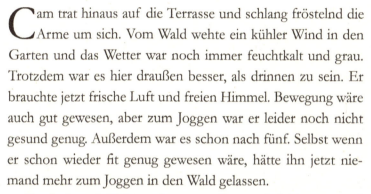

Mittwoch, 25. September

Cam trat hinaus auf die Terrasse und schlang fröstelnd die Arme um sich. Vom Wald wehte ein kühler Wind in den Garten und das Wetter war noch immer feuchtkalt und grau. Trotzdem war es hier draußen besser, als drinnen zu sein. Er brauchte jetzt frische Luft und freien Himmel. Bewegung wäre auch gut gewesen, aber zum Joggen war er leider noch nicht gesund genug. Außerdem war es schon nach fünf. Selbst wenn er schon wieder fit genug gewesen wäre, hätte ihn jetzt niemand mehr zum Joggen in den Wald gelassen.

Sherlock und Holmes fegten an ihm vorbei hinunter auf den Rasen, sichtlich erfreut, dass einer der Zweibeiner ihnen die Tür zum Garten geöffnet hatte. Sherlock verschwand sofort in seinen heiß geliebten Rhododendronbusch, während Holmes einen seiner Bälle zu Cam brachte in der Hoffnung auf einen Spielkameraden. Cam warf den Stoffball für ihn in den Garten, sprang dann die Terrassentreppe hinunter auf den Rasen, wo ein Tennisball lag, mit dem Sherlock sich aus seinem Busch locken ließ. Cam grinste, als der kleine Dackel wie eine Rakete angefegt kam und dem Ball hinterherhetzte. Cam fischte ein paar weitere Bälle aus dem Rhododendron, in dem Sherlock immer einen geheimen Spielzeugvorrat bunkerte, und ließ Hund und Kater kreuz und quer durch den Garten rennen – und lief dann meist selbst dem Dackel hinterher, weil

Sherlock grundsätzlich kein Spielzeug wieder rausrückte, außer man kabbelte mit ihm darum. Cam eroberte eins der Quietschtiere und musste lachen, als der kleine Dackel ihm erst fiepend gegen die Knie sprang und dann ganz artig Sitz machte mit dem treusten Hundewelpenblick, der jemals gesichtet wurde.

Das hier war vielleicht kein Auspowern wie beim Joggen, aber es half genauso effektiv gegen seine Unruhe und brachte ihn auf andere Gedanken.

Obwohl Cam den Vormittag wieder fast komplett verschlafen hatte, war der Tag anstrengend gewesen. Phil hatte ihm am Vorabend wieder eine der Schlaftabletten gegeben und in der Hoffnung, dass sie ihm helfen würde, schnell wieder gesund zu werden, hatte Cam sie geschluckt. Das Ergebnis waren wie in der Nacht davor fast zwölf Stunden tiefer, traumloser Schlaf gewesen. Offensichtlich hatte sein Körper diesbezüglich einiges an Nachholbedarf. Doch obwohl Cam merkte, dass ihm der Schlaf guttat und er sich vor ein paar Tagen noch über traumlosen Schlaf gefreut hätte, überlegte er, wie er aus der Schlafmittelnummer jetzt wieder herauskam. Immerhin hatte der letzte Albtraum ihm eine Erinnerung zurückgebracht. Vielleicht funktionierte das in einer Nacht ohne Schlafmittel ja noch einmal. Das wollte er unbedingt ausprobieren und zwar bald, da es womöglich nicht mehr funktionierte, wenn er zu lange damit wartete. Das durfte er auf keinen Fall riskieren. Nicht, wenn er jetzt endlich die Chance bekam, herauszufinden, was damals passiert war und wer er gewesen war, bevor er Camren Hunt wurde.

Von diesem Plan sollte Phil allerdings besser nichts erfahren.

Oder Gabriel.

Oder der Rest der Familie.

Gerade heute würden sie ihn mit Sicherheit wieder bequatschen, damit er die Schlaftablette schluckte.

Am Nachmittag waren wie angekündigt zwei Kolleginnen

von Gabriel, Sky und Connor vorbeigekommen, um seine Aussage gegen Topher, Emmett und Stephen aufzunehmen. Sergeant Alexa Sanders und Sergeant Naomi Collins. Beide waren Normalos, gehörten auf dem Camdener Revier der Abteilung für die Aufklärung von Gewaltverbrechen an und Cam musste ihnen zugestehen, dass sie wirklich nett waren. Sie waren beide um die dreißig, wirkten recht locker und unkompliziert und hatten keinerlei Vorbehalte gegen Totenbändiger. Auch mit Sherlock, Holmes und Watson hatten sie sofort Freundschaft geschlossen, was das Eis ein wenig gebrochen und ihnen einige Pluspunkte bei Cam eingebracht hatte. Trotzdem war es unangenehm gewesen, alles, was am Abend der Unheiligen Nacht geschehen war, mit ihnen durchgehen zu müssen.

Gabriel hatte ihm bereits am Mittag das Video gezeigt, das Topher, Emmett und Stephen auf der Lichtung von ihm aufgenommen hatten. Leider waren die drei darauf nicht zu sehen. Sie hatten die Aufnahme erst gestartet, als sie aus dem Tumbleweed Park verschwunden waren. Doch anhand der Seriennummer hatten Sanders und Collins die Kamera zu Stephen zurückverfolgen können, der sie letzte Woche in einem Online-Shop bestellt hatte. Das war laut den beiden Polizistinnen gut, denn es zeigte, dass Stephen von Anfang an an der Planung von Cams Quälerei beteiligt gewesen war.

Cam war Gabriel dankbar, dass er ihm das Video gezeigt hatte, bevor die Sergeants zur Befragung vorbeigekommen waren. So hatte er es alleine, nur mit seinem Bruder, ansehen können – nicht mit irgendwelchen Fremden.

Es war seltsam gewesen, sich selbst an diesen Stuhl gefesselt zu sehen. Die Striemen, die die Kabelbinder an seinen Handgelenken hinterlassen hatten, begannen zu jucken und zu brennen, als er mit ansehen musste, wie er dagegen angekämpft hatte. Alles war wieder hochgekommen: die Hilflosigkeit, die

Wut und die schreckliche Angst, es nicht lebend durch die Nacht zu schaffen. Das Video zeigte ihm, wie sich die Repeater ihm zuwandten, wie er sie vernichtete, wie er immer schwächer wurde, bis er schließlich das Bewusstsein verloren hatte. Sogar dann schien er noch einige der Geister eliminiert zu haben, bis plötzlich die Lichtkegel von Scheinwerfern im Kamerawinkel auftauchten und seine Familie kam, um ihn zu retten.

Seine Kehle war wie zugeschnürt gewesen und sein Herz hatte unerträglich gegen seine Rippen gewummert. Völlig unbewusst hatte er während des Videos angefangen, an den Wunden der Fesseln zu kratzen, bis Gabriel seine Hände genommen hatte.

»Es ist vorbei, Kleiner.« Sanft hatte er mit den Daumen über die Striemen gestrichen und Cam in seine Arme gezogen. »Und so was wie das, wirst du nie wieder durchmachen müssen. Das verspreche ich dir.«

Sich in den Armen seines Bruders zu verstecken, hatte geholfen, sich wieder halbwegs in den Griff zu bekommen. Trotzdem hatte er sich geritzt, als er wenig später zum Duschen ins Bad verschwunden war. Erst danach war er für die Befragung bereit gewesen.

Gabriel war dabei, als Sanders und Collins seine Aussagen aufgenommen hatten. Phil, Sue und Granny ebenfalls. Die beiden Sergeants wollten alles so genau wie möglich wissen: Was an der Bushaltestelle passiert war – das Überwachungsvideo kannten sie bereits, doch das lieferte keinen Ton –, wie das Betäubungsmittel gerochen hatte, wann er wieder zu sich gekommen war, was im Tumbleweed Park passiert war, bevor das Video losging, ob er Topher, Emmett und Stephen erkannt hatte und sie einwandfrei als Täter identifizieren konnte.

Cam hatte alles so gut er konnte beantwortet. Einige Erinnerungen nach dem Aufwachen waren zwar nur verschwommen, weil das Betäubungsmittel nur langsam nachgelassen hatte, trotzdem war er sich absolut sicher, dass es Topher, Emmett und Stephen gewesen waren, die ihn auf die Lichtung gebracht und dort gefesselt zurückgelassen hatten.

Sanders und Collins machten Fotos von den Wunden an seinen Handgelenken und erzählten dann, dass es weitere Videoaufnahmen aus dem Park gab. Da die Repeater im Tumbleweed Park Teil eines Langzeitforschungsprojekts des Towers gewesen waren, hatten die Sergeants dort nach den Aufzeichnungen der Überwachungskameras gefragt und diese zeigten die komplette Tat. Trotzdem war eine Identifizierung von Topher, Emmett und Stephen schwierig, da die drei Hoodies getragen hatten, um mit den Kapuzen ihre Gesichter zu verdecken.

Die beiden Sergeants fragten Cam auch nach anderen Vorkommnissen, die im Vorfeld der Tat stattgefunden hatten. Widerwillig erzählte Cam ihnen alles – auch von dem Vorfall im Corner Shop der Ghazalis, bei dem Topher, Emmett, Scott und Dave versucht hatten, ihm einen Ladendiebstahl in die Schuhe zu schieben. Eigentlich hatte Cam niemandem davon erzählen wollen. Wenn es nach ihm gegangen wäre, hätte es allerdings auch keine zweite Anzeige gegeben. Doch da Letzteres keine Option mehr war, entschied er sich zur Flucht nach vorne und erzählte alles, in der Hoffnung, dass sich so genug ansammelte, damit seine Peiniger bestraft werden konnten.

Collins und Sanders hatten diese neuen Informationen sehr positiv aufgenommen, weil es mit dem Ehepaar Ghazali somit zwei unabhängige Zeugen gab, die bestätigen konnten, dass Topher und Emmett Cam bereits vor der Tat an Äquinoktium außerhalb der Schule gemobbt hatten. Phil, Sue, Granny und Gabriel waren dagegen wenig begeistert davon, dass Cam ihnen diesen Vorfall bisher verschwiegen hatte.

Die Sergeants informierten die Hunts noch darüber, dass

sie Topher, Emmett und Stephen am Tag zuvor bereits einen Besuch abgestattet hatten, um sie von der Anzeige in Kenntnis zu setzen. Zu niemandes Überraschung zeigte sich keiner der drei einsichtig oder schuldbewusst, aber aufgrund der bisher gesammelten Beweislast waren die Sergeants zuversichtlich, dass man die Jungen zur Verantwortung ziehen konnten. Teagan hatten sie ebenfalls einen Besuch abgestattet und dafür gesorgt, dass das Video von ihrem Instagram-Account verschwand.

Bevor Sanders und Collins sich verabschiedet hatten, versprachen sie, die Familie über den Stand der Ermittlungen auf dem Laufenden zu halten, und baten Sue und Phil, mit Ella, Jules und Jaz, die noch in der Schule waren, am nächsten Tag im Revier vorbeizukommen, damit auch sie Zeugenaussagen zu Mobbingvorfällen machen konnten, die in ihrer Gegenwart stattgefunden hatten.

Cam warf Sherlock noch einmal den Ball, dann setzte er sich auf die Terrassenstufen, weil er merkte, dass ihm die Erkältung noch ziemlich in den Knochen steckte. Das Fieber war zwar weg, aber es war erschreckend, wie erledigt er sich von dem bisschen Spielen fühlte. Sherlock betrachtete Cams Rückzug als persönlichen Sieg und schleppte stolz alle seine Spielzeuge zurück unter den Rhododendronbusch. Holmes half seinem Kumpel gewissenhaft. Watson, der das Herumtoben von der Terrasse aus verfolgt hatte, begrüßte Cams Rückzug ebenfalls und eroberte sofort seinen Schoß, um sich kraulen zu lassen. Lächelnd strich Cam durch das flauschige Fell des Katers und genoss die Nähe des kleinen Wesens, das einfach nur da war und nichts von ihm wollte, außer gestreichelt zu werden.

Die Terrassentür ging auf und einen Augenblick später setzte Gabriel sich zu ihm.

»Wenn du gekommen bist, um mir die Hölle heiß zu machen, weil ich euch nichts von dem Ladendiebstahl erzählt hab, dann spar es dir, okay?«, ging Cam sofort in die Offensive. »Ich hab jetzt keine Lust auf noch mehr reden oder irgendwelche Diskussionen.«

Gabriel betrachtete ihn von der Seite. »Eigentlich bin ich hier, um dir zu sagen, dass du verdammt stolz auf dich sein kannst.«

Argwöhnisch sah Cam zu ihm rüber und Gabriel seufzte.

»Mann, jetzt guck nicht so skeptisch aus der Wäsche. Ich weiß, du wolltest diese Anzeige nicht, und ich weiß auch, dass diese Befragung nicht einfach für dich war. Und Mum, Dad und Granny ist das auch klar. Aber du hast es wirklich gut gemeistert und es wird mit Sicherheit dabei helfen, dass die drei Mistkerle für das, was sie getan haben, bestraft werden.«

»Und wie? Schickt man sie in ein Strafgefangenenlager nach Sibirien?«

Gabriel bedachte ihn mit einem schiefen Blick.

»Na, man wird ja wohl noch träumen dürfen«, gab Cam zynisch zurück. »Aber keine Sorge, mir ist schon klar, dass diese Arschlöcher bestenfalls ein paar Sozialstunden bekommen und ich sie weiter jeden Tag in der Schule ertragen und hoffen muss, dass sie mir danach nicht irgendwo auflauern.«

Wieder seufzte Gabriel. »Jetzt sieh nicht alles so schwarz. Collins und Sanders sind auf unserer Seite und die beiden sind echt gut in ihrem Job. Sie haben schon häufiger an Mobbingfällen gearbeitet und sie wissen, was sie tun. Also warte erst mal ab. Und Dad war heute Morgen in der Schule und hat mit deiner Direktorin gesprochen. Sie kennt die Videos jetzt auch und wird uns ebenfalls unterstützen.« Sanft rempelte er Cam gegen die Schulter. »Also hab ein bisschen mehr Vertrauen, okay? Wir regeln die Sache schon. Dein Job ist jetzt bloß, wieder gesund zu werden, und dafür sollten wir reingehen, denn hier draußen ist es schweinekalt.« Entschieden stand er auf. »Also los, komm. Ich hab drinnen eine Überraschung für dich.«

Stirnrunzelnd blickte Cam zu ihm hoch. »Was für eine Überraschung?«

»Okay, *Überraschung* ist vielleicht eine etwas schräge Bezeichnung dafür. Aber ich weiß, dass du scharf darauf bist, also komm.« Gabriel machte eine auffordernde Handbewegung und Cam stand auf.

»Was ist es?«

»Die Tatortfotos, die du sehen wolltest.«

Cams Augen wurden groß. »Du hast sie heute geholt?«

»Nope. Ich hab sie gestern schon mitgebracht, als ich mit Mum und Dad wegen der Anzeige auf dem Revier war.«

»Und dann zeigst du sie mir erst jetzt?!«

»Yep.« Gabriel ließ Cams Entrüstung unbekümmert an sich abprallen und schob seinen Bruder vor sich her zur Terrassentür. »Gestern hattest du Fieber, warst völlig k. o. und wolltest, dass ich einen Film aussuche, bei dem du nicht nachdenken musst und nach zehn Minuten eingepennt bist. Nicht der beste Tag, um sich die Tatortfotos anzusehen, denkst du nicht? Heute hast du aber mehr als bewiesen, dass du wieder klar denken kannst.« Neckend strubbelte er seinem kleinen Bruder durch die Haare.

Der strafte ihn mit einem mordlustigen Blick. »Danke, Blödmann.«

Gabriel grinste. »Sehr gern geschehen. Und ja, ich hab dich auch lieb. Und jetzt rein. Es ist wirklich kalt hier draußen. Sherlock! Holmes!«, rief er dann in den Garten hinunter. »Ab ins Haus!«

Keine Reaktion.

»Echt jetzt?« Gabriel schnaubte. »Sherlock! Holmes! Die Geister kommen!«

Hektisches Rascheln brachte den Rhododendron in Aufruhr, dann schossen Dackel und Kater wie geölte Blitze über den Rasen, hinauf zur Terrasse und rein ins Wohnzimmer.

»Alles klar«, murmelte Gabriel kopfschüttelnd. »Gut, dass in dieser Familie alle völlig normal sind.«

Kapitel 25

Als Cam und Gabriel ins Wohnzimmer traten, saßen Sue und Phil auf einem der Sofas. Auf dem Tisch vor ihnen lagen drei Fotos. Das waren bei Weitem nicht alle Tatortbilder aus der Akte des damaligen Falls, doch die meisten zeigten blutüberströmte Leichen mit aufgeschlitzten Kehlen oder tote Kinder und alle waren sich einig gewesen, dass Cam diese Fotos nicht sehen sollte.

Er setzte sich zu seinen Eltern und zog die Bilder zu sich.

Das erste zeigte einen großen gewölbeartigen Kellerraum, der uralt aussah. Die Wände bestanden aus dunklen Backsteinen, der Boden aus großen Steinplatten. Sie waren blutverschmiert. Sechs Kisten standen in einem Kreis und um jede einzelne lag ein Ring aus einer Eisenkette. An den Wänden hingen Halterungen für Fackeln, die Steine drumherum waren rußgeschwärzt. Die Fackeln brannten jedoch nicht. Stattdessen wurde der Tatort mit grellen Scheinwerfern ausgeleuchtet, was alles in ein scharfes kaltes Licht tauchte. Leichen waren auf dem Bild keine zu sehen, doch das Blut auf dem Boden und Spritzer an den Wänden verrieten nur zu deutlich, welches Massaker in diesem Raum stattgefunden haben musste.

Irgendwas kribbelte ungut in Cams Nacken und sein Magen fühlte sich plötzlich leicht flau an. Er konnte nicht sagen, ob dies der Keller war, den er in seiner Erinnerung gesehen hatte.

Aber diese Kisten …

Sein Herz schlug schneller und sein Magen zog sich zusammen, als er das nächste Foto nahm. Es zeigte eine der Kisten in Großaufnahme. Sie bestand aus hellen Holzlatten, war ungefähr einen Meter hoch und würfelförmig. An ihrer Frontseite war die Hälfte der Latten durch hölzerne Gitterstäbe ersetzt und an der Oberseite befanden sich Scharniere und ein Riegel, um die Kiste wie eine Truhe öffnen zu können.

Ein Schauer lief Cam über den Rücken und er spürte, wie sein Mund ganz trocken wurde.

Mit zittrigen Fingern nahm er das letzte Bild.

Hier war der Deckel der Kiste aufgeklappt und man konnte ins Innere blicken. Ein kleiner quadratischer Raum. Leer, bis auf eine dünne graue Decke.

Cams Herz stolperte.

Enge. Feuchte Kälte. Modriger Kellergeruch.

Wieder zog sich sein Magen zusammen und irgendwas schnürte seine Kehle zu.

Fast glaubte er, das raue Holz und den Stoff der kratzigen Decke zu spüren.

Seine Brust wurde eng und immer enger. Hastig ließ er das Foto auf den Tisch fallen, wich vor den Bildern zurück und schnappte mühsam nach Luft.

»Schon okay.« Sue zog ihn in ihre Arme und strich ihm sanft über den Rücken, während Phil die Fotos nahm und sie umdrehte. »Dir kann nichts passieren.«

Wieder schauderte Cam und kämpfte gegen die Enge in Kehle und Brust.

Einatmen. Luft kurz anhalten. Ausatmen.

Einatmen. Ausatmen.

Die Routine seiner Atemübungen und Sues beruhigendes Streicheln über seinen Rücken halfen ihm, die Panikattacke in den Griff zu bekommen.

»Ich schätze, das beantwortet die Frage, ob das die Kiste ist, die du im Schlaf gesehen hast.« Gabriel saß den dreien gegenüber und hatte Cam keine Sekunde aus den Augen gelassen.

Der nickte knapp. »Da war ich drin«, brachte er heiser hervor und deutete auf die umgedrehten Fotos. »Vorletzte Nacht, in diesem Traum. Und auch, als Tamara und Danielle mich im Schulkeller eingesperrt hatten.« Er sah von Gabriel zu seinen Eltern. »Das ist der Beweis, oder? Ich hab mir das nicht nur eingebildet oder geträumt. Das sind echte Erinnerungen.«

Phil nickte. »Ja, es sieht wirklich so aus, als würde dein Gedächtnis zurückkommen.«

»Aber wie funktioniert das? Das im Schulkeller verstehe ich. Ich war eingesperrt und es war stockfinster. Das muss so ähnlich gewesen sein wie damals und das hat dann die Erinnerung ausgelöst, oder?«

Wieder nickte Phil. »Vermutlich.«

»Aber warum hat es dann nicht funktioniert, als ich hier bei uns im Keller noch mal dasselbe ausprobiert hab?«

»Weil es nicht dasselbe war«, antwortete Gabriel. »Du hast dich in unserem Keller zwar deiner Angst vor engen dunklen Räumen ausgesetzt, aber du wusstest, dass du nicht wirklich dort unten gefangen bist. Du hättest jederzeit herauskommen können. Außerdem standen Jules und ich oben an der Tür und hätten dich rausgeholt, wenn du durchgedreht wärst. Dein Unterbewusstsein ist nicht blöd. Es hat gemerkt, dass du nicht wirklich in Gefahr bist.«

Cam dachte einen Moment lang darüber nach. »Aber auf der Lichtung hatte ich keinen Flashback, obwohl ich da in Gefahr war. Da kam der Erinnerungstraum erst später in der Nacht.«

»Auf der Lichtung hast du um dein Leben gekämpft«, sagte Sue. »Und ich danke allen guten Sternen, dass dein Unterbewusstsein dich da nicht abgelenkt hat.«

»Aber trotzdem hat die ganze Sache ja dann eine Erinnerung ausgelöst.« Cam blieb hartnäckig. Er wollte das unbedingt verstehen, weil er dann vielleicht einen Weg fand, noch mehr Erinnerungen zurückzuholen. »Warum? Ich war da ja in keiner Kiste oder sonst wo eingesperrt. Und stockfinster war es auch noch nicht. Es fing gerade erst an zu dämmern. Und selbst wenn es schon dunkel gewesen wäre, war ich beim Training schon tausend Mal nachts im Wald. Davor hab ich keine Angst.«

»Du warst auf der Lichtung vielleicht nirgendwo eingesperrt, aber gefangen warst du trotzdem«, meinte Phil. »Du warst an diesen Stuhl gefesselt, konntest nicht weg, als die Repeater kamen, und hattest Todesangst. Auch wenn die äußeren Gegebenheiten anders waren, die Gefühle, die du in der Situation durchgemacht hast, waren mit Sicherheit ganz ähnlich wie die damals. Das hat dann vermutlich nachts den Traum ausgelöst, als dein Unterbewusstsein Zeit hatte, die Verbindung zu ziehen.«

Wieder schwieg Cam, diesmal sogar noch länger als zuvor. »Dass ich mich nicht erinnern kann … kann es daran liegen, dass sie mir als Kind zu viel Xylanin gespritzt haben?«, fragte er dann leise. »Hat das Zeug irgendwas in meinem Gedächtnis kaputt gemacht?«

Er hasste den Gedanken. Er wollte nicht gestört oder dümmer und langsamer als andere sein, weil irgendein Scheißzeug seine Gehirnzellen zerfressen hatte. Angewidert von der Vorstellung presste er seine Finger gegen seine Stirn.

Phil seufzte schwer. »Cam, sieh mich an.«

Doch Cam ignorierte ihn und presste seine Finger nur noch fester gegen seine Stirn.

Was wenn das Zeug noch immer in seinem Gehirn drin war? War er deshalb ständig so unruhig und hatte beschissene Träume, an die er sich nicht erinnern konnte? Hatte er deshalb diese seltsamen Wortfetzen gehört, als der Geist des Wiedergängers ihn in der Vollmondnacht erwischt hatte? War sein Gehirn durch das Xylanin vielleicht zu einer tickenden Zeitbombe geworden, die ihn irgendwann in den Wahnsinn treiben würde?

»Cam.«

Er fuhr zusammen, als Phil seine Hände fasste und ihn sanft, aber mit Nachdruck dazu brachte, seine Finger nicht mehr gegen seine Stirn zu pressen.

»Sieh mich an und hör mir jetzt gut zu«, sagte er ruhig und hielt weiter Cams Hände fest. »Ich kann verstehen, dass du Angst vor möglichen Spätfolgen des Xylanin hast und dir jetzt jede Menge Gedanken deswegen machst. Aber erstens wissen wir nicht bestimmt, dass man dir damals Xylanin gegeben hat, das ist nur eine Vermutung. Und zweitens, selbst wenn du es bekommen hast, wissen wir nicht, ob die Herausforderungen, die du zu meistern hast, wirklich auf Xylaninmissbrauch zurückzuführen sind. Ja, das Mittel kann das Gehirn schädigen und solche Schädigungen könnten sich als Konzentrationsschwächen und Gedächtnisstörungen zeigen. Xylanin kann aber auch das Herz schädigen und diese Folge können wir bei dir ausschließen, denn so oft wie du Joggen gehst oder früher stundenlang mit deinem Skateboard die Straße rauf und runter gesaust bist, hättest du eine Herzschwäche längst bemerkt.«

Cam zog seine Hände aus denen seines Vaters. »Vielleicht hat es nicht mein Herz angegriffen, aber ich hab definitiv Probleme, mich zu konzentrieren und mich zu erinnern! Das ist doch offensichtlich!«

»Ja, das stimmt«, gab Phil zu. »Aber deine Konzentrationsschwäche kann zig verschiedene Ursachen haben. Unter anderem auch die, dass du dich selbst viel zu oft und viel zu sehr unter Druck setzt, weil du alles in deinem Leben kontrollieren und alleine ausfechten willst. Auch so was macht einen Kopf unruhig, weil du ihm nie eine Pause gönnst, sondern immer auf Alarmbereitschaft stehst.«

Cam verzog das Gesicht.

»Außerdem ist es ja nicht so, dass du dich gar nicht konzentrieren kannst«, gab Sue zu bedenken. »Du kannst deine Silberenergie auf mehrere Gegner gleichzeitig aufteilen und parallel angreifen und blocken. Das erfordert ein enormes Maß an Konzentration und das bekommt dein Gehirn offensichtlich ziemlich gut hin.« Liebevoll streichelte sie ihm durchs Haar. »Also mach dir nicht so viele Sorgen.«

»Und was deine fehlenden Erinnerungen angeht«, sprach Phil weiter, »ist die naheliegendste Erklärung, dass dein Unterbewusstsein alles ausgeblendet hat, was damals passiert ist, um dich zu schützen. Dafür spricht, dass jetzt Erinnerungen zurückkommen. Was gleichzeitig dagegen spricht, dass das Xylanin dein Gedächtnis zerstört haben könnte, denn dann hätten ja schließlich keine Erinnerungen mehr zurückkommen können.« Er bedachte seinen Sohn mit einem vielsagenden Blick. »Oder?«

Cam nickte langsam. Das klang einleuchtend. »Heißt das, dann können die Erinnerungen wirklich alle zurückkommen? Ich muss nur herausfinden, wie ich sie auslöse?«

Phil schüttelte den Kopf. »Du warst noch sehr, sehr jung, als das alles passiert ist. Selbst Menschen, die keine traumatischen Erlebnisse in ihrer Kindheit hatten, können sich nicht an alles aus ihren frühen Lebensjahren erinnern. Man sagt, dass bewusste Erinnerungen erst ab einem Alter von drei Jahren überhaupt losgehen, deswegen fällt es so gut wie jedem schwer, sich an seine Kindergartenzeit zu erinnern. Vieles ist da nur bruchstückhaft vorhanden. Das ist ganz normal, weil sich das Gehirn, die Selbstwahrnehmung und manchen Forschern zufolge auch das Sprachzentrum eines Kindes erst ausreichend entwickelt haben müssen. Als du zu uns gekommen bist, haben wir dich auf drei bis vier geschätzt. Das war also das Alter, in dem dein bewusstes Erinnerungsvermögen gerade erst losging. Das heißt nicht, dass du keine Erinnerungen an die Zeit hast, denn offensichtlich kommen ja welche zurück. Aber du wirst dich immer nur bruchstückhaft erinnern können, weil das einfach an der Entwicklungsnatur des Menschen liegt.«

Wieder schwieg Cam eine Weile. Auch das klang nachvollziehbar. Trotzdem wollte er sich damit nicht zufriedengeben. »Okay, aber wenn da noch Erinnerungen sind, die mein Gehirn, mein Unterbewusstsein oder was auch immer, bloß noch nicht freigeben will, dann sieht es doch so aus, als würden Situationen, in denen ich mich gefangen fühle und Panik und Todesangst habe, diese Erinnerungen freigeben können, oder?«

Gabriel dolchte seinen Blick in Cam, weil es nur eine Frage der Zeit gewesen war, bis seinem Bruder dieser Gedanke kommen würde. »Wehe du überlegst dir jetzt, wie du solche Situationen absichtlich herbeiführen kannst, um damit weitere Erinnerungen auszulösen.« Er gab sich nicht die geringste Mühe, die Warnung in seiner Stimme subtil zu gestalten.

Cam ignorierte seinen Einwurf trotzdem geflissentlich und bevor seine Eltern womöglich ins selbe Horn bliesen, deutete er auf die Fotos und sagte schnell: »An die Kiste kann ich mich erinnern, aber ich weiß nicht, ob der Kellerraum derselbe ist. Ich glaube, der aus meiner Erinnerung ist dunkler und größer. Aber da gab es auch keine Scheinwerfer und die Kisten standen nicht mittendrin.«

»Und du warst noch klein«, warf Sue ein. »Für Kinder wirken alle Räume größer. Es kann gut sein, dass du den Raum heute nicht mal dann wiedererkennen würdest, wenn du drinstehst.«

»Würde das denn gehen?«, fragte Cam sofort und sah zu Gabriel. »Kann ich mir den Tatort von damals ansehen?«

Gabriel tauschte einen Blick mit seinen Eltern.

»Ich weiß nicht, ob das eine gute Idee ist«, sagte Sue. »Wenn —«

»Aber würdet ihr es an meiner Stelle denn nicht auch wissen wollen?«, fiel Cam ihr ins Wort. »Egal, wie furchtbar das, was in diesem Keller geschehen ist, auch sein mag, es nicht zu wissen, ist viel schlimmer, weil einfach irgendwas in mir fehlt und da nur diese Ungewissheit ist und tausend Fragen und – und manchmal macht mich das alles einfach wahnsinnig! Außerdem wurden die Leute von damals ja nie gefasst. Wenn das eine Sekte ist und es die immer noch gibt und wenn sie jetzt wieder das Gleiche macht – ist es denn dann nicht wichtig, dass ich mich erinnere? Vielleicht finden wir so eine Spur zu ihnen und können helfen, wenn wieder irgendwo Kinder in Kisten gefangen gehalten werden.« Bei der Vorstellung schnürte es ihm erneut die Brust zu. »Dann müssen wir sie doch retten, bevor man sie in irgendeinem kranken Ritual tötet!«

»Okay«, stimmte Gabriel ihm zu. »Ich finde die Vorstellung, dass heute womöglich irgendwo das Gleiche wie damals passieren könnte, genauso schrecklich wie du. Aber du kannst deine Erinnerungen nicht erzwingen, indem du dich in Lebensgefahr und Todesangst stürzt.«

»Aber ich will mir doch nur das alte Haus und den Keller ansehen!«

Gabriel seufzte. »Die Sekte ist längst nicht mehr dort. Das Haus stand schon damals ewig leer und nach dem Massaker war es endgültig unverkäuflich. Die Stadt hat es zum Abriss freigegeben, um das Grundstück als neues Bauland zu verkaufen, doch selbst das will keiner haben. Also haben sie das Haus sich selbst überlassen und mittlerweile ist es laut Bauamt teilweise eingestürzt und das, was noch steht, ist stark einsturzgefährdet. Selbst wenn du als Kind also in dem Haus gewesen bist, existiert es in seiner damaligen Form kaum noch und du würdest es nicht wiedererkennen.«

»Und der Keller?«

»Cam.« Phil warf einen beschwörenden Blick an die Zimmerdecke. »Hast du Gabriel nicht zugehört? Das Haus ist eine halb in sich zusammengefallene Ruine. Selbst wenn der Keller noch existiert, wäre das genau die Art von Lebensgefahr und Todesangst, in die du dich nicht stürzen sollst.« Er sah von seinem jüngsten zu seinem ältesten Sohn. »Keiner von euch, verstanden?«

Eine Antwort blieb beiden erspart, weil in diesem Moment die Haustür aufgeschlossen wurde und Jaz und Ella hereinkamen, was zu einem wilden Begrüßungsansturm von Sherlock, Holmes und Watson führte. Schwerbepackt mit neuen Stoffen und Bastelsachen aus der Kreativwerkstatt sowie einer riesigen bunten Papiertüte aus dem Sweet Shop ließ Ella sich neben Gabriel aufs Sofa fallen, während die vierbeinigen Familienmitglieder alle Taschen, Tüten und Schulrucksäcke ausgiebig inspizieren mussten.

»Na, das sieht aber nach einem ordentlichen Beutezug aus«, meinte Edna, die aus der Küche herübergekommen war, wo sie sich um das Abendessen gekümmert hatte.

»Yep. Schule war heute megaätzend«, stöhnte Ella. »Da brauchten wir danach ein Highlight.«

»Frustshoppen, sozusagen«, ergänzte Jaz und begann in der Sweet-Shop-Tüte zu kramen. »Und ihr profitiert davon, denn wir haben für alle was mitgebracht.«

Sie zog zwei kleine Geschenktüten hervor – eine mit sauren Gummidrops, die andere mit Lakritz – und reichte sie Phil und Sue. Ella hatte entschieden, dass jedes Familienmitglied nach dem Schock der Unheiligen Nacht seine Lieblingsnascherei verdient hatte.

»Wow, das ist aber lieb von euch.« Gerührt nahm Sue das Lakritz entgegen. »Danke.«

»Sehr gern geschehen.«

Plötzlich wieder voller Elan sprang Ella wie ein Flummi vom Sofa auf, kramte selbst in der Süßigkeitentüte und trat mit einem großen Goldtaler aus Schokolade, der an einem Ordensband hing, zu Cam, während Jaz Edna ein kleines Päckchen mit Marzipanpralinen reichte.

»Den hier bekommst du.« Ella hängte ihrem Bruder den Orden um. »Für außerordentliche Tapferkeit, eisernes Durchhaltevermögen und unbändigen Überlebenswillen im Angesicht von beschissenen Vollidioten und schrecklicher Gefahr. Oder so ähnlich.« Sie grinste schief. »Such dir was aus. Hauptsache, ich muss dir so einen Orden nie wieder verleihen, klar?« Sie drückte Cam eine Tüte mit einer Mischung seiner Lieblingsweingummis in die Hand und schloss ihn dann fest in ihre Arme. »Ich will nämlich nie wieder solche Angst um dich haben müssen, verstanden?«

Ziemlich gerührt und ein bisschen verlegen erwiderte Cam die Umarmung. »Verstanden.«

Auf der Couch räusperte Phil sich vernehmlich. »Ich hoffe es. Hör auf deine Schwester. Und für dich gilt das Gleiche.« Bedeutungsvoll sah er zwischen seinen beiden Söhnen hin und her. »Keine Kamikazeaktionen in halb verfallenen Ruinen. Ich hoffe, da sind wir uns einig.«

Sofort horchte Jaz auf und blickte interessiert von einem zum anderen. »Kamikazeaktionen in halb verfallenen Ruinen?« Sie grinste frech. »Klingt ganz so, als müsste ich unbedingt mehr darüber erfahren.«

Phil stöhnte abgrundtief. »Nein, musst du nicht!«

Kapitel 26

Eine halbe Stunde später saß die komplette Familie zum Abendessen am Küchentisch und Ella, Jaz und Jules erzählten, wie der Tag in der Schule verlaufen war. Natürlich war Cam das Thema Nummer 1 und so gut wie jeder an der Ravencourt kannte das Video von ihm im Tumbleweed Park, obwohl Teagan es hatte löschen müssen.

»Die Aktion kam definitiv nicht bei allen gut an.« Ella nahm Käse und Reibe von Jaz entgegen und rieb Parmesan über ihre Gemüsepasta. »Viele finden, dass Topher, Emmett und Stephen damit zu weit gegangen sind und sie halten Teagan für eine sensationsgeile Bitch, weil sie das Video gepostet hat.«

»Was sie ja auch ist«, meinte Sky schonungslos und schielte sehnsüchtig auf die Pasta. Doch da sie und Connor gleich zum Dienst mussten, verkniff sie sich das Abendessen bis nach ihrer Schicht.

»Jedenfalls hat sie heute mehr Gegenwind für die Sache kassiert, als sie erwartet hatte«, feixte Jaz. »Und mit der Polizei hat sie auch Ärger, weil sie mit dem Veröffentlichen des Videos Cams Persönlichkeitsrechte verletzt hat. Und die von uns anderen auch, weil wir bei Cams Rettung ebenfalls auf dem Video zu sehen sind. Sie hätte jeden von uns vorher fragen müssen, ob wir mit der Veröffentlichung einverstanden sind. Hat sie nicht gemacht, deshalb musste sie das Video löschen und es gibt Ärger mit der

Polizei. Mit ihren Eltern anscheinend auch, weil die wohl aus allen Wolken gefallen sind, als sie von der miesen Aktion erfahren haben. Jedenfalls haben sie Teagans Handy auf unbestimmte Zeit einkassiert und das ist für Miss Ich-mache-alles-für-Klicks-und-Likes grausamer als die Todesstrafe.« Sie grinste schadenfroh.

»Und was ist mit Topher, Emmett und Stephen?«, fragte Connor. »Waren die heute in der Schule?«

Jules nickte. »Die Polizei hat sie gestern verhört, aber noch ist nichts passiert. Wahrscheinlich, weil Cam erst heute ausgesagt hat.« Er warf einen Seitenblick zu ihm, doch Cam sagte nichts und stocherte bloß durch seine Pasta, ohne etwas davon zu essen. »Aber sie mussten heute alle drei bei der Carroll antanzen, nachdem Dad bei ihr war. Vermutlich haben sie da einen Anschiss kassiert. Ella, Jaz und mich haben sie jedenfalls komplett ignoriert.«

»Gut«, sagte Phil zufrieden. »Dann haben sie jetzt ja hoffentlich verstanden, dass sie euch in Ruhe lassen sollen. Ignoriert sie am besten auch. Sucht keinen Streit oder gar Rache für das, was sie getan haben. Die Polizei wird das regeln und ihr haltet euch da raus, verstanden?«

Jules, Ella und Jaz nickten.

Sue betrachtete Cam, der bisher kaum etwas von seinem Essen angerührt hatte, und seufzte. »Ja, lasst uns hoffen, dass in ein paar Tagen dann endlich Ruhe einkehrt.«

»Bestimmt«, meinte Edna zuversichtlich. »So dumm können diese Jungen ja nicht sein.« Dann sah sie zu den jüngsten vier ihrer Familie. »Und wer weiß? Vielleicht hat die ganze Sache ja sogar noch etwas Gutes bewirkt.«

Zweifelnd runzelte Jules die Stirn. »Was denn?«

»Wenn viele eurer Mitschüler der Meinung sind, dass Topher, Emmett und Stephen zu weit gegangen sind, habt ihr jetzt ein paar Sympathien auf eurer Seite und aus Sympathien könnten sich neue Freundschaften ergeben.«

Jaz schnaubte ironisch. »Ja, schön wär's. Es gibt jetzt zwar so was wie zwei Lager an der Schule, aber keins davon ist scharf auf Totenbändiger. Die einen finden uns ätzend, weil sie hinter Topher stehen und Totenbändiger abartig finden. Die anderen denken zwar, dass die Sache mit Cam zu weit ging, haben aber in dem Video gesehen, was er kann – und was wir können, als wir ihn gerettet haben. Deshalb finden sie uns jetzt gruselig und suspekt, denn wir könnten unsere freakigen Kräfte ja auch gegen sie einsetzen.«

»Stimmt«, seufzte Ella. »So geballt misstrauisch wie heute bin ich noch nie beäugt worden.«

»Ich auch nicht«, sagte Jaz und fügte dann sarkastisch hinzu: »Aber hey, manche waren dafür auch scheißfreundlich aus lauter Angst, dass wir ihnen sonst vielleicht unsere Silberenergie in den Hintern jagen könnten.«

»Na super.« Missmutig ließ Cam die Gabel voll Pasta sinken, weil sein Magen sie einfach nicht wollte.

Wieder seufzte Ella. »Ja, es war wirklich ziemlich ätzend.« Sie sah zu Cam. »Obwohl ein paar Leute dich auch echt cool finden.«

»Ach ja?«, fragte der zynisch.

»Yep.« Sie grinste. »Evan zum Beispiel. Er wäre liebend gern heute vorbeigekommen, aber du musstest ja deine Aussage machen. Und er hat jetzt einen Schülerjob in einem Corner Shop in seinem Viertel. Aber das erzählt er dir sicher alles morgen. Er kommt nach der Schule her.«

Ein Lächeln stahl sich in Cams Gesicht. Es tat gut, dass Evan weiter zu ihnen hielt, obwohl die Situation an der Schule für ihn deshalb sicher nicht leicht war.

»Larissa hat auch gefragt, wie es dir geht«, erzählte Jaz. »Sie war ziemlich betroffen, als es hieß, dass du diese Woche nicht zur Schule kommst, weil du krank bist. Wir sollen dich grüßen.«

Verwundert runzelte Cam die Stirn. Außer, dass Larissa in einigen seiner Kurse saß, hatte er bisher nichts mit ihr zu tun gehabt. »Danke.«

»Ich glaube, sie war es, die mir in Stephens Haus die Nachricht geschickt hat, dass wir den Fernseher anschalten sollen.« Ella schob sich ein Stückchen Zucchini in den Mund. »Ich hatte heute keine Gelegenheit, sie zu fragen, aber ich glaube, sie hat ein schlechtes Gewissen wegen der Sache. Wahrscheinlich fand sie schon auf der Party mies, was die anderen da abgezogen haben. Deshalb hat sie mir die Nachricht geschickt.« Wieder sah sie zu Cam. »Ohne die hätten wir dich nicht so schnell gefunden.«

Cam schluckte und wollte nicht daran denken, wie es dann womöglich für ihn ausgegangen wäre.

»Was passiert eigentlich mit diesen ganzen Arschlöchern, die auf Stephens Party den Livestream angeschaut und nichts getan haben?«, fragte Jules finster. »Das war die komplette Basketball-AG samt Freundinnen.« Er suchte den Blick seiner älteren Schwester. »Du hast gesagt, es ist unterlassene Hilfeleistung, weil sie nur zugeguckt haben. Kriegen wir sie dafür wirklich dran?«

Sky hob die Schultern. »Das hoffe ich. Aber letztendlich entscheidet das die Justiz. Ich fürchte aber, mehr als eine Verwarnung werden sie dafür nicht bekommen, besonders, wenn sie sich bisher noch nichts haben zu Schulden kommen lassen.«

»Gib Collins und Sanders morgen trotzdem ihre Namen«, riet Connor. »Zeichen setzen zählt. Die Leute an eurer Schule sollen begreifen, dass Zugucken und Mobbing zu dulden zur Straftat werden kann, wenn man nicht hilft.«

»Außerdem ist es gut, wenn Sanders und Collins noch mehr Personen haben, die bezeugen können, was Topher, Emmett und Stephen getan haben«, sagte Gabriel. »Mit ein bisschen Druck knicken ein paar von denen sicher ein und je mehr

Leute gegen die drei aussagen oder zumindest bestätigen, was sie getan haben, desto besser.«

Es klingelte an der Haustür, was von Sherlock mit freudigem Gekläffe kommentiert wurde.

Stirnrunzelnd sah Sue in die Runde. »Erwartet noch jemand von euch Besuch?«

Alle verneinen.

»Vielleicht ist es Thad, der vor der Schicht vorbeikommt«, meinte Sky. »Eigentlich sind wir wieder der Spuk Squad aus Brent zugeteilt, aber vielleicht hat sich da ja was geändert.«

Gabriel stand auf. »Ich geh schon.«

Er verschwand auf den Flur. Als er die Haustür öffnete, schlug sofort sein inneres Alarmsystem an und er musterte misstrauisch die beiden Männer, die auf der Türschwelle standen: Mitte bis Ende dreißig, praktische Businessanzügen, ernste Mienen. Noch bevor der Größere der beiden seinen Ausweis gezogen hatte, wusste Gabriel schon, dass die beiden Kollegen waren.

»Ja bitte?«

»Guten Abend. Ich bin Chief Inspector Kershaw. Das ist mein Partner, Chief Inspector Gates. Wir sind vom Polizeirevier in Haringey und würden gerne mit Gabriel Hunt sprechen.«

Jetzt musterte Gabriel die beiden noch misstrauischer als zuvor. »Das bin ich. Worum geht es?«

»Um Topher Morena und Emmett Banks. Die beiden Jungen wurden tot aufgefunden.«

…Fortsetzung folgt…

Wissenswertes ueber Geister

- Seit Menschengedenken entstehen Geister, wenn ein Mensch durch einen gewaltsamen Tod (z. B. durch einen Unfall, ein Gewaltverbrechen, eine Geisterberührung etc.) plötzlich aus dem Leben gerissen wird.
- Der Geist, der dabei entsteht, hat nichts mehr mit dem Menschen gemein, aus dem er entstanden ist.
- Alle Geister gieren nach dem Leben, das ihnen abrupt entrissen wurde, deshalb trachten sie den Menschen nach ihrer Lebensenergie. Sie wollen sich zurückholen, was ihnen genommen wurde.
- Geister fürchten Licht, da es sie schwächer macht. Aus diesem Grund verstecken sie sich bei Tag an dunklen Orten.
- Eisen und Silber halten Geister fern. Außerdem bieten Salz und verschiedene Pflanzen einen gewissen Schutz, allerdings nur gegen schwächere Geister.
- Vollmondlicht macht Geister stärker und aggressiver.
- In Nebelzeiten helfen die Dunstschleier Geistern dabei, Schutzbarrieren zu überwinden.
- Geister können schweben, aber nicht fliegen. Durchschnittlich schwebt ein Geist einen halben bis einen Meter über einem festen Untergrund. Laut Beobachtungen der Spuk Squads sollen besonders starke Geister allerdings für kurze

Zeiträume auch größere Höhen von bis zu vier Metern erreichen können.

- Geister durchlaufen verschiedene Stadien. Stirbt ein Mensch gewaltsam, entsteht mit dem Einsetzen des Todes ein *Geisterhauch*. Dieser Hauch ist unsichtbar und nur durch eisige Kälte in der unmittelbaren Nähe der Leiche zu spüren. Durch die Restwärme der frischen Leiche gewinnt der Geisterhauch an Kraft und wird dadurch zu einem

- *Schemen*. Dieser Schemen ist als grauer Nebeldunst sichtbar, besitzt im schwachen Stadium allerdings noch keine klar umrissene Kontur. Sobald der Schemen alle Restwärme aus der Leiche in sich aufgenommen hat, ist er stark genug, um sich von seinem Entstehungsort zu entfernen. Sein Ziel ist nun das Anzapfen lebendiger Menschen. Mithilfe ihrer Lebensenergie wird aus dem Schemen ein immer stärkerer *Geist*. Je stärker dieser wird, desto mehr nimmt er an Gestalt an. Welche Gestalt das ist, hängt von den Launen und Vorlieben des jeweiligen Geistes ab. In der Regel bilden sie menschliche Körper nach, doch sie sind wandelbar und können ihre Gestalt beliebig ändern.

- Bis zu einem gewissen Stadium haftet allen Geistern ein gräulich weißer Geisterschimmer an, der die Menschen vor der Nähe des Geistes warnt. Starke und mächtige Geister können diesen Schimmer jedoch unterdrücken und stattdessen in Schwärze verwandeln, durch die sie sich tarnen und ihren Opfern heimtückisch auflauern können. Diese Geister nennt man *Schatten*. Besonders clevere Schatten entwickeln die Fähigkeit, Menschen in die Irre zu führen, um sie z. B. mit vorgetäuschtem Weinen, Hilferufen, o. ä. in eine Falle zu locken. Diese Schatten nennt man *Hocus* (vom englischen *to hocus* ‚täuschen', ‚betrügen').

- Ziel aller Geister ist es, den Menschen so viel Lebensenergie zu rauben, dass sie zu einem *Wiedergänger* werden. Wiedergänger haben einen festen, menschenähnlichen Körper.

Ihre Haut ist allerdings gräulich wie die eines Elefanten, ihre Arme sind länger als bei Menschen und ihre Hände sind Klauen mit messerscharfen Krallen. Das Gesicht ist eine Fratze mit schwarzen Augen, einem ausgefransten Mund und Schlitzen, an der Stelle, wo die Nase sein sollte. Außerdem besitzen Wiedergänger zwei Reihen mit spitzen Zähnen.

- Genau wie Geister rauben Wiedergänger Menschen ihre Lebensenergie, weil diese sie stärker und schneller macht. Um ihren festen Körper zu behalten, müssen Wiedergänger allerdings zusätzlich noch die inneren Organe der Menschen fressen. Um an diese heranzukommen, schlitzen sie ihre Opfer mit ihren Krallenhänden auf und zerschmettern ihnen die Schädel. Je gefestigter der Körper eines Wiedergängers ist, desto stärker, schneller, intelligenter und gefährlicher wird er. Außerdem schränkt ihn dann Licht in jeglicher Form (Tageslicht, künstliches Licht, Magnesiumlicht) deutlich weniger ein.

- Die normale Bevölkerung schützt sich gegen Übergriffe von Geistern und Wiedergängern, indem sie bei Einbruch der Dämmerung abgesicherte Häuser aufsucht. Nachts wagt sich niemand, der nicht unbedingt muss, vor die Tür.

- Bekämpft werden Geister und Wiedergänger durch Spezialeinheiten der Polizei, den sogenannten Spuk Squads. Ihnen stehen Auraglue-Waffen und Silberboxen zur Verfügung, um Geister einzufangen und zu vernichten. Gefangene Geister werden in den Tower gebracht, wo sie entweder samt der Silberboxen in den Schmelzöfen eingeschmolzen oder zu Forschungszwecken in die Hochsicherheitsverliese gebracht werden.

Nadine Erdmann

Nadine Erdmann studierte Germanistik und Anglistik, verbrachte einen Teil ihres Studiums in London und arbeitete als German Language Teacher in einer kleinen Privatschule in Dublin. In Deutschland unterrichtete sie Deutsch und Englisch an einem Gymnasium und einer Gesamtschule in NRW.

Webseite: http://nadineerdmann.de

Facebook: https://www.facebook.com/Nadine.Erdmann.Autorin

Mehr von der Autorin

Nadine Erdmann
Die Lichtstein-Saga 1: Aquilas

ISBN: 978-3-95834-296-5
368 Seiten
Harddcover

Die Welt der Menschen ist nicht die einzige. Verborgen hinter mächtigen Grenzen existiert die Schattenwelt, das Reich der Dämonen.

Ahnungslos wächst die junge Liv in der Menschenwelt auf. Doch sie ist weit mehr, als sie ahnt. Als sie eines Tages die Barriere zwischen den Welten durchschreitet, wird sie mit der Kraft des Engelslichts konfrontiert – und ihrer Bestimmung.

Die Zeit drängt, denn die Grenze zum Reich der Finsternis droht zu fallen.

Mehr aus dem Lindwurm Verlag

Alessandra Reß
Die Türme von Eden

ISBN: 978-3-948695-19-4
496 Seiten
Paperback

„Du musst vor nichts mehr Angst haben. Angst braucht nur zu haben, wer allein in der Masse ist. Aber du bist nicht allein und es gibt keine Masse mehr. Nur mehr viele, irgendwann alle und vielleicht einen. Du bist jetzt ein Teil von Eden."

Vierzehn Jahre nach der Flucht von seinem zerstörten Heimatplaneten nimmt der Spion Dante einen ungewöhnlichen Auftrag an: Er soll herausfinden, was hinter den Versprechungen der Liminalen steht. Immer wieder bringen deren Mitglieder Sterbende auf ihren Planeten Eden. Denn dort, so heißt es, soll den Menschen ein neues Leben als „Engel" ermöglicht werden.

Um seine Aufgabe zu erfüllen, schließt sich Dante den Liminalen als Novize an. Doch sein Auftrag stellt sich bald als schwieriger heraus als gedacht: Um die Rätsel von Eden zu lösen, muss Dante in eine Welt eintauchen, in der Traum und Realität verschwimmen – und sich einer Vergangenheit stellen, die ihn stärker mit den übrigen Novizen verbindet, als er sich eingestehen will …

Kim Leopold

Black Heart.

Komm, ich erzähl dir ein Märchen von Gut und Böse

Sammelband. Folge 1–4

ISBN: 978-3-948695-04-0

416 Seiten

Paperback

Es war einmal ...

... ein blindes Mädchen, welches in einem kleinen Dorf in Norwegen wohnte. Der Verlust der Mutter, die zu Unrecht als Hexe auf dem Scheiterhaufen verbrannt wurde, weckte in ihr alte, magische Fähigkeiten. Nur ein Wächter konnte sie aus dieser lebensbedrohlichen Situation befreien. Sein Name war Mikael ...

Lass dich verzaubern und folge Louisa, Azalea und Hayet in eine Welt, in der niemand ist, wer er vorgibt zu sein ...

MIT ILLUSTRATIONEN VON YVONNE VON ALLMEN

Tatjana Weichel
Black Heart.
Der Sturz ins Ungewisse
Spin-Off

ISBN: 978-3-948695-03-3
168 Seiten
Paperback

Der magische Auftakt zu einer Reihe von Spin-Offs aus dem Black Heart Universum!

Yanis Martel kann sich nicht entscheiden. Steht er auf Frauen oder auf Männer? Liebt er seine beste Freundin Julie oder doch eher den Cafébesitzer Gabriel, der ihm im Nu den Kopf verdreht hat?
Aber das Schicksal nimmt ihm die Entscheidung ab. Yanis rettet Julie vor dem sicheren Tod und wird damit zu ihrem Wächter. Denn Julie ist eine Hexe, und sie zieht ihn in eine Welt der Magie, die sein Leben komplett auf den Kopf stellt …

Das Prequel ist unabhängig von der Black Heart Reihe lesbar.

Madeleine Puljic
Magie der Nacht

ISBN: 978-3-948695-08-8
78 Seiten
Harcover

Als der Krieg ihm seine Familie raubt, nimmt der Magier Bredanekh In'Jaat bittere Rache an dem Land, für das er einst gekämpft hat. Auf der Suche nach neuen Wegen, seinen Schmerz zu betäuben, wendet er sich schließlich an die verbotene Gilde der Nekromanten. Doch die Schwarzmagier haben ihre eigenen Pläne, was Bredanekh angeht …

Die Novelle „Magie der Nacht" erzählt die düstere Vorgeschichte von „Herz des Winters".

„Eine epische High-Fantasy-Reihe – hier wird nicht mit Spannung gegeizt, und eine ordentliche Prise Humor verleiht der Geschichte das besondere Etwas! Wer Sapkowski schätzt, sollte sich das nicht entgehen lassen!" –Katharina V. Haderer

Unser gesamtes Verlagsprogramm
finden Sie unter:

www.lindwurm-verlag.de